叶廷芳
译文自选集

叶廷芳 译编

漓江出版社
桂 林

图书在版编目(CIP)数据

叶廷芳译文自选集/叶廷芳 译编.—桂林:漓江出版社,2018.8
ISBN 978-7-5407-8387-7

Ⅰ.①叶… Ⅱ.①叶… Ⅲ.①叶廷芳-译文-文集 ②文学-作品综合集-奥地利 Ⅳ.①I521.11

中国版本图书馆 CIP 数据核字(2018)第 006367 号

出版统筹:吴晓妮
责任编辑:周向荣 韩亚平
封面设计:李诗彤

出版人:刘迪才
漓江出版社有限公司出版发行
广西桂林市南环路 22 号 邮政编码:541002
网址:http://www.lijiangbook.com
全国新华书店经销
销售热线:0773-2583322

三河市西华印务有限公司
(河北省三河市洵阳镇化甲屯小学东 邮政编码:065200)
开本:960mm×690mm 1/16
印张:16 字数:234 千字
2018 年 8 月第 1 版 2018 年 8 月第 1 次印刷
定价:60.00 元

自序

本人大学时期攻读德语专业,三年级(1958年)开始被选入"文学专门化班"(当时的中宣部常务副部长周扬直接给北大西语系主任冯至下指示,要他加强对外国文学力量的培养),如鱼得水,因为文学是从中学时期就开始的爱好。从此对文学的兴趣日益加强,除积极学习文学、美学理论和诗歌创作外,还跃跃欲试于翻译德国文学作品。当时的《世界文学》积极与我们配合,主动带着两篇较浅近的原文约我们翻译。我们自知力不胜任,便组织了三个人(胡其鼎、孙坤荣和我)合译。我们互译互校,以为不大有问题了,便交给冯至先生过目。想不到译稿发回后,老师把稿子改得很花!我们不大理解为什么错那么多!冯先生为了说服我们,亲自来到民主楼的一间办公室,用了整整两个晚上逐字逐句给我们讲解:为什么这个句子不能这么译,那个字不能那么理解……后来译文虽然以"德三"的集体笔名发表了,但我们每个人心里都明白:那是老师的心血。而我们自己经过这两堂扎扎实实的课业,深深觉得自己不仅德语水平差得很远,中文根底也十分肤浅!

此后20年我没有再敢翻译任何东西!除"文革"十年,另十年都干什么呢?基础训练。到了五年级,本系老师田德望教授担任我的毕业论文指导老师。当时他刚出版了一部中篇小说集,19世纪瑞士作家G.凯勒的《塞尔德维拉的人们》,读之觉得非常精彩。讲课时田先生口才并不出众,想不到他的译笔却那么精彩!于是我决定以他这本书为毕业论文的评论对象,同时抱着原文逐字逐句对照、学习他的译文。一年下来毕业论文受到田先生的夸奖,我对田先生说:"我从你的翻译中得到的提高更大!"那时我很想找篇合适的作品来翻译,请田先生推荐。他建议我译同是19世纪瑞士作家的费丁南得·迈耶尔的作品。不想毕业后留任助教,分配在外国文学教研室,和冯至、朱光潜、杨周翰、闻家驷、赵萝蕤、吴达元等名家在一起,当然很高兴。但学校让我们青年教师和老教授们同时授课,教中文系五年级的学生。可怜腹中空空,只得临阵磨枪,得花两三个月才能写出一堂课的讲稿,逼得F.迈耶尔逃之夭夭!

1964年中国科学院哲学社会科学部(即今中国社科院的前身)新增四个研究所,其中有外国文学研究所。经努力我即来到该所工作,担任新创刊的《现代文艺理论译丛》的编辑。由于每天须看各种德文报纸,根本无暇顾及翻译。1965年秋我被派往江西参加"四清"运动,翌年4月底奉急令回京参加"文革"。中央明确宣布:学部停止一切工作,全力投入"文化大革命"!十年如梦,全在吵吵嚷嚷中度过!不仅原来想进一步学好的英文、俄文忘得一干二净,想学的法语(通过妻子)一字未学,连德文都忘掉了一大半!恢复工作后,别的顾不上了,先抢救饭碗——德文吧!我想抢救的最好办法是翻译,而且成果应该发表或出版,但却没有把握。我想应该找一位可靠的合作者,互译互校。我首先想到大学时代的同窗张荣昌,他当年在班上德文学得最好,且"文革"中没有完全停止教学;一起留任助教后又是室友。他说:好啊!你文学上比我强,我们互相取长补短。我们选了19世纪后期德国早期批判现实主义代表作家T.冯塔纳的长篇代表作《艾菲·布利斯特》。试译一周后进行互译互校,双方确实感觉到合作的好处。想不到译到全书三分之一的时候,获悉此书已经有某权威出版社的一位老编辑捷足先登了!我们想到自己是新手,没有实力与人竞争,还是作罢吧!我们另选了德国犹太作家弗希特万格的长篇小说《假尼禄》,是描写古罗马暴君尼禄手下的"四人帮"的。26万字,译后由外国文学出版社出版。

我在"文革"前读过几本"内部读物",如塞林格的《麦田守望者》、卡夫卡的《"审判"及其他》、迪伦马特的《老妇还乡》等,对它们被当作"颓废派"颇不以为然,准备一旦条件成熟就把上述德语作家的主要作品翻译出来。经过上述基本训练,我想我可以独立翻译了。那时我对戏剧亦有兴趣,就决心把迪伦马特的一部戏剧代表作《物理学家》翻译出来。译成后我把它投给上海译文出版社新创办的《外国文艺》。想不到很快就被采用了,并立即被上海戏剧学院搬上了舞台。人民文学出版社外文部主任孙绳武看了很满意,马上约我再译几部,以出一部选集。于是我又译了三部,并请张荣昌也译一部,共5部集成《迪伦马特喜剧选》出版(其中暂用了黄雨石译自英文的《老妇还乡》,再版时我用"德译本"替换了它)。1981年秋我去瑞士拜访迪伦马特时,将这个译本呈送给他。他虽然没有得到一分钱的版税,仍十分高兴,并以丰盛的午宴招待了我。

上世纪70年代末是个兴奋、繁忙的年代。除了迪伦马特,还有卡夫卡也拽住了我!那时我是《世界文学》编辑。刊物为"突破禁区",想以卡夫卡为突破口,从正面对他予以肯定,以摘掉他的"颓废派"帽子。恰好"文革"前我就注意着这位作家,因此撰文介绍卡夫卡的任务就落在我的身上。写成后,这篇文章与李文俊译自英文的《变形记》同时发表于《世界文学》1979年第1期。由于该刊当时每期发行30万份,一时洛阳纸贵。于是我加倍地忙了起来:小说与戏剧翻译、写作,两个拳头同时出击,还得编一部50年来卡夫卡研究资料集,还要充当戏剧界的"评论家"……真的忙得晕头转向!

就个人兴趣而言,我对写作的兴趣重于翻译。总觉得写作可以自由地表达自己的思想,而翻译则是一种语言的传递工作,个人发挥的空间不大。此外在我们的研究所,领导曾公开宣布:除了个别难度很大或有重要理论价值的著作,一般翻译不算学术成果,不能用来评审职称。因此在我的学术生涯中,与别的同事相比,我的翻译数量是不多的。

那么在什么情况下我才翻译呢?

一、本人认为属于杰出作品,并估计会引起积极的社会反响。如上述迪伦马特的4部剧作《老妇还乡》《物理学家》《罗慕路斯大帝》《天使来到巴比伦》,我在"文革"前就盯住了它们,认为它们不同凡响。出版后果然引起轰动:它们全被搬上中国舞台。说明选题需要战略眼光。卡夫卡的那些我所看重的作品,也是这样。

二、有的很值得译的作品,被别人译坏了。19世纪德国优秀的小说家T.施托姆的中篇小说代表作之一《溺殇》,其原来的译本叫《淹死的人》。可这个淹死的"人"却是个四五岁的幼儿,怎么能以"人"称之?再者,这个幼儿是一对惨遭黑暗势力迫害的青年恋人的幸福爱情的结晶,他的早夭应引起人们的悲悯。因此我觉得这篇小说的题目译为《溺殇》较妥，并把整篇小说重译了。

三、某种思潮或流派的代表作，一时却无人知晓。我把它们译出来，以便让人领略。例如选集中的三万字的短篇小说《毁灭》，写二战末期盟军对德国第二个大城市汉堡进行的三天三夜的大轰炸，读起来不免需要点耐心。但它却是当代德国文学存在主义代表作之一，写人在特定生存处境下的切实感受，值得让读者领略一下。

四、属于本人研究领域的作家的作品，认为很值得翻译，却迟迟不见有人去译。如卡夫卡的书信和日记，文学和文献价值很高，且数量很大，篇幅约相当于其全集的五分之三。我自己显然没有时间应对，便请一位也喜爱卡夫卡的年轻同行先译起来，然后我进行校对和润色，最后以合译名义出版。如《卡夫卡文学书简》《卡夫卡书信日记选》《卡夫卡致密伦娜情书》和《卡夫卡传》等都属此类。

翻译工作看起来容易，实际上是很难的：不仅要有外文的扎实功底，还要有母语的过硬功夫。我和治学严肃的同行都有这一看法：掌握一门外语没有十年八年的苦功夫是不行的！就说从小就开始学习、一生都在运用的汉语吧，至今我的案头仍离不开一本《现代汉语词典》；学会电脑后才知道：曾经有那么多的字被我读错了！外文有没有类似情况呢？肯定更甚，只是没有认真检查而已！

翻译的对象莫测高深，天文地理随时都会遇到。要成为一名成熟的译者，尽可能储备丰富的知识和词汇是必不可少的！不然，就有可能把国际知名的布莱希特，译成谁也不知的布洛赫特，等等，令人啼笑皆非！或者译文充满陈词滥调，读来乏味不堪。

翻译现代文学，还得注意流派的归属，务必弄清每个流派的审美范畴和艺术表现特征。不然容易望文生义，从而导致词不达意。我在《世界文学》当编辑时，曾请一位外文很好的同行翻译一篇表现主义名家的理论性文章。校对时，改得一片红！是外文水平问题吗？显然不是；是文学功底欠缺，具体说，对现代主义文学太陌生。再以卡夫卡为例，初读他的《城堡》，真是不得不耐着性子:洋洋23万字说来说去无非是K进不了城堡。不久听本单位的基建处主任回答大家的埋怨:为什么款拨下来了,楼却迟迟不见?他说:你以为有了钱马上就能建房子吗?你可知道,建一所房子,我的申请书上得盖满72个图章才能开工呢!我一听内心无比震撼。联系平时常听到的"办件事跑断腿"的哀叹,我立刻从心底呼喊出:"啊,伟大的存在主义,你太理解人类的生存处境了!啊,伟大的《城堡》,你把全人类的生存感受都说出来了!"由此我对卡夫卡的另一部重要长篇小说被译作《审判》也表示质疑了,并最后把它改译为《诉讼》。本来,你若查字典,德文 Der Prozess 这个词,译作"审判"或"诉讼"都是可以的。但须知:审判是一场官司的结果,诉讼则是一场官司的过程。而存在主义关注的正是事件的过程,其作品则是对人类的生存境况的纪实。一如《地洞》中的那位主人公,它始终都处在防备着异己随时来袭的紧张状态中,没完没了。又如卡夫卡的三部长篇小说都没有写完。是不想写完,还是生活本身就没有个完?我的判断是后者。因此 *Der Prozess* 这部小说就隐喻着人的生存始终处于一场没完没了的官司即"诉讼"之中。这样说来,搞翻译还真的需要一点研究的。这方面我很敬重南京大学的洪天富教授,他每接受一部作品,都要对这部作品的理论背景或流派归属作一番研究。

但翻译要获得最后成功,拼到底的还是你的领悟能力,或曰悟性。19世纪中叶清政府创办同文馆以来的一个半多世纪中,译坛多少高手拼搏,名将较量!最后有几人拔得头筹?我看只有年仅32岁就英年早逝的朱生豪真正获得芳名!就《温莎的风流娘儿们》这一剧名,曾有多少名手译作"温莎的浪漫女子们"或"温莎的风流妇女们",等等,唯有朱氏来一个"风流娘儿们",戏剧的底蕴与味道全出来了!这就是"悟性"或曰天赋也!

许多人有了一定的经验,就想给翻译搞一些理论出来。这在上世纪二三十年代曾经搞得沸沸扬扬,结果谁的理论站住了?谁也没站住!严复的"信达雅"一度影响可谓大矣。但久而久之,还是有人表示不以为然了!比如赵萝蕤教授,我就亲自听她这样说过:"如果原文就不雅,而你译得很雅,岂不是与'信'相违了?"我很赞同她的这一看法。在这一点上,傅雷的译文都有可挑剔之处！

出版这个选译本不无遗憾：戏剧是我的翻译活动的重要组成部分，原想收入在我国上演率最高的外国戏剧之一《老妇还乡》，因涉及版权问题，经交涉，终未获得宽容，未能收入。请读者见谅。

叶廷芳
2018 年夏写于浙江衢州

目　　录

变形记

[奥地利]卡夫卡

（Franz Kafka）

1

一天清晨,当格里高尔·萨姆沙从烦躁不安的睡梦中醒来,发现自己在床上变成了一只大得吓人的甲壳虫。他躺着,感到脊背坚硬,犹如铁甲,他稍稍抬起头,看见自己的肚子高高隆起,棕色,并被分成许多弧形硬片,被子很难盖得住,很快就会全都滑落下来。他那许多与他原来的身躯相比细得可怜的腿脚,只见它们无可奈何地在眼前舞动着。"我发生什么事啦?"他想。这可不是梦啊。他的房间静卧在四面好不熟悉的墙壁之间,那是一间可惜略微偏小,却是真正人住的房间。桌子上铺放着各种分别包装好的布料样品——萨姆沙是个旅行推销员——桌子上方挂着他不久前从一本画报上剪下来的画,它被嵌在一个漂亮的、镀了金的镜框里。那是一位戴着毛皮帽子、围着毛皮围巾的女性,她直挺挺地坐着,两只前臂完全笼在一个厚厚的皮手筒里,正对着看画的人。

于是他把目光转向窗口,阴沉的天气完全使他变得心情忧郁——他听见雨点打在窗子挡板上的声音呢。"要是我能多睡一会儿,把所有这些倒霉的事儿都丢在脑后，那该多好啊。"他想，但他已经无法做到了，因为他习惯于朝右睡眠，而按他现在这种状况，他已经无法侧卧了。不管他如何使劲向右侧身，他总是翻回到仰卧姿势。他尝试着努力了上百次，闭上眼睛，以免看见那些乱蹬的腿脚，直到他开始感到右边有一种从未有过的沉沉的疼痛，这才罢休。

"啊，上帝，"他想，"我选了个多么艰辛的职业啊！成天都在奔波。在外面为业务出差的操心比坐在自己的店里做生意大多了。加上旅行的种种烦恼，为每次换车的操心，饮食又差，又不规律，打交道的人不断变换，没有一个保持长久来往，从来建立不起真正友情。这一切都见鬼去吧！"他感到肚子上面有点儿痒痒；他慢慢地蹭着后背，让身体往床头挪动，以便使头部能更好地抬起来；他发现发痒的地方满是白色小斑点，说不好那是什么；他想用一条腿去搔一搔发痒的地方，但马上把腿抽了回来，因为一碰到那个地方，他就浑身发冷。他又滑回到原先的姿势。

"这么早就起床，"他想，"把人弄得傻不楞登。人哪能少得了睡眠。别的推销员活得就像后宫里的娘娘。举例说吧，当我跑着赶回旅店，以便在搞到的订单上签字，这些先生还在坐着吃早餐呢。要是我在我的头头这里也这么试一把的话，我准保立刻就被炒。不过，说不定这对我倒是大好事，谁知道呢。假如我不考虑我父母的态度，我早就辞职了，那样我就会走到我的头头面前，把我的所有想法都一股脑儿倒出来，他不从高高的桌子上掉下来才怪！这也算得上是他的奇特方式，坐在桌子上居高临下地跟职员们说话，而由于他的耳朵又背，大家必须走近他才行。眼下希望还没有完全放弃；等我攒够了钱，还清父母欠他的债——还得五六年吧——我一定办理这件事。那时就会一帆风顺。不过，现在我得起床了，要赶五点的火车呢。"

闹钟正在矮柜上滴答作响，他朝它看了看。"天哪！"他想。时间已经六点半了，指针不慌不忙地往前走着，事实上已经过了六点半，都快到六点三刻了。难道闹钟没有嘀嗒响？他从床上明明是看见闹钟定在四点的；它肯定响过。没错，准是响过，不过，也有可能它震天价响的时候，我竟安安稳稳地睡着而没有听见？咳，他睡得并不安稳呀，但也许因此睡得更死呢。可现在他该怎么办呢？下一趟火车七点钟开；要赶这趟车，他得不顾一切地赶紧才是,可样品还没有包装好,且他自己觉得不大提得起精神,动作也不灵活。而即便他赶上了火车,也免不了头头的一阵暴跳如雷,因为店里的听差白等了他五点钟那趟车,并早已将他误车的事向头头做了汇报。他是头头的奴才,没有脊梁骨,也没有头脑。说他请病假如何?但这会使他十分犯难,因为格里高尔在职五年,一次也没有病过。那样的话,头头会把管医疗保险的医生带来,因儿子的懒惰而责备他的父母,并借助医生的意见,驳回所有的口实,因为在医生看来,世界上就有那种完全健康而厌恶工作的人。再说,就此事而言,医生的说法难道就毫无道理吗?事实上格里高尔除了因睡得过长而确实倦怠外,还真的感觉良好,甚至还有一种饿得发慌的感觉呢。

他飞快地转动脑子,思虑着这一切,而做不出下床的决心,闹钟恰好在六点三刻敲响,这时有人轻轻地敲他靠近床头这边的房门。"格里高尔,"有人喊道,那是母亲的声音,"六点三刻了,你不是要赶火车吗?"多温柔的声音!当格里高尔听到自己回答的声音时,不禁吓一大跳,这声音分明还是他以前的声音,然而却掺杂着一种来自下面的、无法抑制的痛苦的叽叽喳喳声,使得他的话只是一开始还听得清楚,后面的话音就被破坏得不知所云了,以致听的人都不知道是否真的听明白了。格里高尔本想详细回答并把一切解释清楚,可是在这种情况下,他只能说这么一句:"是,是,母亲,谢谢,我这就起床。"由于隔着木板门,外面兴许觉察不出格里高尔声音中的这种变化,因为母亲听了他的这句话就放下心来,拖着脚步走了。可是这段简短的对话却引起了其他家人的注意,他们没想到格里高尔还在家里,于是在一扇侧门上很快听到了父亲的敲门声,敲得很轻,但用的是拳头。"格里高尔!格里高尔!"他喊道,"你怎么啦?"过了片刻,他又压低声音催了一遍:"格里高尔!格里高尔!"这时在另一扇侧门上又听到了妹妹轻轻的抱怨声:"格里高尔,你不舒服?你需要点什么?"格里高尔朝两边回答:"我这就好了。"他说话时十分注意发音,每个词之间停顿好长时间,以便消除他声音中一切引起别人注意的东西。父亲于是回到餐桌又吃他的早餐,可妹妹又轻轻地问道:"格里高尔,开门呀,我在求你呢。"格里高尔却根本就不想开门,而是庆幸自己在旅行中养成的谨慎习惯:即使在家里,夜间也要锁好所有的门。

首先他想安安静静地、不受干扰地起床、穿衣,而第一件事是吃早饭,然后再来考虑下一步怎么办,因为他觉得在床上想问题八成是想不出什么好主意来的。他想起他在床上多次感到隐隐作痛,可能都是由于躺的姿势不恰当引起的,可是起床时却发现,这种微痛纯粹是幻觉所致,故他很想看看,他今天的许多幻觉将怎样渐渐消失。至于他的声音的变化,那无非是某种重感冒的前兆,一种旅行者职业病的预兆而已,对此他深信不疑。

掀掉被子简单得很;只须将肚子稍稍一挺,被子便自行掉了下来。但接下去困难就来了,尤其是由于他的身体宽得出奇,使他行动十分艰难。他本来可以利用胳膊和手坐起来,但现在取代它们的是许多条小腿。它们不停地做着许多动作,控制不住它们。他若想收回一条腿,这条腿却向外伸得笔直;要是他成功地利用这条腿随心所欲地动作,其他腿就像被释放似的,极其痛苦地乱踢乱蹬起来。"可千万别白白地待在床上",格里高尔在心里对自己说。

他先想将身体的下半部挪出床外,可是他还从未看见过,也想象不出现在的下半身成了什么样子:只觉得它笨重得很难挪动;它只能十分缓慢地移动,到最后几乎发疯似的使尽吃奶力气,不顾一切地向前推进,可他却选错了方向,使他重重地撞到了床的另一头的床架上,他感到火烫似的剧痛,这教他明白,恰恰是他身体的下半部眼下也许是他全身的最敏感之所在。

于是他试着先把上半身挪出床外,便小心翼翼地把头转向床边。这个他倒是轻易地成功了,尽管他那块头又宽又重,但它最终还是随着头部的转动而慢慢转动起来。然而,当他的脑袋伸出床外,空落落悬着的时候,他却害怕起来,不敢再继续往前努力,因为一旦他就这么摔下去的话,除非奇迹发生,不头破血流才怪。而知觉恰恰是他现在无论如何也不能丧失的;他宁愿躺在床上。

可是,当他同样以九牛二虎之力把身躯挪回原来的位置躺在那儿,又看见他那些细腿比以前争斗得还要厉害,而又看不到使这种混乱的盲动状态恢复平静与秩序的时候,他却又想,不能就这样待在床上,现在最明智的做法是,不惜一切代价,也要设法摆脱床铺,哪怕只有一线希望。但同时他并未忘记时时提醒自己,深思熟虑比因绝望而做出的决定要强得多。在这样想的时候,他把目光投向窗户,睁大眼睛,紧盯不放,可惜窗外晨雾弥漫,连狭窄的街道对过都被浓雾遮蔽。面对这样的景象，谁也提不起信心和兴致。"已经七点了，"听见闹钟再次敲响的时候他想，"都已七点了，还总是这样雾蒙蒙。"他轻轻呼吸着，静静地躺了一小会，仿佛从这完全的寂静中，他也许能盼来那真实的、理所当然的状况重新回到他身上。

接着他却想道："我无论如何得在七点一刻完全离开床位。再说那时公司就会来人，询问我的情况，因为公司七点以前开门。"于是他开始用力晃动全身，好把他的身子横过来，以便整个儿从床上晃出去。假如他用这种方式从床上掉下去，在掉落的时候把头尽量抬起，估计不会把头摔伤。脊背看来很硬，掉在地毯上不会出什么事。他最大的忧虑是，背部落地时必定会发出一声巨响，这可能会使房门外的家人们即使不感到惊吓，也会引起他们的忧虑。不过，这个关怎么也得过。

当格里高尔的身体一半已经露在床外——这新方法与其说是费劲，毋宁说是好玩，他只须有节奏地摇晃自己就可以——他突然想起，只要有人来帮个忙，事情岂不十分简单。两个身强力壮的人就足够了——他想到他的父亲和侍女；他俩只要把胳膊伸进他隆起的脊背下面，这样把他从床上慢慢撬起来，弯下腰去把重物托住，然后他们只须小心地耐心等着，他自己会从地板上翻过身来，这时他那些细腿但愿能发挥作用。现在呢，姑且不说所有的门都锁着，难道他真的该喊人求助吗？想到这里，尽管他的处境十分窘迫，他还是禁不住微微一笑。他摇晃得越来越使劲，以致几乎失去平衡，而他已经到了必须马上做出决定的时候了，因为五分钟以后就是七点一刻——住房大门上的铃声响了。"公司来人了。"他想道，几乎发呆了，而他那些细腿却舞动得更加急促了。寂静了片刻。"他们没开门。"格里高尔怀着某种想入非非的希望想道。但很快，侍女自然地就像往常一样以坚定的步子走到门口，把门打开。格里高尔只听到来人的第一声招呼就知道他是谁——公司协理本人。为什么天注定偏偏是格里高尔，在一家商号供职，发生一点小小的延误，马上就招致天大的怀疑？难道所有的员工全都是无赖，他们中就没有一个忠实、听话的人，他即便早上有那么几个钟头没有充分利用为公司做事就于心不安，头脑发呆，简直连床都下不了？假如非要对此事刨根究底问个究竟的话，派个学徒来打听一下难道还不够，非要协理大人亲自出马,并通过这一举动向无辜的全体家人表明,这一可疑事件的调查只有协理本人的智力方能胜任?与其说格里高尔由于做出了一个正确的决定而激动,毋宁说由于他想到这些而激动:他竭尽全身力气,一跃而翻到了床下,跟着是一声响亮的撞击声,不过要说真正的巨响也谈不上。地毯稍微减弱了落地时的声音,此外后背也比他想象的更有弹性,所以落地时声音发闷,不那么引人注意。只是他不太小心,头抬得不够,碰到地板上了;他又恼又痛,扭动着脑袋,并就着地毯蹭揉它。

"那边房间里有什么东西掉在地上了。"公司协理在左边的厢房里说。格里高尔试图设想,类似他今天发生的事,是否有一天也会发生在这位协理身上;说实话,这种可能性是存在的。但是,好像在粗鲁地回答他的问题似的,隔壁房间里的协理坚定地走了几步,他的皮靴噔噔作响。右边厢房里他的妹妹悄悄向他传话:"格里高尔,协理来了。""我知道。"格里高尔自言自语地说。他不敢提高声音,不让他妹妹听见。

"格里高尔,"现在左边厢房里的父亲说话了,"协理先生来了,他问,你为什么没有搭早班火车走。外面不知道该对他说什么。再说,他要跟你本人谈谈。所以请把门打开。你房间里东西凌乱,他会谅解的。""早上好,萨姆沙先生。"协理友好地高声说道。"他不舒服,"父亲还在贴着门说着,母亲插进来对协理说,"他不舒服,请你相信我,协理先生。要不,格里高尔怎么会误了火车呢!这孩子头脑里装的全是公司里的事。他晚上从不出门,为此我几乎都要生他的气了;这段时间他在城里整整待了八天了,但每个晚上都待在家里。他和我们一起坐在桌子旁静静地看报,要不就是查看火车时刻表。对他来说,锯点小玩意儿什么的,就已经是一种消遣了。举例说吧,他曾经花了两三个晚上刻制了一个小镜框;您看了会惊讶,它做得多么精致;它就挂在他那个房间里,等他开了门,您就会看到的。您来我们家,我很高兴,协理先生;光我们自己说不动格里高尔把门打开;他就是这样固执;他肯定是身体不适,尽管他早上否认这一点。""我就来。"格里高尔慢吞吞地说,却躺在那里纹丝不动,以免漏听了他们交谈的任何一句话。"恐怕是的,夫人,我也没有别的原因可以解释这件事情,"协理说,"但愿不是什么大不了的重病。不过,另一方面我也还得说,我们生意人——你可以说遗憾,也可以说幸运——若遇到一点小毛小病，出于生意的考虑，常常不得不等闲视之的。""那么协理先生现在可以进去看你啦？"不耐烦的父亲说，并又一次敲起门来。"不。"格里高尔说。左边厢房里笼罩着一片难堪的寂静，右边厢房里妹妹开始抽泣起来。

妹妹为什么不到他们那边去呢？她也许现在才起床，衣服都还没有穿呢。那她为什么哭呢？因为哥哥不起床，不让协理进他的房间；或是他面临丢饭碗的危险，因而老板又将向父母逼债？这些暂时都还是不必要的担忧。格里高尔还在这儿，丝毫没有想到要离开他的家。此刻他还躺在地毯上呢，凡见到他这般情景的人，都不会认真要求他让协理进他的屋的吧。不过，格里高尔不会因为这点小小的不恭行为而马上被公司炒鱿鱼的，以后很容易为这一行为找到一个恰当的口实。格里高尔觉得，就这样静静地躺着，比起又哭又求情来打扰协理要明智得多。但是，正是这种情况不明令其他人困惑，并使他们的态度得到宽宥。

"萨姆沙先生，"现在协理提高嗓门说，"您究竟发生了什么事？您把自己关在房间里，只回答'是'和'不是'。您让您父母不必要地为你深深忧虑，并且——只是顺便提一下——还以这样一种闻所未闻的方式玩忽职守。我现在以您父母和您上司的名义和您说话，老板非常严肃地请您立即予以清楚的说明。我很惊讶，实在惊讶。我原以为您是一个安详的、明达事理的人，而现在您好像突然变得要由着性子耍态度了。今天清晨，老板向我暗示了您误工的某种可能的解释，它涉及不久前委托您办理的一笔进项，可是我当时真的几乎以我的名誉担保：这个解释不可能中肯。然而现在，我在这里亲眼看到您的不可思议的固执，我失去了任何兴趣为您出力，也丝毫不想为您澄清了。而您在公司里的地位并不是最靠得住的。我原本是想，这些事情只在我们两人之间说说就行了，但您在这里让我白白地浪费了时间，我不明白，为什么不让您双亲大人也来听听。要知道，您最近这段时间的成绩是很不令人满意的哟，诚然，现在不是做生意的季节，但是，不做生意的季节根本是没有的，萨姆沙先生，这样的季节是不准有的。"

"可是，协理先生，"格里高尔喊道，他控制不住了，由于激动而忘记了一切，"我马上就开门，这就来。我有一点点不舒服，头有点儿晕，因而起不了床。我刚才还在床上躺着呢,但现在又有精神了。我正从床上起来。请耐心再稍等片刻!情况还不像我想的那么好,不过已经好多了。一个人怎么可以突发这样的事呢!昨天晚上还是好好的,我的父母不是都看见的嘛,或者说得更准确些,昨天晚上我就有了些许预感。那时就觉察出来就好了。怎么就没有向公司报告这件事呢!不过我总在想,这点病不待在家里我能挺过去的。协理先生,就别为难我的父母了!您刚才对于我的所有指责都是没有根据的;关于这些没有人说过我一句话。您也许还没有看过我寄走的最近的那些委托书吧。再说,我还赶得上乘八点钟的火车去出差呢,这几个钟头的休息使我恢复了精力。协理先生,请不要在这儿耽搁了;我立刻就自己去公司,劳您大驾,向老板说一下我这个意思,并转达我对他的问候。"

格里高尔像滚滚流水似的把这一席话说了出来,几乎不知道自己说了些什么。与此同时,他用在床上学到的办法,很容易就靠近了那只柜子,并试着倚凭这只柜子站起来。他确实想去开门,确实想让人看见并和协理说话;他好奇地想知道,那些现在想见他的人见到他时会说些什么。倘如他们大吃一惊,那么格里高尔就不负什么责任,他就可以安然了。倘若他们都平静地接受这一切,那么他就没有理由焦虑不安,只要他抓紧的话,说不定真还能赶上八点钟的火车呢。头几次试站时,他都从光滑的柜子上滑落下来,最后,他用力往上一挺,终于站起来了。尽管下半身痛得死去活来,他也根本顾不得了。他重重地靠到就近一张椅子的椅背上,用他的细腿紧紧抓住它的边缘,以此控制住了自己的身体,于是他不说话了,因为他现在可以好好地听听协理说话了。

"您二位听懂他哪怕一句话了吗?"协理问父母,"他不是把我们当傻瓜吧?""上帝啊,"母亲哭着喊了起来,"他兴许病得很重,而我们还在折磨他。"接着她喊她女儿:"格蕾特!格蕾特!""妈妈?"妹妹从另一边喊道。他们隔着格里高尔的房间互相沟通情况。"你赶紧去请医生。格里高尔病了。快去请医生。你听见刚才格里高尔说话了吗?""这是动物的声音。"协理说道。比起母亲的叫喊声,他的声音听起来很轻。"安娜!安娜!"父亲通过门厅朝厨房喊道,急得直拍手掌,"快去叫个锁匠来!"话音刚落,两位姑娘就一阵风似的穿过前厅,往外飞跑,裙子发出飕飕的响声——妹妹怎么那么快就穿好了衣服?——她们到了门口,一把推开大门跑了出去。没有人听见把门再关上的声音;她们也许就让门敞着,就像许多人家里出了事,就让门敞在那里一样。

不过格里高尔倒平静多了。就是大家听不懂他的话了,尽管他自己觉得他说的话是够清楚的,比以前还清楚呢,也许是他自己的耳朵听习惯了的缘故吧。但现在大家都觉得他不对劲儿,准备帮他了。他们帮他安排头几件事时所表现出来的信心和沉着让他感到宽慰。他感觉到自己又被纳入到人类的圈子里,并企盼他们两位——医生和锁匠——做出了不起的、令人吃惊的成绩,而不用那么精确分清孰重孰轻。他稍稍咳嗽一下,清了清嗓子,以便迎接即将开始的具有决定意义的谈话;当然他把声音压得很低,因为他的咳嗽声也很可能已不像人的声音,而这一点他自己是不敢断定的。隔壁房间里是完全寂静了,也许父母正和协理坐在桌旁轻声细语谈论着,也许他们都靠在房门旁偷听呢。

格里高尔坐在椅子上慢慢向房门移动,到了门口把椅子一推,全身向房门扑去,倚着门把身子挺直——他的小腿的脚掌带有些许黏性物质——他就这样休息了片刻,以缓解紧张。然后他准备用嘴转动插在锁眼里的钥匙。可惜他好像并没有真正的牙齿,他凭什么马上咬住钥匙呢?不过他的下颚却非常结实,靠着它倒真的把钥匙转动了,而并不注意他因此会让自己付出某种代价:一种棕色的液体从嘴巴里流了出来,从钥匙上滴落到地上。"你们听吧,"协理在隔壁房间里说,"他在转动钥匙呢。"这对格里高尔是个巨大的鼓舞;可是大家都应该对他喊,包括他的父亲和母亲:"格里高尔,使劲!继续转下去,别松手!"他想象着,大家都在紧张地看着他开门,于是他使出浑身解数,不顾死活地咬住钥匙。他随着钥匙的转动而跟着锁眼舞动;他现在还仍然凭嘴巴直立着,而根据需要他时而挂在钥匙上,时而用全身重量再把钥匙压下去。锁终于开了,清脆的声音把格里高尔唤醒。他舒了一口气,心想:"我好歹没有用锁匠!"他把头靠在门把上,以便把门完全打开。

由于他必须用这种方式把门打开,所以即使门已经开了很宽一条口,人家还是看不见他。这样他就得先绕着一扇门慢慢转动,而且还得十分小心,不然进客厅时就会扑通一声跌个四脚朝天。他又在艰难地移动着他的身体,没有时间顾及别的事了,这时他听见协理"啊"的一声惊呼——那声音听起来就像大风呼啸似的——随即看见他本人就站在门口最近的地方,一只手紧紧捂住他张开的嘴巴,一步步向后退去,仿佛有一股看不见的、均匀地向前推进的力量在驱赶着他。母亲——他起床后还没来得及梳洗,尽管有协理在场,仍顶着一头高高耸起的乱发站在那里——先是合着双手看着父亲,而后朝格里高尔走了两步,随即倒了下去,衣裙在她四周摊了开来,头垂在胸前,脸完全埋在里面。父亲握起拳头,露出一脸敌意,好像他要把格里高尔推回到他的房间里去似的,然后他不安地环顾了一下客厅,随即用手捂住眼睛哭了起来,以致他壮实的胸脯颤动不已。

　　格里高尔没有往客厅走,而是从里面靠在那扇闩死的门扉上,所以只能看见他的身子的一半和身子上面侧向一边的脑袋,他正凭这种姿势窥视大家呢。这时天色亮了许多;街对面那幢长得没有尽头的灰黑色房屋中的一段清晰可见——那是一座医院——房子正面排列着间隔有序的窗子;雨还在下,雨点很大,一滴滴清晰可见地、稀稀落落地掉在地上。桌子上摆着很多早餐餐具,因为对父亲来说早餐是他一天中最重要的一顿饭,他一边吃,一边翻阅报纸,要花好几个钟头。恰好对面墙上挂着一幅格里高尔服兵役时照的相片:少尉的装束,手按在剑上,微笑着,无忧无虑,一副要人家一看到他那风度和制服就肃然起敬的样子。通往门厅的门开着,由于大门也开着,所以看得见大门外的前院和通往下面的阶梯的头几个梯级。

　　"好啦,"格里高尔说,他兴许意识到自己是在场的人中唯一保持安静的人,"我马上穿衣服,包装好药品就走。你们,你们肯让我走吗?哦,协理先生,您看,我不是死脑筋,我喜欢工作;出门很辛苦,但不出门我活不了。您现在去哪里,协理先生?去公司,是吧?您会如实报告这一切的吧?一个人有时会暂时干不了活,但是合适的时机很快就会到来,那时他想到以往的成绩,就会考虑一旦障碍消除后,就会更加勤奋、更加专心致志地投入工作。我不会辜负经理先生的,这您很清楚。另一方面,我也为我的父母和妹妹担忧。我现在正焦头烂额。但我会很快摆脱困境的。请你不要再给我雪上加霜,我已经够受的了。请你在公司里为我说番好话吧!人们是不喜欢外勤人员的,这我明白。他们以为他在外面赚大钱,在享福呢。他们没有什么特别的缘由去好好思考这种偏见。可您,协理先生,比起其他同事您对情况了解得更全面,说句心里话,您对全局的把握甚至胜过经理先生本人,因为经理身为老板容易被人误导,做出不利于某个职工的判断。想必您也很清楚,外勤人员几乎整年不在公司里,容易成为闲言碎语和捕风捉影地责难的牺牲品,而对这些事情他根本无法防备,因为大多他根本就听不到,只有等他疲惫不堪地出差回来时,他才感觉到这些莫名其妙的事情的严重后果。协理先生,在您走以前给我一句话,向我表明,我的话至少有一部分是对的!"

可是协理才听了格里高尔头几句话就转身向门口走去,他耸着肩,嘴巴张得大大地扭过头来,将两眼朝向格里高尔。在格里高尔讲话时,他片刻也没有停留,而是一边瞧着格里高尔,一边向门口挪动脚步,仿佛有一道禁令不让他离开房间似的。他已经进了门厅。当看到他离开客厅的最后一步的突然动作时,人们会以为,他的脚跟烧伤了。而在门厅里,他远远向台阶伸出右手,好像那里有一位上天的救星正等着拯救他。

格里高尔心里清楚,他无论如何不能让协理怀着这种情绪回去,不然的话他在公司里的地位会受到极大的损害。他父母哪里会明了这一切;他们长期以来就形成了这样的信念:儿子在这家公司里干活,则生活一辈子都无须忧虑的,何况现在遇到这样的倒霉事儿,哪里还管得了将来的事。可是格里高尔想到了自己的前途。必须把协理挽留下来,稳住他,说服他,最后赢得他的心;格里高尔和他一家的未来都有赖于他啊! 要是妹妹在这儿就好了! 她很聪明,在格里高尔还安安静静地躺着的时候,她就已经哭了。协理是个喜欢女人的人,他会听妹妹的话;她会将大门关上,在门厅里就打消他的恐惧心理。可妹妹偏偏不在,格里高尔只得亲自出面来干。而他并没有想到,在目前情况下他是否有能力挪动身体,也没有想到他的话有可能——甚至极有可能再次不被理解,他的身体就离开那扇靠着的门;他往外挪动着;他想走近协理,这时协理已经十分可笑地用双手紧紧抓住门前阶梯的栏杆;他刚一动窝就身不由己,随着一声轻轻的喊叫立即倒了下去,连着那许多小腿一起着了地。刚一着地,他就感到这个早上从未有过的舒服;他那些小腿终于实实在在踩在地上了;看到它们完全听从他的调遣,他多么高兴;只要他想到哪里,它们便竭尽全力把他驮到哪里;于是他相信,最终摆脱一切痛苦的时刻已近在眼前了。可就在这时,就在他由于动作不便而摇晃着躺在他母亲的对面时,离他很近而正陷入沉思的母亲突然跳了起来,双臂前伸,十指叉开,大喊:"救命!上帝,救命哪!"她低下头,像是要仔细看看格里高尔,却身与愿违,没命地往后逃离;却忘了背后是摆好餐具的桌子;当她退到桌边时,神不守舍地一屁股坐了下去;她压根儿就没有注意到,旁边满满的一大壶咖啡被碰倒了,咖啡正咕嘟咕嘟地往地毯上流淌。

"妈妈,妈妈!"格里高尔轻轻喊道,抬头看着她。这一刹那间他完全忘记了协理;协理则眼看着咖啡流淌,不禁张开嘴巴对着空中咂巴。母亲看到这情景又一次尖叫起来,起身往回跑,和正朝她赶来的父亲撞了个满怀。然而格里高尔此时没有时间顾及他的父母;协理已经在楼梯上,他把下巴搁在栏杆上,最后一次回头看了一眼格里高尔。格里高尔鼓起劲往前赶了几步,以便能追上他;协理则必定预感到他要干什么,一个大步跨了好几个梯级,只听得"唬"的一声便消失不见了;可他那声惊呼还在整个楼梯间回响。遗憾的是,协理这一跑好像把事情发生以来一直都还比较镇静的父亲也弄得慌乱不堪。你看,他既不亲自去追协理,或者至少不妨碍格里高尔去追,却用右手拿起协理连同大衣和帽子一起遗忘在椅子上的手杖,左手从桌上拿过一份大开面报纸,一边跺着脚,一边挥舞着手杖和报纸,把格里高尔赶回房间去。格里高尔怎么恳求都不管用,也没有人听得懂他的恳求,无论他多么低声下气地不停转动着脑袋,父亲只顾跺着脚,而且越跺越厉害。那边厢,母亲则不顾天凉,打开一扇窗子,把身体尽量靠到外面,双手捂住脸。弄堂与楼梯间之间刮起一股强劲的穿堂风,窗帘飘了起来,桌子上的报纸沙沙作响,有几张被吹落到了地上。父亲像一头发狂的野兽似的发出啾啾声,毫不留情地逼着格里高尔回房间里去。但格里高尔真还没练过退着走的功夫,他往回退时实在是非常缓慢。要是格里高尔可以转身的话,他早就在房间里了,可是他担心这样做会让父亲不耐烦,父亲手里的手杖随时都会给予他背上或脑袋上致命的一击。但他终究还是没有做别的选择,因为他惊恐地发现,在他退着走的时候,他连方向都不知怎么掌握;于是他只好一边战战兢兢地、不停地侧看着父亲,一边开始尽可能把身子转得快些,而实际上却只能转得十分缓慢。父亲也许觉察到他的良好意图,因为他没有阻拦他的行动,而是用他手杖的一端从远处不时转动着,为他指点方向。只要父亲不发出这种不可忍受的啾啾声就好了!这啾啾声可把格里高尔搞得晕头转向。他本来已经几乎转过身来了,可他听着这啾啾声被弄糊涂了,又退回去一段。当他终于把头部到达门口时,却发现,他的身子太宽了,无法径直穿过去。父亲在目前的情绪下当然也想不起打开另一扇门,让格里高尔有足够的通道进门去。他僵直的脑子一心只想着格里高尔能快快进屋去。格里高尔若要直立起身子通过门道,那就得做一系列繁杂的准备动作,父亲哪会允许他这样慢慢做准备呢。相反,他大喊大叫地催促着格里高尔往前走,仿佛这里根本就不存在任何障碍似的;现在格里高尔身后的嘈杂声也不仅仅是父亲一个人的声音了;现在真的不是闹着玩的了,格里高尔不顾一切地往门里挤。他抬起身体的一侧,斜躺在门框里,身上的那一侧擦得满是伤痕,在洁白的门上留下难看的斑痕,不久他就卡在门里,靠自己再也动弹不得了,只见另一边的小腿颤抖着空悬在那里,另一侧的腿被压得疼痛不堪——此时,父亲从后面给了他真正解救性的猛力一推,格里高尔猛地远远弹进了他的房间里,顿时满身鲜血淋漓。父亲顺手用手杖一钩,关上了门,接着,家里终于寂静下来了。

2

直到黄昏时分,格里高尔才从昏沉沉的迷睡中苏醒过来。过不了多久,就是没有外界的干扰他也会醒过来的,因为他觉得已经睡足了,休息够了,不过他还是觉得是一阵匆匆的脚步声和那扇通向门厅的房门的小心关门声把他吵醒的。街上的电灯光苍白地映照在天花板上和家具的上半部分,可是格里高尔所在的下面周围却是黑暗的。他缓慢地挪动着身体,用他现在才懂得爱惜的感觉器官,还不利索地摸索着向门口移动,想看看外面发生了什么。他的左半身仿佛整个就是一道长长的、感觉很不舒服的伤疤,他不得不依靠两排腿脚一瘸一拐地往前挪动。一条小腿在早上猛挤时已经受了重伤——只有一条腿受伤,可谓奇迹——毫无生气地被拖着走。

到了门旁他才发觉,把他吸引到那里去的究竟是什么了;那是某种吃的东西的味道。挨门放着一满盆甜牛奶,上面漂浮着几小片白面包。他高兴得差点儿笑出声来,因为比起早上,他现在饿得更厉害了,他马上把头伸进盆里,眼睛几乎碰到了牛奶。但他很快就失望地把头缩了回来,因为一方面他身子左半边不方便,使他吃起饭来困难不已——只有随着大声喘气,全身起伏,他才能吃饭;而且他平时最喜欢的食品即牛奶——肯定是妹妹因此而为他准备的——却一点也不好喝,他甚至感到厌恶,几乎反感地离开它,转身回到居室的中间去。

格里高尔透过门缝看到客厅里点着煤油灯,却听不到任何声音,而通常这时父亲总是习惯于提高嗓门,给母亲,有时也给妹妹念当天下午出版的报纸的。关于念报的内容,妹妹或口头或信中向来都要跟他谈及的,近来也许放弃了。尽管整个住宅肯定并非空无一人,但里面却寂静无声。"家人们过着多么宁静的日子啊!"格里高尔心里想道,他一边呆呆地看着眼前的一片黑暗,一边感到非常自豪:他让他的父母和妹妹拥有这样一套像样的住房,过上这样一种生活。然而,如果现在所有这一切,这宁静、优裕、平和的生活可怕地结束,那会是什么样子呢?格里高尔不敢继续想下去,他宁可活动起身子,在屋子里爬来爬去。

在漫长的夜晚中,一会儿这扇门开了一条小缝,一会儿另一扇门开了一个口子,但都很快就又关上了;想必有谁想进来,但又有许多顾虑。格里高尔爬过去,紧挨着客厅门旁待着,决心以某种方式让顾虑重重的来访者进来,或者至少弄清楚来者是谁;可现在却再也没有人来开门了,格里高尔算是空等一场。以前门关着的时候,大家都想进来看他,现在他开着一扇门,且别的门也都整天敞着,却再也没有人来了,而钥匙就在门外插着。

直到深夜,客厅的灯才熄灭,现在格里高尔很容易确定,父母和妹妹一直都没有睡,因为他听得很清楚,他们三个人现在都踮着脚离开了客厅。从现在到早晨肯定不会有人进屋来看格里高尔了;这样他有很长时间安安静静地考虑,如何重新安排他今后的生活。可是他被迫躺在地板上,看着这空空荡荡的大房间,总感到害怕,而又弄不清原因何在,因为他在这间屋子里居住已达五年之久了呀——他半下意识地转了个身，而且不无略微羞耻地急忙躲到沙发底下。在这里他立刻感到非常舒服，尽管他的脊背受到些许挤压，尽管他的头抬不起来。唯一遗憾的是，他的身体太宽，无法整个儿藏在沙发底下。

他在沙发底下待了一整夜，有时半醒半睡，一再被饥饿搅醒，有时则陷入忧虑和模糊的希望之中，而所有这一切都导向一个结论：目前他必须保持安静，用耐心和最大的体谅来减轻家人由于他目前的状况而引起的倒霉和难受心情。

第二天凌晨，几乎还没有天亮，格里高尔就有机会检验一下他刚才所下的决心是否过硬，因为这时，他妹妹几乎穿戴整齐，从客厅过来打开门，带着紧张的神情往里看。她没有马上发现他——上帝，他必定得待在什么地方呀，他总不能飞走吧？但当她发觉他卧在沙发底下时，她吓了一大跳，无法控制自己，砰地一声把门从外面又给关上了。但似乎她对自己这一行为又后悔了，马上把门又打开，好像探望一个重病人或一个陌生人似的，踮着脚走了进来。格里高尔把头贴着沙发边探了出来看着她。她会不会发觉他没有动过牛奶，而且并非因为他不饿？或者会不会她送来更适合他胃口的食物？假如她不是自觉这么做，他宁可饿死也不会提醒她这一点，尽管他迫不及待地想从沙发底下钻出来，恨不得跪在妹妹脚下，请求她带点任何好吃的东西来。但是妹妹立刻惊讶地发现，盆里的牛奶还是满满的，只有少量的牛奶洒在盆子周围，她马上把它端起来，拿走了；自然没有直接用手，而是垫了一块布。格里高尔急切地想知道，她会给他送些什么别的食品来，他脑子里转动着各种各样的念头。他可怎么也猜不出好心的妹妹真正要为他做什么。为了探测他究竟想吃什么，她给他送来一大堆不同的东西，摊放在一张报纸上，供他选择。那是些不新鲜的、已经有馊味的蔬菜；有头天晚饭剩下的骨头，外面涂有已经凝固的肉汁；一把葡萄干和杏仁；一块格里高尔两天前就表明过不爱吃的奶酪；一个干面包，一片涂了奶油的面包，一块涂了奶油和盐的面包。此外，她在这些东西旁边放了一只可能永远为他准备的、盛满水的盆。她感情细腻，知道格里高尔当着她的面是不会吃的，便赶紧离开房间，还将钥匙转动了一下，以便暗示格里高尔，他觉得什么姿势舒服就摆什么姿势吃。现在该是吃饭的时候了,他那些小腿都跃跃欲试地躁动起来。还有,他的伤口也已完全好了,他一点不感到有什么碍事之处,他对此很是惊讶,想起一个多月前,他的一个手指被刀扎破了一点,那伤口直到前天还痛得很呢。"莫非我现在不如以前敏感了?"他一边想,一边狼吞虎咽地吃起了奶酪,在所有这些食物中,他一眼就看中了奶酪。他一口接一口地猛嚼着奶酪、蔬菜和肉汁,津津有味得流出了眼泪;而新鲜的食物他反而觉得不好吃,连它们的气味他都感到不可忍受,甚至把他想吃的东西挪到远一点的地方去吃。吃饱了饭,他什么事也没有了,便懒洋洋地就地躺着,这时妹妹慢慢转动钥匙,示意他该回去了。尽管他几乎已经睡着了,还是被惊醒过来,赶紧又回到沙发底下。然而,哪怕妹妹只在房间里停留片刻时间,他也得付出极大的自我克制,因为他扎扎实实饱餐了一顿以后,身体稍稍鼓了起来,在沙发底下挤得他几乎喘不过气来。他憋得有些窒息,两眼略微鼓起,看着对他此刻的处境毫不知晓的妹妹,她正用一把笤帚不仅将吃剩的东西,而且将格里高尔连碰也没有碰过的饭菜统统归拢到一起,仿佛它们是一堆再也用不着的垃圾,将其一股脑儿倒进桶里,盖上木制盖子,一把提了出去。妹妹一转过身去,格里高尔就从沙发底下爬将出来,舒展身体,拼命呼吸。

　　格里高尔每天就通过这种方式得到他的食物。一天早晨,父母和女仆还在睡觉,在大家第二次吃完午饭后,父母照常还要睡一会儿,女仆则被妹妹支使去做某件事情。他们肯定也不愿让格里高尔饿死,但也许他们与其亲眼看他怎样吃饭,还不如听人说他怎样吃饭,说不定妹妹不想给他们增添哪怕小小的可能的忧伤,毕竟他们已经够受的了。

　　在头天的那个上午他们是用什么借口把请来的医生和锁匠又打发走的,格里高尔不得而知,因为,既然人家听不懂他说的话,也就没有人会想到,甚至包括妹妹,他能听懂别人的话,故而每当妹妹在场的时候,他时不时能听到妹妹的叹息和向上天的祈求就心满意足了。直到后来她对这一切有点儿习以为常了的时候——完全习以为常当然是根本谈不上的——格里高尔才偶尔听到她的只言片语,那是她怀着好意说的,或者可以这样解释吧。只要她发现格里高尔把饭吃得精光时,她就说:"他今天吃得倒很香。"而在相反情况下——这情况现在越来越频繁——她就总是几乎带着忧伤的语气说:"看,又全都剩下了。"

　　不过,在格里高尔直接从家人那里听不到什么消息的情况下,他倒从隔壁房间里听得一些谈话,原来,只要哪个房间传出什么谈话声,他立刻就跑到相关的门边,把整个身体都紧贴在门板上。特别是头几天,没有一次谈话,即使是秘密的谈话,不是或多或少都跟他有关。整整两天,每次吃饭时都听到他们在商量现在该怎么办,以什么态度对待为宜;但即使不在吃饭时间,他们也在谈论同一个话题,因为家里至少总有两个家庭成员,原因是或许谁也不愿单独留下,而家里无论如何不能没有人。女仆——不完全清楚,她对所发生的事知道什么,知道多少——也在头一天就百般哀求母亲马上辞掉她。一刻钟以后,当她告别时,她流着眼泪对母亲准她离去感激不尽,仿佛这是他们为她所做的一件多么积德的好事,而且在没有人要求她的情况下,她发了一个酷誓:绝不向任何人透露一丝这里发生的事情。

　　现在妹妹也不得不与母亲同心协力一起烧饭了;当然这并不怎么费事,因为他们几乎什么都不吃。格里高尔一再听到,这个人怎样劝另一个人吃饭,得到的除了"谢谢,饱了"之类的回答,总是无效。饮料看来也没有人喝了。妹妹常常问父亲想不想喝啤酒,而且诚心诚意表示愿意亲自为他去买,而父亲总是一声不吭,为了消除父亲的顾虑,她说,她可以叫管房子的女人去弄来,但最后父亲却粗声粗气地说了个"不"字,从此就再没有人提啤酒的事了。

　　还在第一天,父亲就不仅向母亲也向妹妹阐述了家里的全部财产状况及其前景。他时不时地从桌子旁站起来,走向一个五年前他的商店倒闭时抢救下来的小保险箱,从中随手取出一张单据和一本记事簿。格里高尔看到他怎样打开保险箱那把复杂的锁,取出要找的东西后又怎样把它重新锁好。父亲的这番说明是格里高尔自关在屋子里以来有机会听到的第一件值得高兴的事情。他原以为父亲的那家商店没有给他留下任何一件东西,至少父亲从未向他说过与此相反的话,格里高尔自然也没有问过他。格里高尔唯一关心的是让家人尽快忘却这件使大家陷入绝望的商业灾难。于是从那时起,他开始以异乎寻常的干劲拼命工作,几乎一夜之间就从一个商业小伙计变成一名旅行推销员。旅行推销员的赚钱可能性与商店小伙计那就完全不同了:他的工作业绩立刻以佣金形式变成现金,把它往家里的桌上一放,家人喜出望外。那是一段美好的时光,此后再也没有到来过,至少再也没有那样光彩夺目过,尽管后来格里高尔挣的钱并不少,足够支撑也确实支撑了家庭的全部开销。无论家人还是格里高尔,大家对此都习以为常了,格里高尔乐意把钱交给家里,家人于此也很感激,如此而已,他们之间有什么特别的温馨却再也没有产生过。只有妹妹还依然让格里高尔感到亲近,他有个秘密的打算,翌年送妹妹去音乐学院上学,不管费用多高,他也要通过别的途径筹措足够的钱,因为妹妹与格里高尔不同,她很爱好音乐,拉得一手优美的小提琴。在格里高尔在城里短暂逗留期间,他和妹妹的谈话中经常提到音乐学院,但那始终只是一个不敢想象它能实现的美好的梦,这些并无害处的谈论父母连听也不想听;然而格里高尔主意已定,并且决心在圣诞之夜庄严宣布这一决定。

在他竖立着靠在门上偷听外面的谈话时,脑子里转动着这样一些在他目前状态下毫无用处的想法。有时他实在疲惫不堪,什么也听不进,脑袋无力地耷拉下来,磕到门板上,他就又马上振作起来,以为由此引起的哪怕一点点声响,让隔壁听见后,他们就会噤若寒蝉,缄口不语了。“他又在干什么啦?”父亲停了片刻后才说,显然是朝门那边说的,然后他们才慢慢恢复中断了的谈话。

由于父亲习惯于经常重复讲他那些话,部分原因是他很久没有经管这些事了,同时还因为母亲听了一遍后不是马上全都能弄得明白的,这样一来格里高尔就把他们的谈话内容全都听清楚了:尽管家道不幸,祸不单行,但家里好歹还有一笔以往岁月留下的小小财产,而在这段时间里一直未被动用的利息使这笔财产还稍有增加。此外,格里高尔每月拿回家的钱——他自己只留几块钱——也没有花完,已经积攒成一笔小小的资本。格里高尔在门后听着不断点头,他为家里花钱如此慎重和节约感到高兴。他本来可以用这些多余的钱继续归还父亲欠经理的债款的,如果那样,那他辞掉这份工作的企盼就可早日到来,不过现在像父亲所做的这样的安排无疑更好。

但是,现在让一家人靠这笔钱的利息过活根本不够;它或许只够全家维持一年,最多两年,剩下就没有了。所以说这笔款本来是不能轻易动用的,是留着应急的;可过日子的钱得有人去挣呀;虽说父亲现在还是健康的,但毕竟是老人了,而且已经五年没有做事了,总不能让他太劳累吧;这五年算是他忙忙碌碌而无所成就的生涯中第一次得闲度了个长假;胖了许多,动作也变得十分迟钝。而年迈的母亲呢,她患有哮喘病,每两天犯一次,犯时就不得不坐在挨着敞开的窗户的沙发上度日,难道能让她去挣钱养家吗?那么,这钱得由妹妹去挣了,她还是个十七岁的孩子,一直以来都过着无忧无虑的日子:穿好衣服,睡懒觉,帮着做点家务事,参加几次花钱不多的娱乐活动,尤其是拉拉小提琴,能让她去挣钱吗?每次一听到得有人去挣钱的话题时,格里高尔就离开门,一头扑到摆在门边的那张皮沙发上,因为他无地自容,伤心难过,因而浑身发热。

他经常在那张沙发上度过漫漫长夜,一刻也不睡,一连几小时在沙发皮面上磨来蹭去。要不,他不惜花大力气,把一张沙发椅推到窗边,然后爬上窗台,背顶椅背,靠到窗子上,显然是在对昔日的某种回忆,当年他就是在这里凭窗远眺,借以放松身心,舒展胸怀的。说真的,他现在看那些离他稍微远一点的东西,已一天比一天模糊了;位于对面的那家医院,过去他一见到它就诅咒,现在他根本看不见了。要不是他清清楚楚地知道,他住在安静的,但位于市区的夏洛蒂大街,他会以为窗外是一片空旷的荒地,一切都是灰蒙蒙的,天和地混成一团。机敏的妹妹只看到过两次沙发椅摆在窗边,此后每次她打扫完房间后,都把沙发椅推回到窗边,位置丝毫不差,甚至从此还让里层的窗门敞着。

假如格里高尔能和妹妹说话,感谢她为他所做的一切,那会减轻他的负疚感;但他做不到,只得忍受痛苦。妹妹当然尽量设法消除整个事件的难堪局面,而且做得越来越得体,然而随着时间的推移,格里高尔对这一切当中的隐秘之处也洞察得越来越清楚。现在,从她踏进房间,就使他感到害怕。以前她进了门,总是注意先把门关上,以免让别人看见格里高尔在房间里的形象,可现在她一进门,顾不上把门关上,就径直跑到窗边,一把将窗门打开,仿佛她窒息难当,天多冷也要站一会儿,深呼吸一番。她每天进房间两次,来回跑动,发出声响,令格里高尔害怕;格里高尔只得躲在沙发底下瑟瑟发抖,不过他心里很明白,只要妹妹有可能,她一定会在格里高尔所在的房间里,乐于在关好窗门的情况下照料他的。

　　离格里高尔变形一个来月了,照理妹妹不再有特别的理由对格里高尔的外形感到惊诧了。一次妹妹来得比平时早了点,看见格里高尔还直立着站在窗边,纹丝不动望着窗外,那样子煞是可怕,假如她因为格里高尔站在那里,妨碍她进来马上去开窗而不进来,这不会使格里高尔感到意外,可是她不但没有进来,而且还退了回去,并关上了门;陌生人会以为格里高尔正埋伏在这里等她,要咬她呢。格里高尔当然马上躲到沙发底下,但他一直等到中午她才来,且显得比以前烦躁多了。由此他看出,他的样子仍然让她受不了,而且以后必定还会继续让她难以忍受,哪怕格里高尔只要从沙发底下露出他的身体的一小部分,说不定她得费很大劲控制住自己,才不至于跑出他的房间。为了不让妹妹看见他的身体,一天他整整花了四个钟头,用他的脊背硬是把一条床单驮到沙发上,把它铺好,使它完全能够遮住自己,妹妹即使弯下腰,也一点看不见他。要是她认为这条床单是多余的,她完全可以把它弄走,因为很明显,格里高尔不可能为了开玩笑而把自己完完全全封闭起来,然而妹妹根本没有去碰床单,而让它就那样铺着,而有一次格里高尔小心翼翼地从床单底下稍稍探出点头来,想看看妹妹对他的新举措有什么反应,他似乎捕捉到了她脸上露出一丝感激的目光。

　　在头十四天,父母拿不出勇气进来看他,但他经常听到他们竭力表扬他妹妹最近的表现,而在以前他们常常对她生气,因为在他们看来妹妹是个没有什么出息的姑娘。现在可就不同了,妹妹在格里高尔房间里打扫时,他们俩,父亲和母亲,常常在格里高尔的房门外等着,妹妹从房间里一出来,就得详详细细给他们叙述,格里高尔在里面是什么样子,他吃哪些东西,这一次他的举止怎么样,她是否发觉有什么好转的迹象。母亲则很想尽快看望格里高尔,但父亲和妹妹先用一些合情合理的理由劝阻她,格里高尔聚精会神地聆听了他们的理由,觉得他们讲的很有道理。但后来当母亲非进去不可时,他们不得不拼命拽住她。母亲就大喊大叫:"你们得让我进去看格里高尔,他是我不幸的儿子啊!难道你们就不理解我必须去看他吗?"于是格里高尔想,要是母亲能进来,说不定是好事,当然不是每天,比如一礼拜来一次;她对一切都比妹妹懂得多得多,妹妹尽管很勇敢,可毕竟还是个孩子,说到底,说不定就凭这种少年气盛才挑起了这副如此沉重的担子的哩。

　　格里高尔想见母亲的愿望很快就办到了。出于对父母的考虑,他不想让他们在窗户上看到自己,而在几平方米的地板上他又爬不了多远,一动不动地躺着呢,他在夜间就已经受够了,至于吃饭他很快就不再有任何兴趣,于是,为了消磨时间,他养成了在墙上和天花板上爬来爬去的习惯。他尤其喜欢挂在天花板上;这跟躺在地板上大异其趣;呼吸更自由;身体轻轻摆动;在这种几乎说得上是快活的自由自在的状态里,有时还会发生这样的事儿,他自己都感到意外——身体松开天花板,啪地一声掉在地板上。当然他现在可不像以前,他已经可以完全控制好自己,即使这样的重跌也不致受伤。妹妹马上察觉到格里高尔自己发明的消遣活动——他爬行的时候随处留下黏液的痕迹——于是她脑子里盘算着如何为格里高尔创造最大的爬行空间,为此那些妨碍他爬行的家具,首先是柜子和书桌要搬走。可她一个人办不了这件事;请父亲帮忙她又不敢;新侍女也是帮不了忙,因为这个十六岁的女孩在先前的那个厨娘辞退以后固然勇敢地挺了过来,但她请求给予特殊照顾:除了有特殊的急事叫她,允许她始终关着厨房的门。于是妹妹没有别的办法,只有等父亲哪天不在时,把母亲叫来。母亲大声应答着,兴冲冲赶来了,但一到格里高尔的房门口说话声就戛然而止。首先自然是妹妹进来,看看里面是否一切都正常;然后她才让母亲进来。格里高尔赶紧把床单再往下拽一些,把它弄出更多的皱痕来,整个看上去好像是偶然撂在沙发上似的。这回格里高尔也没有从沙发底下探出头来偷看;他放弃了这回就见到母亲的想法,母亲到底来看他了,他这就很高兴了。"进来就是,我们看不见他的。"妹妹说,显然她拉着母亲的手。现在格里高尔看着这两个弱女子怎样把这沉重的旧柜子从老地方挪开,妹妹怎样不顾母亲的劝告,非要抢更重的那一头抬不可;母亲则怕她累坏身体,因而要她悠着点。两人折腾了好长时间。过了大约一刻钟以后,母亲说,这柜子最好还是让它留在老地方,第一,柜子太重了,父亲回来以前她们搬不走它,把柜子放在房间中央还会挡住格里高尔出入的每条路;第二,谁也说不准,搬动家具是否合乎格里高尔的意愿。她觉得情况可能正相反;她看见四壁空空的,心里憋得慌;为什么格里高尔就不会有这种感觉呢,他可是早就习惯了这些家具的啊,因而在空空荡荡的房间里他会感到孤单的。"再说,这样做会不会就……"最后母亲说得非常轻,简直就是耳语,仿佛她想避免让格里高尔(她不知道他待在什么地方)听到她哪怕只是说话声的响音似的,因为她确信他听不懂她俩的话,"会不会有这样的后果:家具一搬,仿佛我们向他表明,我们放弃了他任何康复的希望,不管他死活呢? 我想,我们最好还是设法保持房间的原状,像以前一模一样,这样,格里高尔一旦重新回到我们中间,看到一切还是老样子,就会更容易忘掉他所经历的这一段时光。"

听了母亲的这番话,格里高尔弄清楚了:两个月来他没有跟人直接交谈,联系到这期间一家人过着单调生活,他肯定被这种状况搞糊涂了,不然他难以解释他怎么会真诚渴望把他的房间腾空。难道他真的乐意把这间温馨的、用祖传家具布置起来的舒适房间变成一个洞穴,他在其中自然可以任意向各个方向爬行,但同时却迅速地把以往作为人的生活忘得一扫而光? 他现在真的快要把过去的一切忘光了,是久违了的母亲的声音唤醒了他。什么也不要搬走;一切都得原封不动,家具会对他的状况发生良好影响,这对他是不可或缺的;如果家具妨碍他毫无意义地乱爬,那也不是什么坏事,相反是一件大好事。

然而遗憾的是妹妹并不这么认为;她已经养成这样一个习惯,即在父母面前讨论格里高尔的事情时总是以特别的行家自居,她的意见当然并非毫无道理,即使现在听了母亲的建议,妹妹仍认为有足够的理由,不仅坚持要把她首先想到的柜子和书桌搬走,而且除了那张不可缺少的沙发以外,所有的家具都得搬走。她的这一态度自然不仅仅出于孩子气的倔强和她最近出人意料的、很难获得的自信;她倒也实实在在进行了观察,发现格里高尔需要很多空间用来爬行,而这些家具,凡是她所见到的,他一点也没有使用过。也许她这个年龄的女孩子的好胜心也起了作用,一有机会它就要寻求满足,现在格蕾特受它的诱惑,想使格里高尔的情况变得更加令人害怕,以便她可以为它做更多的事情。因为如果格里高尔单独一个人面对四堵空墙,那么,除了格蕾特,恐怕再也没有人敢进去了。

所以她主意既定,就丝毫不为母亲的劝说所动,而母亲在这间房子里心神不宁,看来也拿不定主意,不一会儿就不再说什么,只顾一个劲地帮妹妹往外搬柜子。好了，格里高尔不得已时可以没有柜子，可书桌千万得留下。当母女俩喘着粗气刚把柜子推出门外，格里高尔就从沙发底下探出头来，看看他如何才能小心谨慎而又万无一失地予以干预。这时格蕾特还在隔壁房间里白费力气地张开双臂抱着寸步难移的柜子来回晃动，可母亲却先回来了，这真是不幸。母亲还没有习惯格里高尔的模样，让她看见岂不把她吓出病来，故格里高尔吓得赶忙后退，一直退到沙发的另一头，使得前面的床单轻微地晃动了起来。这就足够引起母亲的注意了，她立刻停止脚步，静静地站了一会儿，然后走回格蕾特那边去。

尽管格里高尔心里反复对自己说：其实并没有发生什么不得了的事，不过搬动几件家具罢了，但他很快就不得不承认，两个女人的来回走动，彼此的轻声交谈，家具在地板上蹭动的声响，它们就像一阵巨大的、从四面八方向他逼来的喧嚣，他把头和脚紧紧缩成一团，身体紧贴着地面，不得不对自己说，这一切他忍受不住了。他们要搬空他的房间，拿走他喜欢的一切；那个放着钢丝锯和其他工具的柜子已经被搬出了房间；现在她们正松动这张桌腿已经严严实实嵌进地板的书桌，他还在当商学院学生、市立中学学生，甚至国民小学学生的时候就在这张书桌上写作业了——这下他真的没有时间去审察这两个女人的良好意图了，何况他几乎已忘了她们的存在，因为她们已劳累得精疲力竭，默不作声，只听见她们沉重的脚步声了。

于是他从沙发底下钻了出来——两个女人则正在隔壁房间靠在书桌上喘气，略作休息——四次换了爬行方向，他真的不知道该先抢救什么，这时他看见那面已经清空的墙上挂着一幅全身穿皮衣的女士画像，很是醒目，他赶紧爬上去，把身体紧贴在玻璃上，玻璃吸附住他发热的肚皮，使他感觉舒服。这幅画现在完全被格里高尔遮住，他想至少这幅画肯定不会被拿走了。他把头转向通往客厅的门，好仔细看看母女俩回来时的情形。

她俩没歇多久就回来了，格蕾特挽着母亲的胳膊，几乎扶着她整个身体。"我们现在拿什么呢？"格蕾特说，并环顾四周。这时她的目光与墙上格里高尔的目光相遇。兴许只是由于母亲在场她才控制住了自己，连忙把头低下，脸朝母亲，以便阻止她向周围张望，并不假思索地颤抖着说："来，我们还是回客厅待一会儿吧。"格里高尔明白格蕾特的意图，她是想把母亲带到安全的地方,然后把他从墙上赶下来。好,她就来试试吧!他死死趴在他的画上。他宁可跳到她的脸上也不让他的画被拿走。

但是格蕾特的话反而引起母亲的不安,她走到一边,瞥见印着花纹的壁纸上那个巨大的褐色斑块,她还没有意识到她看见的就是格里高尔,就用沙哑的声音叫喊道:"啊,上帝,啊,上帝呀!"说完,她就摊开双臂,仿佛放弃一切似的,一头倒在沙发上,再也不动弹了。"你,格里高尔!"妹妹举起拳头,目光直逼他说。这是格里高尔变形后她跟他说的第一句话。她跑进隔壁房间,取来一瓶香水,想用它使母亲苏醒过来;格里高尔也想去帮忙——救这幅画还有时间——但他粘在玻璃上太紧了,经过一番狠命挣扎才松脱开身子;然后他也跑进隔壁房间,好像他还能一如往昔地给妹妹出个什么主意似的;可是他什么也干不了,只好无所事事地待在她后头,而她正在各种各样的瓶子间查找着;当她转过身来,把她吓了一大跳;一个瓶子掉在地上,摔得粉碎,一块碎片划破了格里高尔的脸,某种刺鼻的药水溅了他一脸;格蕾特尽其所能地拿了许多瓶药水,没停多久就往母亲房间里跑,用脚一踢把门关上。这下格里高尔与母亲被分开了,由于他的罪过母亲可能快要死了;如果他不愿意把妹妹从母亲身边赶走,他就开不了门;他只能等着,别的什么也干不了;在自责和忧虑的双重煎熬下,他开始爬行,他在墙壁上爬,在家具上爬,在天花板上爬,什么地方都爬,最后他绝望了,仿佛整个房间都在围绕着他旋转起来,啪地一声掉落在桌子的中央。

格里高尔就这么瘫软在桌上躺了一会儿,四周一片寂静,说不定这是个好兆头。这时门铃响了。侍女自然把自己反锁在厨房里,因此只能由格蕾特去开门。父亲回来啦。"发生什么事了吗?"这是他的第一句话;格蕾特的表情向他泄露了一切。很明显,她把脸埋进父亲的胸脯,用低沉的声音说:"母亲晕过去了,不过现在好多了。格里高尔跑出来了。""我早就料到了,"父亲说,"我跟你们说了多少次,可你们女人就是不爱听。"格里高尔明白,父亲对格蕾特过于简短的汇报往坏的方面去理解,认定格里高尔干了某种粗暴行为。因此,格里高尔现在必须设法安慰父亲,因为他现在既没有时间也没有可能向他作解释。于是他赶紧退回到自己的房门口,把身体紧紧靠在门上,以便当父亲从门厅进来时能马上看见,让他知道格里高尔是很想进房间的,人们是没有必要驱赶他的,相反,只要你把门打开,他马上就进屋,消失不见。

但是父亲的心情不在这方面,他觉察不到格里高尔这样细腻的心理;他一进门便"啊"地一声喊,那语调仿佛他既光火又开心。格里高尔把头从门上缩回来,抬头对着父亲。他真没有想到父亲会是他现在这个样子;当然啰,最近以来他为了图新鲜忙着四处爬行,疏忽了像以前那样关心家里发生的各种事情,他本该想到情况会有改变,应有所准备。但是,尽管如此,站在我面前的还是那个父亲吗? 同是这个人,以前在格里高尔因商务出差跨出家门时,他总是疲惫地躺在被窝里;格里高尔晚上回家时,他穿着睡衣坐在圈手椅里迎接他;他很难站得起来,只是抬一下手,做个表示高兴的手势,一年里难得的几个礼拜天和最重要的节日他才和家人一起散步,格里高尔和母亲本来就走得够慢,而他走在他俩之间,却比他们还慢,他裹着那件旧大衣,挂着拐杖,颇为小心地往前挪动脚步,每逢想说什么,几乎都要停住脚步,让陪他的人围在他身边,现在站在格里高尔面前的难道还是这个人吗? 他现在可是身板笔挺;一件带有镶金纽扣的蓝色制服紧绷在他身上,和那些银行杂役的穿戴一模一样;高高的制服硬领托着他那肥硕的双层下巴;浓密的眉毛下一对突出的黑眼睛炯炯有神;以往蓬乱的白头发理起了分头,向后梳得溜光。他的帽子上绣着由几个字母构成的金色图案,可能是某个银行的标识,他把帽子一抛,在整个房间画出一道长长的弧线,帽子落在沙发上;而后,他把那件制服的下摆往后一甩,双手往裤兜里一插,神色严峻地朝格里高尔走去。说不定他自己也不知道要干什么,他总是把脚抬得出奇地高,格里高尔惊讶地看见他的靴子的后掌大得惊人。但是他没有停留在惊奇上,早在他的新生活开始的第一天他就知道,父亲会认为对他采取极为严厉的态度才是适宜的。于是他在父亲前面便按照父亲的脚步行动,父亲停下,他也停下,父亲一走,他就急忙往前走。就这样,他们在房间里绕了好几圈,而并没有发生什么大不了的事,甚至由于两个人的速度都很慢,并未给人以追赶的印象。因此格里高尔暂时仍躺在地板上,因为他担心,如果他逃到墙壁上或天花板上,父亲会视之为特别险恶的行为。当然格里高尔不得不对自己说,就这样,他也坚持不住了,因为父亲迈一步,他得做无数次脚步动作。他已经感到有些气喘了，以前他的肺就不那么让人放心。为了把全部精力都集中在逃跑上，当他如此跌跌撞撞往前跑时，他几乎眼睛都睁不开；在这样昏昏沉沉的情况下，他根本就不知道，除了跑还有什么法子能救自己；几乎完全忘了几面墙都是任他爬的，当然墙边摆放着雕刻精致的家具，上面布满了凹凸图案，棱棱角角——这时，有件什么东西轻轻扔过来，与他擦身而过，滚落在他面前。这是一个苹果，紧接着第二个又向他飞过来；格里高尔吓得站住了，继续往前跑是徒劳的，因为父亲已经决心要轰炸他了。他拿的是餐具柜上水果盆里的苹果，装满了他的几个口袋，继而逐个向他扔过来，并不认真瞄准。这些红色小苹果像电动似的在地上乱滚，互相碰撞。一个无力地扔出的苹果砸到了格里高尔的后背上，但即刻滚落了，没有造成伤害。紧接着又飞来一个，与前一个不同，它重重地击中了格里高尔的后背，且陷了进去；格里高尔疼痛不已，想继续往前爬，似乎随着地点的改变就能消除这突如其来的痛苦似的；但他感觉到如同被钉牢一般，只得张开所有的细腿，恍恍惚惚地趴在地上，一动不动。只在最后一次张开眼睛时，他还看见母亲抢在喊叫着的妹妹前面，急匆匆从隔壁房间里跑出来，只穿着一件内衣，因为妹妹已解开了她的外衣，好让她呼吸通畅，从昏迷中苏醒过来。母亲只顾朝父亲跑去，解开的上衣一件件滑落到地上，她磕磕绊绊地跨过衣服，一把抱住父亲，和他紧紧抱成一团——此时格里高尔视力已经不行，看不见了——她双手箍着父亲的后脑勺，请求饶格里高尔一命。

3

格里高尔受了重伤后，吃了一个多月的苦头，那只苹果仍然留在肉里，因为谁也不敢从他身上取走。也许父亲自己也想到了：尽管格里高尔的形象既可悲又恶心，但毕竟是家里的一个成员，不可把他像敌人那样对待，在他面前全家人应尽的义务是压下厌恶情绪，予以容忍，除了容忍，没有别的办法。

格里高尔由于伤口的原因,动作的灵活性可能永远丧失了,爬着横贯一次房间就像年老的人那样需要很多很多分钟,至于在高处爬行,那就休想了。不过他为这一状况的恶化也获得了足够的补偿;傍晚时分,在这以前他总要观察一两个小时的客厅的门,现在打开了,这样一来,他躺在黑咕隆咚的房间里,从暗处看客厅的明处,倾听一家人围在明亮的桌旁说话,这多半是得到大家的首肯的,所以情况和以前大不相同了。

诚然,像往日那样轻松活泼的闲聊不再有了;那时,每当格里高尔出差住在旅店的小房间里,疲惫不堪地钻进潮湿的被窝时,就带着几分渴念回味着这些神聊。现在客厅里经常冷冷清清。父亲晚饭后坐在扶手椅里很快就睡着了;母亲和妹妹互相提醒保持安静;母亲欠身凑到灯前为一家时装店缝制做工细密的内衣;妹妹找了一份售货员的工作,晚上学习速记和法语,以期今后能够找到更好的岗位。有时父亲醒过来,仿佛根本不知道已经睡着了,对母亲说:"你今天又要缝多久呀?"说完又睡着了,母亲和妹妹则疲乏地相视一笑。

父亲带着某种固执,在家里也不肯脱下那件杂役服;而他的睡衣则挂在衣钩上闲着。他总是穿戴整齐地躺在座位上打瞌睡,仿佛他随时准备着听从上司的命令。故而,尽管有母亲和妹妹的经常擦刷,那件本来就不新的制服很快就穿脏了,格里高尔常常整晚整晚看着这件到处污迹斑斑、金色纽扣却始终擦得锃亮的服装,老爷子穿着它睡觉,尽管很不舒服,却安静得很。

十点钟声一响,母亲就轻声地唤醒父亲,试图动员他上床去睡,因为这里毕竟睡不踏实,而睡个安稳觉对父亲是绝对需要的,明早六点还得上班呢。但是,自从他当了杂役以来就难改这犟脾气,总要在桌旁多待一会儿,虽然他每次都是按时入睡的,所以,非得费很大劲才能把他从椅子上动员到床上去睡。任你母亲和妹妹一次又一次地劝他催他,他照样不紧不慢地摇着头,闭着眼睛,再拖一刻钟,也不站起来。母亲一边说好话,一边拽他的袖子,妹妹推开她的作业,过来帮母亲,可是这一切对父亲都无济于事。他沉重的身体在沙发椅里反而陷得更深了,直到两位女人撑住他的双肩,他才睁开眼睛,交替着看看母亲,看看妹妹,总爱说:"这是一种生活,这是我晚年过的平静日子。"在两位女人的搀扶下他站了起来,行动非常吃力,好像他的身体就是自己的沉重负担似的，他让母亲和妹妹一直搀扶到门口，然后示意让她们松开，独自往前走去。母亲连忙放下针线，妹妹也赶紧放下笔，赶过去继续帮助他。

在这个人人都过分劳累、疲惫不堪的家庭里，除了为格里高尔做些必不可少的事情外，谁还有时间更多关心他呢？家里的开支一再缩减；侍女最终还是给辞了，请了一个身材高大、满头白发的瘦老妈子做钟点工，早晚各来一次，干那些最重的活儿；其余的活儿都由母亲干完针线活后来完成。甚至，过去母亲和妹妹每逢娱乐或节庆活动乐不可支地佩戴的各色首饰也都卖掉了，这是晚上格里高尔从他们谈论卖出的价钱时听到的。不过，他们叹苦叹得最多最厉害的还是在目前的经济状况下这套显得过大的住宅怎么办：他们不能离开它，因为他们想不出合适的办法，搬家时怎样把格里高尔运走。但格里高尔想必看得很清楚，妨碍他们搬家的不仅仅考虑到他，因为只要用一个合适的箱子，留几个气孔，很容易就可以把他运走；妨碍他们搬家的更主要因素是，他们完全绝望了，并且想到他们遭到了不幸的打击，在整个亲戚朋友的圈子里谁也没有遭受过这样巨大的打击啊。世界要求穷人们应该做的，他们都在竭尽全力地做：父亲为银行小职员拿早点，母亲为陌生人做内衣耗尽了自己的血汗，妹妹按顾客的命令在柜台后面跑来跑去，看吧，这一家子人还有什么精力做更多的事啊。格里高尔呢——当母亲和妹妹把父亲安顿到床上，回到客厅，放下手里的活计，脸贴着脸紧挨在一起坐着时；当母亲现在正指着格里高尔的房门说"把那边的门关上吧，格蕾特"；当格里高尔现在又回到黑暗中，母亲和妹妹在客厅里涕泪交流或欲哭无泪地看着桌子发呆时，格里高尔总觉得背上的创口又重新灼痛起来。

日日夜夜格里高尔几乎都在毫无睡眠的状况下度过。有时候他想，下一次开门时，他要又像以期那样，把全家人的事情都包揽在自己手里；在他的脑海里又出现了久违了的经理和协理，公司伙计和学徒，那个理解力迟钝的勤杂工，三两个别的店号的朋友，一个外省旅店的女侍，那是一段甜蜜而短暂的回忆，还有一家帽店的女收银员，他曾认真但过于拖拉地向她求过爱——所有这些人都和陌生人或已忘却的人在脑子里混杂在一起，但他们全都不好交往，根本不来帮助他和他的家人，所以当他们消失时他感到高兴。然而他又毫无心绪来为他的家人操心了,想到家人照料自己如此恶劣,他就怒不可遏,尽管他想不起到底想吃什么,他还是盘算过,怎样才能去食物储藏室取回那些本该属于他的东西,即使他并不饿。现在妹妹再也不考虑怎样才能让格里高尔吃得特别高兴,而是每天早上和中午上班前匆匆忙忙随便弄点什么吃的东西,用脚往格里高尔房间里一踢,到了晚上,不管这些饭菜只是尝了一两口甚或——最常见的情况——连碰都没有碰过,她只管拿起笤帚一挥,统统扫了出去。打扫房间她总是安排在晚上,而且总是草草了事,快得不能再快了。墙上留下一道道脏痕,地上这里一堆尘土,那里一堆垃圾,龌龊不堪。在最初一段时间,格里高尔在妹妹进来时总是走到特别脏的角落,以此向妹妹表示某种责备。然而哪怕他在那里待上几个星期之久,也不会见到她有什么改进;她和他一样真真切切看见这些东西,但她已经下定决心随它去了。同时,她现在带着一种以往所没有的敏感,即留意必须由她打扫格里高尔房间这一特权,她的敏感已经影响了全家人。有一次母亲对格里高尔的房间进行了一次大扫除,用了好几桶水进行擦洗和冲刷才把房间弄干净——地上湿漉漉的自然使格里高尔不高兴,他摊开身子,气恼不过地躺在沙发上,不肯动弹——然而母亲却受到了惩罚,因为晚上妹妹一回到家,发现格里高尔的房间发生了变化,就不堪委屈地跑进客厅,不顾母亲举起双手恳求,呜呜咽咽地哭起来。父亲当然被她的哭声惊醒了,从椅子里站立起来,父母俩先是惊讶而又无可奈何地看着,然后也不由得眼睛湿了。父亲朝右边责怪母亲,说她不该把格里高尔的房间交给妹妹去打扫,又向左对着妹妹吼叫,不许她以后再去打扫格里高尔的房间;母亲竭力想把盛怒的父亲拉进卧室里去;这边妹妹哭得浑身发抖,用两个小拳头捶打桌子;这时格里高尔发现竟没有人把门关上,以免他看见他们又吵又闹的景象,他不由得怒火中烧,发出吱吱的尖叫。

妹妹对格里高尔的事已经厌烦了,但即使她每天上班回来已经筋疲力尽,不愿像以前那样去照料格里高尔,那也无须由母亲去替代她,格里高尔不愁没有人管。因为现在有老妈子了。这位老寡妇在漫长生涯中饱经风霜,凭着身强力壮挺过了艰难岁月,所以对格里高尔并不厌恶。有一次她并非出于好奇,偶尔打开了格里高尔的房门看见格里高尔,格里高尔猝不及防，大吃一惊，虽然并没有人追他，他却连忙东躲西藏地乱爬起来。她见了惊讶地站住了，双手交叉着搭在胸前。从此以后她每天一早一晚都要匆匆打开一下格里高尔的房门，往里看一下。开始时，她用一两句话，想让他走近她，比如"老屎壳郎，过来"，或者"你们瞧这老屎壳郎！"。也许她以为这可以向他套套近乎。格里高尔对这些话不做任何反应，只顾待在原地不动，似乎房门并没有开似的。他们如能交代她一个任务，让她每天来打扫她的房间，而不是随便来无谓地打扰他，那该多好啊！一天清早，大雨滂沱，雨点猛烈地击打着玻璃窗，可能是春天来临的信号吧。老妈子又用这些话来烦他格里高尔，他气恼不过，调头向她爬去，仿佛要向她进攻似的，当然他的动作缓慢而又迟钝。可老妈子非但不怕，而且随手抄起门边的一把椅子，张大着嘴巴站着，她的意图很清楚，只要她的椅子不砸到格里高尔的后背上，她的嘴就不会闭上。当格里高尔又转过身去的时候，她才问了句："不再往前走了？"然后，平静地将椅子放回到墙角里去。

格里高尔现在几乎什么也不吃了。仅仅当他偶尔经过为他准备的饭菜时，才出于好玩往嘴里塞进一口，在嘴里含上几个钟头，而后大多又将它吐掉。起初他想，房间的这种令人伤感的状况让他不想吃东西，然而他很快就对房间的这些变化感到无所谓了。家里人已成了习惯，把别的地方搁不下的东西都往这间屋子里搬，而这样的东西可多啦，因为家里已将一个房间租给了三个房客。有一回，格里高尔透过门缝看见，三个房客都留着大胡子；这三位先生都不苟言笑，极为讲究整洁，不仅租给他们的房间必须这样，而且整个住宅——既然他们住在这里——都必须有条不紊，一尘不染，尤其是厨房。他们不能容忍没有用的杂物，特别是醒龊的东西。此外，大部分生活用具都是他们自己带来的。这样一来，家里的大部分物件都成了多余，它们卖不了多少钱而又舍不得扔掉，所有这些东西就都统统进了格里高尔的房间，连厨房里的煤灰箱和垃圾箱都搬了进来。凡是眼下用不着的东西，一向做事急促的老妈子都一股脑儿只管往格里高尔的房间里扔；幸亏格里高尔只看见那些她扔进来的东西和那只拿它们的手。老妈子也许原想等有时间和有机会再把它们拿走，或一口气把它们全扔出去，可实际上只要它们第一次被扔在什么地方，就一直待在什么地方，除非格里高尔在这些破烂中爬行时碰了它们，使它们动了窝。起先是出于迫不得已，因为他实在没有地方爬动，只得在这些破烂缝隙中穿行，后来却觉得越爬越快乐，虽然这样一来使他累得精疲力竭，且伤感不已，又是一连几个钟头动弹不了。

由于几位房客有时也利用家里公用的客厅吃晚饭，所以有几个晚上客厅的门是关着的，但格里高尔已放弃了对客厅门是否开着的关注了，有几个晚上客厅门开着他也没有利用，而躺在房间黑暗的角落里，家人并没有觉察。可有一次老妈子把客厅的门开了一条缝，晚上房客回来时，客厅的门仍然掩着，灯也亮着，他们在餐桌的上首坐下，也就是以前父亲、母亲和格里高尔吃饭时坐的地方，房客们展开餐巾，拿起刀叉。母亲马上端着一碗肉出现在门口，妹妹紧跟在后面，端着满满一盆土豆，两样东西都是热腾腾的。房客们弯下腰，把头凑近放在他们面前的饭菜，好像在进餐以前要仔细检查一番才是，坐在中间的那位看来被另两位奉为权威，他果真从碗里割下一块肉，明显想确定一下这肉是否煮得够熟够香，要不要重新下锅再煮。他表示满意，站在一旁紧张地看着的母亲和妹妹这才微笑着松了一口气。

家里人自己在厨房吃饭。父亲虽然来了，但他进厨房前先去客厅，帽子拿在手里，向房客们鞠一个躬，绕着桌子转了一圈。房客们全都站起来，只见他们胡子动了动，不知他们嘴里咕哝了一句什么。房客们走了后，只留下他们自己时，他们就只顾埋头吃饭，几乎一言不发。格里高尔觉得有些奇怪，透过饭桌上的种种声响，他总能听出牙齿的咀嚼声，似乎这是向格里高尔表明，吃饭是需要牙齿的，没有牙，嘴巴即使再漂亮也徒然。格里高尔满腹忧虑地想道："我的胃口才好呢，可我不想吃这些东西。看着这些房客吃得多香哟，而我要饿死了。"

恰恰在这个晚上——格里高尔已想不起在这整个过程中听见过小提琴声——厨房里传来小提琴声。房客们已经吃完了饭，坐在中间的那位拿出一份报纸，递给另外两位每人一张。于是他们一边看报，一边吸烟。当小提琴声响起时，他们被琴声所吸引，全站了起来，踮着脚走到前厅的门口，互相挤着站住了。他们的动作肯定被厨房里的人听到了，因为父亲朝门外大声问了一句："诸位也许不爱听拉琴吧？可以叫她马上停下来。""正相反，"中间那位先生说，"小姐可不可以到我们这里来拉，在客厅里拉不是更宽敞、更舒适吗?""哦,好的。"父亲大声应道,好像拉琴的是他。房客们回到客厅里等着。少顷,父亲端着乐谱架,母亲拿着乐谱,妹妹提着小提琴,一起进了客厅。妹妹从容地做演奏准备;父母从未出租过房间,所以对房客们过分客气,以致不敢坐到自己的椅子上去;父亲靠在门上,右手插在紧扣着的制服的两个纽扣之间;母亲接受了一个房客递过来的一把椅子,她没有移动椅子,就在它所在的那个角落里坐下了。妹妹开始演奏了,父亲和母亲从各自所在的位置注意她的手的动作。格里高尔被琴声所吸引,壮着胆子往前爬了几步,脑袋都已经升到客厅里了。他没有对自己最近几乎很少为别人着想感到惊奇;而以前他总是为别人着想的,并因此而感到自豪。现在他比以前有更多的理由把自己藏起来才好,因为他房间里到处都是尘土,稍稍动一动就尘土飞扬,他也弄得满身是灰;他的背上和腰身两侧全是绒线、毛发、食物残屑等等,他带着这些脏东西满屋子乱爬;他对这一切抱着无所谓的态度,不像以前那样,一天好多次让脊背着地,在地毯上来回地蹭,擦掉脏物。尽管这种状况,他现在毫无自惭形秽之意,大胆地在光洁的客厅地板上往前爬了一段。

　　显然,客厅里的人谁也没有注意到他。家里人完全被小提琴演奏所牵动;而房客们则双手插在裤兜里,先是走近妹妹的乐谱架,近得都能看见曲谱了,而这样必定会妨碍妹妹演奏,所以他们低着头,压低声音互相交谈着,退回到窗边,而后就待在那儿了,父亲提心吊胆地观察着他们的神态。他们的态度其实已经很清楚了,他们本来以为可以听到一场美妙动听的或有消遣价值的小提琴演奏,结果却大失所望,对妹妹的演奏已经厌倦了,仅仅出于礼貌才让她继续演奏着,任其干扰他们的平静。特别是从他们一个个从鼻孔和嘴巴里向空中喷吐雪茄烟烟雾的神态,就可以看出他们已经非常不耐烦了。然而,妹妹的演奏其实是妙不可言。只见她的脸侧向一边,那全神贯注而忧伤的目光跟随着乐曲移动。格里高尔又向前爬了几步,脑袋紧贴着地板,以便能与妹妹的目光相遇。既然音乐对他如此勾魂摄魄,他还会是动物吗? 他觉得他眼前仿佛出现了一条通向他所渴望着的、不知名食物的途径。他下定决心,一直挺进到妹妹跟前,拽住她的衣裙,以此暗示她,她可以带着她的小提琴到他的房间来,因为这里没有人愿意像他那样对她的演奏表示赞美。他不愿再让她离开他的房间,至少他活多久,就让她在这里待多久;他的可怕形象会首次对他有用,他要同时守卫房间的各个房门,对着入侵者们吼叫;但对妹妹他不会勉强她留下,而是让她自愿留在他身边;她应该挨着他坐在沙发上,耳朵凑近他,他要向她说出心里话,告诉她,他曾经下定决心送她去音乐学院学习,如果没有这场飞来横祸,他早就在去年圣诞节——圣诞节大概已经过了吧?——不顾任何反对意见,当着全家人宣布这项决定了。妹妹听了后会感动得热泪盈眶,这时格里高尔则站起来,够着她的肩膀,吻她的脖子,自从她去商店工作以来,就一直不系丝巾,不围领子,而敞着脖子。

"萨姆沙先生!"中间那位房客朝父亲喊了一声,用手指指着渐渐爬近的格里高尔,不说一句话。小提琴声戛然而止,中间那位房客摇了摇头,朝他那两个朋友微笑了一下,接着又转向格里高尔。父亲似乎觉得,当务之急不是赶走格里高尔,而是安抚房客,尽管他们根本就没有发火,对他们来说,格里高尔似乎比小提琴演奏更使他们感兴趣。父亲连忙向他们跑过去,张开双臂,试图将他们推回房间里去,同时用身体挡住格里高尔,不让他们看见。现在他们真的有点生气了,只是人们不知道,是因为父亲的行为惹恼了他们,还是他们现在才发现,有格里高尔这样的人与他们为邻。他们要求父亲作出解释,并举起手臂,不安地捋着胡子,慢慢地退回到自己的房间去。妹妹在突然停止演奏后一度手足无措,垂直手,拿着琴和弓,眼睛看着乐谱,好像还在演奏似的,现在她缓过了神,突然振作起来,把提琴往仍坐在椅子上、因呼吸困难而正在喘气的母亲怀里一放,赶紧跑进房客们住的那间屋子,房客们在父亲的催促下正往那间屋子走呢。格里高尔看见,床上的被褥怎样随着妹妹熟练的动作大起大落,很快就被铺得整整齐齐。房客们还没有到达门边,妹妹就整理完毕,悄悄走了出来。父亲又来了犟脾气,忘了在房客们面前应有的尊敬。他催了又催,房客们终于不耐烦了,到了门里,那个原来坐中间的房客狠狠地跺了一脚,让父亲停止了脚步。"我这就宣布,"他说,并抬起了手,也向母亲和妹妹扫了一眼,"考虑到这所住宅和这个家庭里令人厌恶的状况。"说到这里他朝地上吐了一口,"我立刻解除房间的租约。已经住的这几天租金我当然一个也不交,相反,我还要考虑是否提出某种很容易说明理由的要求,您等着瞧好了。"他停下不说了,眼睛直视着前方,似乎他在期待着什么发生。果然,他的两个朋友也马上响应:"我们也宣布退房。"接着那人就抓住门把,"砰"的一声关上了门。

父亲用两只手摸索着,颤颤巍巍地走到了他的沙发椅,一屁股坐了下去;看起来他像要舒展一下身子,按习惯打个瞌睡,可是,他那颗像是失去支撑的脑袋的上下摇晃表明,他根本没有睡。在整个这段时间里,格里高尔静静地躺在房客们发现他的那个地方。他为自己的计划落空深感失望,或许还有长期受饿造成的虚弱,使他没有力气爬动。他八成已经估计到下一步大家很快就会把怒火发到他身上,正惊恐地等待着。母亲的手指索索发抖,小提琴从她怀里掉到地上,发出一种震响,可连这样一种震响也没有使格里高尔受到惊吓,身体依然纹丝未动。

"亲爱的父母亲,"妹妹用手指敲了一下桌子说道,"这样下去可不行。这件事你们也许没看清,我可看透了。在这只怪物面前我都不愿说出我哥哥的名字,因此我只想说:我们一定得设法摆脱它。我们已经尽了我们的一切能力,想尽办法照料它,容忍它,我想,谁也不能对我们有丝毫的责难。"

"她说的千真万确。"父亲自言自语道。母亲还一直呼哧呼哧地喘气,并用手捂住嘴巴干咳起来,两眼露出迷茫的目光。

妹妹赶紧跑到母亲身边,扶住她的前额。父亲听了妹妹的话似乎有了明确的想法,他在椅子上坐直了身子,在房客们吃完晚餐后仍留在桌上的菜盘子之间摆弄着他那顶杂役帽,不时地看一眼静静地卧着的格里高尔。

"我们必须想办法摆脱它",妹妹现在只对父亲一个人说,因为母亲只顾咳嗽什么也听不见,"它还会让你们俩活不成的,我看到这个结局正在朝我们走来。如果一个人不得不拼死拼活地干活,像我们大家那样,那么谁在家里还受得了这样没完没了的折磨。我也受不了啦。"说完,她放声大哭起来,泪水掉落在母亲的脸上,她用手擦去母亲脸上的泪水,动作机械而生硬。

"孩子",父亲用非常理解的口气同情地说,"可是我们该怎么办呢?"

妹妹只是耸耸肩,表示她一筹莫展,而刚才她还是心中有谱的,现在一哭,就又没谱了。

"倘若他听得懂我们的话……"父亲半询问地说。妹妹在哭声中使劲挥手,表示这是完全不可能的。

"倘若他听得懂我们的话,"父亲把他的话重复了一遍,闭上眼睛,表示他接受妹妹认为不可能的看法,"也许就可以与他达成一项协议,可是这……"

"一定得把它弄走",妹妹喊道,"这是唯一的办法,父亲。你只须设法摆脱这是格里高尔的念头就行了。我们一直以为它是格里高尔,这实在是我们真正的不幸。可是它怎么会是格里高尔呢?假如它是格里高尔,那它早就该明白,人和这样的动物是无法生活在一起的,早就自动跑掉了。那样我们固然没有了哥哥,但我们可以继续生活下去,我们怀念他,敬重他。可你看这头怪物,它紧随我们不放,它在害我们,赶走房客,显然想占据整套住宅,让我们到大街上过夜。看啊,父亲,"她突然喊叫起来,"它又来了呢!"在一种格里高尔毫不理解的惊恐中,妹妹离开了母亲,并一把推开母亲的椅子,急忙跑到父亲身后,仿佛她宁可牺牲母亲,也不愿留在格里高尔身边似的;受妹妹此举的刺激,父亲亦情绪激动起来,他站起身,稍稍举起双臂,像保护妹妹似的挡在她的前面。

但格里高尔确实没想过要吓唬什么人,更不要说他的妹妹。他只不过开始转身,想回到他的房间里去,而由于他的身体状况,在做这些费劲的转身动作时,不得不借助头颅帮忙,他屡屡抬起头来,再向地板撞去,所以他的动作显得异乎寻常,惹人注意。他一听到妹妹的叫喊声即停止了转动,环顾四周。他的良好意图似乎被人看出了,惊恐的局面只持续了一小会儿。现在大家都默默地、忧伤地看着他。母亲躺在沙发上,两腿拢在一起,向前直伸。由于全身乏力,两眼几乎紧闭着;父亲和妹妹紧挨着坐在那里,妹妹搂着父亲的脖子。

"现在也许我可以继续转身了吧?"格里高尔一边想,一边开始行动起来。他累得上气不接下气,不得不干干停停,不时休息一下。何况也没有人催他,一切由他自己掌握。当他转过身来以后,他就开始径直往自己的房间爬去。这时他惊讶地发现,从这里到他的房间的距离竟是如此之大,而且他也不明白,以他如此虚弱之躯,刚才他是如何不知不觉地爬完这同样长的路程的。他因急着一心想爬回去,所以根本没有注意家里人丝毫没有干扰他,既没有说话,也没有喊叫。直到他到达门口时,他才扭过头来,可惜没有完全扭过来,因为他的脖子有些僵硬了,不过他总算看到了,除了妹妹站起身来以外,她身后的情况没有什么变化。他最后看了一眼已经完全睡着了的母亲。

他刚一进屋,房门即刻就被关上了,闩得很严,还上了锁。对于这猝不及防的响声,格里高尔吓了一大跳,以致他那些小腿都哆嗦起来。这么迫不及待地干这事的是妹妹。她其实早已站直身子在等着了,只等格里高尔一进屋,她便三步并作两步,脚步轻盈敏捷地一跃而至,格里高尔根本没有听到她的脚步声,直到她在锁眼里转动钥匙时,只听她朝父亲喊了一声:"总算好了!"

"现在可怎么办呢?"格里高尔一边问自己,一边在黑暗中环顾四周。他很快发现,现在他根本动弹不了啦。对此他并不感到惊讶,倒是对他直到现在竟能实实在在用细腿活动感到异乎寻常。再说他还感到相当惬意。虽然他全身都疼痛不堪,但他觉得疼痛在逐渐减轻,最后会完全消失。脊背上那只陷进肉里的烂苹果,苹果周围被软灰覆盖的发炎部位,他也几乎感觉不到了。他对家人怀着温情脉脉的回忆和爱意。他必须消失这个观点在他身上比他妹妹还要坚定。他就处于这样朦胧而平静的状态之中,直到钟楼上的钟敲了三下。这时他依然清醒,还看到了天刚发亮时窗外展现的晨曦。然后他的脑袋便不由自主地完全耷拉下来,从鼻孔里微弱地呼出最后一口气。

一大早老妈子就来了,她力气大,性子急,每次摔门乒乒乓乓,闹得全家人睡不好安稳觉,虽多次请求她不要这样,却不管用 。这天她来了后,照样匆匆看一下格里高尔,起初她没有发现有什么异常情况,她想,格里高尔躺着不动是装蒜,假装受了委屈的样子;她相信他具有各种智力。由于她手里正拿着长把扫帚,就试图用它从门边咯搔一下格里高尔。但格里高尔没有反应,她火来了,就轻轻往格里高尔身上戳,直至把他推出原来的地方他也没有反抗,她这才警觉起来。她很快就弄清了事情的真实情况,睁大眼睛,大喊一声,她毫不迟疑,一把推开卧室的门,冲着黑乎乎的房间大声喊道:"你们来看呀,它归天了;它躺在那儿,完完全全死了!"

萨姆沙夫妇正直挺挺地坐在他们的婚床上,听到老妈子的喊声先是吓了一大跳,明白了是什么事情后,才把情绪稳定下来。他们急忙各自从自己那边下床,萨姆沙先生把被子往肩上一披,萨姆沙太太就穿着睡衣;两人急忙走出卧室,直奔格里高尔的房间。其间客厅门也开了,自从家里住进了房客后,格蕾特就睡在这里;她已经完全穿好了衣服,好像她根本就没有睡觉似的,她苍白的脸似乎也可证明这一点。"死了?"萨姆沙太太问道,并用询问的目光看着老侍女,尽管她可以亲自去查看一下,甚至无须查看就可以明白一切的。"我看是死了。"老仆人说着,同时还用扫帚把格里高尔的尸体往一旁推了一大段,以示证明。萨姆沙太太身子动了一下,好像想阻止扫帚的推拨,但没有这样做。"好了,"萨姆沙先生说,"现在我们可以感谢上帝了。"他在胸前画了个十字,三个女人也跟着他画了十字。格蕾特目不转睛地盯着格里高尔的尸体,说:"你们看,他多瘦啊。可不是吗,他那么长时间没有吃东西了。就是吃进去的饭菜,也都吐了出来。"一点不假,格里高尔的身体已经完完全全干瘪了,平平地贴在了地上,这一点他们现在才看清楚,因为他的身体不再由那些细腿抬着了,也没有任何东西转移他们的视线了。

"来,格蕾特,到我们房间里来一下,"萨姆沙太太对格蕾特说,脸上露出一丝忧伤的微笑,格蕾特又回头看了一眼尸体,跟着父母进了他们的卧室。老女仆关上了门,把窗子全都打开。尽管天还很早,但清新空气中已经透出几分暖意,毕竟已经是三月末了嘛。

当三位房客走出他们的房间,环视一番后没有看到他们的早餐,很是惊讶;这家人把他们给忘了。"早餐在哪里?"房客中的那位中心人物带着一脸愠怒的神色问老仆人。老妈子赶紧把手指放在嘴上,一声不吭地向三位房客示意到格里高尔的房间里来。他们也就进去了,在已经通亮的房间里围着格里高尔的尸体站立着,双手插在业已穿旧了的衣服的口袋里。

此刻卧室的门打开了,萨姆沙先生穿着他那身制服走出来,一侧挽着他的妻子,另一侧挽着他的女儿。三个人全都有点儿哭红了眼睛;格蕾特不时地把脸贴在父亲的胳膊上。

"请你们立即离开我的住宅!"萨姆沙先生说,手指着门口,却没有松开挽着的妻女。"您这话是什么意思?"房客中中间的那位吃惊地问,一脸甜蜜的笑意。另两位把双手背在后头,不停地搓着,仿佛愉快地期待着其结局必定对他们有利的大争吵。"我的意思就是我刚才所说的。"萨姆沙先生回答说，然后携同他的两位女陪伴一字排开，朝着那位房客走去。这位房客起初静静地站着，低头看着地面，仿佛他头脑里的一桩桩事情正进行重新排列组合。"那好，我们走。"说完，他抬起头看着萨姆沙先生，似乎他突然变得谦卑起来，以致要求对方对他这一决定给予新的批准似的。萨姆沙先生只是瞪大眼睛，多次朝他点了点头。这位先生真的立刻大步流星地走向前厅；他那两位朋友垂直一动不动的双手静听了好一会儿了，这时也连蹦带跳地赶过去，仿佛唯恐萨姆沙先生会抢在他们前头先进前厅，阻挠他们与他们的首领进行联系似的。在客厅里，他们三个人从衣架上取下帽子，从手杖钩上拿过手杖，默默地躬了躬身，离开了住宅。由于萨姆沙先生一家对房客有一种被证明是毫无道理的怀疑，现在他带着妻女走到前廊，靠在栏杆上，看着三位男士虽然很慢，但一直顺着长长的楼梯往下走，在每一层楼梯间的某个拐角处，他们的身影会消失，过一会儿又重新出现；他们越往下走，萨姆沙一家人对他们的兴趣就越小。当一个肉店伙计顶着一筐货，气宇轩昂地迎着他们往上走，并经过他们身边继续往上登时，萨姆沙先生就带着两个女人离开栏杆，如释重负地回到他们的住宅。

　　他们决定今天休息，用一部分时间出去散散步；他们劳累了那么长时间，休息不仅是应该的，而且不休息是不行的。于是他们三人在桌旁坐下，书写三封告假函：萨姆沙先生写给他的经理部，萨姆沙太太写给她的订户，格蕾特写给她的店主。他们正在写着，老仆人走进来说，她要走了，因为早晨的活儿她已经干完了。三个写信人起先只是点了点头，没有抬头看她，可是老妈子却迟迟不想走，这才使他们生气地抬起头来。"怎么啦？"萨姆沙先生问道。老妈子笑眯眯地站在门口，好像她有什么大喜事要告诉这家人，而只有向她盘根究底时她才会说似的。她帽子上那根小小的、几乎直立的鸵鸟毛向四周轻轻摇晃着，在她干活期间，萨姆沙先生一看到这根羽毛就生气。"您到底还有什么事？"萨姆沙太太问道，她最为老妈子所敬重。"是这么回事儿，"好心的老妈子笑得前仰后合，一时无法接着说，"是这么回事儿：隔壁房间里的那件东西怎么弄走，你们不用操心了。事情已经办好了。"萨姆沙太太和格蕾特又伏到桌子上，似乎要继续写信似的；萨姆沙先生察觉到,女仆人马上就要开口详详细细叙述那件事的细节,就伸出一只手断然加以制止。老妈子一看不许她说,显然觉得受了委屈,想起她还有急事,就没好气地喊道:"再见了,各位。"然后气呼呼地一个急转身,离开了住宅,把房门摔得震天价响。

"晚上就让她走。"萨姆沙先生说,但无论是他的妻子,还是他的女儿都没有回应,因为女仆似乎又搅乱了他们刚刚得到的平静。她们俩站起来,走到窗边,互相搂着待在那儿。萨姆沙先生坐在椅子上转过身来,静静地朝她们看了好一会儿。然后他大声说道:"那你们过来一下吧。过去那些事儿永远让它们过去好了。你们也得适当管管我呀。"两个女人马上听从他的呼吁,赶紧走到他的身边,亲切地抚摩他,然后加紧写完她们的信。

然后他们三个人全体离开住宅,乘电车出城到野外去,几个月来他们才第一次这样做。车厢里就他们三个乘客,洒满暖融融的阳光。他们舒舒服服地靠在椅背上,谈论着未来的前景,根据他们的深入分析可以看出,他们的前景压根儿就不坏,因为他们三人都有一份较好的,尤其对今后颇有发展前途的工作——迄今为止,他们彼此尚未谈论过各自的工作。当前,改善生活现状的当务之急是换房子;把现在住的,还是当年格里高尔找来的房子换掉,要一套小一点的、便宜一点的,但地段好一点的、更加实用的房子。在他们这么谈论着的时候,萨姆沙先生和太太看着他们变得越来越活泼的女儿,几乎同时发现,他们的女儿尽管最近以来遭受了诸多折磨,脸上显得苍白,却出落成一个体态丰满的美丽姑娘了。夫妇俩平静了下来,几乎下意识地交换了一下会意的目光,他们想到,也该为她找一个如意郎君了。到达目的地时,女儿第一个站起来,舒展她富有青春气息的身姿,他们觉得,他们新的梦想和良好意愿似乎得到某种确认。

判　决①

——一则故事

[奥地利] 卡夫卡

献给菲②

那是春光大好的一个周日上午,青年商人盖奥尔格·本德曼坐在他二楼的私人房间里,房间是河边那一长溜几乎仅能凭高低和色彩以互相区别的简易房。他刚给生活在国外的一位青年朋友写完一封信,慢悠悠地把它封好,然后将胳膊肘支在写字台上,望着窗外的河流、桥梁和对岸刚刚有点儿泛绿的小丘。

他寻思着他的这位朋友如何不满自己在国内的前途,几年前逃往俄国。现在他在彼得堡开着一爿店铺,刚开张时生意着实火了一把,但许久以来好景不再,每次回国总要抱怨一番,而他回国的次数也越来越少了。他就这样在异国他乡徒劳无益地苦苦挣扎着,满脸外国式的络腮胡子并不能遮住那

---

① 据作者在日记里记载:这篇小说于 1912 年 9 月 22 日晚 10 时至翌日晨 6 时"一气呵成"。卡夫卡以此作为他认识不久的第一个女友菲莉斯·鲍威尔的礼物,是卡夫卡的短篇小说成名作,也是作者自己比较珍视的五六个短篇小说之一。——译注

② 菲系指作者的第一位未婚妻菲莉斯·鲍威尔(Felice Bauer)。卡夫卡于 1912 年 8 月与她相亲,并先后于 1914 年和 1917 年与她两度订婚,又两度解约。——译注

张他从小就熟悉的脸庞,其蜡黄的脸色透露着某种疾病正在发展。据他自己说,他和当地的侨胞没有任何联系,而和彼得堡的本土居民也几乎没有什么来往。他就这样地准备终身独身了。

对于这样一个显然已经误入歧途、爱莫能助的人,能在信里写些什么呢。也许该劝他回国,在家乡落脚,恢复同所有的亲朋好友的老关系——这不会有什么障碍吧——还要信得过朋友们的帮助? 可是这样做岂不等于告诉他,他迄今所做的一切努力都已付之东流,他最终得放弃这些追求了,他不得不回国,让所有人瞪大眼睛看着他两手空空地回来;这不就等于告诉他,只有他的朋友才明达事理,而他是个不懂事的大孩子,该老老实实向那些留在家里、获得成功的友人学习。而且你说得越是委婉,越会伤害他,这有什么好处呢? 也许你劝他回国根本就做不到——他自己不是说:他已不知道国内的情况了——因而,他会不顾我们的劝告而留在国外,你越是劝告他越是反感,与朋友们的隔阂又加深一层。即使他接受劝告回来了,他也会——当然不是有意做作,而是事实表现——感到压抑消沉,在朋友中很不自在。没有他们不行,在他们面前又羞愧难当,结果此刻他真的没有了祖国,也没有了朋友;让他一如既往留在异国他乡,岂不更好? 在这种情况下,人们怎能设想,他回来后真的会一帆风顺,前程看好呢?

由于这种种原因,你若要继续和他保持通信联系的话,你就不能无所顾忌地把对一个萍水相逢的人也能说的话如实地告诉他。这位朋友已经三年没有回国了。他只用三言两语说明不回来的原因,说是由于俄国政局动荡,不允许一个小小的商人哪怕片刻离开,而其实成千上万的俄国人正从容不迫地在全世界旅行。在这三年中恰恰是盖奥尔格发生了许多变化。大约两年前盖奥尔格的母亲去世了,此后他和他的老父亲一起生活。母亲去世时,这位朋友八成还是得到了噩耗,他在一封信里的哀悼写得干巴巴,其理由只能这样理解:一个远在异国他乡的人,是想象不出这样一件悲痛事件的。母亲走了,盖奥尔格更以全副精力经营他的商店,一如他从事其他一切事情。母亲在世时,也许是父亲在生意中总想自己说了算,妨碍了盖奥尔格真正按自己的意愿行事。母亲去世以后,尽管父亲依然在店里工作,却不像以前那样抓得紧了,也许——这是很有可能的——意外走运起了更大的作用,无论如何,生意在这两年中获得完全意想不到的发展。人数不得不增加一倍,营业额则增加了五倍,往后的买卖无疑会更加前景可观。

朋友对盖奥尔格的这一切变化却一无所知。往日,最近一次也许就在那封吊唁信里,他想劝盖奥尔格移居俄国,他向他描述,盖奥尔格所经营的这一行在彼得堡有多好的前景。他所列举的数字比起盖奥尔格的生意现在所达到的规模不啻是小巫见大巫。可盖奥尔格从来不愿在信中写他在生意上的成就,现在再来这样做,岂不令人匪夷所思?

于是盖奥尔格给他的朋友仅写些无关紧要的事情,好比一个人在悠闲的星期天随意搜索堆积在记忆中的那些茫无头绪的事。他要做的无非是,让他的朋友在那么长的时间里形成的对他的故乡的固定的并且已成习惯的看法不受干扰。于是就发生了这样的事情:盖奥尔格在三封间隔时间很长的信里,三次向他的朋友叙述一个无关紧要的男人和一个同样无关紧要的女人订婚的逸闻。结果完全出乎盖奥尔格的意料:盖奥尔格的朋友竟对这件奇异之事发生了兴趣。

盖奥尔格给他朋友谈这样的事情,比他自己向他的朋友承认他在一个月以前与一位名叫弗里达·布兰登费尔德的富家小姐订了婚更感兴趣。他常常与女朋友谈起这位朋友,谈他和这位朋友之间这种特殊的通信关系,谈他与他的亲密情景。"就是说,他肯定不会来参加我们的婚礼了,"她说,"不过我是有权利认识你所有的朋友的。""我不想打扰他。"盖奥尔格答道,"可不要误会我的意思,我相信他或许是会来的,至少我相信他会来。不过他会感到勉强,会感到有损他的自尊心,他也许会嫉妒我,肯定会不满意,而又无可奈何,只好形单影只地又返回去了。形单影只,你知道这意味着什么吗?""这我懂的。难道他不会通过别的途径获得我们结婚的消息吗?""这我当然无法阻止,不过,以他现在的生活方式而论,多半不可能。""盖奥尔格,既然你有这样一些朋友,你根本就不该订婚。""是的,这是我们双方的过错;但我现在也不想改弦更张。"说着,他拼命吻她。尽管她被吻得喘着粗气,她还是冒出一句:"不管怎么说,这事还是让我挺不开心的。"他听了这话真的觉得若是把这一切写信告诉他的朋友,没有什么大不了。"我就是这样一个人,他也只能这样来接受我。"他自言自语地说,"我无法把自己变成另一个人,变成一个更适合跟他来往的人。"

事实上他在周日上午给他的朋友写的长信里确实写到他订婚的事,信是这样写的:"最好的消息我留到了最后:我已经与一位名叫弗里达·布兰登费尔德的小姐订婚了,她出身富裕家庭。他们在你离开这里许久以后才迁到这里,所以你几乎不认识他们。以后还有机会向你介绍我未婚妻的详细情况。今天只让你知道,我很幸福,我们之间的关系仅在一个小小的地方发生了变化,即你的一个普通不过的朋友,现在很幸福,这就够了。此外现在你有了我的未婚妻这样的真诚朋友,这对一个单身汉来说,不会是毫无意义的。我的未婚妻嘱我向你表示亲切的问候,而且不久她会亲自给你写信。我知道,你诸事缠身,使你不能前来看望我们。但是难道不正是我的婚礼提供了极佳的机会,使你把成堆的障碍抛到九霄云外吗?但是不管情况如何,你都不必顾虑重重,只管按你自己的意思去办。"

盖奥尔格手里拿着这封信,脸朝窗外,在桌边坐了良久。当时街上一个熟人正从窗边走过,跟他打了个招呼,他正想得出神颔首微笑,恰好成为对熟人的答礼。

他终于把信放入口袋,步出自己的房间,穿过一条狭窄的过道,来到他父亲的房间;他已经好几个月没来过这里了,事实上他也没有必要到他父亲房间里来,因为他经常在商店里见到父亲,他们又同时在一个餐室里吃午饭,晚上尽管各有各的事,但是只要盖奥尔格不出去会友——会友在他是常事——或像现在会他的女朋友,他们多半会各拿一张报纸在共同的起居室里坐上一会儿。

盖奥尔格很吃惊,父亲的房间在这阳光灿烂的上午也那么阴暗。原来,耸立在狭长庭院另一侧的高墙挡住了阳光。父亲坐在角落里一个靠窗的位子,周围装饰着母亲生前的各种纪念物。父亲正在看报纸,他眼睛有某种毛病,报纸朝一边举得很近,以获得视线的平衡。桌子上残留着没有吃完的早餐,看来他吃得不多。

"哦,盖奥尔格!"父亲一边说一边朝他走过去。于是他厚重的睡衣敞开了,下摆随风飘动——"我的父亲依然是个巨人。"盖奥尔格心想。

"这里暗得真受不了。"他说。

"是啊,是很暗。"父亲答道。

"那你还把窗子关着?"

"我喜欢那样。"

"外面已经很暖和了。"他还接着前面说的话,然后坐了下来。

父亲把早餐的餐具收集在一起,然后放进一个柜子里。

"我只想告诉你,"盖奥尔格看着父亲的动作若有所失地继续说,"我只想告诉你,我还写了一封信把我订婚的事通报给彼得堡了。"他把信从口袋里抽出一点,然后又塞了回去。

"向彼得堡通报?"

"告诉我的朋友嘛,"盖奥尔格说着,搜索着父亲的眼神——"他在店里可完全不是这样,"他想,"可现在你看,他两腿劈开,双手交叉在胸前。"

"不错,告诉你的朋友。"父亲加强语气说。

"你是知道的,父亲,起先我并不想把我订婚的事告诉他,仅仅出于某种顾虑,没有别的原因。你知道,他是个很难相处的人。我心想,他也许从别的途径获悉我订婚的事了——我不能阻止这样的事发生——尽管像他那样独来独往的生活方式这几乎不大可能发生。但是,他总不该从我这里知道我订婚的事。"

"就是说你现在又改变主意了?"父亲问道。他把一张大开面的报纸放在窗台上,把眼镜放在报纸上,并用手捂着。

"是的,我现在又重新考虑了一下。我想,既然他是我的好朋友,像我订婚这样的喜事对他也是值得高兴的。因此我不再犹豫,把这事告诉他。但在我把信投出以前,我要先告诉你一下。"

"盖奥尔格,"父亲说,咧了一下他那没有牙齿的嘴,"听着!你是因为这件事到我这儿来与我商量的,毫无疑问你做得很得体。但如果你现在不跟我完全说实话,等于什么也没有说,比什么也没有说让我更恼火。我不想去碰那些跟这件事无关的事情。自从你亲爱的母亲去世以后,我们之间已经发生了好几件不体面的事情。也许是该对这些事情摊牌的时候了,也许早就该这样做了。店里好些事情我都不清楚,也许并不是有意瞒我,我现在也根本不相信有人在瞒我——我的身子骨不像以前那么硬朗了,记性也一天不如一天。我已做不到统观全局,事必躬亲了。这首先是自然法则,其次是你亲爱的母亲的去世我受到的打击比你大——但因为我们恰恰是在谈这件事情,谈这封信,那么我请求你,盖奥尔格,别骗我。这是一件小事,不费吹灰之力就能做到,所以,你不要骗我。你在彼得堡真的有这样一个朋友?"

盖奥尔格站起来,显得很尴尬。"别管我的朋友了,一千个朋友也顶不上我的父亲。你知道我在想什么吗? 我在想,你太不照顾自己了。年龄不饶人。店里的事我少不了你,这你很清楚。但要是开店有损你的健康,那我明天就关门,再也不开。这样不行,我们必须为你安排一种适合于你的生活方式,从根本上改变过来。你不能老坐在这样阴暗的地方,起居室有的是明亮的光线嘛。你早餐就吃那么一点点,你要注意好好吃,以增强身体。你坐在这里又不开窗,空气流通才有益于健康呢。这样不行,父亲。我去请医生,我们听医生的吩咐行事。房间我们要换一下,你搬到前面的那间去,我到这里来。对你来说,别的什么都不变,这里所有东西都搬过去。不过这些不必现在就搬,你现在还得到床上躺一会儿,无论如何你需要休息。来,我帮你把衣服脱下来,你会看到,这事我是能做的。要不,你现在就到前面那间屋去,暂时睡我的床。这样做再好不过了。"

盖奥尔格紧挨着父亲站着,父亲让他白发蓬乱的头垂到胸前。

"盖奥尔格。"父亲轻轻喊了一声,身子一动不动。

盖奥尔格赶紧紧贴着父亲跪下,他看到在父亲那疲惫的脸上,一对睁得大大的瞳孔正从眼角里定定地看着他。

"你在彼得堡没有朋友。你一向爱开玩笑,就是在我面前也不收敛点。你怎么会偏偏在那里有一个朋友呢! 这我根本就不相信。"

"你再好好想一想,父亲,"盖奥尔格一边说,一边将父亲从椅子上扶起来,趁他乏力地站着的时候,脱掉他的睡衣,"我的朋友约在三年前来看过我们,我记得很清楚,你不大喜欢他。所以至少有两次,虽然他就坐在我房间里,我却向你否认他在我们家。我很理解你对他的反感,我的朋友确实有他的个性。但你后来还是和他说了话,谈得挺不错。你认真听他说话,不时点头,还向他提问。当时我感到十分自豪。你仔细想想。你会记起来的。他当时向我们讲了俄国革命中一些难以置信的故事。比如,他因做生意去基辅出差遇到的一次骚乱,他亲眼看见一个神父站在阳台上,用刀在自己的手掌上划了一个大大的十字,鲜血淋漓,然后举起手来,向群众高呼。后来你自己还在一些地方讲过这个故事呢。”

这当儿盖奥尔格已经让父亲在椅子上坐了下来,小心翼翼地给他脱去穿在麻布衬裤外面的针织棉毛裤,脱下袜子。看见父亲的衬衣有点儿脏了,他心里自责对父亲照料不够。提醒父亲勤换衣服,也该是他的责任嘛。该如何安排父亲未来的生活,他和未婚妻还没有明确商量过呢。不过他俩各自心里都有数,老人将会独自留在他的老屋里。但他现在就当机立断,要把父亲接到他们的新居去。因为只要仔细考虑一下就会想到,到新居以后再去照顾父亲,可能就太晚了。

他把父亲抱到床上。但就在他迈向床位的那几步路上,他吃惊地看到,父亲正在他的胸前摆弄他的表链。他不能马上把他放到床上,他死死抓住表链不放。

可他一躺到床上,似乎一切都正常了。还把整个被子往上拉了拉,盖上肩膀。他仰视着盖奥尔格,态度不可谓不亲切。

“怎么样,你记起他了吧?”盖奥尔格问道,兴致勃勃地朝他点头。

“现在我都盖好了吗?”父亲问,似乎他无法看到脚端那里是否盖严了。

“看来你躺在床上感觉挺合适的。”盖奥尔格一边说,一边把被子掖了掖。

“我全都盖严了吗?”父亲又问了一句,似乎他特别在意儿子的回答。

“放心吧,你盖得很严实。”

“不!”父亲没等他回答完就喊起来,一把掀开被子,以致刹那间被子完全展开抛开了去,他直挺挺地站在床上,只用一只手轻轻撑着天花板。“你想把我盖住,这我知道,我的好小子,但我还没有完全被盖住。这也是我最后的力量,对付你足够了,绰绰有余。我可认识你的朋友呢。他若是我的朋友,那倒符合我的心意。因此,这么多年来你一直在欺骗他。还有别的可说的吗? 你以为,我没有为他哭过吗? 正因为如此,你把自己关在办公室里,可别打扰呀,主人正忙着呢——你就用这样的办法才得以向俄国写一封封说假话的信。幸亏父亲用不着别人教他就看穿了儿子的作为。就像现在,你以为已经把他制服,以致你一屁股坐在他身上,他就动弹不得,服服帖帖,任你摆布。于是我的儿子大人就决定结婚。"

盖奥尔格仰视着他父亲那副可怕的脸。那位现在父亲突然如此熟悉的彼得堡的朋友还从来没有像现在这样让他揪心。他看到他在遥远的俄国穷愁潦倒,看见他现正站在被洗劫一空的商店旁边,站在被砸烂的货架、被捣毁的商品以及横七竖八的煤气管中间。他何必非要跑到如此遥远的地方去啊!

"你看着我!"父亲喊道。有点儿心不在焉的盖奥尔格赶紧向床边跑去,准备忍受父亲的一切训斥,但到了半路他停住了。

"因为她撩起了裙子,"父亲开始拿腔拿调地说,"因为她这样地撩起了裙子,这个骚货。"为了表演给人家看,他把他的衬衣掀得老高,以致把他战争年代在大腿上留下的伤疤都露出来了,"因为她这样、这样、这样地撩起裙子,你就亲近她了,这样你就毫无顾忌地从她那里得到你自己的满足。你亵渎了我们对你母亲的怀念,背叛了朋友,把你父亲放在床上,以让他动弹不得。但是,他真的是动弹不得了吗?"

说完他放弃任何支撑站着,两腿踢动几下。由于明察秋毫,他两眼放出光芒。

盖奥尔格站在一个角落里,尽量离父亲远一些。很早他就下过很大的决心,全方位地仔细观察一切,以便免遭来自侧面、后面和上面的突然袭击。现在他又记起了这个他早已忘记的决心,它被忘之快,犹如把一根短线穿过针眼似的。

"但是你的朋友并没有被出卖成!"父亲一边大声喊道,一边挥动他的食指以加强语气,"我就是他在这里的代理人!"

"好一个滑稽戏演员!"盖奥尔格不禁喊了起来,但他立刻意识到闯了祸,便使劲咬住舌头——可惜为时已晚——只见他两眼发直,舌头痛得弯下腰来。

"说得对,我是做了滑稽戏表演!滑稽戏,多好的用词!对于一个当了老光棍的父亲来说还有别的安慰吗?说吧——你在回答这个问题的此时此刻还是我的活着的儿子——我,住在那样阴暗的房子里,被周围不忠实的职工们算计着，都已经半截入土了，我还能有什么？而我的儿子欢呼着走遍世界，缔结一桩桩我已经准备好的生意，得意忘形，摆出一副高贵人士的生硬面孔，走过他父亲的面前！你以为，我没有爱过你这个我亲生出来的儿子吗？"

"现在他的身子要弯下去了，"盖奥尔格想道，"要是他倒下去，摔得头破血流！"这句话在他的脑子里一闪而过。

父亲向前弯下了身子，但没有摔下来。由于盖奥尔格并没有像他期待的那样走近他，他又直起身来。

"别动，你就待在那儿，我不需要你！你在想，你还有力量走到我这里来，只因为你不愿意过来，才站着不动。你不要搞错了！我还是要比你强得多哩。如果单是我一个人，说不定我会退缩，但是，你母亲把她的力量给了我，我和你朋友的关系好得很，你的顾客的名单都在我的口袋里呢！"

"他连衬衣都有口袋。"盖奥尔格心里说，他相信，他可以利用他父亲这番话，让他在全世界威风扫地。不过这在他脑子里只是一闪念，因为他总是说过就忘。

"挽着你的未婚妻到我跟前来吧，在你还没有来得及弄明白，我就把她赶走了！"

盖奥尔格做了个鬼脸，仿佛他不相信这番话。父亲只顾朝盖奥尔格所待的角落里点头，表示他将说到做到。

"今天你来这里问我，要不要把你订婚的事写信告诉你的朋友，这让我好开心。但他什么都知道，笨小子，他什么都知道了！我写信告诉他了！因为你忘了从我这里拿走书写用具。因此他已经多年不来，他对这里事事了如指掌，胜过你一百倍！他左手拿着你的信看也不看就揉成一团；右手则拿着我的信，举在眼前阅读。"

他兴奋不已，举起手在头上挥舞。

"他什么都知道，比你强一千倍！"他喊道。

"一万倍！"盖奥尔格说，以嘲笑他的父亲，但话一出口，就变得无比严肃起来。

"这些年来我一直等着你来问这个问题！你以为我会操心别的事儿吗？

你以为我是在看报纸吗？你拿去看吧!"说着,他把一张不知怎么弄到床上的报纸扔给盖奥尔格。那是一张旧报纸,其报名连盖奥尔格也没有听说过。

"你要犹豫多久才能成熟啊! 母亲等不到这大喜的日子就去世了,你的朋友在俄国已经垮台,早在三年前他就已经落魄不堪,至于我是什么状况你是看见的。你是有眼睛的嘛!"

"原来你一直在盯我的梢!"盖奥尔格喊道。

父亲同情地说:"这句话你兴许早就想说了,现在可就不是说这句话的时候了。"

他提高嗓门又说:"现在你知道了吧,世界除了你还有别的,你历来就知道只有你自己。你原本是个纯洁的孩子嘛。但是说到骨子里你是个跟魔鬼没有两样的人! ——因此你听着:现在我判你投河去死!"

盖奥尔格感觉到这是要把他赶出房间,父亲在他背后"砰"的一下倒在床上的声音久久在他耳边回响。他跑出房间,如履倾斜平板似的冲下楼梯,适遇他的侍女正要上楼打扫清晨的房间。"啊,上帝!"她一声喊叫,连忙用围裙捂住自己的脸。但他已经走远了。他跨出大门,越过马路,直奔河边,他像饿狼扑食似的一把抓住桥上的栏杆。他悬空吊着,像个优秀运动员,年轻时父母还为他的这一特长而自豪呢。他的手变得越来越无力,却仍死死抓住栏杆不放,他从栏杆间看到一辆公共汽车正在驶来,它的隆隆声很容易盖过落水的声音。于是他轻轻喊道:"亲爱的父亲母亲:我可是一直爱着你们的啊。"接着他让自己掉了下去。

此刻,桥上车水马龙来往穿梭。

乡村医生①

[奥地利]卡夫卡

　　真是焦头烂额：我急需出一趟门，一个十里外的重病人正等着我去急诊。去他的村子不仅路远，且暴风雪正在肆虐。我有一辆轻便、像样的大轱辘马车，很适合在乡村大道上行驶。我裹上皮大衣，提起装好了医疗器械的提包，做好一切准备，站在院子里正待出发，但缺马，这拉车的马。我自己的马在昨天夜里由于经不起这冰天雪地、寒风凛冽的折腾倒毙了。我的侍女为借一匹马现在正在村子里到处跑，但毫无希望，我知道的。并且雪越积越厚，越来越不好动弹了，我毫无主张地干站着。姑娘在门口出现了，孤零零一个人，路灯晃动着。也难怪，现在谁肯把马借给你跑这样的路呢？我又一次在院子里走动起来，我想不出一点法子。在绞尽脑汁的情况下，我下意识地抬起脚来踢了一脚那几年来没有使用的破旧了的猪圈门。门开了，两扇门板绕着门轴一开一合发出噼啪声。一股热气和一种像是来自马身上的气味冲了出来。一盏幽暗的厩灯挂在马厩里的一根绳子上来回晃动着。在低矮的木栏处蹲着一个男人，露出他的脸庞，眼睛睁得大大的。"要我套马吗？"他问，四肢匍匐着往前爬。我不知道说什么好，只顾弯下腰去，看看圈里还有什么。侍女站在我身边。"人有时不知道自己家还有什么。"她说，我

---

① 本篇约写于1917年，翌年正式发表，1919年与其他13篇作品结集出版。为作者自己最满意的作品之一。

们俩都笑了。"喂，兄弟，喂，妹子!"马夫喊道，这时两匹马，两匹骠悍的高头大马，双脚紧贴着身子，像骆驼那样端正的头颅下垂着。完全靠着躯体运动的力量，从完全被它们的身体堵得一丝儿缝隙都没有的门洞里一先一后地挤了出来。但很快它们就站直了，而且腿脚都很长，出汗的身上冒着浓重的热气。"去帮帮他。"我说。于是，这顺从的姑娘便赶紧把马车的套具递给他。但刚刚走近他，马夫便一把将她抱住，使劲亲她的脸。她喊了起来，立刻跑到我身边，两行红红的牙痕深深印在她的脸颊上。"你这畜生，"我愤怒地喊道，"你想要我抽你吗?"但我立刻想到，这是个生人，我不知道他是哪儿来的，而当大家都不肯帮我的忙时，他却自愿来帮我克服难题。他好像知道我在想什么，所以对我的威胁没有生气，而是只顾忙着套马，最后才转向我。"上车吧。"他说。果然，一切都已准备就绪。我一看，这样像样的马车我还从来不曾使用过，便高高兴兴地上车了。"不过赶车还是由我来，你不认识路。"我说。"没错，"他说，"我不跟你去的，我留在罗莎身边。""不。"罗莎喊道，她怀着自己将要遭遇厄运的正确预感，径直跑回屋子里。我听见她闩门时门链发出的叮当声;听见钥匙在锁眼里的转动声;看见她如何通过走廊又急匆匆穿过一个个房间一口气把所有的灯都关掉，让人找不到她。"你跟我走吧，"我对马夫说，"不然我就不走了，哪怕赶这趟路是那么急。我不想为了这趟路把姑娘作为代价交给你。""驾!"他吆喝道，拍了拍手，车子便向前飞跑了，就像木头在潮水中漂游那样。我还听见我家的门怎样在马夫的撞击下发出破裂的声响，接着我的眼睛也好，耳朵也好，所有的感官都在狂风暴雪的侵扰下没有什么反应了。但这也只是一刹那的工夫，因为我已经到那儿了，病人家的院门仿佛就在我家的院门口开着呢。两匹马安静地站住了，风雪已停止了，周围月光融融。病人的双亲急忙从屋子里出来，他的姐姐紧随其后，他们几乎把我从车子里抬了出来。大家七嘴八舌，我一句也听不清楚，病人房间里的空气几乎要憋死人，暂时无人看管的炉子仍冒着烟，我想推开窗子，但我首先得见一见病人。他是个少年，十分消瘦，不发烧，身上不冷也不热，两眼枯槁，他没有穿衬衣，从鸭绒被下面坐了起来，两手搂住我的脖子，贴着我的耳朵悄悄说:"大夫，让我死吧。"我环顾了一下周围。没有人听见他说这句话。父母默默地欠着身站着并等待着我的诊断结果，姐姐搬来一张椅子让我放提包。我打开提包,寻找医疗器械,男孩则总想从床上向我挪过来,以便提醒我记住他的请求。我拿出一把小镊子,对着烛光试了试,又把它放了回去。"是呀,"我怀着亵渎的心情想道,"众神们在这种种情况下给予了帮助,送来了所缺的马,由于紧急还加了一匹,甚至还额外给了个马夫。"现在我才又想起了罗莎。我该怎么办,我怎样才能救她,怎样才能将她从马夫身子底下拽出来,而离她有十里之遥啊,加上所套的两匹马又不听使唤!现在这两匹马不知是怎样松开了缰绳的,我不知道这两扇窗门是怎样被它们推开的,每一匹都通过一扇窗户把头伸了进来并观察着病人,而对于家人的喊叫置若罔闻。我想:"我马上又要乘车回去。"好像那两匹马在要求我走这趟路。但我默许病人的姐姐替我脱下了皮大衣,她以为我已经热得不亦乐乎了。老人拍拍我的肩膀,他为我准备了一杯罗姆酒,舍得用这样宝贵的东西款待客人,表明他对我的信赖。我摇了摇头。处于老人狭隘的思想境界内我很不开心,仅仅出于这个理由我拒绝喝他的酒。母亲示意我过去,我听从了,而当一匹马对着天花板高声嘶鸣的时候,我将头贴在男孩的胸口,他在我湿漉漉的胡子下面战栗起来。这证实我所知道的情况:这男孩是健康的,血液循环方面有点儿问题,被操劳的母亲用咖啡灌成这样,但还是健康的。最好还是从床上把他推下来。我不是世界改造者,因而就让他躺着。我是本地区聘用的医生,尽心尽责,甚至都有点儿过了分。我工资菲薄,但我很慷慨,对穷人乐善好施。但我还得养活罗莎,所以难怪这少年不想活,我自己也想死呢。在这个无穷尽的冬日里,我都在干什么呀!我的马已经倒毙了,而村子里谁也不肯把马借给我,我不得不从猪圈里牵出一匹马来套车。要不是猪圈里偶然有两匹马,我只得用猪来拉车了。事情就是这样。于是乎我向这家人点头。他们对这些一无所知,就是知道了,他们也不会相信。开开药方是容易的,但一般来说要人家理解你,那就难了。好了,今天在这里的出诊算结束了,人家又让我白折腾一阵,这我已习惯了。全区的人都利用我的夜铃之便来折腾我,可这一回我还得搭出一个罗莎。这个美丽的姑娘,多年来一直在我家里生活,可我几乎没有留意过她——这个牺牲太大了,我必须在头脑里仔细琢磨一下,免得对这家人指斥起来,他们无论如何也不会把罗莎送回来了。可当我关上我的手提包,伸手去拿我的皮大衣时,一家人全站在一起,父亲闻着拿在手中的那杯甜酒,母亲看来对我感到失望——是啊,老百姓能指望什么呢?——她眼泪汪汪地咬着嘴唇,姐姐挥动着血迹斑斑的毛巾,于是我有几分准备在某种情况下,承认这少年也许确实有病。我朝他走去,他对我微笑着,仿佛我端给他极富营养的汤汁似的——哈,此时两匹马一齐嘶鸣起来,这嘈杂声仿佛是上苍专为我派来减轻繁重的检查的——现在我发现:没错,这少年是有病。在他腰的右侧敞露着一个手掌大的伤口,像朵玫瑰,颜色不一,暗处最深,周围边缘较浅,呈细粒状,混合着随时凝结的血块,一如露天矿的矿石。这是从远处看去的状貌,若从近处看,则情况更不忍目睹。谁看了能不唉声叹气呢?满是蛆虫!像我的小手指那么粗壮那么长,浑身亦是玫瑰色,在血污里蠕动着,麇集在伤口深处,同时用白色的小脑袋和许多小脚爬向亮处。可怜的男孩啊,你是没救了。我已经找出了你巨大的伤口,你正在毁灭于这朵鲜花上①。一家人高高兴兴,他们看着我忙活:姐姐把这告诉母亲,母亲告诉父亲,父亲又告诉那些在月光下踮着脚从敞开的门扉走进来的客人们,他们张开双肩,以保持身体的平衡。"你准备救我吗?"少年抽噎着轻声说,他被伤口折磨得头晕目眩。住在本地区的人都是这样,他们总是向医生要求一些不可能的事情,旧日的信仰他们已经失去了,牧师坐在家里一件接一件地撕扯自己的法衣,但医生凭着一把灵巧的手术刀应该无所不能,那好,就随他的便吧。我并非不邀自来的,假如你非要我充当圣职,我也只好听其自然。一个上年岁的医生,侍女都被人夺去了,还有什么更好的奢求!你看他们来了,这一家人和村里的年长者,他们脱掉了我的衣服,一支由老师领着的合唱队站在家门口,用一种极简单的旋律唱着一段歌词:

脱掉他的衣服,他就会治病了。
如果他治不了病,就杀掉他!
他不过是个医生,他不过是个医生。

---

① 前面提及少年的伤口像一朵玫瑰花,因此这里称为鲜花。这一比拟具有某种象征性。

而后我的衣服被剥得精光，我的手指捋着胡子，歪着脑袋静静地看着这些人们。我镇定得很，比谁都镇定，尽管他们现在箍住我的头，抱住我的脚，把我抬到了床上，我依然镇定。他们把我弄到墙边，放在少年的伤口旁，然后离开了那个小房间。门被关上了，歌声也停止了，云彩遮住了月亮，周身的被褥很暖和，两匹马的头在敞开的窗外影影绰绰地晃动。"你知道吗？"听到有人对我贴着耳朵说，"我对你不大信任。你不过是在什么地方被人抛弃而不能自救。你非但不救助我，还缩小我临终的床的面积，我恨不得把你的眼珠子挖出来。""对，"我说，"这的确是一种耻辱。但我现在是个医生。我该怎么办呢？相信我，我也是很不容易的。""你这样一道歉就能使我满意了吗？唉，不满意也得满意。我总是不得不满意，带着一个美丽的伤口我来到世界上，这是我全部的妆奁。"我说："年轻的朋友，你的错误在于你不了解全面情况。我呢，我远远近近去过很多医院病房，我告诉你吧，你的伤口还不算太糟糕，不过是被一把斧子砍了两下，造成这么一个深口子。许多人献出他们半边身子，而几乎听不到森林中斧子的声音，更不用说斧子向他们接近了。""真的是这样的吗？或者说你趁我发烧时糊弄我？""那可是真的。你带上我这席官方医生的荣誉诺言去吧。"他这样做了，也安静下来了。但是现在倒是该我来想一想如何自救的时候了。两匹马仍然忠实地站在老地方。我很快地把我的衣服、皮大衣、手提包收拢在一起，我不愿意把时间消耗在穿衣上。假如两匹马像来时那么快速，那么简直可以说我从这张床上一跳就跳到了我自己的床上。一匹马顺从地从窗口退回去了，我把收拾好的那团衣物扔回马车，但皮大衣飞得太远了，只有一只袖子死死挂在钩子上。这算是不坏了。我跃跨上一匹马。缰绳松弛地拽拉着，这匹马几乎没有与另一匹马套在一起，车子东倒西歪地跟在后面，皮大衣被扯拉在最后，马车就这样在雪地里磨蹭着。"驾！"我吆喝着，但马并没有奔跑起来，我们就像老年人似的蹒跚着穿过茫茫雪野。一首新的、但是词儿错误的儿歌在我们后头歌唱着：

　　　高兴吧，病号们，
　　　医生已躺下床去陪伴你们！

这样行驶我可永远也回不了家。我兴旺的营生算完了。一个后继者正抢我的生意。但毫无用处，因为他不能取代我。在我家里，那个万恶的马夫正在肆无忌惮地胡来，罗莎是他的牺牲品，我真不愿意再多想了。在这最倒霉的严寒里，我作为一个老年人赤身裸体地坐着尘世的车，驾着非尘世的马，四处漫跑。我的皮大衣挂在车的后面，可我又够不着它，而病人中那些心灵手巧的家伙都不肯来帮助。受骗了！受骗了！只要有一次听信了误敲的夜铃声，那就无可救药的了。

在流刑营①

[奥地利]卡夫卡

"这是一台特殊的机器。"军官用一种不无赞赏的目光看着这台他熟悉不过的机器,对旅行考察者说。看起来,旅行者只是出于礼貌才接受了司令员的邀请,来观看对一个士兵的处决的,这位士兵由于不服从命令并侮辱上司而被处以极刑。就是在流刑营里,人们对这种处决的兴趣也不是很大。只要看一眼这场景就清楚了:在这个被光秃秃的山坡环抱的孤寂的小深谷里,满地沙砾,除了军官和旅行者,在场的只有那个判死刑的犯人和一个士兵。犯人嘴巴大大,神情麻木,蓬头垢面;那个士兵则拿着一根粗大的铁链,铁链两头又连着一些较细的铁链,用来捆住犯人的手腕、脚踝乃至脖子,而且互相之间也由链条系着。再说犯人看起来非常卑微而顺从,你就是让他在山坡上到处乱跑,行刑时只要吹个口哨,他也会自动跑过来。

旅行者对这台机器兴趣不大,只顾在犯人后头来回踱步,几乎看不出有什么参与的表情;军官则忙着做最后的准备工作,一会儿爬到深埋在地里的机器下面,一会儿又登上梯子,检查上面的部件。这些事情本来可以让一个机械工去干的,可是军官却非亲自动手不可,并投入一种巨大的热情,不管他出于对这台机器格外赞赏也好,还是由于别的原因不放心把这项工作让

---

① 此篇写于 1914 年 8 月 4 日至 18 日,即在卡夫卡与菲利斯·鲍威尔第一次解除婚约后不久,1919 年才由莱比锡库尔特·沃尔夫出版社以单行本形式出版。

给别人来做也好。"现在一切就绪了!"他终于喊道,并从梯子上爬下来。他筋疲力尽,张着嘴,呼着粗气,把两条轻柔的女用手巾塞进制服的领子后头。"这种制服在热带太笨重了吧。"旅行者说,却没有像军官所希望的那样,问问这台机器是怎么回事。"是太笨重,"军官说,并在一只准备好的水桶里洗他那双满是油污的手,"可是这套制服意味着故土,我们不想失去故土——现在你还是看一下这台机器吧。"他马上加了这么一句,用一块毛巾擦干双手,同时指了指机器。刚开始机器需要人工操作一会儿,但从现在起它就自行运行了。旅行者点点头,听军官继续讲下去。为了防备发生意外事件,军官把话说在前头:"当然在运行过程中也会出现故障,但我希望今天不至于发生,我们随时都得估计到意外情况。机器要连续运行十二小时呢。不过一旦出现故障,那也不过是一些小问题,马上就会修好的。"

"您不想坐下来吗?"他终于问道,并从一堆藤椅中拽出一把让旅行者坐;后者不好拒绝。于是他现在坐在一个土坑的边沿,匆匆往坑里看了一下。坑并不很深,坑的一边用挖出来的土堆成了一垛墙,另一边摆着这台行刑机器。军官说:"我不知道司令员是否已经向您解释过这台机器。"旅行者做了个模棱两可的手势;这正中军官的下怀,这样他可以亲自来讲解这机器了。他抓住一根曲柄,让身子靠着它,说:"这台机器是我们前任司令员的一项发明。我前前后后参加了所有的工作,包括前期的各项试验直到最后全部完成。您听说过我们的前任司令员了吗?没有?那我告诉您,整个流刑营的创建都是他的功劳,我这样说一点都不过分。我们作为他的朋友在他去世时就知道,流刑营的设施已经如此完美无缺,以致他的继任者哪怕有千百个新的计划,至少在若干年内都不可能丝毫改变它的原样。我们的预言也已经应验了;新来的司令已经看到了这一点。您不认识我们前任司令员,太遗憾了! 不过——"军官停顿了一会儿,"我扯远了,他发明的机器就在我们面前呢。你看,它是由三部分构成的。经过了这么多年,每个部分都形成了可以说是通俗的名称。底下这部分叫做'床',上面的叫'绘图器',中间这摆动部分呢,叫'耙子'。""耙子?"旅行者问道。刚才他没有注意听,因为在这烈日炎炎之下毫无遮掩的山谷里,谁都很难集中思想。难怪,戎装紧裹的军官,佩着肩章和饰带,如此热情洋溢地向他介绍这台机器,还一边说着话,一边拿着一把改锥这儿拧几下那儿松几下地忙个不停,就更让他惊叹不已了!那个士兵的神情看起来倒和旅行者差不多。他把拴住犯人的铁链套在两只手腕上,一只手扶住枪,让身体靠在枪上,脑袋耷拉着,对什么都不关心。旅行者对此并不感到惊讶。因为军官讲的是法语,而士兵和犯人都听不懂法语。更为值得注意的倒是犯人,尽管他听不懂法语,却一直都在倾听着军官的讲话,一心想搞清楚他讲的内容,军官的手势指向哪里,他疲惫的目光就死死地瞄向哪里,而此刻当军官的话被旅行者的提问打断时,他也和军官一样转向了旅行者。

"是的,叫耙子,"军官说,"这个名称很恰当。这些针安装得像耙齿似的,尽管它只用在一个地方,其整体操作起来就像一个耙子那样,并且更具艺术性。这一点您很快就会弄明白。这儿是床,犯人将被放在这上面。我想首先给您描述一下机器,然后才让器械自行运行。这样您就会更好地了解整个操作过程。绘图器里有一个齿轮已经磨损得很厉害;机器开动起来,它就发出吱吱的尖叫声,那时,我们简直无法说话。遗憾的是这里很难搞到机器配件。——好,现在再来看,这里是我刚才说的床。床上完完全全铺着一层棉花,它的作用一会儿您就会知道。犯人将贴着肚皮趴着被放在这层棉花上,当然是光着身子。他的全身将用这些皮带紧紧绑住:这儿是绑住手的,这儿是绑住脚的,这儿是绑住脖子的。这边床头上有一个小毡布团,可以移动,我刚才说了,犯人是趴着被放在床上的,毡布团可以移动,直到它恰好塞进犯人的嘴巴里,目的是不让他喊叫,并防止他咬破舌头。当然犯人必须咬住毡布,不然他的脖子就会被皮带勒断。""这是棉花?"旅行者问道,身子朝前探了探。"没错,是棉花,"军官微笑着说,"您自己摸摸看。"他抓住旅行者的手,往床上伸过去。"这是一种特制的棉花,所以看上去不像棉花;过会儿我还会讲到它的用途。"旅行者有点儿被他说动了,对这台机器表现出了一点儿兴趣。他把手举到眼睛上方遮住太阳,朝机器的上部看去。这是个庞大的建构,床和绘图器的大小一样,看起来像两个深色的箱子。绘图器安装在床的上方两米高处,四角用根黄铜棍分别固定在下面的床上。黄铜棍在月光下亮光闪闪。在两个箱子之间,耙子悬在一根钢条上。

军官对旅行者此前的无动于衷几乎毫无觉察,可对他现在所表现出来的兴趣却很在意;于是他中断了讲解,好让旅行者不受干扰地好好观察。犯人也模仿着旅行者的动作,可他无法把手放在眼睛上,只好眯起没有遮掩的眼睛,向高处望去。

"那就是说,人是躺着的。"旅行者说,身体往椅背靠去,把一条腿搁在另一条腿上。

"对,"军官答道,把帽子稍稍往后推了推,用手摸了摸发烫的脸颊,"您听好了!无论床还是绘图器,各自都装有电池;床的电池供床自身用,绘图器的电池用来运行耙子。犯人一捆好,床就运行起来。它横向、纵向同时颤动着,速度很快。您兴许在医院里看到过类似的机器,只是我们这个床的所有动作都是计算得非常精确的;就是说床的动作和耙子的动作是完全协调一致的。真正执行判决任务的则是耙子。"

"那究竟什么是判决呢?"旅行者问道。"您连这个也不知道?"军官很是惊讶。他咬了咬嘴唇,接着说:"很抱歉,如果我的解释条理不清,请多包涵。因为以前都是司令员亲自解释的,可新司令员却自己解除了这项光荣任务;而他没有对这样一位高贵的客人"——旅行者摆摆双手,表示谢绝给予他这种美誉,但军官却坚持他的这一表达,"对这样一位贵客连判决仪式都没有事先向人家说清,何况这又是一项革新。"他真想咒他一句,但还是控制住了,而只是说:"没有人告诉我这一点,因此这不是我的过失。再说,对各种判决进行解释,我是最胜任的,因为我这里装着,"——他拍了拍胸前的衣兜——"前任司令员亲手绘制的有关图纸。"

"司令员亲手绘制的图纸?"旅行者问道,"难道他统领一切?军人、法官、设计师、化学家、绘图师,全是他?"

"是的,"军官点了点头说,目光中流露出凝重、沉思的神情。接着他检查似地看了看他的手,他觉得他的手不够干净,不能去拿那些图纸。于是他走到水桶旁,又把手洗了一遍,这才从口袋里取出一个小型皮袋子,对旅行者说:"您听吧,我们的判决并不严厉,就是在犯人身上用耙子写上他违背的戒律——比方说这个犯人——他的身上将要写上:尊敬你的上级!"

旅行者匆匆朝那个犯人看了一眼。当军官指他的时候,他低着头,仿佛要集中全部听觉神经去听清点什么。可是他紧闭的嘴唇微微颤动着,分明表明他什么也没有听明白。旅行者想问各种各样的问题，可是当着犯人的面，他只问了一个问题："他知道判了他什么罪吗？""不知道。"军官说着，马上想继续他的讲解，旅行者打断了他："他不知道自己被判了什么？""不知道。"军官又重复了一遍，并停顿了一下，仿佛要旅行者说明提出这样的问题的理由，然后说："向他宣布判决没有意义。他可以从他身上知道对他判了什么嘛。"旅行者不想吭声了，这时他感觉到犯人的目光正盯着他，仿佛在问旅行者，他是否能认可军官对事件的描述。于是本来已靠到椅背上的旅行者身子再次往前倾，又提出一个问题："可是，他都已经被判刑了，这点他总该知道吧？""这也不知道。"军官朝旅行者微笑着说，好像他等着旅行者还提一些什么怪问题似的。"不知道，"旅行者说，他摸了摸自己的前额，"那么说，这个人到现在也还不知道，他的辩护是怎么进行的啰？""他没有机会为自己辩护。"军官说，眼睛朝旁边看着，好像他在跟自己说话，讲述这些在他看来不言而喻的事情会让旅行者感到惭愧，而他不想这样做。"但他肯定有过为自己辩护的机会吧。"旅行者说着，从椅子上站起来。

此刻军官发现，解释这台机器得耽误很长时间；于是他走向旅行者，一只手挽住旅行者的胳膊，另一只手指着犯人（这时犯人看到大家的注意力显然都集中在他的身上，便笔直地站着；士兵也把铁链拉紧一些），解释说："事情是这样的：我在这个流刑营里被任命为法官，尽管我还年轻。由于我协助前司令员处理所有的刑事案件，对这台机器的情况也了如指掌。我判决时掌握的原则是：罪状向来是无可怀疑的。别的法庭不可能照这个原则办，因为它们那里是多头决策，且上面还有更高一级的法庭。这里的情况可不是这样，至少在前司令员手上。新来的司令官显然有意想干预我的法庭，可是直到现在我一直成功地抵制了他，以后我还会继续成功地这样做。——您曾希望我解释一下这个案子的情况。这个案子其实简单得很，和所有案子没有两样。今天早晨一个上尉告发了这个士兵。他是被派去当他的勤务兵的，睡在他的门口，因睡过了头而耽误了值勤。原来他的任务是：每个钟头正点打钟时起来，在上尉门口行致敬礼。这件事显然并不难，也是必要的工作，无论从警卫还是服务两方面讲，他都应该保持清醒。昨天夜里上尉想看看他的勤务兵是否在履行他的职责。钟敲两点时，他打开房门，发现他正蜷缩成一团睡着。上尉就拿起马鞭抽他的脸。勤务兵非但不站起来求饶,反而抱住主人的双腿直摇晃,并喊道:'扔掉鞭子,不然我就咬你!'——案件经过就是这样。一个钟头前来我这里,报告了此事。我记下了他的报告内容,马上作了判决。然后我就让人把这个勤务兵铐起来。这一切简单得很。而如果我先把他叫来审问,事情就会乱套,变得很复杂。他会撒谎。如果我成功地批驳了他的谎言,他会想出新的谎言,这样下去将没完没了。而现在我抓住了他,再也不放了他。——现在一切都解释清楚了吧?不过时间过得很快,行刑马上就要开始了,我却还没有把机器讲完。"他非要让旅行者坐到椅子上不可,再次走到机器前讲解起来:"您看到了吧,耙子完全适合人的形体;这个耙子用于上身,这两个耙子用于双腿。头部只能用这把小雕刻刀。您都清楚了吗?"他友好地向旅行者俯下身去,准备作最详尽的解释。

　　旅行者蹙起眉头,仔细察看耙子。军官关于审判程序的说明没有使他满意。不过他一再说服自己,这是一座流刑营,在这里采取某些特别措施是必要的,人们最后不得不以军事方式处理问题。此外他对新司令员抱有某种希望,这位旅行者显然有意渐渐地采用一种像军官这种狭隘脑瓜无法理解的新程序。带着这一想法,旅行者问道:"行刑时司令员会在场吗?"军官经这冷不防一问好不尴尬,其友好表情顿时消失,答道:"这可很难说。正因为这个原因,我们得抓紧时间。我甚至——不管我多么遗憾——不得不压缩我的解说。但是明天,当机器又被擦得干干净净时(它容易被弄得肮脏不堪,这是它唯一的缺点),我可以补讲,作进一步的说明。好,现在我只挑最要紧的部分讲。——当犯人在床上躺好,床开始震动时,耙子就下降到身体上。耙子会自动调节,直到耙子刚好碰到身体为止;距离调节好以后,这根钢索就立刻紧缩成一根钢条。这时演示就开场了。行外人表面上是看不出各种刑罚间彼此的区别的。耙子好像都是按照一种样式运行的,它的针尖刺进犯人的身体,它正随着床的震动而震动。为了让每个人都能检查判决的执行,耙子是用玻璃做的。把耙针固定在玻璃上,这在技术上曾带来不少困难,但经过多次试验,终于成功了。我们当时真是竭尽全力。现在谁都能透过玻璃,看到耙针是怎样把字刺到身体上去的了。您要不要再走近一些,仔细看看这些耙针?"

旅行者慢慢站起身来,走过去,向耙子弯下腰。"您看,"军官说,"有两种不同的针,有许多不同的排列。每根长针旁边都带有一根短针。长针写字,短针喷水,以便把血水冲掉,使字迹始终保持清晰。血水被引到这里的小沟里,最后流到这条主沟里,主沟的排水管与排水沟是相通的。"军官用手指头精确地指着血水必经的通道。为了能让人看得真切生动,他用双手在排水管的出口做了个接血水的样子,旅行者却抬起头,用手往后摸了摸,想要退回到椅子上去。这时他惊讶地发现,犯人也跟他一样,随着军官的讲解,从近处仔细察看耙子的结构。他也向玻璃俯下身,以致他的铁链把昏昏欲睡的士兵稍稍往前拽了一下。你看,他怎样怀着游移不定的眼神,搜寻着刚才两位大人观察过的东西,可是由于没有听到讲解,所以始终未能弄清是什么名堂。他一会儿在这里弯下腰,一会儿在那里俯下身,目光一次又一次扫过玻璃。旅行者很想把他赶回去,因为他现在所做的可能是要受到惩罚的。但军官用一只手使劲地挡住了他,用另一只手从土堆上抓起一把土块掷向士兵,士兵吃了一惊,抬眼一看,犯人竟敢如此放肆!他赶紧把枪放下,将两个脚跟死死抵住地面,用力把犯人往回一拉,一下把犯人拽倒了。他看着犯人在地上打滚,身上的铁链叮当作响。"把他拽起来!"军官吼道。因为他看到旅行者的注意力太被犯人吸引了。旅行者甚至抬起头,不再留意耙子的事,而只一心想弄清犯人怎么了。"好好治他一下!"军官又吼了一遍。他绕过机器,亲自动手,在士兵帮助下,死拉硬拽地将犯人扶了起来,其间犯人又滑倒了好多次。

当军官又走回到旅行者身边时,旅行者说:"现在我全明白了。"军官则抓住他的胳膊,指着高处说:"还要给您看最主要的呢。您看上面绘图器里的齿轮装置,耙子的运动就是由它决定的。装置是按照图纸,也就是根据判决调节的。我采用的还是前司令员的图纸。您看,就在这儿,"——说着,他从皮包里抽出几页纸来——"可是很抱歉,我不能把它交到您手里,这是我所拥有的最珍贵的东西。请您坐下,我以这个距离拿着给您看,上面的一切您会一目了然。"他展开第一张图纸给他看。旅行者本想说几句恭维的话,但他一看,整张图纸布满了密密麻麻、纵横交错的线条,想要在其间找出一些空白处得费好大的劲才行。"您念念看。"军官说。"我念不了。"旅行者回答。"这不是很清楚嘛。"军官说。"很是艺术。"旅行者回避直接回答,"但我辨认不出是什么字。"是啊,"军官说,笑了笑,重新把图纸放回皮包里去,"这不是给小学生临摹的书法。要看懂它,非得花很长时间不可。您肯定也会辨认得出来的。当然,这可不是一般的文字。它并不是一下子就把人杀死。杀死一个人平均要经过十二个小时;转折点算好在第六个小时。凡是文字,其周围都要配上许许多多的装饰物;而真正的文字只装饰身体上腰带那么宽的一条;身体的其余部分是留作装饰用的。您现在可以看出耙子和整个机器的价值了吧?——您看着吧!"说着,他一跃上了梯子,转动起一个轮子,朝底下喊道:"注意,您靠边一点站!"整个机器随即转动起来。要是轮子不发出吱吱声,那就太美妙了。军官似乎没有预料到轮子会发出嘈杂声,挥起拳头予以威胁。然后他抱歉地向旅行者张开双臂,并从梯子上下来,从下面观察机器的运转。机器还有点儿不对头,这只有他才能察觉得出来。他又上了梯子,用双手在绘图器的内部捣鼓了一阵,然后顺着一根金属杆滑了下来,为了快,他不用梯子。为了在嘈杂声中能让对方听清楚,他扯开嗓门,对着旅行者的耳朵大声喊道:"现在您明白整个过程了吧?耙子正在写字。等它在犯人背上写完判词的第一部分,棉花层就开始转动,渐渐地把身体翻转过来,以便给耙子提供新的空间。于是身体被刺伤的一面躺在棉花上,棉花由于经过了特殊处理,马上止住血流,为下一步把字刺得更深做好准备。下一次翻转身体时,耙子边缘的这些尖齿会把棉花从伤口上扯下来,扔进坑里,耙子就又开始工作。它就这样写十二个钟头,越写越深。前六个小时,犯人一直活着,几乎和以前一样,只是得忍受疼痛。两个小时以后,他嘴里衔的那团毡布就拿走了,因为他已经没有任何力气再喊叫了。床头上有一只电热盆,里面是温热的稀饭。只要犯人想吃,他就可以用舌头舔着吃。没有一个犯人肯放过这个机会的。这种情况我经历得多了,从没见过一个这样的人。到第六个小时,犯人才失去食欲。这时我一般都要就地蹲下,从下往上观察他们的表现。犯人很少咽下最后一口饭,他把那口饭含着,让它在嘴里转来转去,最后吐进坑里。这时我赶紧弯腰躲开,以免吐到我的脸上。到第六个小时,犯人变得多么安静啊!哪怕是最笨的犯人也想明白了。这一点先从眼睛周围开始流露出来,从这里再往外扩大开去。看到这个情景,你会受到诱惑,也想躺到耙子下去呢。其实并没有发生什么事,不过是犯人开始解读判词,他噘起嘴巴,好像他在谛听。如您所见的,用眼睛是很难解读这些文字的;所以我们的犯人就用伤口来解读。这当然是非常费劲的;他要花六个小时才能完成。然后,耙子就把他整个人铲起,朝那个沟里扔去;他的身体啪的一声落在血水和棉花上。到此行刑结束,而我们俩,我和士兵就把他埋了。"

旅行者仔细倾听了军官的讲解,他两手插在上衣的衣兜里,观看机器的运行。犯人也看着机器,但根本看不懂。他稍稍弯下腰,目光盯着来回晃动的针。这时,士兵按照军官给他发出的信号,在犯人后面一刀下去,割开了他的衬衣和裤子,衣裤从他身上掉落下来;他想拽住它们,以便遮住赤裸的身体,但士兵把他一把举了起来,抖落了最后的几片残余碎布。军官关掉机器,周围顷刻静了下来,犯人被放到了耙子下面。铁链卸掉了,改用皮带绑在床上。起初,犯人几乎觉得好像一阵轻松。接着耙子又下降了一点,因为这次的犯人是个瘦子。当耙子上的那些针尖碰触到他的身体时,他的皮肤一阵抽搐。在士兵捆绑他的右手时,他不知左手该往哪里伸,胡乱伸出后,恰好指向旅行者所站的方向。军官正在一旁死死盯着他,仿佛要从他脸上看出行刑会给他留下什么印象,至少,他已经粗略地给他讲过行刑的全部过程。

固定住手腕的皮带绷断了,可能士兵绑他的时候捆得太紧。得让军官帮忙,士兵把折断的皮带给他看。军官也真的朝他走过去,脸却对着旅行者说:"这部机器是由许许多多部件组装起来的,说不定会有什么地方断了,裂了;不过我们对它的总体评价是不容怀疑的。再说,皮带断了,马上就能弄到代用品。我将使用链条。不过,这样一来,右臂上震动的柔软性自然会受影响。"在他绑链条时,他还继续说着:"现在维护机器的费用大为降低了。前任司令员在位时,我有一笔自由支配的维修专款。那时这里还有一个存放各种零配件的库房。我承认,我使用这些东西近乎浪费。我说的是从前,不是如新司令员所说的现在,对他来说,一切都可以用来作为反对旧制度的借口。现在他亲自掌管机器的财务,要是我派人去买新的皮带,他会要求我拿断带子作凭据。新皮带要十天后才到,而且质地很差,没有多少用场。可这期间我没有皮带怎么操作机器,就没有人过问了。"

旅行者心里在想:在一个人生地不熟的地方介入是非总是有风险的。他既不是流刑营地的居民,也不是流刑营所属国家的公民。假如他谴责甚而至于破坏这次处决,人家会说:你是外国人,住嘴吧。对此,他实在不好说什么。他只能说,他本人不干预这桩案件,因为他来这里旅行仅仅是看看这里的情况,而绝不是为了改变这里的司法秩序。可是你看,这里摆着的事情确实让人很想管一管。审判之缺乏公正,处决之惨无人道,这都是不言而喻的。没有人会想到旅行者怀有某种私心,因为他与犯人素不相识,犯人既不是他的同胞,也不是能激起哪个人同情的人。旅行者本人持有上级机关的介绍信,在这里受到很高规格的接待,从他被邀请观看此次行刑一事似乎可以看出,人家要求他对这桩案件发表看法。刚才他在这里极其仔细地听清了,新司令员是这种审判程序和处决方式的否定者,他对这位军官几乎是怀有敌意的。据此,要他发表看法的可能性就更大了。

这时,旅行者听到军官怒吼了一声。原来他刚才费了好大的劲,要把一团毡布塞进犯人的嘴里,犯人感到一阵恶心,闭起眼睛,哗地一声呕吐起来。军官急忙扶起他的头,想让它往坑那头转过去;可惜为时已晚,他吐出的赃物喷到了机器上,顺着机器往下流。"全怪司令员!"军官喊道,毫无来由地晃动着前面的金属杆。"机器脏得像个猪圈!"他用颤抖着的双手,把刚才出现的那些脏东西指给旅行者看。"我曾经花了好几个小时跟司令员讲,让他明白,在行刑的前一天不要给犯人吃东西。但奉行新的温和政策的司令员却有他的想法。在犯人被带下去以前,他的那些太太女士们不停地往他嘴里塞东西,堆得食物满到了喉咙口。这小子一生中吃的是臭鱼,现在却不得不吃甜食。当然嘛,换换口味也是可以的,我并不反对。但为什么不弄一块新的毡布呢?我三个月以前就提出过这个要求了。这团毡布有一百多个犯人临死前咬过,怎不叫人恶心呢?"

犯人低下了头,看起来很平静,士兵忙着用犯人的衬衣擦机器。军官朝旅行者走去,后者估计到他会这样,便往后退了一步,但军官抓住他的手,把他拉到一边,说:"我要跟您说几句心里话,可以吗?""当然行!"旅行者答道,低下眼睛,准备听他说。

"您现在有机会欣赏到的审判程序和处决方式,目前在我们流刑营里已经没有人公开支持了。我是这种旧制度的唯一代表,同时也是老司令员遗产的唯一代表。我已经不再考虑对这种制度的进一步发展了,我仅仅想尽我的一切力量,维护这现存的一切。老司令员在世时,这流刑营里全是他的追随者。我部分地具备老司令员的说服力,但他那样的权力我却全然没有。这就难怪追随者一个个都溜走了。其实追随者倒有不少,就是没有人公开站出来。在今天这样一个行刑的日子,您若是走进一家茶馆,四下里听一听,您也许只能听到一些模棱两可的话。他们都是老体制的拥护者,但在新司令员的手下,在目前的新观点流行的情况下,他们对我一点用处都没有。现在我要问您:这样一个毕生杰作,"他一边说,一边指着机器,"就因为有这么一个司令员影响他的周围女人们,就该毁灭吗?我们能听之任之吗?哪怕是个外乡人,仅仅在我们岛上逗留几天,就可以允许这种事发生吗?现在时不待我,现在人们正在紧张策划,想办法要剥夺我的审判资格呢;司令部已经开过多次会议,没让我参加;甚至连您今天的来访,我觉得都标志出全部事态的特征;他们胆怯,才让您先到这儿来。——以前行刑的情景与今天相比真是不可同日而语!早在处决前一天,整个山谷就已经是人山人海。所有的人没有一个不是来看热闹的;一大早司令员就带着他的女眷来到现场;军号嘹亮,振奋人心;我向司令员报告,一切准备就绪;来宾们——高级别官员一个不缺——围着机器一一落座;这一堆藤椅就是那时留下的可怜的遗迹。机器擦得油光锃亮。几乎每次行刑我都带着新的备用零件。观众们翘首以盼,直到那边山顶人人都踮着脚,在众目睽睽之下,司令员亲自将犯人放到耙子底下。今天一个士兵所做的工作,是当时我作为审判长的工作,我为此感到荣幸。现在行刑开始了!机器运行万无一失,听不出任何杂音。现在有的人甚至不再看行刑,而是闭着眼睛躺在沙地上;人人都知道,现在正义正得到伸张。在一片寂静中人们只听到犯人的呻吟声。由于他嘴里塞着毡布,声音有些发闷。今天,机器已经无法让受刑者发出很大的呻吟声,而毡布倒还能让他窒息。以前写字的耙针能同时渗出蜇人的液汁,这东西现在不许用了。现在你看,终于等到第六个钟头了!人人都想走到近前来看,但我们实在无法答应所有人的请求。司令员是个明达事理的人,规定让孩子受到优先照顾;我嘛,由于我的职业,我每次都站在跟前,通常就蹲在这儿,两手一左一右各抱一个很小的孩子。看见那张痛苦万状的脸上泛出幸福的光芒,看见那终于得到伸张又稍纵即逝的正义之光映到我们的脸颊上,我们的心情是多么激动和欣慰啊!那是何等美好的时光啊,我的伙计!"军官显然忘了站在他面前的是谁;他拥抱旅行者,并把头搭在他的肩上。旅行者尴尬不已,不耐烦地扭过头去,朝远处看去。士兵已经把机器洗刷干净,从一个盒子里往粥盆里倒稀饭。犯人似乎已经完全恢复过来了,一看到稀饭,他就伸出舌头,开始舔起稀饭来。士兵则一次又一次把他推开,因为这稀饭大概是为晚些时候准备的,不到时候不能吃。可是士兵自己却把龌龊不堪的双手伸进盆里,捧起稀饭,当着馋涎欲滴的犯人吃起来,这种闻所未闻的事无论怎么说都太不像话了。

军官很快克制住自己。"我不想打动您,"他说,"我知道,今天要使人理解以往的时代是不可能了。不过话是那么说,可机器还在运转,还在起作用。即使它孤零零地摆在这个山谷里,它还在工作。而且最后尸体依然奇妙地脱离床位,轻盈地落进坑里,尽管现在不像以前那样,没有成千上百的人苍蝇逐臭地拥挤在尸坑周围。那时我们不得不在尸坑周围筑起一道坚固的栏杆。栏杆早就撤除了。"

旅行者想避开军官的视线,转过脸去,毫无目的地四下看看。军官以为他在看山谷的荒凉,于是他抓住他的双手,围着他来回转身,以便捕捉到他的目光,然后问:"您发现了耻辱?"

但旅行者不作声。军官稍停片刻,不去管他。他岔开两腿,双手叉腰,静静地站在那里,两眼看着地上。接着,他朝旅行者微微一笑,带着鼓励性的口吻说:"昨天司令员邀请您时,我就在您近旁。我听清了他邀请您的话。我了解司令员。我立刻明白他邀请您的目的。尽管他拥有的权力足够用来对付我,却还不敢,但看来他是想诉诸您这位有威望的外国人的看法来对付我。他的算计是经过深思熟虑的。您来岛上才两天,不认识老司令员,也不熟悉他的整个思想。您的观点离不开欧洲思想观念的影响,也许您从根本上说就是死刑的反对者和这种机器处决方式的否定者。此外您目睹了行刑的情景,没有公众的关注,显得很悲凉,在一台已经有点儿破损的机器上进行——这种种因素归结到一起（司令员就是怎么想的），岂不很可能让您得出结论，认为我对这件事的处置是不正确的？而如果您认为这是不正确的，您就不会（我总是从司令员的角度讲的）保持沉默，因为您肯定坚信您的经过多次试炼的信念。当然，您见过许多民族的独特的民俗风情，也懂得尊重它们，因此您可能不会像在国内那样，竭尽全力反对这一套审判程序和处决方式。其实，司令员根本不需要您这么不遗余力地行事。随便什么说它一句，心不在焉地说一句诸如'赦免'什么的就足够了。这句话不必合乎您自己的信念，只要表面上迎合他的意愿就行了。我敢肯定，他一定会竭尽巧妙之能事，从您嘴里掏出他想要的话。他的女人们将围着您坐成一圈，一个个竖起耳朵听。您八成会说：'在我们那里，司法程序与这里不一样'，要不，'在我们那里，被告在判决前是要接受审讯的'，要不，'在我们那里，要向被判刑的人宣布判决'，要不，'在我们那里，除了死刑还有其他刑罚'，再不，'在我们那里，刑讯拷打只有在中世纪才有过'。这些说法对您来说都是理所当然的，而且也全都对，是些无伤大雅的说法，无损于我的审判程序。可是司令员会怎样对待它们呢？我会看到，这位好司令员，他立即将椅子往旁边一推，赶忙走到阳台上，我看见他的女士们蜂拥跟过来，我听见他的声音——女士们把这叫作雷鸣——我听见他这样说：'一位西方的大学者，他的任务是考察各个国家的司法程序，刚才他说了，我们沿用古老习俗的司法程序是一种不人道的制度。根据这样一位人士的看法，我自然不能再容忍这种司法程序了。所以，我命令，从今天起……'他会如此这般地讲下去。您会打断他，插进来说，您没有讲过刚才他引用的话，您没有说过我的审判程序是不人道的，恰恰相反，按照您的深刻见解，您认为该制度是最符合人道的，是最具人的尊严的，您也欣赏这台机器——可惜已经太晚了。您根本到不了阳台上，那里正挤满了女士们呢。您想让人家看见您，您想喊叫，但一只女士的手捂住了您的嘴——于是，我，还有老司令员的杰作全完了。"

旅行者很想发笑，但他忍住了：他曾认为如此艰巨的任务想不到如此容易。他躲躲闪闪地说："您高估了我的影响了。司令员看过我的介绍信，他知道，我在刑事审判方面不是专家。假如我发表意见，那只是我个人一方的看法，并不比其他任何一个普通人更重要，比起司令员的意见，那就更是不足挂齿了。据我所知,他在这座流刑营里拥有巨大的权力。如果他对审判程序的看法如你所说,那么这个制度就无可救药了,司令员哪用得着我来帮这个无足轻重的忙呢。

军官领悟这一点了吗?没有,他仍不明白。他起劲地摇了摇头,回头急速地看了犯人和士兵一眼,两人吓了一跳,停止了吃饭。军官走向旅行者,走得很近,不看他的脸,而是看着他上衣的一个地方,比刚才说得更轻:"您不了解司令员,可以说,您对司令员和我们大家都没有——请原谅我的用词——恶意。请您相信,您的影响怎么估计都不会过分。当我听说您单独来参观行刑时,我真是高兴。司令员的这一安排想必是冲着我来的,可我要让事态朝着有利于我的方向发展。过去行刑时围观的人很多,总免不了有许多人窃窃私议,评头品足,或投来鄙夷的目光,现在您可以不受这些现象的干扰了。您已经听了我的讲解,看了机器,现在又准备参观行刑。您必定已经有了自己明确的看法。假如某些细处您还拿不准,那么您在目击行刑时,就会一一解决。好,现在我向您提个请求:请帮助我对付司令员!"

旅行者没有让他继续讲下去。"我怎么能做到这一点呢?"他喊道,"这是完全不可能的。我对您既不会有用处,也不会有害处。"

"您能做到。"军官说。旅行者见军官握紧了两个拳头,不免有些担心。"您能做到。"军官又重复一遍,语气更紧迫,"我有一个计划,它必须成功。您以为您的影响不起作用,可我明白,它是起得了作用的。不过我承认,您说得对,为了维护这一套制度,难道没有必要对一切,甚至包括那些可能做不到的事情都尝试一下吗?好,现在请您听听我的计划。为了实施这个计划,头一件要紧事是,您今天在流刑营里尽可能不要谈您对这一司法制度的看法。假如没有人直接向您提问题,您什么都不要讲。非讲不可的时候,您尽量简短,模棱两可,要让人觉得,您很难对此发表看法;您显得很不耐烦;若再要您坦率直言,您简直就要骂娘了。我并不是要求您说谎,绝对不是。您只须简短回答,比如:'是啊,我看过处决了',或者说:'不错,我听到了所有解释'。就这样说,别的都不要说。至于您为什么不高兴,就像人家所看到的,回答时有的是理由,只是与司令员想的不同而已。他当然会完全误解您的意思,并按他的思路去解释您的不快。我的计划就建立在这一点上。

明天将在司令部举行所有高级管理官员参加的大型会议,由司令员主持。司令员当然很善于把这样的会开成一次作秀大会,为此已建造了一个看台,每次都坐满了观众。我不得不参加这样的会议,而反感的情绪使我发抖。您是肯定会被他们邀请参加这次会议的啰。只要您按我今天说的计划去做,邀请就会变成强烈的请求。万一由于某种不好解释的理由您没有受到邀请,您一定要提出您希望与会的要求,毫无疑问您就会受到邀请。这样一来您明天就会与那些女士们一起坐在司令员的包厢里。司令员会随时往上看,以确定您已经在那里。各种各样无关紧要的、可笑的、专为观众安排的议题——多半是港口工程,总是港口工程——都讨论完了以后,审判程序问题也会提上议程。假如这个问题司令员不提,或不马上提,那就由我设法去提。我会站起来,报告今天的行刑情况。我的报告简短得很,只是通报一下而已。在这种场合通报行刑情况虽然不符合惯例,但我还是要做。像往常那样,司令员笑嘻嘻对我表示感谢。这时他会无法控制自己,他要利用这个机会。'刚才,'他会说出下面这样一番话,或类似于这样的话,'有关人员报告了行刑情况。我只想补充一点,就是一位大学者正好目睹了这次行刑的全过程,大家知道,他的来访为我们流刑营增光,让我们十分荣幸。我们今天的大会也因他的光临而意义倍增。难道我们不应利用这个机会,向这位大学者提个问题,即他对沿用旧习制定的行刑方式和行刑前进行审判持什么看法吗?'司令员发言后,自然是全场鼓掌,大家一致同意他的见解,而掌声最大的是我。司令员向您鞠躬致意,说:'我以全体到会者的名义向您提出这个问题。'这时您就走到台前栏杆边,把手放在栏杆上,让大家看得见,否则女士们会抓住您的手,抚弄您的手指。——现在您终于发言了。我真不知道,我将怎样熬过那几个难耐的钟头,等到这一时刻的到来。您在讲话时不必拘谨,您要提高嗓门说出真相,您要把上身倾向栏杆外,大声吼叫,对,您要冲着司令员大声叫唤,说出您的看法,坚定不移的看法。也许您不愿这样做,这不符合您的性格,您在国内遇见类似情况时可能不是这样,而是采取另一种姿态,这当然无可非议,这样做也完全有好处。您根本就不必站起来,您就说那么几句,轻声轻气,让坐在您底下的那些官员听到就行了。您根本用不着讲那些诸如行刑得不到公众关注啦,齿轮嘎吱作响啦,皮带断裂啦,毡布脏不忍睹啦,等等,不要讲,这些都由我来讲。您看吧,假如我的发言不把他赶出大厅,那也要迫使他当众认输,跪着说:老司令员,我甘拜下风。——这就是我的计划。您愿意助我一臂之力,来实现这个计划吗?您当然愿意,岂止愿意,您必定会帮我做得更多。"接着他抓住旅行者的双臂,气喘吁吁地看着他的脸。最后几句他喊得那么响,连士兵和犯人都惊动了,尽管他们听不懂他讲什么,但他们还是停止了吃饭,一边咀嚼,一边看着旅行者。

旅行者一开始就胸有成竹,知道该怎么回答。他一生走南闯北,他的信念岂能在这里发生动摇;他总归禀性诚实,无所畏惧。尽管如此,现在当着士兵和犯人的面,他还是迟疑了片刻。但最后他还是说出了他必须说的话:"不。"军官一连眨了好几眼,目光一直盯着他。"您想要我给您一个解释吗?"旅行者问。军官默默地点了点头。"我是这种审判程序的反对者,"旅行者说,"还在您向我诉说您的心里话以前——我当然任何时候都不会滥用您对我的信任——我就考虑过,我是否有权干预此事,我的干预是否有一线成功的希望。此事我该先找谁谈呢,当时我就明白:当然是先找司令员。您的话让我对事情的真相看得更清楚了,却没有增强我的决心,相反,您真诚的信念固然无法搞乱我的思绪,却使我难过。"

军官不作声。他转向机器,抓住一根金属杆,然后稍稍仰起头,看着上面的绘图器,仿佛在检查一切是否正常。士兵和犯人好像成了朋友,犯人向士兵示意,要他靠近他,虽然在全身捆绑着的情况下,这样做是很困难的;士兵弯下腰,犯人轻声地对他耳语了点什么,士兵点了点头。

旅行者走近军官,说:"您还不知道我想做什么。我将向司令员说说我对这里的审判程序的看法,但不是在会上,而是私下里找他单独谈;我也不想在这里待太久,从而不会被拉去参加任何会议;我明天一早就将离开这里,或者至少去上船。"

看上去好像军官没有听他讲话。"我们的审判程序没有让您信服啰。"他自言自语,面露微笑,就像一个老人对孩子的胡闹流露的那种笑容,微笑中包含着他本人真正的思考。

"那就是说时候到了。"军官终于开了口,他突然两眼放光,紧紧盯着旅行者,目光中包含着某种要求,某种要求他参与的呼吁。

"什么时候到了?"旅行者不安地问,却并未得到回答。

"你自由了。"军官用犯人的语言对犯人说。犯人起先不相信。"现在你自由了。"军官又说了一遍。犯人的脸第一次焕发出生气。这是真的吗?会不会是军官一时心血来潮,过一会儿就变卦?莫不是这位外来的旅行者为他说了情而得到宽恕?到底是怎么回事儿?他的脸似乎在问,但时间不长。管他是什么,只要可能,他当然想要获得真正的自由。他开始在耙子允许的情况下,晃动起自己的身体。"你这样会扯断我的皮带,"军官喊道,"别动!我们这就把它解开。"他向士兵打了个手势,和他一起去解皮带。犯人独自微微笑着,不说话,一会儿把脸转向军官,一会儿转向士兵,当然,他也没有忘记看看旅行者。

"把他拉出来!"军官向士兵命令道。因为有耙子,往外拉得多加小心。由于迫不及待,犯人背上已划破了几道伤口。从现在起,军官几乎不再去管他了。他走向旅行者,再次拿出小皮夹,在里面翻找了几下,终于找到他要的那张图纸,让旅行者看。"您念念。"他说。"我念不了,"旅行者说,"我已经说过,我念不了这些图纸。""您看这一张。"军官一边说,一边挨近旅行者,想和他一起念。可这也不管用,旅行者还是不念。于是他把小指头高高举到图纸的上面,好像图纸是绝对不能碰的,他想用这种方式使旅行者方便念它。旅行者也真的费劲地想去念它,至少想借此给军官留点面子,让他满意,可是他还是念不了。于是军官便按字母一个字一个字拼读图纸上的字,然后连贯起来念一遍。"这上面写的是'要公正',"他说道,"现在您总可以念了吧?"旅行者朝图纸弯下腰,弯得很低,以致军官唯恐他碰到图纸,赶紧把图纸又抽开一点,旅行者倒也不再说什么,但事情很清楚,就是尽管如此,他还是念不了。"上面写的——'要公正!'"军官又说一遍。"可能是吧,"旅行者说,"我相信上面写的是那句话。""那好。"军官说,至少得到部分满足了。他拿着图纸登上梯子,极其小心地把图纸铺在绘图器里,显然在对传动装置做全面调整,这是一件非常吃力的活计,由于有些齿轮小而又小,故有时他不得不把脑袋完全伸进绘图器,对传动装置进行仔细检查。

旅行者一直仰头注视着军官的工作,时间长了,脖子都僵直了,大晴天的阳光刺得他两眼发痛。士兵和犯人一心忙着他们自己的事。犯人的衬衫和裤子已经扔进了坑里,士兵用刺刀将它们挑了上来。那衬衫脏得不能再脏,犯人把它在水桶里洗刷了一下。当他穿好衬衫和裤子时,两人不禁大笑起来,因为衣裤的后面都已被割裂成两半了。也许犯人觉得自己有义务使士兵轻松一下,便穿着破衣服在他面前转圈子。士兵则蹲在地上,笑得直拍腿。不过考虑到有两位大人在场,他们还是有所节制,适可而止。

军官终于在上面调整完毕,脸上露着笑容,再次看了看整个装置,审视了各个部件,然后砰的一声盖上一直敞开着的盖子,爬下梯子,往土坑瞥了一眼,然后看了看犯人,满意地发现,他已经把衣服拿上来了。接着他走到桶边去洗手,这才发现桶里的水脏得令人恶心。他洗不了手,心中难免有些不快。最后他把手插进沙子擦了擦——这种替代品擦不干净他的手,但也只得将就了——然后站起来,开始解开上衣的纽扣,这时他塞在后面领子里的两方女用手绢掉在他手上。"这是你的手绢。"说着,他把手绢扔给了犯人。随后他向旅行者解释道:"女士们的礼物。"

他从脱掉制服上衣到全身脱光,尽管明显地脱得很快,但他对每件衣服都倍加爱护,动作非常细心,甚至用手指情柔地抚摩军服上的银绶带,抖了抖一条缨穗,把它理好。可是与这种细心态度不相称的是,一俟他整理好每件衣服后,就猛地一下厌恶地把它扔进坑里。最后他只剩下一把剑和佩剑的皮带。他从剑鞘里拔出剑,将它折断,然后将断剑、剑鞘和皮带归拢到一起,抓起它们,猛力往坑里一扔,使它们在坑里发出互相碰撞的响声。

现在,他光着身子站着。旅行者咬紧嘴唇,一声不吭。他固然知道将发生什么,但他没有权利阻止军官做任何事情。如果军官所依恋的审判程序真的到了该取消的时候——这也许是旅行者干预的结果,他感到这是他的义务——那么军官的行为是完全正确的;换了旅行者,他也不会有别的选择。

士兵和犯人起先一点不明白这是怎么回事儿,他们甚至连看也没有朝这边看一眼。手绢回到自己手里了,犯人对这点很高兴,但好景不长,因为士兵很快就出其不意地一把夺走了他的手绢,塞到了他自己腰带里。于是犯人试图从士兵后头的腰带里夺回自己的手绢,但士兵很警惕。他们就这样半开玩笑地互相嬉闹。直到军官一丝不挂地站在那里,这才引起他们注意。尤其是犯人,他似乎预感到要发生什么大事。曾经发生在他身上的事,现在要发生在军官身上了。也许会发生最意想不到的事件。说不定就是这个外来的旅行者下达了这样的命令。这可真是报应啊。他自己没有把痛苦受尽,他的仇可要报到底了。只见他嘴巴张得大大,一种无声的大笑显露在他的脸上,再也消失不掉。

军官这时已经走到了机器旁边。由于他先前已经表明他对这台机器的性能如此了如指掌,现在又看到他操作机器时那样熟练,机器又那样顺从他的操作,还真是让人惊奇不已。他的手才刚刚挨近耙子,耙子就自动上下升降了几次,直到它到了合适的高度就停下,这时正好能接纳他的身体;他一抓住床沿,床就开始抖动起来;毡布团朝他迎过来,你看,他本来很不情愿接受它,但他只迟疑了片刻,很快就调整好自己,张开嘴巴接受了它。一切准备就绪,只有皮带还挂在床的两侧,但它们显然是用不着的,军官是不需要捆绑的。这时犯人发现皮带还闲着,而在他看来,不绑皮带则行刑是不完美的,于是使劲向士兵示意,两人跑过去给军官绑皮带。军官已经伸出一只脚,准备去推动曲柄,使绘图器运转起来;他看见这两人来了,就把脚缩了回去,让他们捆绑。捆绑后他显然就够不着曲柄了;而无论士兵还是犯人,他们是找不着曲柄的;旅行者呢,他已经决心按兵不动。其实这些都没有必要。皮带刚绑好,机器就开始工作了;床颤动着,耙针在皮肤上跳动,耙子一上一下地在滑动。旅行者看了一会儿后,想起绘图器的某个齿轮会嘎吱作响;但眼下一片寂静,连微弱的嗡嗡声都听不见。

机器这种悄无声息的工作,简直让人感觉不到它的存在。旅行者目光转向士兵和犯人。犯人的情绪比士兵活跃多了,他对机器上的一切都感兴趣,时而弯下腰去看看,时而又伸直身子,还不停地伸出食指,给士兵指这指那。这让旅行者却很不自在。他已决定留在这里,直到事情告终。可看见这两个人的那副样子,实在让他受不了啦。"你们回去吧。"他说。士兵何尝不想回去,但犯人觉得这命令简直是惩罚。他双手抱拳,恳求旅行者让他留下。当旅行者摇头,表示不愿让步时,他甚至跪了下来。旅行者见命令不管用,便想走过去赶他们走。这时他听到上面绘图器里发出一种噪音。他抬头朝上面看,莫非哪个齿轮发生故障?但情况并非如此。只见绘图器的盖子慢慢抬起来,接着啪的一声完全打开,一个齿轮的齿露了出来,渐渐升高,很快整个齿轮暴露了出来,仿佛有一股巨大的力在迫压绘图器似的,使得那只齿轮被挤得没有了自己的位置,它转动着到了绘图器的边缘,掉了下来,在沙地上竖着滚了一阵,然后躺着不动了。可是上面另一只齿轮又冒出来了,而且一个接一个,冒出了许许多多大大小小几乎无法区分的齿轮。它们都跟第一只一样,转到边缘就掉下来。每掉下一个,人们就以为,这下绘图器的齿轮无论如何该掉空了吧,不想这时又有一组新的、数量更多的齿轮冒出来,掉下来,在沙地上滚动,继而停止不动。犯人看着这番景象,早已把旅行者的命令彻底忘掉,那些齿轮使他兴高采烈,完全为之迷狂,他总想抓住一个,并要士兵帮他一起抓,但又猛然惊恐地缩回手,因为又有一个轮子掉下来,把他吓住了,至少在轮子开始朝他滚来的时候。

相反,旅行者却感到非常不安。机器显然正在碎裂成一堆废铁,它平静而消声的运转是一种假象。他感觉到似乎现在他必须去照看一下军官了,因为他现在已无法自我张罗了。当齿轮一个个往下掉时,牵动了旅行者的全部注意力,耽误了去察看机器的其余部分;而当最后一个齿轮离开绘图器、他朝耙子弯下腰时,却发现一个新的、更加不得了的意外情况。耙子不是在写,它仅仅在刺,床也没有翻转军官的身体,而是震动着把军官的身体对着针抬起,使他扎进针里去。旅行者想进行干预,可能的话让整个机器停止运转,这哪里是军官想要办成的刑讯拷打,这分明是直接的谋杀嘛。他伸出双手想救军官。谁知这时耙子已向上抬起,又着军官的身体转到一旁,而通常这个动作要到第十二个钟头才发生。军官身上上百个伤口在流血,没有水掺杂其中,这次水管也失灵了,没有给伤口喷水。此外还有最后一道程序也失灵了:军官的身体没有脱离耙针,而是悬在土坑上面,流完了所有的血,就是掉不下来。耙子正要往回转,但好像它自己也发现还没有卸掉身上的负担似的,就继续悬在土沟上面。"快来帮忙!"旅行者朝士兵和犯人喊道,自己已抓住了军官的脚,他想在这一头压住军官的脚,那两人则在另一端抓住军官的头,这样把军官慢慢地从耙子上卸下来。可那两人却犹犹豫豫地迟迟没有过来;犯人还是那么转着圈子。旅行者不得不朝他们走过去,强行把他们拽到军官的头边。这时他极为反感地看了一眼尸体的脸。面容像生前一样，看不出有一丝像承诺的那样得到解脱的痕迹；以往的受刑人在机器里得到的东西，军官没有得到。他闭着嘴唇，瞪着眼睛，表情像活着一样。目光安详而自信，而那根大铁钉的尖头刺穿了他的前额。

当旅行者带着士兵和犯人走近营地的头一批房子时，士兵指着其中的一幢说："这是茶馆。"

房子的底层有一个又深又矮的房间，墙壁和天花板熏得黑糊糊，形似洞窟。房间临街的那一面完全是敞开的。尽管茶馆和流刑营的其他房子——除了司令员住的宫殿般的房子外，所有的房子都很破旧——没有多大区别，但它还是给旅行者留下具有历史记忆价值的印象，让他感受到以往那些时代的威力。他朝房子走近几步，由那两个陪伴者跟着，穿过茶馆摆在街上的空桌子，呼吸着从房子里吹出来的阴湿而带霉味的空气。"那老头就葬在这里，"士兵说，"他要求在墓地上给他一块地方，但被神父拒绝了。人们犹豫了一段时间，决定不了该把他葬在什么地方。最后把他葬在这里。这件事军官肯定对您闭口不谈，因为这件事对他来说当然是最感到耻辱的了。他甚至好几次企图在夜间把老头挖出来，但每次都被人给赶走了。""坟墓在哪儿？"旅行者问，他无法相信士兵的话。士兵和犯人马上一起跑到旅行者的前面，伸出手，指着坟墓所在的地方。他们把旅行者领到靠后墙的地方，那里有几张桌子坐着一些顾客。他们大多是码头工人，个个身强力壮，蓄着浓密乌亮的短须。他们都没有穿上衣，衬衣也是破破烂烂，显然是些贫穷、卑微的老百姓。旅行者向他们走近时，有几个人站了起来，退到墙边，看着他。"是个外国人。"旅行者周围的人交头接耳地说，"他想看坟墓。"他们把一张桌子挪到一边，桌子下面果然有一块墓碑。那是一块普通石头，做得很低矮，以便能立在一张桌子下面。碑上刻着一段碑文，字很小，旅行者不得不蹲下来才能看清。碑文是这样写的："老司令员长眠于此。他的现在不便抛头露面的追随者为他挖了这个墓，立了这块墓碑。可以预言，若干年后司令员将复活，带领他的追随者从这幢房子出发，重新夺回整个流刑营。请相信吧！等着瞧吧！"旅行者读完碑文，站起身来，看见周围都站着男人并且微笑着，好像他们和他一起读了这篇碑文并觉得碑文很可笑似的，他们要求他同意他们的观点。旅行者佯装没有注意到他们的要求，只是向他们分发了几枚硬币，等到他们把桌子推回到坟墓上，就离开茶馆，向港口走去。

士兵和犯人在茶馆中遇到一些熟人，问这问那。但他俩必定很快就摆脱他们了，因为旅行者刚走到通向小船的长长的石阶中间时，两人就赶上他了。他们可能想在最后时刻，迫使旅行者把他们带走。当旅行者正在下面跟一个船老大商议把他带到轮船去的价钱时，他们赶紧往台阶下跑，一声不吭，因为他们不敢大声嚷嚷。但当他们到了下面时，旅行者已经到了船上，船老大正要驶离岸边。他们本来还来得及跳上小船的，但旅行者从船上拣起一根打了结的粗缆绳，用来威胁他们，以此阻止了他们的那一跳。

饥饿艺术家①

[奥地利]卡夫卡

　　近几十年来,人们对饥饿表演的兴趣大为淡薄了。从前自行举办这类名堂的大型表演收入是相当可观的,今天则完全不可能了。那是另一种时代。当时,饥饿艺术家风靡全城,饥饿表演一天接着一天,人们的热情与日俱增;每人每天至少要观看一次;表演期临近结束时,有些买了长期票的人,成天守望在小小的铁栅笼子前;就是夜间也有人来观看,在火把照耀下,别有情趣;天气晴朗的时候,就把笼子搬到露天场地,这样做主要是让孩子们来看看饥饿艺术家,他们对此有特殊兴趣;至于成年人来看他,不过是取个乐,赶个时髦而已;可孩子们一见到饥饿艺术家,就惊讶得目瞪口呆。为了安全起见,他们互相手牵着手,惊奇地看着这位身穿黑色紧身衣、脸色异常苍白、全身瘦骨嶙峋的饥饿艺术家。这位艺术家甚至连椅子都不屑去坐,只是席地坐在铺在笼子里的干草上,时而有礼貌地向大家点头致意,时而强作笑容回答大家的问题,他还把胳臂伸出栅栏,让人亲手摸一摸,看他多么消瘦,而后却又完全陷入沉思,对谁也不去理会,连对他来说如此重要的钟鸣(笼子里的唯一陈设就是时钟)他也充耳不闻,而只是呆呆地望着前方出神,

---

　　① 这篇小说写于1922年春,发表于同年10月《新观察》,为作者自己所珍重的几个短篇小说之一,1924年他曾以此为书名,与其他三个短篇结集出版。同年4月,即在他去世前一个多月,他在病榻上校阅本篇清样时,不禁泪流满面,可见与书中主人公发生共鸣。可惜该集子出版时,作者已辞世。

双眼几乎紧闭,有时端起一只很小的杯子,稍稍啜一点水,润一润嘴唇。

观众来来去去,川流不息,除他们以外,还有几个由公众推选出来的固定的看守人员。说来也怪,这些人一般都是屠夫。他们始终三人一班,任务是日夜看住这位饥饿艺术家,绝不让他有任何偷偷进食的机会。不过这仅仅是安慰观众的一种形式而已,因为内行的人大概都知道,饥饿艺术家在饥饿表演期间,不论在什么情况下都是点食不进的,你就是强迫他吃,他都是不吃的。他对艺术的荣誉感禁止他吃东西。当然,并非每个看守的人都能明白这一点的,有时就有这样的夜班看守,他们看得很松,故意远远地聚在一个角落里,专心致志地打起牌来。很明显,他们是有意要留给他一个空隙,让他得以稍稍吃点儿东西。他们以为他会从某个秘密的地方拿出贮藏的食物来。这样的看守是最使饥饿艺术家痛苦的了。他们使他变得忧郁消沉,使他的饥饿表演异常困难。有时他强打精神,尽其体力之所能,就在他们值班期间,不断地唱着歌,以便向这些人表明,他们怀疑他偷吃东西是多么冤枉。但这无济于事,他这样做反而使他们一味赞叹他的技艺高超,竟能一边唱歌,一边吃东西。另一些看守人员使饥饿艺术家甚是满意,他们紧挨着笼子坐下来,嫌厅堂里的灯光昏暗,还用演出经理发给他们使用的手电筒照射着他。刺眼的光线对他毫无影响,入睡固然不可能,稍稍打个盹儿他一向是做得到的,不管在什么光线下,在什么时候,也不管大厅里人山人海,喧闹不已。他非常愿意彻夜不睡,同这样的看守共度通宵;他愿意跟他们逗趣戏谑,给他们讲他漂泊生涯的故事,然后又悉心倾听他们的趣闻,目的只有一个:使他们保持清醒,以便让他们始终看清,他在笼子里什么也没吃。让他们知道,他们之中谁也比不上他的忍饿本领。然而他感到最幸福的是,当天亮以后,他掏腰包让人给他们送来丰盛的早餐,看着这些壮汉们在熬了一个通宵以后,以健康人的旺盛食欲狼吞虎咽。诚然,也有人对此举不以为然,他们把这种早餐当作饥饿艺术家贿赂看守以利自己偷吃的手段。这就未免太离奇了。当你问他们自己愿不愿意一心为了事业,值一通宵的夜班而不吃早饭,他们就会溜之乎也,尽管他们的怀疑并没有消除。

人们对饥饿艺术家的这种怀疑却也难以避免。作为看守,谁都不可能日以继夜、一刻不停地看着饥饿艺术家,因而谁也无法根据目睹的事实证明他是否真的持续不断地忍着饥饿，一点漏洞也没有。这只有饥饿艺术家自己才能知道，因此只有他自己才是对他能够如此忍饥耐饿感到百分之百满意的观众。然而他本人却由于另一个原因又是从未满意过的。也许他压根儿就不是因为饥饿，而是由于对自己不满而变得如此消瘦不堪，以致有些人出于对他的怜悯，不忍心见到他那副形状而不愿来观看表演。除了他自己之外，即使行家也没有人知道，饥饿表演是一件如此容易的事，这实在是世界上最轻而易举的事了。他自己对此也从不讳言，但是没有人相信。从好的方面想，人们以为这是他出于谦虚，可人们多半认为他是在自我吹嘘，或者干脆把他当作一个江湖骗子，断绝饮食对他当然不难，因为他有一套使饥饿轻松好受的秘诀，而他又是那么厚颜无耻，居然遮遮掩掩地说出断绝饮食易如反掌的实情。这一切流言蜚语他都忍受下去，经年累月他也已经习惯了，但在他的内心里，这不满始终折磨着他。每逢饥饿表演期满，他没有一次是自觉自愿地离开笼子的，这一点我们得为他作证。经理规定的饥饿表演的最高期限是四十天，超过这个期限他决不让他继续饿下去，即使在世界有名的大城市也不例外，其中道理是很好理解的。经验证明，大凡在四十天里，人们可以通过逐步升级的广告招徕不断激发全城人的兴趣，再往后观众就疲了，表演场就会门庭冷落。在这一点上，城市和乡村当然是略有区别的，但是四十天是最高期限，这条常规是各地都适用的。所以到了第四十天，插满鲜花的笼子的门就开了，观众兴高采烈，挤满了半圆形的露天大剧场，军乐队高奏乐曲，两位医生走进笼子，对饥饿艺术家进行必要的检查，接着通过扩音器当众宣布结果。最后上来两位年轻的女士，为自己有幸被选中侍候饥饿艺术家而喜气洋洋，她们要扶着艺术家从笼子里出来，走下那几级台阶，阶前有张小桌，上面摆好了精心选做的病号饭。在这种时刻，饥饿艺术家总是加以拒绝。当两位女士欠着身子向他伸过手来准备帮忙的时候，他虽是自愿地把他皮包骨头的手臂递给了她们，但他却不肯站起来。现在刚到四十天，为什么就要停止表演呢？他本来还可以坚持得更长久，无限长久地坚持下去，为什么在他的饥饿表演正要达到最出色的程度（唉，还从来没有让他的表演达到过最出色的程度呢）的时候停止呢？只要让他继续表演下去，他不仅能成为空前伟大的饥饿艺术家——这一步看来他已经实现了——而且还要超越这一步而达到常人难以理解的高峰呢（因为他觉得自己的饥饿能力是没有止境的），为什么要剥夺他达到这一境界的荣誉呢？为什么这群看起来如此赞赏他的人，却对他如此缺乏耐心呢？他自己还能继续饿下去，为什么他们却不愿忍耐着看下去呢？而且他已经很疲乏，满可以坐在草堆上好好休息休息，可现在他得支立起自己又高又细的身躯，走过去吃饭，而对于吃，他只要一想到就要恶心，只是碍于两位女士的分上，他才好不容易勉强忍住。他仰头看了看表面上如此和蔼，其实是如此残酷的两位女士的眼睛，摇了摇那过分沉重地压在他细弱的脖子上的脑袋。但接着，一如往常，演出经理出场。经理默默无言（由于音乐他无法讲话），双手举到饥饿艺术家的头上，好像他在邀请上苍看一看他这草堆上的作品，这值得怜悯的殉道者（饥饿艺术家确实是个殉道者，只是完全从另一种意义上讲罢了）。演出经理两手箍住饥饿艺术家的细腰，动作非常小心，以便让人感到他抱住的是一件极易损坏的物品。这时，经理很可能暗中将他微微一撼，以致饥饿艺术家的双腿和上身不由自主地摆荡起来。接着就把他交给那两位此时吓得脸色煞白的女士，于是饥饿艺术家只得听任一切摆布。他的脑袋耷拉在胸前，就好像它一滚到了那个地方，就莫名其妙地停住不动了；他的身体已经掏空；双膝出于自卫的本能互相夹得紧紧，但两脚却擦着地面，好像那不是真实的地面，它们似乎在寻找真正可以着落的地面。他身子的全部重量（虽然非常轻）都落在其中一个女士的身上。她气喘吁吁，四顾求援（真想不到这件光荣差事竟是这样的），她先是尽量伸长脖子，这样至少可以使饥饿艺术家碰不到她的花容。但这点她并没有做到，而她那位较为幸运的女伴却不来帮忙，只肯战战兢兢地执着饥饿艺术家的一只手——其实只是一小把骨头——举着往前走，在哄堂大笑声中那位倒霉的女士不禁哇的一声哭了起来，只得由一个早就站着待命的仆人接替了她。接着开始就餐，经理在饥饿艺术家近乎昏厥的半眠状态中给他灌了点流食，同时说些开心的闲话，以便分散大家对饥饿艺术家身体状况的注意力。然后，据说饥饿艺术家对经理耳语了一下，经理就提议为观众干杯，乐队起劲地奏乐助兴。随后大家各自散去。谁能对所见到的一切不满意呢，没有一个人。只有饥饿艺术家不满意，总是他一个人不满意。

每表演一次，便稍稍休息一下，他就这样度过了许多个岁月，表面上光彩照人，扬名四海。尽管如此，他的心情通常是阴郁的，而且有增无已，因为没有一个人能够认真体察他的心情。人们该怎样安慰他呢？他还有什么可企求的呢？如果一旦有个好心肠的人对他表示怜悯，并想向他说明他的悲哀可能是由于饥饿造成的，这时，他就会——尤其是在经过了一个时期的饥饿表演之后——用暴怒来回答，简直像只野兽似的猛烈地摇撼着栅栏，真是可怕之极。但对于这种状况，演出经理自有一种他喜欢采用的惩治办法。他当众为饥饿艺术家的反常表现开脱说：饥饿艺术家的行为可以原谅，因为他的易怒性完全是由饥饿引起的，而对于吃饱了的人并不是一下就能理解的。接着他话锋一转就讲起饥饿艺术家的一种需要加以解释的说法，即他能够断食的时间比他现在所做的饥饿表演要长得多。经理夸奖他的勃勃雄心、善良愿望与伟大的自我克制精神，这些无疑也包括在他的说法之中，但是接着经理就用出示照片（它们也供出售）的办法，轻而易举地把艺术家的那种说法驳得体无完肤。因为在这些照片上，人们看到饥饿艺术家在第四十天的时候，躺在床上，虚弱得奄奄一息。这种对于饥饿艺术家虽然司空见惯、却不断使他伤心丧气的歪曲真相的做法，实在使他难以忍受。这明明是饥饿表演提前收场的结果，大家却把它解释为饥饿表演之所以结束的原因！反对这种愚昧行为，反对这个愚昧的世界是不可能的。在经理说话的时候，他总还能真心诚意地抓着栅栏如饥似渴地倾听着，但每当他看见相片出现的时候，他的手就松开栅栏，叹着气坐回到草堆里去，于是刚刚受到抚慰的观众重又走过来观看他。

　　几年后，当这一场面的目击者们回顾这件往事的时候，他们往往连自己都弄不清是怎么一回事了。因为在这期间发生了那个已被提及的剧变，它几乎是突如其来的，也许有更深刻的缘由，但有谁去管他呢？总之，有一天这位备受观众欢迎的饥饿艺术家发现他被那群爱热闹的人们抛弃了，他们宁愿纷纷涌向别的演出场所。经理带着他又一次跑遍半个欧洲，以便看看是否还有什么地方仍然保留着昔日的爱好。一切徒然，到处都可以发现人们像根据一项默契似的形成一种厌弃饥饿表演的倾向。当然，冰冻三尺非一日之寒，现在回想起来，当时就有一些苗头，由于人们被成绩所陶醉，没有引起足够的重视，没有切实加以防止，事到如今要采取什么对策却为时已晚了。诚然，饥饿表演重新风行的时代肯定是会到来的，但这对于活着的人们却不是安慰，那么，饥饿艺术家现在该怎么办呢？这位被成千上万人簇拥着欢呼的人，总不能屈尊到小集市的陋堂俗台去演出吧，而要改行干别的职业呢，饥饿艺术家不仅显得年岁太大，而且主要是他对于饥饿表演这一行爱得发狂，岂肯放弃。于是他终于告别了经理——这位生活道路上无与伦比的同志，让一个大马戏团招聘了去。为了保护自己的自尊心，他对合同条件连看也不屑看一眼。

马戏团很庞大，它有无数的人、动物、器械，它们经常需要淘汰和补充。不论什么人才，马戏团随时都需要，连饥饿表演者也要，当然所提条件必须适当，不能太苛求。而像这位被聘用的饥饿艺术家则属于一种特殊情况，他的受聘，不仅仅在于他这个人的本身，还在于他那当年的鼎鼎大名。这项艺术的特点是表演者的技艺并不随着年龄的递增而减色。根据这一特点，人家就不能说：一个不再站在他的技艺顶峰的老朽的艺术家想躲避到一个马戏团的安静闲适的岗位上去。相反，饥饿艺术家信誓旦旦地保证，他的饥饿本领并不减当年，这是绝对可信的。他甚至断言，只要准许他独行其是（人们马上答应了他的这一要求），他要真正做到让世界为之震惊，其程度非往日所能比拟。饥饿艺术家一激动，竟忘掉了时代气氛，他的这番言辞显然不合时宜，在行的人听了只好一笑置之。

但是饥饿艺术家到底还没有失去观察现实的能力，并认为这是当然之事，即人们并没有把他及其笼子作为精彩节目安置在马戏场的中心地位，而是安插在场外一个离兽场很近的交通要道口，笼子周围是一圈琳琅满目的广告，彩色的美术体大字令人一看便知那里可以看到什么。要是观众在演出的休息时间涌向兽场去观看野兽的话，几乎都免不了要从饥饿艺术家面前经过，并在那里稍停片刻，他们本来是要在那里多待一会儿，从从容容地观看一番的，只是由于通道狭窄，后面涌来的人不明究竟，奇怪前面的人为什么不赶紧去观看野兽，而要在这条通道上停留，使得大家不能从容观看他。这也就是为什么饥饿艺术家看到大家即将来参观（他以此为其生活目标，自然由衷欢迎）时，就又颤抖起来的原因。起初他急不可待地盼着演出的休息时间；后来当他看到潮水般的人群迎面滚滚而来，他欣喜若狂，但他很快就看出，那一次又一次涌来的观众，就其本意而言，大多数无例外地是专门来看兽畜的。即使是那种顽固不化、近乎自觉的自欺欺人的人也无法闭眼不看这一事实。可是看到那些从远处蜂拥而来的观众，对他来说总还是最高兴的事。因为，每当他们来到他的面前时，便立即在他周围吵嚷得震天价响，并不断形成新的派别互相谩骂：其中一派想要悠闲自在地把他观赏一番，他们并不是出于对他有什么理解，而是出于心血来潮和对后面催他们快走的观众的赌气，这些人不久就变得使饥饿艺术家更加痛苦；而另一派呢，他们赶来的目的不过是想看看兽畜而已。等到大批人群过去，又有一些人姗姗来迟，他们只要有兴趣在饥饿艺术家跟前停留，是不会再有人妨碍他们的了，但这些人为了能及时看到兽畜，迈着大步，匆匆而过，几乎连瞥也不瞥他一眼。偶尔也有这种幸运的情形：一个家长领着他的孩子指着饥饿艺术家向孩子们详细讲解这是怎么一回事。他讲到较早的年代，那时他看过类似的但盛况无与伦比的演出。孩子呢，由于他们缺乏足够的学历和生活阅历，总是理解不了——他们懂得什么叫饥饿吗？然而在他们炯炯发光的探寻着的双眸里，流露出那属于未来的、更为仁慈的新时代的东西。饥饿艺术家后来有时暗自思忖：假如他所在的地点不是离兽笼这么近，说不定一切都会稍好一些。像现在这样，人们很容易就选择去看兽畜，更不用说兽场散发出的气味，畜生们夜间的闹腾，给猛兽肩挑生肉时来往脚步的响动，喂食料时牲畜的叫唤，这一切把他搅扰得多么不堪，使他老是郁郁不乐。可是他又不敢向马戏团当局去陈述意见。他得感谢这些兽类招徕了那么多的观众，其中时不时也有个把是为观看他而来的，而如果要提醒人们注意还有他这么一个人存在，从而使人们想到，他——精确地说——不过是通往厩舍路上的一个障碍，那么谁知道人家会把他塞到哪里去呢。

自然是一个小小的障碍，一个变得越来越小的障碍。在现今的时代居然有人愿意为一个饥饿艺术家耗费注意力，对于这种怪事人们已经习以为常，而这种见怪不怪的态度也就是对饥饿艺术家命运的宣判。让他去就其所能进行饥饿表演吧，他也已经那样做了，但是他无从得救了，人们从他身旁扬长而过，不屑一顾。试一试向谁讲讲饥饿艺术吧！一个人对饥饿没有亲身感受,别人就无法向他讲清楚饥饿艺术。笼子上漂亮的美术字变脏了,看不清楚了,它们被撕了下来,没有人想到要换上新的。记载饥饿表演日程的布告牌,起初是每天都要仔细地更换数字的,如今早已没有人更换了,每天总是那个数字,因为过了头几周以后,记的人自己对这项简单的工作也感到腻烦了。而饥饿艺术家却仍像他先前一度所梦想过的那样继续饿下去,而且像他当年预言过的那样,他长期进行饥饿表演毫不费劲。但是,没有人记天数,没有人,连饥饿艺术家自己都一点不知道他的成绩已经有多大,于是他的心变得沉重起来。假如有一天,来了一个游手好闲的家伙,他把布告牌上那个旧数字奚落一番,说这是骗人的玩意儿,那么,他这番话在这种意义上就是人们的冷漠和天生的恶意所能虚构的最愚蠢不过的谎言,因为饥饿艺术家诚恳地劳动,不是他诳骗别人,倒是世人骗取了他的工钱。

又过了许多天,表演也总算告终。一天,一个管事发现笼子,感到诧异,他问仆人们,这个里面铺着腐草的笼子好端端的还挺有用,为什么让它闲着。没有人回答得出来,直到一个人看见了记数字的牌儿,才想起了饥饿艺术家来。他们用一根竿儿挑起腐草,发现饥饿艺术家在里面。"你还一直不吃东西?"管事问,"你到底什么时候才停止呢?""请诸位原谅。"饥饿艺术家细声细气地说。管事耳朵贴着栅栏,因此只有他才能听到对方的话。"当然,当然。"管事一边回答,一边用手指摸了摸自己的额头,以此向仆人们暗示饥饿艺术家的状况不妙,"我们原谅你。""我一直在希望你们能赞赏我的饥饿表演。"饥饿艺术家说。"我们也是赞赏的。"管事迁就地回答说。"但你们不应当赞赏。"饥饿艺术家说。"好,那我们就不赞赏,"管事说,"不过究竟为什么我们不应该赞赏呢?""因为我只能挨饿,我没有别的办法。"饥饿艺术家说。"瞧,多怪啊!"管事说,"你到底为什么没有别的办法呢?""因为我,"饥饿艺术家一边说,一边把小脑袋稍稍抬起一点,撮起嘴唇,直伸向管事的耳朵,像要去吻他似的,唯恐对方漏听了他一个字,"因为我找不到适合自己胃口的食物。假如我找到这样的食物,请相信,我不会这样惊动视听,并像你和大家一样,吃得饱饱的。"这是他最后的几句话,但在他那瞳孔已经扩散的眼睛里,流露着虽然不再是骄傲,却仍然是坚定的信念:他要继续饿下去。

"好,归置归置吧!"管事说,于是人们把饥饿艺术家连同烂草一起给埋了。而笼子里换上了一只小豹，即使感觉最迟钝的人看到在弃置了如此长时间的笼子里，这只凶猛的野兽不停地蹦来跳去，他也会感到赏心悦目，心旷神怡。小豹什么也不缺。看守们用不着思考良久，就把它爱吃的食料送来，它似乎都没有因失去自由而惆怅。它那高贵的身躯，应有尽有，不仅具备着利爪，好像连自由也随身带着。它的自由好像就藏在牙齿中某个地方。它生命的欢乐是随着它喉咙发出如此强烈的吼声而产生，以致观众感到对它的欢乐很受不了。但他们克制住自己，挤在笼子周围，舍不得离去。

在法的门前[①]

[奥地利]卡夫卡

在法的门前站着一位门警。一位乡下人来到他的身边，请求进入法的大门。但门警说，他现在不能准许他进去。这个人考虑了一下，问道：他以后是否可以进去。"有可能，"门警说，"但现在不行。"由于法的大门一如往常总是敞开着，而门警也已走到了一旁，这人就躬下身去，以便透过大门看看内部情形。门警见此笑着说："如果它那么吸引你，那就试试，不顾我的禁令，往里走好了。不过请注意：我是强大的。而我只不过是最低级的门警。但一个个大厅都站着门警，一个比一个强大。连我看到第三个就不敢再看了。"这样多的难关真是出乎乡下人的意料。他以为，法律嘛应该是人人都有份的，随时都可以进入它的大门的，但当他现在仔细地打量了一下穿着皮大衣的门警，看到他那高高的大鼻子，他那鞑靼人的稀稀拉拉、又长又黑的胡子，他决心宁可等下去，直到他获准进去为止。门警给了他一张小板凳，让他在门旁坐下。他在那里坐了一天又一天，一年又一年。他做了很多次要求让他进去的尝试，门警都被他的请求弄疲倦了。门警时不时地对他进行三言两语的盘问，打听他是什么地方人以及别的许多事情。但那都是些干巴巴的提问，仿佛都是些大老爷们在提似的。而末了总是对他说：他还是

① 这篇譬喻性杰作是长篇小说《诉讼》(一译《审判》)中的一节，是其中的画龙点睛之作，写于1914年秋，1916年首次发表在库尔特·沃尔夫出版社出版的新创作年鉴《末日审判》上。后收入短篇集《乡村医生》。

不让他进去。乡下人为这次出门带了很多很多东西，该花的都花了，不管如何，还得把贵重的留下，用来贿赂门警。门警呢，他什么都照收不误，但同时却说："我收下这些仅仅是为了免得你以为耽误了什么。"在这年年岁岁的等待过程中，乡下人几乎从不间断观察这位门警。别的门警他都忘了，而这第一位似乎是他进法的大门的唯一障碍。他诅咒这个不幸的偶然性。在头几年里他毫无顾忌地大声咒骂，后来，他老了，还在喃喃地骂个不停。他变得幼稚可笑。由于他长年研究门警，连他皮领上的跳蚤都认得出来，他也请求跳蚤帮他忙，使门警改变态度。最后他的视力变弱了，他搞不清是他周围真的变暗了呢，抑或仅仅是他的眼睛造成的错觉。但是现在他倒确实认出了一道正从法的每一重大门发出的永不熄灭的光环。眼下他活不长了。在临终前，他的脑子里把一生的全部经验集聚成迄今尚未向门警启口的问题。由于他那僵硬的身体已不能再站起来了，他只向他示个意。门警不得不深深躬下身去，因为两个人个子的差别正朝着对乡下人不利的方向变化。"你现在到底还想知道什么呢？"门警问道，"你真是不知满足啊。""人人都在追求法，"乡下人说道，"但在这么许多年里却没有一个人要求进法的大门，这是何故呢？"门警看出此人已经走到他的尽头了，为了让正在消失听觉的他还能听得见，他对他大声号叫道："这里再也没有人能够进去了，因为这道大门仅仅是为你而开的。我现在就去把它关上。"

中国长城建造时[①]

[奥地利] 卡夫卡

万里长城止于中国的最北端。工程从东南和西南两头发端,伸展到这里相联结。这种分段修建的办法在东西两支劳动大军的内部也以小的规模加以实行。方法是:二十来个民工为一小队,每队担负修建约五百米长的一段,邻队则修建同样长度的一段与他们相接。但等到两段城墙联结以后,并不是接着这一千米的城墙的末端继续施工,而是把这两队民工派到别的地段去修筑城墙。使用这种方法当然就留下了许多缺口,它们是渐渐地才填补起来的,有些甚至在长城已宣告竣工之后才补全。据说有一些缺口从来就没有堵上,这当然只是一种说法,它可能仅仅是围绕长城而产生的许许多多传说之一,由于工程范围之大,后人是无法凭自己的眼睛用尺度来验证这种说法的,至少对于个人来说是这样。

人们一开始就会这样认为的吧,建造长城时把它连成一气,或者至少在两个主体部分之内连成一气,这从哪方面说都是更为有利的。众所周知,长城之建造意在防御北方民族。但它造得并不连贯,又如何起防御作用呢?甚至,这样的长城非但不能起防御作用,这一建筑物本身就存在着经常性的危险。这一段段城堞孤零零地矗立于荒无人烟的地带,会轻易地一再遭到

---

① 该篇见于作者第六本《八本八开本笔记簿》,约写于1917年三四月间。显然未写完,故作者在《乡村医生》结集时,只从中收入一个片段,即《一道圣旨》。全篇直到1931年由马克斯·勃罗德编辑问世。

游牧民族的摧毁，尤其是这些游牧民族当时看到筑墙而感到不安，便像蝗虫一般以难以置信的速度辗转迁徙，因此他们对于工程的进展有可能比我们筑墙者自己还要看得清楚。尽管如此，建筑的方法除了现在这个样子也许没有别的途径可想。为了理解这点，必须考虑下列各点：长城要起几百年的防御作用；这是一项极为细致的工程，因此，利用有史以来各民族的建筑智慧和建筑者个人持续的责任感对于工作是十分必要的前提。虽然，那些较简单的劳动，可以从民众中雇佣无知识的民工，那些想多挣钱的男人、妇女和儿童；但是，每四个民工就需要一个在建筑专业方面受过训练的人去领导，此人对工程的全局和底细须有深切的领会。工程越大，则要求越高。这样的人事实上都在应命，尽管数量不敷工程的需要，但数目确实很大。

这项建筑不是草率动工的。在破土前五十年，在整个需要围以长城的中国，人们就把建筑艺术，特别是砌墙手艺宣布为最重要的科学了，一切其他技术，只要与此有关的，一概加以赞许。我还清楚地记得，我们在孩提时候，两脚刚刚能站稳，就在老师的小园子里，被命令用鹅卵石建造一种墙。记得当时老师如何撩起长袍，朝这堵墙冲来，当然一切都推倒了，由于我们的墙造得太单薄，他把我们训斥得这样严厉，以致我们号哭着四散跑回父母的身边。这件事的本身是微不足道的，但很能反映那时的时代精神。

我很幸运，当我以二十岁的年龄通过初级学校最后一关考试的时候，长城的建筑刚刚开始。谓之幸运，因为有许多人当年在自己所称心的课程中取得了最好的成绩，却常无法施展他们的知识，他们头脑里有最宏伟的建筑蓝图，却一筹莫展，久而久之，知识也大量荒疏了。那些好容易当了施工领班的人，哪怕是最低一级的，到了工地，也觉得是值得的。那是一些泥水匠，他们对于工程已经考虑得很多，并且还继续不停地考虑下去。是他们让人在墙基上放下第一块石头，他们以此感到自己和长城互为一体了。自然，这样一些泥水匠除了渴望着把工作彻底完成外，也迫不及待地想看到长城最后以完美无缺的面貌诞生。民工是不会有这种迫不及待的心情的，他们只管拿工资，那些高级领班，甚至是中级领班看眼工程多方面进展也足令他们精神上为之一振了。但对于那些基层的、精神上远远超过他们表面上那微小任务的领班人员，就得事先为他们考虑到别的情况，譬如你不能让他们在一个离家几百里、荒无人烟的山区，经年累月，一块接一块地往墙上砌石头；这种辛勤的然而甚至一辈子都看不到完工的工作会使他们绝望，首先使他们失去工作效率。因此故人们采取了分段建造的办法。五百米长城约在五年内可以完成，然后那些领班们通常已经精疲力竭，百无聊赖，对自己、对长城、对整个世界都失去了信心。因此，当他们还沉浸在庆祝一千米长城合龙的兴奋之中时，就已经被派到老远老远的地方去了，旅途上他们看到一段段完工的长城突兀而起，经过上级领队们的大本营，接受了勋章，见到了从深谷下涌来的新的劳动大军的欢呼，见到树林被砍伐，以用于施工的脚手架，看到山头被凿成无数的砌墙的石块，看到虔诚的信徒们在圣坛上诵唱，祈祷长城的竣工。所有这一切慰平了他们的烦躁情绪。在家乡过了一些时候的安闲生活，他们养精蓄锐。每个建筑者所拥有的威望，他们的报告在邻里间所获得的信任，那些质朴、安分的老乡对长城有朝一日完成的确信不移，所有这一切把心灵的弦又拉紧了。于是，像永远怀着希望的孩子，他们告别了家乡，重返岗位，为民众事业效劳的欲望又变得不可遏止了。他们一大早就出发，半个村子的乡亲陪送他很长一段路程，都认为这是必须的。一路上人们三五成群，挥动着旗帜，他们第一次看到了他们国家是多么辽阔，多么富庶，多么美丽，多么可爱。每个国民都是同胞手足，就是为了他们，大家在建筑一道防御的长城，而同胞们也倾其所有，终生报答。团结！团结！肩并着肩，结成民众的连环，热血不再囿于单个的体内，少得可怜地循环，而要欢畅地奔腾，通过无限广大的中国澎湃回环。

因此，分段而筑的办法是可以理解的；但此外还有别的理由。我对这个问题这样久久不肯放过，这也是不足为奇的，此乃整个长城建筑的一个核心问题，尽管初看起来无足轻重。如果我要把当时的思想和经历介绍出来的话，我恰恰对这一问题不能追究到足够的深度。

首先，我们必须得说，当时长城所完成的业绩，比起巴贝尔塔①的建筑毫不逊色，显然，天意也，至少根据人类的计算，它与巴贝尔塔的建筑完全相反。我之所以提及这点，因为在该建筑动工之初，有一位学者写了本书，对

---

① 古代巴比伦国王内布卡德内察尔所建，后被亚历山大大帝拆除的梯形寺庙；《圣经》中称为"通天塔"，为所谓"世界七大奇观"之一。

这两项建筑作了详尽而精确的比较。他在书中试图证明，巴贝尔塔之所以没有最后建成，绝不是由于大家所说的那些原因，或者至少在这些公认的原因中没有最重要的那几条。他的论证不仅依据文字记载，而且据称他还做了实地调查，并且发现，巴贝尔塔的倒塌在于基础不牢，因而必然失败。从这一点上看，我们的时代远胜于古代。今天，几乎每个受过教育的人都是专门的泥水匠，在打基础方面是不会有错失的。但这位学者却根本不朝这个方向去论证，而是断言，在人类历史上只有长城才会第一次给一座新巴贝尔塔创造一个稳固的基础。因此，先筑长城，而后才建塔。这本书当时人手一册，但我承认，我至今仍然不甚明白，他是怎样设想那座塔的建造的。长城连一个圆圈都没有形成，而不过是四分之一或者半个圆圈，难道这就可以作为一座塔的基础了吗？这只能从精神角度去理解。然而，长城又是为了什么呢？它是某种实实在在的东西，是千千万万人的生命和辛劳的成果。为什么在那本著作中要写上那座塔的计划——显然是迷雾一般的计划——和一个个具体的建议：即应如何集中民众的力量参加强大的新的工程？

那时候，人们头脑中充满许多混乱的东西，这本书仅仅是一个例子而已；之所以这样，也许正是因为人们想把这样多的可能性都汇集到一个目的上。人的本质说到底是轻率的，天性像尘埃，受不了束缚；如果他把自己束缚起来，不久便会疯狂地猛烈挣脱束缚，把长城、锁链以及自身都扯得粉碎。

很可能，这些对建造长城甚至是相悖的考虑，主事者们在决定分段而筑的时候，并非没有顾及。我们——我在这里以许多人的名义讲话——实际上是在——研究了最高领导的命令以后才认识了自己本身的，并且发现，没有上级的领导，无论是学校教的知识还是人类的理智，对于伟大整体中我们所占有的小小的职务是不够用的。在上司的办公室里——它在何处，谁在那里，我问过的人中，过去和现在都没有人知道——在这个办公室里，人类的一切思想和愿望都在转动，而一切人类的目标和成功都以相反的方向转动。但透过窗子，神的世界的光辉正降落在上司的手所描画的那些计划之上。

因此，公正的旁观者并不认为，领导者要是真的愿意，他们对构成长城连贯而筑的那些困难会克服不了？所以结论只能是：分段而筑乃领导者有意为之。可是，分段而筑仅仅是一种权宜之计，并没有实际意义。如果结论是：领导者存心要干某种没有实际价值的事的话——奇妙的逻辑！——一点不假，而且他们还从其他方面为自己找理由。今天谈论这些事也许不会有危险了。当时许多人，甚至最优秀的人都有这个秘密的原则：竭尽全力去理解领导者的指令，但一旦到达某种限度，就要适可而止，进行思考。这是一条十分明智的原则，在而后经常重复出现的比较中，它还可以得到进一步的解释：不要因为有害于你，就停止进一步思考，而且谁也没有把握说，将来一定会有害于你。这里根本不能说有害，也不能说无害。事情之于你，犹如春天之于河流。河流在春天里上涨着，变得更强大，更有力地肥沃着两岸的土地，并且获得它固有的本质，以一条真正的河流的面貌继续注入大海，因而在大海眼里它与别人的身份更平等了，也更受大海的欢迎了。——你要把领导者的指令思考到这个程度。——但接着，河流泛滥于两岸，失去了它的轮廓和面貌，减慢了它的流速，违背它自己的本质，在内陆形成一个个小海洋，毁坏一片片农田，但是这种扩展并不能持久，然后又重新涌回岸内，甚而至于到了跟着来的炎热季节干涸枯竭，一片惨状。——你不要把领导的指令思考到这个地步。

当年，在建筑长城期间，这个比方也许是格外恰当的，但对于我现在的学术报告来说，它只有有限的价值。我的考察仅仅是历史性的；从早已消逝了的雷雨云层里已经发不出闪电了，因此我可以寻找一种分段而筑的说明。这个说明要比当时人们借以满足的那一种有过之而无不及。我的思考能力的界限是够狭小的，但这里需要驰骋的领域却是无限的。

万里长城是防御谁的呢？防御北方民族。我生长在中国的东南方，那里没有北方民族能威胁我们。我们在古书里面读到他们，他们本性中所具有的残忍使我们坐在平和的树荫下喟然长叹。我们在艺术家们真实描绘的图画上，看到那一张张狰狞的脸面，张得大大的嘴巴，长长的獠牙，眯缝斜视的眼睛像是已经瞄中了猎获物，马上要抢来供嘴巴撕裂、咬啮似的。要是孩子撒泼，我们就给他们看这些图画，于是他们吓得边哭边往你怀里躲。但是，关于这些北方国家，除此之外我们就不知道了。我们从未见到过他们，假如留在自己村子里，我们永远也见不着他们，即使他们骑着烈马径直追赶我们，——国土太大了，没等到追上我们，他们就将消失得无影无踪。

　　既然如此，那么我们为什么离乡背井，辞别双亲，离开饮泣的妻子，待学的孩儿，开到遥远的城市去受训，我们的思想甚至飞到北方的长城？为什么呢？去问首领吧。他们了解我们，他们心头翻江倒海，忧虑重重，他们懂得我们，懂得我们卑微的营生，看见我们大伙一齐坐在低矮的茅屋里，看见家父傍晚时分的祈祷，也许高兴，也许不高兴。如果允许我对领导阶层发表这样一种看法的话，那么我得说，领导阶层早就存在了，他们聚集到一块，不是像那些高级官吏——由于一场美好晨梦的激发而心血来潮，匆匆召集一次会议，又草草做出决议，当晚就叫人击鼓将居民从床上催起，去执行那些决议，哪怕是仅仅为了搞一次张灯结彩，以欢庆一位昨天对主子们表示了恩惠的神明，而在明天，彩灯一灭，就立刻把他们驱赶到黑暗的角落里去。与此不同，领导阶层确实是古已有之，而造长城的决策在那时就定下来了。那些天真的北方民族，他们还以为这是为了他们而造的呢，那位值得尊敬的、无辜的皇帝也以为那是他下令造的。关于建筑长城之事，我们所知并非如此，并且保持缄默。

　　在当年建筑长城期间和自那以后直至今天，我几乎完全致力于比较民族史的研究，——有一些问题可以说非用这个方法搞不透彻——并且发现，我们中国人有某些民间的和国家的机构特别明确，而有些又特别含混。研究它们的原因，尤其是后一种现象的原因，对我产生过极大的吸引力，今天仍然如此，而长城的建筑实质上也是跟这些问题相关的。

　　最为含混不清的机构莫过于帝国本身了。当然，在京城，就是说在朝廷范围内对这个问题是有所了解的，尽管也是现象多于真实。在高等学校教国家法和历史的老师也自以为他们在课堂上讲的这些事情是千真万确的，并能继续把这些知识传授给学生。学校的级别越是接近基层，人们便越不怀疑自己的知识，这已成了当然之事，半文明的教育把那多少世代以来深深打进人们头脑的信条奉为崇山，高高地围绕着它们起伏波动，这些信条虽然没有失去其永恒的真理，但在这种烟雾弥漫中，它们也是永远模糊不清的。

　　然而，在我看来，恰恰是有关帝国的问题应该去问一问老百姓，因为他们才是帝国的最后支柱呢。这里我当然只能还谈我的家乡。除了神祇和那一年到头如此富有变化而好看的祭神仪式外,我们想到的就是皇帝。但不是当前的皇帝,或者倒不如说,如果我们认识这位皇帝,或者对他有所了解的话,我们本来就已经想到他了。我们唯一的新奇之处是,我们总是想方设法在这件事上打听到某种情况,可是说来也怪,几乎不可能打听到任何事情,向走过那么多地方的香客打听不到,向远近的村庄打听不到,向那些不仅航行在我们的小溪上,而且也航行在各条圣河上的艄公们也打听不到。诚然,听到的不少,但一件也不能落实。

我们的国家是如此之大,任何童话也想象不出她的广大,苍穹几乎遮盖不了她——而京城不过是一个点,皇宫则仅是点中之点。作为这样国度的皇帝却自然又是很大,大得凌驾于世界一切之上的。可是,那活着的皇帝跟我们一样是一个人,他跟我们一样躺在一张卧榻上,诚然,卧榻是很宽大的,但也可能是很窄很短。同我们一样,他有时也伸展四肢,如果他很累的时候,也张开他那线条柔和的嘴巴打呵欠。但我们在千里迢迢的南方,都快到达青藏高原了,如何知道这一切呢。再说,纵使有消息抵达我们这里,但已经太晚了,早已失去时效了。皇帝周围总是云集着一批能干而来历不明的廷臣,他们以侍仆和友人的身份掩盖着奸险的用心,他们抵制君权,总是设法用毒箭把皇帝从轿舆上射下来。君权是不灭的,但皇帝个人是会倒毙的,甚至整个王朝最终也要垮台,处于奄奄一息之中的。关于这些争斗和痛苦老百姓是永远不会知道的,他们像迟到者,像初到城市的人站在拥挤的小巷的尽头,安闲自得地嚼着所带的食物,而在前面,在市中心的广场上他们的主子正在受刑。

有一个传说对这一状况做了很好的描述:皇帝向你这位可怜的臣民,在皇天的阳光下逃避到最远的阴影下的卑微之辈,他在弥留之际向你下了一道谕令。他让使者跪在床前,悄声向他交代了谕旨;皇帝如此重视他的谕令,以致还让使者在他耳根复述一遍。他点了点头,以示所述无误。他当着为他送终的满朝文武大臣们——所有碍事的墙壁均已拆除,帝国的巨头们伫立在那摇摇晃晃的、又高又宽的玉墀之上,围成一圈——皇帝当着所有这些人派出了使者。使者立即出发;他是一个孔武有力、不知疲倦的人,一会儿伸出这只胳膊,一会儿又伸出那只胳膊,左右开弓地在人群中开路;如果遇到抗拒,他便指一指胸前那标志着皇天的太阳;他就如入无人之境,快步向前。但是人口是这样众多,他们的家屋无止无休。如果是空旷的原野,他便会迅步如飞,那么不久你便会听到他响亮的敲门声,但事实却不是这样,他的力气白费一场;他仍一直奋力地穿越内宫的殿堂,他永远也通不过去。即便他通过去了,那也无济于事:下台阶他还得经过奋斗,如果成功,仍无济于事,还有许多庭院必须走遍,过了这些庭院还有第二圈宫阙,接着又是石阶和庭院,然后又是一层宫殿,如此重重复重重,几千年也走不完,就是最后冲出最外边的大门——但这是决计不会发生的事情——面临的首先是帝都,这世界的中心,其中的垃圾已堆积如山。没有人在这里拼命挤了,即使有,则他所携带的也是一个死人的谕旨。——但当夜幕降临时,你正坐在窗边遐想呢。

同样,我们的百姓对于皇帝既深怀失望,又充满希望,他们不知道哪个皇帝在当朝,甚至对于朝代的名称都还存在着疑问。在学校里许多这样的朝代一个接一个地都学过,可是在这方面普遍是不清楚的,其程度之严重,连最好的学生都未能避免。在我们的各个村子里,早已死去的皇帝,大家以为他还坐在龙位上;新近牧师在祭坛上宣读了一份诏书,而颁发这诏书的皇帝只活在歌谣里。我们最古老的历史上的许多战役现在才刚刚揭晓,街坊欣喜若狂,带着这新闻奔走相告。那些皇妃们糜费无度,与奸刁廷臣们勾勾搭搭,野心勃勃,贪得无厌,纵欲恣肆,恶德暴行就像家常便饭。年代过得越久远,这一切情形被渲染得越可怕,一旦村民们得知几千年前一个皇后如何痛吮她丈夫的鲜血,不禁会失声悲鸣。

老百姓就是这样把已往的统治者弄得面目全非,把今天的统治者与死人相混淆。如果有朝一日——一生中只要能遇上一次——来了一位钦差大臣巡视本省,偶尔来到我村,代表当权者发布敕令,稽查税收,检查教学,向牧师询问我们的行为,然后在他上轿之前向聚集来的村民发一通长篇训诫,于是每个人脸上都掠过一丝笑意,悄悄地向旁人递个眼色,弯下身去,与孩子们一起,以便不让当官的察看。有人想:怎么,他讲起一个死人来就像讲一个活人一样,这位皇帝确实早已死了。王朝也已经消灭了,这位官老爷在拿我们寻开心吧。但是我们装作好像什么也没有觉察,以便不得罪他。我们需要认真听从的是现今的长官,因为不这样做那是犯罪。在匆匆离去的钦差的轿子后头,从已经瓦解的骨灰坛中专横地升起一个乡村老爷的形象。

与此相似,我们这里的人通常很少遭遇当代的战争和国家的革命。此刻我想起青年时代的一件事。在毗邻的、但是很遥远的一个省份爆发了起义。原因我已记不起来了。这在现在也并不重要,那里每天都有暴乱发生,那是些很激动的民众。当时有一次,一个途经那个省的乞丐把一张起义的传单带到我父亲的家里。那天正好是节日,宾客挤满了我们的房间,牧师坐在中央,钻研着那张传单,忽然大家都笑了起来,传单在一片拥挤中被撕得粉碎。那个显然已被大大款待了一番的乞丐,被人推着赶出了房间,大家都开了心,并且跑回去享受美好的节日。为什么呢?原来邻省的方言与我们的基本上是不同的,这在某些书面语言的款式中也看得出来,它们使我们觉得有一种古音古调的特点。几乎没等牧师念上两页,人们已经做了决定了。古老的事情早已听到过,昔日的伤痛早已消弭。记得在我看来虽然乞丐的话无可辩驳地说出了可怖的生活,但大家却笑着直摇头,什么也不愿听。我们这里的人就是这样来抹杀今天的现实的。

假如有人根据这些现象断定,我们实际上根本没有皇帝,那么他离真理并不太远。我得反复说:"也许没有比我们南方的百姓更为忠君的了,但是忠诚并没有给皇帝带来好处。"虽然在村口的小圆柱上盘曲着一条圣龙,自古以来就正对着京城方向喷火以示效忠——可是对村里的人来说京城比来世还要陌生。难道真有一个村子,房屋鳞次栉比,盖满一片又一片原野,从我们的小冈峦上看去一望无际,并且昼夜都挤满了人的吗?我们难以想象有这样一个都城,难以相信京城和皇帝是一回事,就好比不好理喻一朵千百年来在太阳底下静静游动的云彩一样。

我们持这样一些看法,结果我们的生活就颇为自由,无拘无束。但这并不是不道德。——然而,这是一种不受任何现今法律管束的生活,它只听从古代留传给我们的训诫。

我并不想以点概面,决不断言我省所有上万个村落甚或全中国所有五百行省的情形都是如此。但也许我可以根据我在这一带所读到的许多文字记载,以及根据我自己的种种观察——特别是在建筑长城的问题上,关于人的材料给了一个敏感者以通晓几乎一切省份的人灵魂的机会——根据这一切,也许我可以说:这些人对于皇帝的看法跟我家乡的人的看法时时处处都有一种共同的基本特征。我绝不认为持这种看法算得上什么美德,正好相反。不错,这种看法的产生主要应归咎于政府。自古以来它缺乏能力,或者顾此失彼,没有把帝国的机构搞到这样明确的程度,使得帝国最遥远的边疆都能直接并不断地起作用。但另一方面,这当中百姓在信仰和想象力上也存在着弱点,他们未能使帝国从京城的沉沦中起死回生,并赋予现实精神,把它拉到自己的胸前;但臣仆的胸脯并不想起更好的作用,不过是感受一下这种接触,让帝国从它胸前消逝。

因此持这种看法并非美德。尤为引人注目的倒是:恰恰是这种弱点似乎成了联合我们民众最重要的手段之一。是的,如果敢用这句话来表达的话:这种看法就是我们赖以生存的基础。要在这里对一种责难充分阐述理由,据说不仅有违我们的良心,而且——令人气愤得多——我们休想站得住脚。因此之故,对这个问题的考察我暂时不想继续下去了。

猎手格拉胡斯[①]

[奥地利]卡夫卡

  两个男孩坐在码头围墙上掷色子。一个男子在纪念碑的台阶上,在那位挥剑英雄的阴影下读报;一位少女在井边用水桶打水;一个水果商贩躺在他的货物旁望着湖水;酒馆深处,透过敞开着的门洞和窗口只见两个男子在对饮,掌柜的则坐在前边的桌旁打瞌睡。一只小船仿佛被托起在水面上,轻轻地滑进小港里。一个身穿蓝色工作服的男子步上岸来,把缆绳拴进铁环里。船主身后又出现两个男子,他们穿着深蓝色的上衣,抬下一副担架来,上面盖着一块印有大型花卉图案、四周饰有流苏的绸布,绸布下面显然躺着一个人。

  码头上谁也没有留意这拨人的到来。甚至在他们放下担架等候系船的船主时,仍不见有人上前提什么疑问,没有人瞧他们一眼。

  领头的由于一个女人又耽搁了一会儿,她怀抱一个吃奶的孩子站在船上。然后船主走了过来,向左边方向指了指临湖而立的那幢浅黄色三层楼。担架手重又抬起担架,走进那道低矮而由精致的细圆柱支撑的大门。一小男孩打开窗户恰好看见这群人进入楼内,便赶紧把窗子关上。此刻两扇精心制作的黑橡木大门也闭上了。一群始终围绕着钟楼飞翔的鸽子这时停落

[①] 这篇小说写于1917年初,手稿见之于作者的《八本八开本笔记簿》,于1931年初次问世。题目为勃罗德所加。——译注

到楼前,纷纷聚集在门口,仿佛楼内贮存着它们的食物,其中的一只还飞上二层,去啄那窗玻璃。那是一群羽毛鲜亮、受到精心饲养的生气勃勃的禽类。女人从担架上大把地将谷物撒向它们,它们啄食着,然后向女人飞去。

一个男子头戴吊孝大礼帽,沿着狭长陡直的小巷走下来,小巷直通码头。他留心地环视着四周,一切都令他关心。当他的目光落在角落里的垃圾上时,便扭歪了脸。纪念碑的台阶上撒落着果皮,他走过时用手杖将果皮拨下台阶去。到了小楼前他敲了敲门,同时摘下礼帽,由戴着黑手套的右手拿着。门马上开了,约莫五十来个小男孩排列在长长的门厅过道的两旁,躬身迎候他。

船主走下楼梯,欢迎来者,引着他上楼。他们在二层楼沿着简易而精巧的凉廊绕过了庭院,进入楼房后部一间宽敞凉爽的厅室。从窗口望出去,对面不再有其他楼房,只有一垛光秃灰黑的岩壁。那群男孩恭恭敬敬地保持一段距离,尾随其后。担架手正忙着在担架的两头插上几支蜡烛,并将它们点燃。烛光在四壁上闪烁,未能带来更多的亮光,不过是驱走了原先静谧的阴影。担架上的绸布揭去了,上面躺着一名男子,须发凌乱不堪,皮肤黝黑像是猎手。他躺着纹丝不动,双目紧闭,仿佛没有了呼吸,尽管如此,也只有他周围的气氛才表明他可能是个死人。

这位先生走近担架,伸出一只手放在躺着的人的额上,然后跪下来祈祷。船主示意让担架手们离去。他们走出去,撵走了那群聚集在门外的男孩,把门关上。那先生似乎还嫌不够安静,眼睛看着船主,后者领会其意,便从一扇门边进了邻室。顷刻间担架上的男子睁开了双眼,痛楚地微笑着把脸转向这位先生,问道:"您是谁?"——先生毫不惊讶地缓缓站起身来,答道:"里瓦市①市长。"担架上的男子点点头,抬起虚弱无力的胳膊指着一张椅子,待市长坐下之后说:"这个我其实知道,市长先生。不过一开始我总是忘了一切,头脑里的东西都搅成了一团,所以还是问一声的好,虽说我都知道。您可能也知道我是猎手格拉胡斯。"

"是的,"市长说,"昨天夜晚我已经得知您的到来。当时我们早已睡下,

---

① 里瓦,意大利一座有名的历史文化小城,位于加尔达湖滨,人口一万三千。——译注

半夜我妻子喊道：'萨尔瓦多，'——这是我的名字——'你看窗台上的鸽子！'一看果真有只鸽子，但大得像只公鸡。它飞到我耳边说：'明天那已故的猎手格拉胡斯要来，请您代表全市去欢迎他。'"

猎手点了点头，舌尖伸出双唇间："对，鸽子比我先行一步。市长先生，您是觉得我该留在里瓦吗？"

"这我还不好说，"市长答道，"您已经死了吗？"

"是的，"猎手说，"正如您所见到的。许多年前，肯定是不知多少年前了，当我在黑森林——这是德国——追猎一只羚羊时，从悬崖上摔了下去。从那以来我就死了。"

"但您也还活着呢。"市长说。

"也可以这样说吧，"猎手答道，"在一定程度上我还活着。我的死亡之舟驶错了方向或者是船舵弄反了方向，或者是船主一时思想走神，也可能是被我家乡的美丽转移了注意力，我真不知是出于什么原因，我只知道，我留在了人世，我的冥船从此航行在人间的江河湖海上。于是，原本只愿在山区生活的我，死后却周游列国了。"

"您与上界毫不沾边？"市长皱起眉头问道。

"我还一直停留在通向它的伟大阶梯上，"猎手说，"在那广阔无垠的露天阶梯上游荡，忽上忽下，忽左忽右，始终处在运动中。猎人都变成蝴蝶了，您可别笑。""我没笑。"市长辩解道。

"这还明智，"猎手说，"我始终都在运动中。每当我竭尽全力做出最大的腾跃、甚至已能看见天府之门在上方闪耀时，就会醒来，发现自己依然躺在我的小船上，它正漂泊在人世间荒凉的水域上。在我的舱房中死神由于我的死因恶魔般围着我狞笑。船主的妻子尤莉雅将我们驶经国家沿岸的早点饮料送到我的担架旁。瞧见我那模样可不是件美事：我躺在一块床板上，穿一身肮脏的寿衣，黑灰色的胡须头发乱七八糟地缠作一团，腿上覆盖着一方偌大的女式绸巾，绸巾上印有花卉图案，四周垂着长长的流苏，两头有蜡烛为我照明。正面对着我的墙上挂着一幅画，画面上一看就是个布须曼人①,手中的长矛瞄准着我,他竭力隐身在一副盾牌后面,盾牌画得极其出色。在船上常能见到蹩脚的图画,这是最蠢的图画之一。除此之外,在我的木舱里便一无所有。侧壁上的一个小舱口吹来南国之夜的暖风,耳边响着浪拍船舷的声响。

"自从我这活生生的猎手在家乡黑森林为追猎一只羚羊而坠落山谷后,就一直躺在这里。当时一切都发生得有头有序:我追踪着,掉下崖去,在深谷中流血过多而死。这条小船本该载着我驶向另一个世界。我还记得,当我第一次伸展四肢躺在这木床上时有多高兴,深山老林从未像这四堵昏暗的舱壁那样能听到我的歌声。

"我活得快活,死得快活。在我登上小船的前一刻,我欢天喜地地将长矛、口袋、猎枪等什物从面前抛进了水里。那猎枪曾是我的骄傲,我始终扛着它。接着我像新娘穿上婚纱一样迫不及待地钻进寿衣,然后就躺在这里等着。这时不幸就来临了。"

"多倒霉的命运啊,"市长说,护卫似的举起一只手,"对此您自己就没有一点过错?"

"没有,"猎手说,"我是猎人,这有什么错?我被推举出来,成了黑森林的猎手。当时那儿还有狼呢。我埋伏着,射击,击中目标,剥下狼皮,这是过错吗?我的劳动受到祝福,我被称为'黑森林的伟大猎手',这是过错吗?"

"我虽不负有对此作出评判的使命,"市长说,"但我也觉得这没有什么错处。那么究竟是谁该为此负责呢?"

"船主。"猎手回答,"谁也不会读到我在这里写下的东西,谁也不会前来解救我们;即使负有使命规定要帮助我,那么家家户户的大门都会紧锁,所有的窗门也会关闭,所有的人都会躲进被窝,用被子蒙住脑袋,整个大地都是黑夜的栖身地。这倒也说得通,因为根本就没有人知道我,即使有人知道也摸不清我在何处逗留,知道了我的逗留处也不知如何将我留住,因此也就不知道如何来帮助我。要帮助我的想法是一种疾病,必须卧床治疗。"

"我知道这些,所以我不呼救,哪怕我在某些时刻,比如现在,会失去自

---

① 布须曼人,非洲西南部的一个土著民族。——译注

控而产生强烈的呼救愿望。但是我只须四下里看看,弄清楚自己身在何处以及这几个世纪以来——这点我多半是敢断言的——我住在何地,就足以打消我这类念头了。"

"非同寻常,非同寻常。"市长感叹道,"这么说来您现在想留在我们里瓦了?"

"我并没有这个想法。"猎手微笑着说,为抵消他的嘲弄便将一只手搁在市长的膝盖上,"我只知道我在这儿,更多的我就无能为力了。我的小船没有舵,它借助于来自死亡最深处的阴风行驶。"

铁桶骑士①

[奥地利]卡夫卡

　　煤全用完,煤桶空空,煤铲闲着;炉子呼吸着冷气,房间鼓满了寒风;窗前树木在严霜中发僵,天空成了抵挡想向它呼救的人的银盾。我得弄些煤来,我不能干挨冻呀。我背后是冷冰冰的炉子,我前面是铁石心肠的天空,因此我必须在两者之间赶紧骑行出去,向居中的煤店老板去求助。可是那老板对我平平常常的请求麻木不仁,我必须一五一十地向他证实我连一粒煤屑都没有了,因此他对我简直意味着天上的太阳。我得像乞丐那样,饿得只剩最后一口痰,眼看就要倒毙在人家的门槛上,主人家的厨娘这才决定把最后的咖啡渣倒给我;同样,卖煤的怒气冲冲,但想到"你不要杀人!"的训诫,乃将满满一铁锹煤铲进我的煤桶里。

　　我照这个办法出去一定能解决问题,于是我骑着煤桶前往。我骑在桶上,手抓住上面的桶架把,那是最简单的玩具,我艰难地随桶滚下台阶,但到了下面我的桶儿却往上升起,妙哉,妙哉,那些卑屈地躺卧在地的骆驼们,在牵引的鞭子的威吓下站起来的时候,没有这样庄严。我以不快不慢的速度穿过冻硬的街巷,我常常被驮到二层楼那么高,从未下降到屋门那么低。结

---

① 该篇写于 1917 年初,见于《八本八开本笔记簿》第一本,1921 年 12 月 25 日与一批奥地利第一流作家如穆齐尔、韦尔弗等人的文章同时发表在《布拉格日报》的《圣诞增刊》上。作者曾拟收入《乡村医生》,最后却又将它抽去了。

果我以超乎寻常的高度飘到煤老板的拱形地窖门前,只见他在很深的地窖下面蹲在他的小桌旁写字。他嫌太热,便让窖门洞开着。

"煤老板!"我用冻僵了的、被呼出的寒气蒙住的闷声喊道,"煤老板,请给我点儿煤吧,我的煤桶已经空得可以骑着它走了。帮个忙吧。等我一有钱,就会付清的。"

老板用手掩住耳朵。"我没有听错吧?"他扭过头去问他正坐在炉台上打毛衣的妻子道,"我没有听错吧?有一位顾客。"

"我什么也没有听见。"妻子说,她平静地呼吸着,手上织针不停,背朝炉子,舒舒服服地烤着火。

"哦,对的,"我喊道,"是我呀,一个老顾客,一向是不拖欠的,只是目前一时没有办法。"

"夫人,"老板说,"我的确没有听错,是有一个人。我的耳朵不会那样不顶用的。那是一个老顾客,一个很老很老的顾客,他懂得说什么话才能使我这样感动。"

"你怎么啦,丈夫?"妻子说,她略停片刻,把针线压在胸口,"并没有人啊,街道是空的,我们所有的顾客都供应过了,我们可以打烊歇几天了。"

"可是我正坐在这儿的煤桶上呀,"我喊道,因寒气流出的没有感情的眼泪模糊了我的两眼,"请您朝上面看一眼吧,您马上就会发现我的。我请求给一满锹,如果您能给我两铁锹,那我会无比高兴的。确实所有其他的顾客都供应过了。唉,假如我能听到桶里的煤一块噼啪作响该有多好啊!"

"我来了。"老板说,但当他正要迈开短腿爬上地窖台阶时,他的妻子已到了他身边,紧紧攥住他的臂膀说:"你待着吧。要是你执意要去,那就由我上去。想想你今天夜里那个咳嗽样儿吧。为了一桩买卖,何况那只是一桩想象中的买卖,你就不顾老婆孩子,牺牲你的肺不成。我去。"

"那你把我们库里所存的各种各样的煤——告诉他,我在底下向你喊价钱。"

"好。"妻子说,随即走出地窖到街边。她当然一眼就见到我。"煤店老板娘,"我喊道,"你好啊,只要一铁锹,就铲在这煤桶里。我自己把它拿回家去。一锹最次的就行。钱我当然会完全照付的,但不是马上,不是马上。"

"不是马上"这几个字多么像钟声，它和附近教堂塔顶发出的悦耳的晚钟的响声混杂在一起！

"他要什么呀？"老板喊道。

"没有什么，"妻子回答说，"这里什么事也没有呀。我没有见到什么，也没有听见什么。只听见钟敲了六下，我们打烊吧。天气冷得要命，看来明天我们还要忙乎一阵呢。"

她什么也没有看见，什么也没有听见，但她解下围裙，用它竭力要把我扇走。可惜她成功了。我的煤桶具有一匹良驹的所在优点，抵抗力它却没有，它太轻了，一件妇女的围裙把它一扇，它的两条腿就飘离地面。

"你这个狠心肠的女人，"我还是大声地回答她，这时她半轻蔑、半满足地挥动着手臂，又去做她的生意，"你这凶狠的女人，我只向你讨一锹最次的煤，你也不给。"说着我登上了冰山地带，方向不辨，永不复返。

海妖们的沉默[①]

[奥地利]卡夫卡

手段即便有缺陷甚至幼稚,也能用来救人,以下可资证明。

为了抵御海妖们的诱惑,奥德修斯用蜡把自己的耳朵堵上,并让人用铁链把自己牢牢地绑在桅杆上。当然,自古以来所有的旅行者都这样做过,除了那些老远就受到女妖们的诱惑的旅行者之外,但全世界都知道,这样做是无济于事的。海妖们的歌声能够穿透一切,而被诱惑者的激情可以炸毁比铁链和桅杆更多的东西。可是奥德修斯却没有想到这点,虽然他对此或许有所耳闻。他完全相信那一小撮蜡和一捆铁链,对他的小手段怀着儿童般的天真,喜滋滋地驶向海妖们的领域。

然而,海妖们现在有了比她们的歌声更可怕的武器,那就是她们的沉默。虽然没有发生过,不过可以想象,有人也许逃脱过她们的歌声,却绝对逃脱不了她们的沉默。但人世间却有这种情绪,即单凭自己的力量并由此产生的横扫一切的傲慢可以战胜她们。

事实上,当奥德修斯到来时,这些强大的女歌手们确实没有歌唱,也许她们以为,只须用沉默就可以对付这个对手,也许她们看到一心想着蜡和铁链的奥德修斯得意洋洋、喜形于色,使她们忘了歌唱。

[①] 本篇始见于《八本八开本笔记簿》第三本,所载日期为 1919 年 10 月 23 日,1931 年首次问世。题目为勃罗德所加。——译注

而奥德修斯——可以这样说的话——没有听到她们的歌唱,他以为她们正在歌唱,只是因为他有了防护而没有听到而已。他首先匆匆瞥了她们一眼,看到她们脖子的转动,深深的呼吸,泪汪汪的眼睛,半张着的嘴巴,但他相信,这些都是唱咏叹调的状貌,这些咏叹调他虽然听不见,却在他周围消散。但没过多久,这一切就从他朝向远方的视线中滑过去了,海妖们在他的坚定态度面前消失得无影无踪,而就在他最靠近她们的那一瞬间,他对她们的存在就一无所知了。

而她们呢,比任何时候都更漂亮了:她们伸展四肢,转动身姿,让那可怕的长发在风中任意飘拂,在岩石上自由地张开她们的利爪。她们不想再去诱惑人,只想尽可能长久地捉住奥德修斯那一对放射出光芒的大眼球。

倘若海妖们有意识的话,她们当时即被消灭了。但是她们依然存在着,仅仅是因为奥德修斯逃过了她们。

另,传说中对这个故事还有一点补充。有一种说法是,奥德修斯诡计多端,犹如一只狡猾的狐狸,连命运女神都无法看透他的心。也许——虽然人的理智已不再能理解这一点——奥德修斯真的发现了海妖们的沉默,于是他编造了上述虚假事件,作为对付海妖和众神的某种盾牌。

一道圣旨①

[奥地利]卡夫卡

　　有这么一个传说:皇帝向你这位单独的可怜的臣仆,在皇天的阳光下逃避到最远的阴影下的卑微之辈,他在弥留之际向你下了一道圣旨。他让使者跪在床前,悄声向他交代了旨意。皇帝如此重视他的圣旨,以致还让使者在他耳根复述一遍。他点了点头,以示所述无误,他当着为他送终的满朝文武大臣们——所有碍事的墙壁均已拆除,帝国的巨头们伫立在那摇摇晃晃的、又高又宽的玉墀之上,围成一圈——皇帝当着所有这些人派出了使者。使者立即出发。他是一个孔武有力、不知疲倦的人,一会儿伸出这只胳膊,一会儿又伸出那只胳膊,左右开弓地在人群中开路。如果遇到抗拒,他便指一指胸前那标志着皇天的太阳,就如入无人之境,快步向前。但是人口是这样众多,他们的房屋无止无休。如果是空旷的原野,他便会迅步如飞,那么不久你便会听到他响亮的敲门声。但事实却不是这样,他的力气白费一场。他仍一直奋力地穿越内宫的殿堂,他永远也通不过去。即便他通过去了,那也无济于事,下台阶他还得经过奋斗。如果成功,仍无济于事,还有许多庭院必须走遍。过了这些庭院还有第二圈宫阙,接着又是石阶和庭院,然后又是一层宫殿,如此重重复重重,几千年也走不完。就是最后冲出了最外边的

---

①　这是《中国长城建造时》中的一个片断,作者生前将它抽出单独成篇,收入小说集《乡村医生》,写于 1917 年三四月间,初次发表于 1919 年 9 月 24 日布拉格的《自卫报》。

大门——但这是决计不会发生的事情——面临的首先是帝都,这世界的中心,其中的垃圾已堆积如山。没有人在这里拼命了,即使有,则他所携带的也是一个死人的谕旨——但当夜幕降临时,你正坐在窗边遐想呢。

叶廷芳译文自选集

普罗米修斯[①]

[奥地利]卡夫卡

关于普罗米修斯的传说有四种：

第一，他为人类背叛了众神，被钉在高加索的一座悬崖上，众神派鹰鹫啄食他每日新生的肝脏。

第二，身子紧靠着岩崖的普罗米修斯在鹰嘴的不断啄食下痛楚万分，以致日益陷进岩石，直至与它融而为一。

第三，数千年后，他的叛逆行为随着时光流逝逐渐被人遗忘，众神遗忘了，鹰隼遗忘了，他自己也遗忘了。

第四，留下的是那不可解释的山崖。这个传说试图对这不可解释之现象做出解释。由于它是从真实的基础上产生的，最后必定也以不可解释告终。

[①] 本篇见于《八本八开本笔记簿》第三本，写于 1918 年 1 月 17 日。1931 年首次问世。题目为勃罗德所加。——译注

鹰 鸷①

[奥地利]卡夫卡

一只鹰鸷在啄凿我的双足。靴子和长袜早就被它撕得粉碎,现正啄食我的脚的本身。它总是猛地啄一下,然后不安地围着我盘旋一番,接着又继续啄下去。这时来了一位先生,他观望了片刻,然后问我为什么要容忍这只恶鹰。"我手无寸铁啊,"我说,"它朝我飞来,开始啄凿我脚的时候,我当然想把它赶走,甚至曾想办法把它绞死,可这畜生强悍得很,它还想要蹦到我的脸上呢,于是我只好宁可献出我的脚了。你看,现在我的两只脚几乎都被它撕烂了。""你竟让它折磨成这样,"先生说,"砰的一枪,把它结果了不就得了。""真的吗?"我问,"那您愿意帮我这个忙吗?""很乐意,"先生说,"只是我得回家把枪拿来,您能等我半个钟头吗?""这不好说。"我回答道,由于疼痛难忍,我呆呆地站了一会儿,然后我说:"无论如何请您试试吧。""好,"先生说,"我快去快回。"在我们谈话期间,鹰隼静静地听着,眼珠子在我们两人间滚来滚去。现在我发现,它什么都听明白了,便腾地飞了起来,远远地把身子向后翘起,以便获得足够的冲力,然后像一个标枪手,把他的利嘴通过我的嘴巴深深插入我的体内。在仰翻倒下的那一刻,我像获得解救的感觉到,它怎样无可挽救地淹死在我那灌满所有沟壑、溢出所有堤岸的血泊之中。

---

① 本篇写于 1920 年秋末,首次发表于 1936 年。题目为勃罗德所加。——译注

叶廷芳译文自选集

桥[①]

[奥地利]卡夫卡

我又僵又冷,我是一座桥,横跨在一条深涧的上空。这边扎地的是我两脚的足尖,那边是我的双手,全身死死地咬紧在破碎的黏土里。我上衣的下摆在我腰间飘动。深涧里奔流着冰冷的鳟鱼溪,哗哗作响。没有哪个旅游者会迷路来到这样的无路可寻的高山,这座桥还没有标上地图呢。——我就这样躺着,等待着;我只能等待。除非倒塌,没有哪座业已造好的桥可以停止作为桥而存在。

有一天,黄昏时分——是第一个还是第一千个黄昏,我不知道——我的思绪总是乱糟糟的,总是在打转。夏日的黄昏时分,溪水的哗哗声越来越闷,这时我听到一个男人的脚步声!向我走来,越来越近——桥啊,伸直你的身躯吧,你这无栏之桥啊,站好,准备扶住这个托付给你的人吧,悄悄地把他不稳的步伐弄平衡吧,但假如他左右摇摆,那就露一露你的本色,像山神那样把他抛到岸上去。

他来了,用他的手杖的铁尖敲击我,然后用它撩起我的上衣下摆,并把它们弄整齐,搁在我身上。他用这个铁尖插入我浓密的头发,并让它——也许一边在贪婪地环眺四周的景色吧——久久地插在我的头发中。但接着——我正做梦般地随他翻山越谷——他用双脚一跃跳到我的身体中间来

---

① 本篇写于 1917 年一二月间,1931 年首次发表。——译注

了。我浑身战栗,痛楚不已,一无所知。这是谁?一个孩子?一个体操运动员?一个拦路抢劫者?一个自杀者?一个诱惑者?一个破坏者?我转过身,想看看他。——桥在转动!没等我转过身去,我就已经倒塌,我倒塌了,全身破碎,并且被锐利的卵石刺穿,它们曾经一直是从奔流的水中安详地凝视着我的。

村庄里的诱惑[1]

[奥地利]卡夫卡

一个夏日的傍晚,我来到一个素昧平生的村庄。这里道路的宽敞、开阔马上吸引住我。农家院落前古树参天,随处可见。那正是一场雨后,空气清新,一切都使我感到舒畅。我向站在大门口的老乡们致意,试图以此表达我的喜悦,他们也友善地回敬我,尽管有点儿拘谨。我想,要是我找一家客栈,在这里过夜该多美啊。

当我正从一家院落的高高围墙(墙上覆盖着绿色植物)旁边走过时,墙里的一扇小门打开了,从中伸出三张脸来,旋又消失了,最后门又关上了。"奇了。"我朝一旁说道,仿佛我有个陪伴似的。啊,果真有个身材高大的男子站在我旁边,像是有意要让我尴尬似的。他没戴帽子,没穿外套,穿一件编织的黑色马甲,叼着烟斗。我立即克制住自己,装作我早就知道他在我旁边似的,说道:"这门! 您也看见了,这小门怎么自己打开的呀?"

"对呀,"这个人说,"可这有什么可奇怪的呢,那是佃户的孩子们。他们听到您的脚步声,出来看看,这么晚了,是谁在这里走路。"

"这个解释倒是简单而在理,"我微笑着说,"对于一个陌生者来说,一切都是稀奇的,谢谢您。"我继续往前走。但这个人跟着我走。我本来对此并

---

① 本篇是长篇小说《城堡》(1922)的试写,抄录在 1914 年夏天的日记本里。——译注

不感到惊奇,他要走的可能是同一条路,但这不是理由:我们为什么一前一后地走着,而不是并排地走呢。

我转过身,说:"去客栈是走这条路的吗?"

这个人停下脚步,说:"我们这里没有客栈,或者更准确地说,我们倒有一个,但那是不能住的。它是归镇里的,但因为好多年都没有人来承包它,镇里就把它给了一个他们为其操心了好多年的老年残疾人了。这位老年残疾人现在和他的妻子管理这家客栈,虽然如此,可是人们几乎无法经过它的门口,里面冒出的气味臭不可闻。客房里由于肮脏让人滑倒。这是一个灾难性的客栈,是村里的一个耻辱,镇里的一个耻辱。"

我很想与这人对站着说话,他的相貌吸引我这么做;那是一张轮廓瘦削的脸,脸色发黄,有如皮革,面颊微微隆起,下巴一动,就会引起整个脸上布满黑色的皱纹。"是这样,"我说,未对这些情况表达什么,"好,但我就要到那里去住宿,因为我已经决定要在这儿过夜。"

"那当然啰,"他急匆匆地说,"但去客栈您得从这儿走。"他指向我来的那个方向。"您走到下一个路角再往右拐进去。很快您就会看到客栈的门牌,那就是。"

我谢过他的指点,现在又一次从他身边走过,这回他特别仔细地观察着我。而我呢,即使他指给我的是错误的方向,我也无以抵御,他也许是想既不为他现在迫使我从他身边走过而感到惊诧,也不使我对他如此迅速地放弃关于客栈的警告而感到突兀。去客栈也会有别的人告诉我怎么走的,如果龌龊的话,那我也能在龌龊中睡它一觉,哪怕仅仅为了满足我执拗的需要。再说,我也没有别的更多的选择,天已经黑了,马路经过一场雨也变泥泞了,而去下一个村路也还远着呢。

我已经将这个汉子甩在了后头,我也根本不打算去管他了。这时我听到一个妇女的声音,她在跟这个男人说话。我转过身去。黑暗中在一排梧桐树下冒出一个直挺挺的高个子女人,她的裙子发出黄褐色的光彩,头上和两肩披着着一条黑色网眼巾。"回家吧,"她对这个男的说,"为什么你不回家呢?"

"我就来,"他说,"就等一小会儿。我只想看看,这个人在这儿到底干什么。他是一个陌生人。他完全毫无来由地在这儿乱转悠。看吧。"

他在谈论我，好像我是聋子，或者好像我不懂他的语言。他说什么，我当然不会太在意，不过，假如他在村里散布关于我的什么谣言，我自然不会很舒服。因此我大声对这妇女说："我在找客栈，没有别的事。您的男人没有权利用这种方式谈论我，而他传给您的关于我的看法是错误的。"

但这妇人几乎看也不看我一眼，只顾朝她的男人走去，我已经认准了，这就是她的丈夫，一种如此直截了当、自然明了的关系存在于他们之间——她把一只手搭在他的肩上："如果您想要什么的话，就跟我的丈夫讲，不要跟我讲。"

"我根本不想要什么，"我说，对她这种态度感到气恼，"我不管您的事，您也不要为我操心。这是我唯一的请求。"妇女的头颤动了一下，这我在黑暗中还能看见的，但她眼睛的表情就看不见了。显然他想要回答什么，但她的丈夫说："别说话！"她就不吭声了。

这一相遇情景现在我觉得算是了结了，我转过身，正要继续往前走，这时，有人喊了一声"先生"。这大概是叫我吧。一开始我根本不知道这声音是从哪儿来的，但接着我就看见在我上面的院墙上坐着一个男青年，他晃动着双腿，两膝互相交叉着，漫不经心地对我说："现在我听明白了，您是想在村子里过夜。除了这里的这个院子，您在哪儿也找不到一个可住的地方。"

"这个院子？"我问，并且好不耐烦，很快就火了，我带着发问的目光看着这对夫妇，他俩仍一直互相偎依着站在一起，观察着我。"是这样的。"他说，他的回答就像他的整个态度一样，是傲慢的。

"这里有床铺出租吗？"为了保险起见，我又问了一遍，也为了把这个人推回到出租者的角色里去。

"有，"他说的时候已经把目光从我身上稍稍移开，"这里有床铺提供过夜，但不是每个人，只提供给那肯付钱的人。"

"我接受，"我说，"我当然要为床铺付钱，就像住客栈那样。"

"请吧，"那人说，眼睛早就不再看我了，"我们是不会占你们这些人的便宜的。"

他坐在上面就像主人，我站在下面好比是个小仆人。我兴致勃勃，真想给他扔去一粒小石子，好把气氛搞得更活跃些。我没有这样做，而是说："那就给我把门打开吧。"

"门没有关死。"他说。

"门没有关死。"我喃喃地重复一句，没有问为什么，就推开门，走了进去。一进屋我就偶然往墙上一看，发现那年轻人不在上面了，显然他不怕墙高，跳下去说不定与那对夫妇商量去了。他们可能在讨论，对我这样一个年轻人来说会是什么样的情况；我身上只有三个多一点点古尔登①的现款，其他除了旅行袋里一件干净的衬衫和裤兜里一把左轮手枪之外就所剩无几了。不过这几个人看上去一点都不像想要偷谁的样子。可他们想从我这里能得到什么呢？那是一座平常的、不假修剪的农家大院的花园，坚固的石砌院墙比想象的要壮观得多。高高的草丛中只见一棵棵芳华刚谢的樱桃树排列有序地耸立着。在远处可以看到那座农舍，一幢延伸在平地上的建筑。天已经很黑了；我是个晚到的客人；要不是那个坐在墙上的年轻人以某种方式说了谎的话，我可能进了一个不舒服的环境里。在去房屋的路上我未遇到任何人，但离房屋几步路我就通过敞开着的大门，看见头一个房间里两个个儿高高的老年丈夫和妻子，互相挨着，面孔对着门，从一个盆里吃着某种糊糊。在昏暗的光线中我看不清更细的东西，只见那男的衣服上有的地方闪着金色的亮光，兴许是纽扣或是表链。

我向他们问候，而后，在暂时没有跨进门槛时说："我正在这一带找过夜的地方，一个坐在您的花园围墙上的年轻人告诉我，在这个院子里可以付钱过夜。"两位老人把他们的调羹往盘子里一搁，在坐着的凳子上往后仰了仰，默默地看着我。他们的举止不是十分友好。于是我补充说："我希望我获得的信息是正确的，不是无缘无故来打搅您。"我说话声音很大，因为两位老人还可能耳背。

"您走近一些。"老人过了一会儿说。

只是因为他年纪大，我顺从了他，否则的话，我自然会坚持要他对我的明确的问题作出明确的回答。不管怎样，在我跨进门槛的时候我说："假如让我留宿会给您带来哪怕是一丁点困难的话，那就请您直白地说出来，我绝不会坚持。我会去客栈住，这对我来说是完全无所谓的。"

---

① 古尔登，一种德国旧币名。——译注

"他说那么多话。"妻子轻声地说。

对我的礼貌行为用这样侮辱性的言语来回答,那不啻是一种侮辱,但那是一位老太太呀,我不好回击。而恰恰是这种不回击,也许成了老太太那句未予反驳的旁白在我身上起的作用多于她应得的理由。我感觉到某种指责总有某种合理性,不是因为我说得太多,因为事实上我仅仅说了我必须说的话,但却是出于其他的、已完全逼近我的生存的理由。我什么都不说了,不坚持任何回答,见那长长的暗角里有一条板凳,便走过去坐了下来。

两位老人又开始吃起来,一位姑娘从隔壁一间房间里走出来,把一支点燃的蜡烛摆在桌子上。现在看得见的东西比刚才更少了,一切都收缩在黑暗之中。只有小小的烛光在两位老人稍稍俯下的头顶上闪动。几个孩子从花园里跑进来,其中一个摔倒了,久久未爬起来,哭了,这时其他孩子停止了跑动,分散站在房间里,老头说:"都睡觉去吧,孩子们。"

他们马上集合在一起,只有那个哭着的小孩还只顾抽噎,一个男孩拽着我的衣角,他的意思好像我也应该跟他们一起走,说真的我也确实想睡觉了,便站了起来,作为大人走在孩子们的中间,他们大声地、整齐地道声"晚安",默默地走出房间。这位友好的小男孩拉着我的手,使我在黑暗中感觉自在多了。但我们很快就来到一个楼梯口,登上去后就留在地板上了。通过一个敞开着的小天窗,正好看得见一轮弯月,走到天窗下——我的脑袋几乎可以伸进它的口子——并呼吸那柔润而凉爽的空气,那是一种享受。挨着一面墙的地上铺着草料,那地方足够我睡觉的了。孩子们——二男三女——说笑着脱去了衣服,我则和衣倒在了草铺上,我是在陌生人当中啊,我没有被要求留在这里呀。我支着胳膊肘看了一会儿这些在一个角落里半裸着戏耍的孩子们。然后我感到实在疲倦,以致我把头枕在旅行包上,伸直双臂,略微瞥了几眼房梁就睡着了。在刚入睡时,我相信还听见一个孩子喊道:"注意,他来了!"接着孩子们急忙往他们的住地轻跑的声音,还传进我正在消失的意识里。

我肯定只睡了很短的时间,因为我醒来时,透过天窗射进来的月光几乎毫无变动地照在地板上的那个老地方。我不知道我为什么醒来了,因为我没有做梦,睡得也很熟。这时我发现在我旁边有一只很小的浓毛狗,约莫齐我耳朵那么高,这是一种让有的人讨厌的哈巴狗,脑袋相当大,完全被卷毛覆盖,它的双眼和嘴巴就像由某种没有生命的角状物制成的装饰品似的松松地镶嵌进了这颗脑袋。这样一只大城市的狗怎么会来到了乡村?是什么促使它夜间在屋子里乱转?它为什么站在我的耳边?我发出嘘声,让它走,它也许是孩子们的一个玩具,只是迷误到我这儿来了。它很害怕我的嘘声,但并不跑开,只是转过身去,用它弯曲的小腿站在那里,这时它巨大的脑袋与它瘦小的身躯形成特殊的对比。由于它安静地待着,我又准备睡了,但我睡不着,我刚刚合眼时,就看见这只狗在空中摇晃,并瞪着两只眼睛。这是无法忍受的,我不能让这畜生留在我身边,我站起来,把它放在胳膊上,以便把它弄出去。想不到这个一直没有表情的畜生却开始抵抗了,并且试图用它的爪子来抓我。于是我不得不保护它,包括它的小爪子,我可以把它所有四条腿的小爪子统统抓在一只手里。

"就这样,我的小狗儿。"我朝着下面激动得连卷毛都颤抖起来的小脑袋说,并且走进黑暗找门去。直到现在我才发觉,这只小狗多么安静,它既不汪汪叫唤,也不发出刺耳的声音,只有血液在它所有的血管里狂乱地奔流着,这我感觉到了。走了几步之后——狗需要我小心翼翼,使我变得不小心——我撞到了一个睡着的孩子身上,使我恼怒不已。现在这阁楼里也完全黑了,只有微弱的光线透进天窗。孩子呻吟着,我静静地站了一会儿,连我的脚尖都未敢移动一下,想以此避免继续把孩子弄醒。不料为时已晚,我看到我周围的孩子们统统穿上白衣服起来了,好像根据一项约定,好像听到了一声命令,这可不是我的过错,我只惊醒了一个孩子,而这种惊醒不叫惊醒,仅仅是一个小小的干扰。一个熟睡的孩子是不在乎这种事的。好了,现在他们都醒了。"你们想干什么,孩子们?"我问,"继续睡吧。"

"您刚才托着什么?"一个男孩说,于是所有五个孩子都在我身边寻找起来。

"是啊,"我说,我什么都用不着隐瞒,要是孩子们愿意把这畜生弄出去,那就更好,"我把这只狗提出去了。它不让我睡觉。你们知道它是谁家的吗?"

"是克鲁斯特尔太太的。"我至少相信,我是从他们混乱的、含糊的、懵里懵懂的、不是回答我而是互相喊叫中,听出这个意思的。

"那么谁是克鲁斯特特尔太太呢?"我问,可是我从这些激动的孩子们那里再也得不到回答,一个孩子从我胳膊上把这只现在已经变得很安静的狗拿走了,所有的孩子都跟着他一拥而去。

　　我不想一个人留在这里,睡意现在也已消了,虽然我犹豫了一下,我仿佛觉得,我介入这座房子里的事情似乎太多了,在这里谁也没有表现出对我有太大的信任,但最终我还是跟着孩子们跑起来。我听见他们就在我面前的那噼噼啪啪的脚步声,但在漆黑的环境中,而且在陌生的路上,我经常跌跌撞撞,磕磕碰碰,有一次甚至头撞到了墙上,很痛。我们又来到最初遇见两位老人的那个房间,它现在已空空如也,通过那扇总是敞开着的大门看见月光下的花园。"走出去吧,"我对自己说,"夜是这样温暖而明亮,我可以继续行走,也可以在露天过夜。在这里跟着孩子们跑,多无聊。"可我还在继续跑着,我还有帽子、手杖和旅行袋在阁楼的地板上呢。可孩子们是怎样跑的啊!就像我清楚地看到的那样,他们的衬衣飘动着,两下一跃就飞过了那间有月光照射的房间。我突然想到:我把孩子们惊醒,进行穿越房子的环跑,自己不去睡觉,而把整座房子搅得嘈杂一片(有我这沉重的皮靴声,孩子们那光脚的脚步声几乎听不见),这倒是我对这座房子缺乏好客精神的切实感谢,至于作为这一切的后果会是什么,那只有天知道了。

　　突然眼前豁然开朗。只见我们面前房门开着的房间里,几扇大窗敞开着,一位娇柔的女性坐在一张桌子旁,在美丽的大落地灯的灯光下正在写着什么。"孩子们!"她惊讶地喊道,这时她还没有看见我,我留在门前的阴影里。孩子们把狗放在桌子上,他们也许很喜欢这位太太,总是试图能看到她的眼睛,一个女孩抓住她的一只手,抚摩着它,她也任由她这样做,几乎就没有觉察到。狗站在她刚刚书写的信纸上,对着她伸出它颤抖的小舌头,这离灯罩很近,可以看得很清楚。现在孩子们请求允许他们留在这里,尽量说些好听的话,以取得这位太太的同意。太太决定不下,而站了起来,伸出双臂,一手指着一张床,一手指着坚硬的地面。孩子们对此不是太满意,便倒在他们刚刚站过的地上,试试再说;不一会儿,一切就都静下来了。太太将两手交叉在怀里,面露微笑,俯视着这群孩子们。不时有个别孩子抬起头来,但看到其他人也都还在这里,便又躺了下去。

溺　殇①

[德]施托姆

(Hans Theodor Storm)

我们这座"御花园"从前是公爵的宫殿,但是已经荒废很久很久了。在我小时候,那曾经按照古代法国风格营建的山毛榉篱垣就已经长成疏疏落落、鬼模怪样的大树而给道路蔽荫了;由于它们这期间总还留着些叶子,所以我们这些不常见到树叶的本地人,看到它们这种形状,也仍然觉得它们是值得珍惜的;何况我们这些好思索的人,这个那个总要到那儿去相见。见面时我们一般都要在稀疏的林荫下,朝着那座所谓的"山"漫步,那是花园西北角的一个小小的丘峦,位于一个干涸的养鱼池上方,站在那里可以极目远眺,一览无余。

人们多半都喜欢向西眺望,以便观赏一番沼泽地里那嫩绿的景色和远处那银光闪闪的海潮,海潮上那伸展得很长的岛屿舞动的倒影。我们眼睛则不由自主地转向北边,观看那几乎不到一里远的地方的尖塔教堂,它矗立在地势较高然而荒芜的海滨;因为这里是我们青年时代住过的地方之一。

那个村子的牧师的儿子曾同我一起上本城的拉丁语学校,我们曾无数次在周末下午一起外出,到那边去玩,然后在星期天晚上或星期一早上返回

---

① 题目的原文为拉丁文:Aquis submersus,淹死之意,根据小说内容作如是译。全书约有二十六处出现拉丁字,均按照德文注释转译成中文。

城里读尼波斯①,后来又读西塞罗②。当时路途中间还有好大一片未开垦的荒地,一边几乎伸展到城根,另一边也几乎与村庄相接。这里野花香气扑鼻,蜜蜂和灰白色的土蜂在花朵上嗡嗡营营,美丽的金绿色甲虫在细长的花茎下疾行;这里有别处见不到的蝴蝶,在石楠花和含树脂的灌木丛的香雾中款款飞舞。我那位一心想回到父母家的朋友,每每要费很大的劲才能把他着了迷的同伴从这一切诱人的景致中带走;但假如我们到达已经开垦的田野的话,那就向前走得更加快活。不久,当我们像涉水似的踏上长长的沙路时,我们才能越过深绿色的紫丁香花丛,瞥见牧师家屋的山墙,牧师的书房通过墙上几扇不透明的小玻璃窗,往下俯视,欢迎熟识的客人们。

我的朋友是牧师夫妇的独生子,像我们在这里常说的,我们在牧师家里受到极优厚的款待,至于美味的食物就不用提了。只有那白杨树就像天堂里的苹果树一样,是不让我们去碰的,它是全村最高因而也是最诱人的一棵树,其偌大一部分枝叶在茅屋顶上摇曳,因此我们只能偷偷地攀登;除此以外,就我记得起来的,一切都是准许的,并且按照我们年龄的不同阶段充分加以利用了。

我们活动的主要场地是宽阔的"教士牧场",花园有一道小门与它相通。在这里我们懂得用男孩子天生的本能去寻找云雀和灰底黄斑鹎的窝巢,找到后我们就几次三番地去探访它们,看看在最近两小时内,鸟蛋和小鸟变得怎么样了;这里,在一个就我现在所知水很深、不亚于爬那棵白杨树那样危险的水池——其周围是密密匝匝的老椰树桩——上,我们还捕捉过那灵巧的黑甲虫,我们称之为"水中法国人",又有一回,我们在一个特设的船坞上用胡桃壳或盒子盖建造战舰,让它们在水中游弋。在夏末,说不定也会有这样的事:我们从我们玩的牧场出发,对位于水池彼岸、牧师房屋对面的教堂司事的花园进行一次劫掠。因为我从那里的两棵畸形的苹果树上收获了十分之一的果实,自然,有时我们因此要受到那位好心老人家的友好的威吓。——在这个教士牧场上有着如此多的青春的欢乐在增长,而在它的贫

---

① 尼波斯(Cornelins Nepos,公元前? 一后32),罗马史学家。

② 西塞罗(Morcus Tullins Cicero,公元前106—43),罗马政治家和演说家。其著作为拉丁文的典范性文体。

瘠的沙土里别的树木是不愿繁茂的；只有那岸壁上成堆地生长着的金扣形的阡陌花的扑鼻香气，今天我回想起来仍余香未断，如果时代在我心目中生动地复活的话。

但我们被这一切所吸引只是暂时的，一种为城里所没有的东西却激发了我持久的兴趣。——我说的不是那种到处突出于牲口栏墙缝的蜂窝建筑，虽然在静观默想的午间看着勤快的小虫儿飞进飞出那是够惬意的；我指的是那宏大得多的、古老而庄严异常的乡村教堂。它从基础到高耸入云的塔顶全是用方块花岗石建造的，巍巍矗立在全村的制高点，远远近近的荒地、海滩和沼泽尽收眼底。——然而，对我来说，最大的吸引力却是教堂的内部；那把似乎是由使徒彼得亲自传下来的巨大钥匙就已经激发了我的想象。事实上，当我们幸运地从老司事手里得到它的时候，它也确实打开了通向许多奇妙物体的门，一种久远的时代从它们身上时而像用阴沉逼人，时而像用天真烂漫的虔敬的眼睛看着我们，但始终神秘莫测地沉默着。教堂中间悬挂着一幅令人感到非凡而战栗的耶稣受难像，他那细瘦的肢体和侧垂着的鲜血淋漓的头颅；像的旁边有一座状如鸟巢的雕刻而成的褐色祭坛，固定在一根墙柱上，坛旁由水果和树叶编排成的图案中突出了各种野兽和鬼怪的脸孔。但特别具有吸引力的是教堂圣坛所内的那座雕刻成的巨大坛柜，上面画有各种图像描述着基督受难的故事；这些奇形怪状的狂暴的面孔在外面的日常生活中是见不到的，它们犹如该亚法①的脸或者像那些士兵的脸，他们为得到被处决的外套而穿着金色的甲胄去赌博；幸亏有那倒在十字架旁的玛丽亚柔美的面容与此形成对照，令人慰藉；真的，若不是一个具有更强大的充满神秘的诱惑力一再将我从那儿拉开的话，她就很容易会把我那富有幻想的童心迷住的。

除了这种种稀奇古怪的或不妨说凄惨的事物以外，在教堂的本堂还挂着一个天真无邪的死孩子的画像，那是一个美丽的、约莫五岁左右的男孩，他头枕着绣有花边的枕头，他那苍白的小手握着一朵洁白的睡莲。在他娇嫩的面庞上除了流露着一种像是恳求救命的死的恐怖外，还残存着一种生

---

① 该亚法(Kaiphas，公元前？—36)，犹太大祭司，与耶稣为敌。

的动人的痕迹;当我站在这幅画像前面时,一种怜悯之情不禁油然而生。

但此地挂着的不单单是这幅画;紧挨着它的黑木框里是一个神情忧郁、长黑胡子的男子,他戴着教士领,身穿长长的敞口服,眼睛望着远方。我的父亲告诉我,这就是那个美男孩的父亲;今天人们仍然这样传说,这个人自己曾经就是在我们的教士牧场的池子里淹死的。框架上我们看到"1666"的年号;这已经是很久远了。这两幅画一再吸引着我;一种幻想的欲望攫住了我,要从这孩子的生平和死亡中获得更详细的、即使仍然是少得可怜的情况;我甚至要从他父亲那阴郁的脸上——它虽然有教士领,却使我想到祭坛旁的兵卒——察觉出那些情况来。

在幽暗的旧教堂里进行了这样一番考察之后,这对和善的牧师夫妇的家屋就显得更亲热了。诚然,这房子旧得同样很有些年头了,记得我朋友的父亲曾想盖一幢新房子;但因司事们的住宅也都年久不坚了,所以两头都没有盖。——尽管如此,老房子里的各个房间却舒适得很;冬天住在前厅右边的小卧室,夏天住在左边的大卧室,前厅白垩的墙上挂着从宗教改革年鉴里摘出的绘画,它们嵌在桃花心木制作的画框里,人从西窗望出去,只见远处有一架风磨,除此以外是一望无垠的天空,傍晚玫瑰色的霞光染遍天涯,映得房间里一片辉煌! 可爱的牧师夫妇,红色天鹅绒垫褥的靠椅,晚餐桌上响声悦耳的茶壶——眼前的一切都是明朗的、亲切的。其时我们已经是六年级①的学生。一天晚上我心里浮起一个念头:这些房间过去都有谁住过呢,莫不是那个死孩子曾经带着红彤彤的脸蛋在这里蹦蹦跳跳过,他那画像好像以一种令人忧伤的迷人的传说弥漫着这阴暗的教堂。

这一思考促使我们在一天下午根据我的提议再次造访了教堂,因而在那幅画像的一个暗角下面,发现了四个在此之前为我所忽略了的红色字母。

我跟我朋友的父亲说:"那些字母是 C.P.C.S,可是我们猜不出它们的意思。"

他回答说:"嗯,这则铭文我大致是明白的;要是借助于传说解释的话,那么后两个字母可能是 Aquis submersus,也就是'溺毙',或直译为'殁于水

---

① 当时德国的中学一般是九年制。

中'之意;只是前面的 C.P 大家还总是莫名其妙！我们司事那位中学四年级文化程度的年轻助手却认为,它们可能是 Casu Periculoso,即'由于危险的不测之事'的意思,可是当时的老绅士们讲得更在理些:如果这男孩在那里溺毙了,那么这不测之事就不单单是危险而已。"

我好奇地听着。"Casu,"我说,"不也可能是'Culpa'的意思吗?"

"Culpa?"牧师重复道,"由于罪过? ——但由于谁的罪过呢?"

于是那老教士阴郁的画像出现在我的灵魂前面,没有多加思索我就喊起来:"为什么不是:Culpa Patris 呢?"

和善的牧师几乎吓了一跳。"哎,哎,我年轻的朋友,"他说,并警告性地伸出一个手指头指着我,"我是说由于父亲的罪过? ——尽管他的神情忧郁,我们也不要把罪过归于我这位已故的同事。他大概也不会让人空写下他这样的事情的。"

后面这句话我这年轻人的理解力是领会得了的,但那铭文的原意毕竟依然是个历史的秘密。

在绘画技艺方面,这两幅画像比起那几张紧挨着的旧的教士画像来更为优越,这我一看便明白了,但绘画里手认出那是古代一个荷兰大师的得力学生所作,当然我是现在才从我朋友的父亲那里获悉的。然而这样一位画家是如何流落到这穷乡僻壤来的,他又是从哪里来的,他叫什么,关于这一切,他对我也无可奉告。这两张画像上既没有署画家姓名,也没有标上画家记号。

好几年过去了。在我上大学期间,和善的牧师死了,我的老同学这期间在别的地方谋得了牧师的职位,他母亲跟他住在一起,我就再也没有机会去那个村子了。——当我自己已经回到本城居住的时候,我为一个亲戚的儿子在良善的市民家里找了一个学生寄宿处。我怀念着自己的青年时代,在一个艳阳天的下午去街上徜徉,走到市场一角时,一幢山墙很高的旧房屋的门楣上,两行用低地德语写的铭文映入眼帘,把它改成高地德语①就是:

---

① 在德语中,有所谓"低地德语"和"高地德语"之分,前者流行于北德地带,一般是方言土语;后者流行于南德地带,系标准德语,犹如我国的"普通话"概念。

> 人生在世,
> 过路烟云。

　　这两句话对于少年人的眼睛大概是不明显的,因为在我的中小学年代,尽管我常常去住在该地的面包师那里取热腾腾的白面包,但我从来都没有看见过它们。我几乎不由自主地走进屋子里去,事实上这里可以找到我表弟的宿舍。和蔼的面包师傅对我说,他们从姨妈手上继承了这座房子和面包铺,姨妈的卧室已经空了许多年了,很久以来他们就想找一个年轻的房客来住。

　　他引我上了楼,我们走进一间相当低矮的、布置得古色古香的房间,它的两个小玻璃窗子对着广阔的市场。面包师傅说,从前门口有两棵古老的菩提树;但是他让人把它们砍掉了,因为它们严重影响了房屋里的光线,而且把远处的美丽景色也给遮住了。

　　不久各方面的条件我们都讲妥了,但接着,当我们还想商谈一下房间的适合于现在的设备时,我瞥见了一幅挂在一个柜子阴影中的油画,它突然吸引住了我的全部注意力。画幅仍然完好无损。画像是一个年龄较大、目光严肃而柔和的男子,身穿一身黑衣服,很像十七世纪中叶上流社会中那些主要从事政务和学术而不是从事军事活动的人的穿着。

　　这位老绅士的头尽管这样美好而动人,画得这样出色,此刻却不是引起我的这种激动之所在;但画家在他的怀抱里放了一个苍白的男孩,他的松软的小手里握着一朵洁白的睡莲——这个男孩我早就看见过了嘛。这幅画里他大概也是死的,他的眼睛已经紧紧闭上了。

　　"这幅画是从哪里来的呢?"我终于发问道,因为我突然意识到站在我面前的面包师傅的讲解戛然而止。

　　他惊讶地望着我。"这幅旧画? 这是我姨母留下来的,"他答道,"这是她的曾叔父画的,他是一位画家,一百多年以前在这儿住过。此地还有他别的什物呢。"

　　他讲这番话的时候,指着一只橡木制作的箱子,箱子上刻着各种各样极为精致的几何图形。

在我把箱子从柜子上端下来时，箱子弹开了，里面暴露在我眼前的东西中有几页旧得发黄的纸张，写着十分古老的文字。

"我可以看看这几页字吗？"我问道。

"要是您高兴的话，"师傅回答说，"您可以把它们全都带回家去。这是很旧的文书，没有什么用处了。"

但我请求并且也得到允许，当场看一看这些没有用处的文书；当我面对着那幅旧画坐到一张高大齐耳的靠椅上去的时候，师傅离开了房间，虽然还是诧异不已，但仍然留下友好的诺言，说他妻子不久就会端一杯好咖啡来款待我。

但我看起文书来了，看着看着，不久就忘记了周围的一切。

于是，我①又回到了我的家乡荷尔施滕；那是公元一六六一年耶稣复活节后的第四个星期日！——我的画具和别的行李都留在城里，现在我心情欢快地沿着那条穿越从海边上升到陆地的山毛榉森林的大道，徒步行走。时不时有几只林中小鸟从我面前掠过，站在车辙的深沟里，享受着饮水解渴的惬意；因为下了一个通宵的毛毛细雨，直到早晨仍下个不停，所以太阳没有照到林中的阴影。

树林稀疏的地方，传来画眉响亮的鸣啭声，它在我心中激起回响。由于我在阿姆斯特丹②逗留的最后几年，我的可贵的师父凡·得尔·赫尔斯特③替我订了几件工作，所以我一切花钱的操心都一笔勾销了；我口袋里揣着一张汉堡银行的支票，加上我穿得仪表堂堂，我的头发落在有着细软的灰鼠皮毛的外套上，腰间佩着一柄吕蒂④的剑。

可是我的思想却跑在前面；我总是看见我那恩深似海的保护人盖哈杜斯先生如何在他的房门口跟我握手，并亲切地祝愿说："进来吧，我的约翰内斯，上帝赐福给你。"

---

① 上面的"我"是作者；这里开始的"我"是故事的主人公。小说采用的是"框形结构"，以下至146页是故事的始末；其间132页头二行至头六行是作者的话。
② 阿姆斯特丹，荷兰首都。
③ 凡·得尔·赫尔斯特，十七世纪荷兰画家。
④ 吕蒂，比利时名城。

他曾经和我亲爱的、可惜死得太早的父亲在耶拿①学习法律,随后又发奋攻读艺术和科学,所以在已故的弗里德里希公爵在为建立一所州立大学的崇高的、虽因战事而未能成功的努力中,他是公爵的一个有识见的、热心的谋士。他虽是贵族,但却始终忠诚于我亲爱的父亲,在我父亲死后,他仍然在我的青年时代收养了我这个孤儿,照顾得比人家所希望的还要周到,不仅增加了我的经济手段,而且通过他在贵族中的熟人关系,促使尊敬的凡·得尔·赫尔斯特接收我为学生。

我相信这位可敬的人一定在自己的府邸中安然无恙,为此,我对全能的上帝真不知怎么感谢才好;因为那时候我正在国外钻研艺术,国内到处笼罩着战争②的恐怖;而那些开来支援国王抵抗好战的瑞典人的军队几乎比敌人还可恶,甚至许多上帝的仆人③也惨遭他们的杀害。现在,虽然由于瑞典的卡洛鲁斯④突然归天而实现了和平,但是战争留下的残酷痕迹遍地皆是;好些儿时人们用甜牛奶款待过我的农舍和平民家屋,现在在我清晨散步时看到它们被毁而倒在路旁,昔日在此时长着的绿油油黑麦苗的田野,现在却是一片荒芜。

不过这些现象今天已不使我十分难受了,我只有一个意愿:如何用我的艺术向这位高贵的绅耆证明,他没有把财物和恩惠花费在一个微不足道的人身上;我也没有去想那些流浪汉和自战争以来仍在森林中为非作歹的无赖。我所思虑的倒是一件别的事,即是对于吴尔夫公子的想法。他对我从来没有好过,甚至把他高贵的父亲对待我的那种慷慨好义之举,看作是我对他本人的一种偷盗;我亲爱的父亲死后,我常常在庄上度暑假,他有好几回使我在这美好的日子里困恼、扫兴。他如今是否还耽在他父亲的家里,我不得而知,只风闻在缔结和约⑤之前,他同瑞典军官在花天酒地中交往,这与真正的荷尔施滕人的那种忠诚是格格不入的。

在我思忖着这件事的时候,我已经走出了山毛榉林带而拐进离府邸不

---

① 耶拿(Jena),德国文化名城,在魏玛附近。耶拿大学创办于十六世纪。
② 指十七世纪中叶丹麦与瑞典的战争。
③ 上帝的仆人,即牧师。
④ 卡洛鲁斯,指瑞典国王卡尔十世,他卒于1660年。
⑤ 缔结和约,十七世纪丹麦与瑞典的战争于1660年因瑞典国王卡尔十世纪死亡而告结束。

远的枞树林中的直路了。树脂的香气弥漫在我周围，引起我美好的回忆；但不久我就走出了树荫，沐浴在灿烂的阳光之下；道路两旁均为草坪，各以榛树为篱。没有多久，我就走在通向主人邸宅的、两行高大橡树之间的林荫道了。

我不知道，一种什么样的不安的感情突然向我袭来，当时我想不出任何原因；因为周围除了阳光还是阳光，天空传来一阵十分亲切的、令人鼓舞的云雀的歌唱。瞧，庄园管事用以养蜂的场院上，那棵老梨树还在呢，它的嫩叶在蓝空中窃窃私语。

"你好啊！"我轻轻地说，但在说这句话时并没有想到那棵树，却想到那个天仙般动人的女子，像以后所发生的事情那样，她身上融汇着我一生中的全部幸福和痛苦以及针扎似的悔恨。她是高贵的盖哈杜斯先生的小女，吴尔夫公子唯一的妹妹。

却说我亲爱的父亲死后不久，我第一次在这里度完整个假期；这时她是个九岁的小姑娘，快活地摆动着两条褐色的发辫；我比她稍大几岁。一天早晨我从门房出来，那位住在入口处的上方、忠实可靠、与我的小卧室为邻的庄园老管事狄德里希给我准备了一把桦木做的弓，并为我用好铅铸了一些箭头，现在我要用这家伙去射击在府邸周围叫得烦人的猛禽；这时她从庭院朝我跳跃而来。

"你知道吗，约翰内斯，"她说，"我告诉你一个鸟窝，在那边空心的梨树上，不过都是些红尾巴的小鸟儿，你可千万别射它们呀。"

说着她就又蹦蹦跳跳地跑到前面去了；但到她离那棵树还有二十来步的时候，我看到她突然静静地站住了。"妖怪，妖怪！"她叫喊着，两只小手像受惊似的在空中挥动。

那是一只大林鸮，它蹲在那棵空心梨树的洞口上面，向下俯视着，看能不能捕捉一只飞出窝的小鸟。"妖怪，妖怪！"小家伙又喊起来，"射，约翰内斯，射呀！"——那只大鸮由于一心想抓吃的，什么也听不见，仍一动不动地蹲着，眼睛直盯着那个树洞。于是我拉开桦木弓向它射去，那猛禽应声落地，躺着挣扎；而从那棵树中飞出一只小鸟，叽叽叫着上了天空。

打这以后，卡塔琳娜和我成了两个形影不离的好伴侣，在树林和花园里，只要有小姑娘在，也就有我在。但因此我很快就有了一个敌人；这就是库尔特·封·得尔·里希，其父就坐在他富有的府邸里，离这里有一小时的路程。他常常来造访，总是由那位有学问的、盖哈杜斯先生乐于与之攀谈的庄园管事陪同着；由于他比吴尔夫公子年轻，故他总跟我们在一起，但褐发小千金似乎使他格外喜欢。不过这是白搭，她偏偏笑他那弯曲的鹰钩鼻，它长在蓬乱的头发之下和两只圆得出奇的眼睛之间，这在同姓人当中几乎人人皆然。假如她从老远看见他的话，她就伸着她那小巧的脑袋喊道："约翰内斯，妖怪！妖怪！"于是我们就藏在仓库后头，或者像挨了鞭打似的赶紧跑进树林，树林围着田野成一弓形，其后又向前延伸出过去直逼花园的围墙。

因此，当封·得尔·里希察觉这点的时候，往往引起我们互相扭打，但在这场合，由于他主要是性子暴躁，力气并不大，所以优势多半是在我手里。

当我最后一次去外地做短期度假，出发前为了向盖哈杜斯先生告别而在这里逗留的时候，卡塔琳娜已经有点儿像个姑娘了。她那褐色的头发现在被笼在一个金色的发网里；当她把眼睫毛往上一抬，两眼就闪闪发光，简直令我发窘。照料她的是一位年迈体衰的老处女，在家里管她叫"乌塞尔大姐"。她对孩子寸步不离，处处都带着一件毛料长褂陪伴着她。

十月的一天下午，我正和她俩在花园的树篱下来回漫步，一个细高个儿的人朝我们走来，他身穿一件织有花边的皮短褂，头戴皮帽子，完全是上世纪法国式的时髦装束；看吧，这就是库尔特公子，我的老对头。我马上发觉，他仍不停地在追求他的美丽的邻人，而这似乎使那位老姑娘格外满意。她开口"男爵先生"，闭口"男爵先生"，同时她以一种令人作呕的、细声细气的声音毕恭毕敬地笑着，鼻子翘得老高，可是如果我插一句话呢，她总是以"您"称我，或者干脆称"约翰内斯"。公子听了睬起他滚圆的眼睛，那样子好像他在从上面看我，虽然我比他高出半个头。

我瞥了卡塔琳娜一眼；她却没有理会我，而是优雅地走在公子的旁边，彬彬有礼地和他攀谈或答话，时不时地小红嘴一噘，露出嘲弄似的骄傲微笑，以致我想："你安分些吧，约翰内斯，公子现在使你无足轻重！"我执拗地留下来，让他们三人走在前面。但当他们走进屋内的时候，我还站在屋前盖哈杜斯的花坛旁边，盘算着如何像从前那样去和封·得尔·里希决一雌雄？

这时卡塔琳娜突然又跑回来了,她在我旁边从花坛上摘下一朵翠菊,悄悄地对我说:"你知道吗,约翰内斯?那妖怪像一只小鹰;这是乌塞尔大姐告诉我的!"旋即又一溜烟跑走了。但是我的一切执拗和愤怒顿时烟消云散。此刻男爵先生与我何干!阳光灿烂,我满心喜悦,爽朗地笑起来,因为在讲这几句高兴异常的话时,我又看到她那甜蜜的眼神。但这回它直接照进我的心坎里去了。

不久之后,盖哈杜斯先生差人叫我去他的房间;他又一次指给我看一张地图,告诉我如何做一次去阿姆斯特丹的长途旅行,递给我几封他写给那里的朋友们的信,然后他以我亲爱的先父之友的身份跟我谈了很久。因为当晚我还得进城,那里有个市民愿意让我搭他的车去汉堡。

于是傍晚时分,我即行告辞。卡塔琳娜挨着刺绣架坐在她下面的房间里;我不禁想起新近在一本铜版画册里见到的希腊美女海伦娜[①];我觉得这位姑娘俯首挑花时显露出来的那青春的颈项就犹如彼之美。但是她不是独自一个人,她对面坐着乌塞尔大姐,放声读着一本历史书。当我进去时,她鼻子一翘,对我说:"哦,约翰内斯,您莫非向我告别来啦?那么您同样也可以向小姐行礼呀!"——这时卡塔琳娜已经放下手中的活计站了起来,但是,当她把手递给我时,吴尔夫和库尔特两位公子大声喧嚷着走进房间来了。她仅仅说了声:"再见了,约翰内斯!"于是我就走了。

我去门房里跟狄德里希老人握手,他已经替我拿手杖和行囊了,接着我就沿着橡树夹道向林中大道走去。可是我又觉得,我不能这样就走,我似乎还得好好告别一下,于是安安静静地站着,朝后头张望。我也不抄枞树林中的直路,而是走远得多的行车大道。但是我眼前晚霞已经染上树林,如果我不想在夜里摸黑,那就该赶紧走。"再见吧,卡塔琳娜,再见!"我轻轻地说,抄起手杖,抖擞精神往前走。

在便道与马路相接的地方,我的心在狂喜中仿佛停止了跳动——她突然出现了;她两颊灼热通红,从阴暗的枞树林中跑了出来,跳过干涸的水沟,使她那丝一般褐色的发浪冲开了金色的发网。我张开双臂,把她拥在怀里。

---

① 海伦娜,希腊传说中的宙斯的女儿,斯巴达国王梅涅劳斯之妻;西方文艺中被当作女性美的典型。

她气喘吁吁,睁着炯炯发光的眼睛凝视着我。"哦,我逃脱了他们!"她终于结结巴巴地说,接着把一个小包塞在我手里,轻轻地补充说:"收下吧,约翰内斯!可别嫌弃呀!"但转眼之间她脸色阴沉下来;那微微隆起的小嘴还想说什么,可眼泪夺眶而出,忧伤地摇了摇她娇小的头,急切地挣脱了身。我望着她的背影在阴沉沉的枞树林中的小道上渐渐消失,过后我还听到远处枝叶沙沙作响,再过后就是我一个人独自站着。周围是那么寂静,叶落的声音清晰可闻。我把小包打开,那是闪闪发亮的压岁钱,她曾多次给我看过;还有一张小纸条,我就在晚霞中看了起来,其中写道:"好让你不致发生困难。"——于是我将双臂伸向空中:"再见了,卡塔琳娜再见,再见!"——在寂静的树林里我差不多喊了上百次——直到夜幕降临我才到达城里。

自此以后已经五年过去了。如今我重新看到的这一切又是怎样的呢?

我来到了门房旁边,看到下面庭院里那些老菩提树,府邸西边的尖角山墙已被菩提树后面的淡绿色树叶所掩蔽。但当我要通过门道时,两只戴着钉子项圈的雄性猛狗凶猛地向我直扑过来,它们发出可怕的狂吠,其中一只跳到我跟前,龇牙咧嘴地逼近我的面庞。这样的欢迎我还从来没有遇到过。幸亏这时从小房子或者大门里喊出一种粗嘎的、但于我很熟悉的声音:"喂!鞑靼,突厥!"两只狗放开了我,我听到有人下台阶的脚步声,接着老狄德里希从门道下面的门里出来。

当我凝望着他的时候,我深深地觉得我在国外太长久了;因为他已是满头白发;他那通常是如此快活的眼睛无力而凄楚地看着我。"约翰内斯!"他终于说话了,并把双手递了过来和我相握。

"您好,狄德里希!"我回答说,"可是您从什么时候开始在院子里养了这样一些像狼似的袭击客人的凶狗的?"

"是呀,约翰内斯,"老人说,"它们是公子带回来的。"

"公子在家?"

老人点点头。

"现在,"我说,"狗倒是需要的了,战争以来还有许多人在四处流窜。"

"唉,约翰内斯先生!"老人还一直站着,仿佛不愿让我上府邸里去。"您来的不是时候啊!"

我凝视着他，但只说："那自然，狄德里希，现在狼代替了农夫从窗洞里往外瞧，我也看到了这样的情形了；可现在已经和平了呀，府中的好主人是会给予帮助的，他是慷慨大方的。"

我说完这番话就想上府邸中去，虽然这时狗又向我狂吠起来；但老人挡住了我。"约翰内斯先生，"他喊道，"您先别走，且听我说！虽然您的短信随王家邮车确实从汉堡送来了；但它找不到真正的收信人了。"

"狄德里希！狄德里希！"我直喊。

"——是的，是的，约翰内斯先生！这儿的好光景已经过去了，因为我们尊贵的盖哈杜斯先生正躺在那边教堂里的棺材里，棺旁燃着灯台。现在府邸里变样儿了；不过——我是个佣人，我应该沉默。"

我想问："那位小姐呢，卡塔琳娜还在家里吗？"但话到嘴边又停住了。

那边，在府邸后头的翼屋里有一个小教堂，但据我所知，它长期以来是闲着的。因此我说到那里去找盖哈杜斯先生。

我问老门房："小教堂是开着的吗？"他作了肯定的回答，我求他把狗止住；然后我通过庭院，没有遇见任何人，只听见从菩提树的树梢上传来一只莺儿的歌唱。

小教堂的门仅仅虚掩着，我怀着十分不安的心情轻轻地走了进去。这里摆着敞露的棺材，红色的烛光明晃晃地照在我敬爱过的先生的高贵的面庞上。死者躺卧着，死亡的陌生感告诉我，像出现在是另一个境界里的伙伴了。但当我正要在尸体旁跪下去祈祷时，在我对面棺材的边缘冒出一张年轻而苍白的脸，几乎恐惧地从黑色的面纱中望着我。

但像是一阵微风吹过，只见脸上微微一动，那对褐色的双眸真诚地凝视着我，接着几乎是一声欢呼："啊，莫非是约翰内斯吗？唉，您来得太晚了！"就在棺材的上方我们的手紧握在一起，互相问候；原来是卡塔琳娜，她变得如此美丽，以致在这死人面前有一股热乎乎的生命的脉搏通过我的全身。诚然，眸子里那富有表情的目光此刻被吓回到了深处；可从黑头巾中挤出几绺褐色的小发鬈，那微微隆起的嘴唇在苍白的面容衬托下显得更加红润了。

我几乎迷惘地望着死者，我说："我来这里，原是希望给他画幅肖像，用我的艺术来感谢他，在他面前坐上几个钟头，聆听他那柔和而富有教益的话语。现在就让我来设法保持他这行将消逝的面容吧。"

她泪流满面地默默向我点点头。这时我坐到一张椅子上,在一张我随身带来的白纸上,开始描摹起死者的遗容来。可是我的手发颤,我不知道是否仅仅由于死者的尊严之故。

此刻我听到外头庭院那边传来一种声音,我听得出这是吴尔夫公子的说话声;紧接着一只狗叫了起来,像是挨了一脚踢或被抽了一鞭子;然后是另一个人的笑骂声,这同样是我所熟悉的。

我向卡塔琳娜瞥了一眼,只见她以极为惊恐的眼睛对着窗口发愣;但那说话声和脚步声都过去了。于是她站起来,走到我的身旁,凝神地看着父亲的容颜怎样在我的笔触下产生。没过多久,外边有一个人的脚步声又回来了,在同一瞬间,卡塔琳娜把一只手搭在我肩上,我感觉到她年轻的身体在怎样地战栗。

随即教堂的门被猛烈推开了,我认得出是吴尔夫公子,虽然他平时那苍白的面庞此刻似乎有些儿红肿。

"你老待在棺材旁干什么!"他向妹妹喊道,"封·得尔·里希公子向我们吊丧来了,你去给他斟酒吧!"

同时他看见了我,用他那一对小眼睛盯着我。——"吴尔夫,"她边说边和我走到他跟前,"这是约翰内斯,吴尔夫。"

公子觉得没有必要和我握手。他只管打量我的紫色短褂,说:"你穿着一件花皮褂儿,大家可要称你为'先生'了!"

我们走出教堂上了庭院时,我说:"您爱叫我什么就叫我什么好了!虽然在我来的那个地方,人家少不得在我的名字后头加'先生'的。——您大概知道吧,您父亲的儿子对我是拥有特权的。"

他惊异地看着我,然后却说道:"现在你或许可以让人看看,你用我父亲的金钱学得什么了吧;同时,对于你的工作,工钱是要照给的。"

我说,关于工钱,这我早已预支了。但因为公子回答说,他要照一个有身份的人那样办。于是我问他要我做什么事情。

"你肯定晓得的,"他说着又停住了,锐利地瞥了他妹妹一眼,"假如一位闺秀离别家门的话,那么家里得留下她的画像。"

在他说这句话的时候，我感觉到在我身边的卡塔琳娜就像要晕倒似的猛地抓住我的外套。但我平静地回答："这习俗我是知道的；但您的意思究竟是什么呢？吴尔夫公子！"

"我的意思是，"他口气严厉地、似乎准备着人家反驳地说，"应该让你来画这家女儿的画像！"

我几乎浑身战栗了一下；我不知道是由于这句话的语调呢，还是由于这句话的含义；我也想到，现在恐怕不是开始干这等事的合适时候。

卡塔琳娜沉默不语，但从她的眼睛里向我瞟来一瞥恳求的目光，于是我回答说："要是令妹肯赏脸的话，那么我希望不玷辱令尊的提携和我师父的栽培。您只须把狄德里希门前通道上面的那间小屋再给我腾出来，那么您的愿望就算实现了。"

公子一口答应，并且吩咐他的妹妹，让人给我弄点点心来。

对于我工作的开端我还想提一个问题；但我把话咽下去了，因为对于我所接受的工作我突然感到喜不自胜，我害怕任何一句话都会把我的心思泄露出来。因此我也没有看见在井畔那边发烫的石头上躺着晒太阳的那两只恶狗。但当我们走近时，它们一跃而起，张开大嘴向我冲来，急得卡塔琳娜一声叫唤，但公子吹了一下尖声的口哨，那两只狗便哼哼着匍匐到他的脚边去。"该死，两个疯狂的家伙，不管是猪尾巴还是弗兰德①布，一概都咬！"

"您看，吴尔夫公子，"——我的话实在憋不住了——"如果要在令尊家里再做一次客的话，那么可得让令犬学点更好的举止才是！"

他用他那双小眼睛扫了我一眼，摸了几下自己的上髭："它们的迎宾礼就是这样的，约翰内斯先生！"他一边说，一边俯下身去，抚摸他的两只畜生。"这样让谁都知道，这里开始了另一种管理；因为——要是谁跟我过不去的话，我就叫他领教一下魔鬼的嘴巴！"

在他激烈地说出这最后几句话时，他已经站了起来；然后打了一声呼哨，招呼他那两只狗，穿过院子，朝大门走去。

我对着他的背影望了一会儿。这时卡塔琳娜站在菩提树下，耷拉着脑

---

① 弗兰德，古比利时地名，以产布著称。

袋,默默无语;我跟着她走上底邸的台阶,当我们并肩登上宽阔的阶梯,跨进上房,一直走进这里的已故盖哈杜斯的房间时,我们仍然一言不发。房间里凡我以前见到过的一切,都还历历在目,镶着金色花朵的皮质壁毯,墙上的地图,书架上整洁的羊皮纸书籍,写字台上方墙上挂着的老拉斯戴尔①画的秀丽的森林深谷。——还有就是桌前空着的圈手椅。我的目光停留在这张椅子上,就像下面教堂里那长眠者的躯体使我失掉生气一样。现在这间空房似乎也是这样,尽管新春的气息从外面树林里通过窗子透进来,但可以说就像充满死一般寂静。

在这一瞬间我几乎忘记了卡塔琳娜。当我转过身时,她站在房间当中,毫无动弹,只见她那双小手紧捂着剧烈起伏的胸口。她轻轻地说:"这里现在没有人了,除了我哥哥和他的恶狗没有人了,不是吗?"

"卡塔琳娜!"我喊道,"您怎么啦? 这儿是令尊的家,你觉得怎么啦?"

"你问什么,约翰内斯?"她几乎猛烈地抓住我的双手,她年轻的眼睛像含着愤怒和痛苦似的闪闪发光。"不,不,先让爸爸在他的坟墓中安息吧!但过后——你得给我画像呢,你将在这里待一段时候——过后,约翰内斯,你要帮助我,为了死者的缘故,你可要帮助我呀!"

听了这番话,我完全为同情和爱情所驱使,在美而甜的人儿面前跪下来,并且向她发誓,尽我的一切力量帮助她。于是一股温柔的泪泉从她眼睛里奔涌而出。我们紧挨着坐在一起,久久地倾谈着关于纪念长眠者的事情。

然后,当我们下了台阶,回到下屋的时候,我也询问到那位老姑娘的情况。

"噢,乌塞尔大姐! 你想问候她? 是的,她还在呢;她的房间就在下面,因为这些台阶对她来说早就成为困难了。"

于是我们走进一间朝着花园的小房间,花园里绿树篱墙前的花畦上郁金香正破土而出。乌塞尔大姐身穿黑衣服,头戴皱纱巾,块头像似缩小了,她坐在高高的转椅里,面前摆着一副象牙制作的尼姑小棋,据她后来对我说,这是男爵先生——他②父亲一死,现在可成了名副其实的男爵了——为

---

① 拉斯戴尔(1600—1670),荷兰著名风景画家。
② 指吴尔夫。

表示对她的敬意从吕贝克①带给她的。

当卡塔琳娜在小心翼翼地挪动着几个小棋子的时候,由于向她说了我的名字,她就说:"哦,您又来了吗,约翰内斯?——不,这样不行! O, c'est un jeu frès-complìqué!②"

接着她把小棋子弄乱,瞅着我,说:"哎,您穿得挺像样的,可是难道您不晓得,您是到了一个有丧事的人家里?"

"我知道的,小姐,"我回答说,"但我进门时并不知道。"

"哦,"她说着,点了点头,以示安慰我,"您本来也不是这家的用人,倒不必计较。"

卡塔琳娜苍白的脸上掠过一丝笑意,这样一来我的任何回答大概都可以免了。相反,我倒夸奖起老太太房间的幽雅来了,因为攀附在外面围墙旁边小塔上的青藤已经蔓延到窗子上了,它的青枝绿蔓隔着玻璃窗摇曳。

但是乌塞尔大姐,是呀,要是没有夜莺就好了,它现在又吵得人不得安宁了;不过,就是没有夜莺她也睡不着觉;再说,这地方也实在偏僻,不好监督杂役干活;外面花园里,除年轻园丁在修灌木篱墙和山毛榉花坛外,同样没人干活。

——看望就这样结束了;因为卡塔琳娜提醒我,该是我恢复路途的劳累,养精蓄锐的时候了。

现在我寄住在庭院大门上面的斗室里,这使狄德里希老汉格外高兴;因为节日晚上,我们坐在他的担箱上,就像我童年时代那样,让他给我讲他的生涯。于是他抽着一袋旱烟——这种风气随着军队也在这里流行开了——叙述着兵荒马乱年月的种种故事,诸如外国军队来到庭院和下面村子里的时候人们所吃的苦头;但有一回,当我把他的话题引到善良的卡塔琳娜小姐的时候,他开始收不住话头,但他还是突然打住了,不停地端详着我。

"您可晓得,约翰内斯先生,"他说,"您不像那边的封·得尔·里希那样有一枚徽章,那是再可惜没有了!"

---

① 吕贝克(Lübeck),德国北部小城市。
② 法文:"这是一盘很复杂的棋局!"

他见我听了这话满面通红,就用他那硬邦邦的手拍拍我的肩膀,说:"唔唔,约翰内斯先生;这正是我的一句蠢话;当然啰,老天爷把我们安排在哪里,我们就得在哪里。"

我不知道当时是否同意了那句话,只是问道,封·得尔·里希现在到底成了什么人物了。

老汉诡谲地上下打量着我,一个劲地抽着他的短烟管,仿佛那值钱的烟草是长在田埂上似的。"您想知道吗?约翰内斯先生!"于是他说开了,"他是快快活活的公子哥儿一类的人,他们在基尔年集上射击市民的屋顶;您兴许晓得,他有几把很像样的手枪呢!拉起琴来他就不那么在行了,但因为他迷恋一种可以取乐的乐曲,所以最近在深更半夜去荷尔施滕门楼上用他的剑敲开了一位市议员音乐家的门,连穿衣裤的时间都不给。可是天上挂着的是月亮而不是太阳,那是年集后的第八天①,一切都冰冻了;于是这位音乐家不得不穿着薄薄的衬衣拉着琴穿过市街,而这位公子则拿着剑在后面押送!——您还想知道更多这样的事吗,约翰内斯先生?——在他周围的庄稼人,如果老天爷没有赐给他们女儿,他们就谢天谢地。然而,——不过他父亲死后他倒还有钱,可晓得,我们的公子早已把他的遗产花光了。"

我自然一切都明白了;而狄德里希老汉又用他那句格言"但我不过是个用人"结束了他的谈话。

——现在我已把原来放在城内金狮旅店里的衣物连同我的画具都搬出来了,而按照礼仪,进出都穿着黑衣服。我首先利用白天的时间。在上面府邸中已故主人的房间旁边,有一间又高又大的客厅,几乎挂满了与被画者同样大小的画像,只有壁炉旁边还空着一块挂得下两幅画那样大小的地方。这是盖哈杜斯先生祖先们的画像,多数都是目光严肃而自信的男子和女人,具有一副可信赖的面容;最后是年富力强的主人和死得过早的卡塔琳娜的母亲做了结束。最后的两张画非常出色,出自于我们的同乡埃得尔史太特人盖奥尔格·奥文斯之手,画得刚劲有力;我现在就用我的画笔用心来描摹我崇高的保护人的面容,诚然,我画的是缩小比例的像,仅供自己观赏;但后

---

① 那是贵族年集,例行为一月六日。

来我照它画了一张放大的像,现在它还挂在我孤独的居室里,成了我年迈时的最珍贵的伴侣。而他女儿的像则是活在我的心坎里。

每当我放下调色板,我还要在那些美丽的画像前流连良久。卡塔琳娜的容貌我又从她双亲的画像上找到了:父亲的上额,母亲双唇周围的魅力;可是吴尔夫公子那冷酷的嘴角,过小的眼睛在哪儿呢?——这必定是从更远的祖先遗传下来的!我沿着那些较古的画像的年代顺序缓步走去,一直追溯到一百多年以前!看呀,在一个被虫豸严重蛀蚀的黑木框里挂着一幅画像,我小时候就在它面前静静地伫立过,仿佛被它拉住了似的。那是一位约莫四十来岁的贵妇人,冷酷的面庞上长着一对小眼睛,目光冷漠而刺人;那张脸在纱巾和白色下颚绷带之间只看得见一半。在这个已经消逝如此之久的灵魂面前,我感到一阵轻微的战栗;我对自己说:"在这儿,就是这个人!自然在走着多么不可思议的道路!一百多年来,一代代的血液像在一块盖子底下秘密地奔流着;早已被遗忘了,忽然又出现了,给生者带来不幸。我保护卡塔琳娜,防御的不是高尚的盖哈杜斯的儿子;而是这个女人和由她的血液遗传下来的后裔。于是我重又走到那两幅年代最近的画像前,它们使我的心情得到恢复。

当时我就这样在静谧的厅堂里、在死者的幽灵中盘旋,那里只有细微的尘埃在阳光照耀下围着我嬉戏。

只有在吃午饭的时候我才见得到卡塔琳娜,老姑娘和吴尔夫公子都在场;但要是乌塞尔大姐不用高嗓门说话,餐桌就始终笼罩着一片寂然和凄愁,弄得我常常难以下咽。原因不是因为悲悼逝者,而是在兄妹之间,好像桌布把他们从中隔断了似的。卡塔琳娜经常没有吃几口饭菜便离开了,几乎都没有用眼睛给我打个招呼;公子呢,只要高兴,就要拉住我陪他喝酒,而我若不愿意超过我的酒量,就得防备他对我进行各种嘲笑。

灵柩合上几天之后,便在下面村子的教堂里举行盖哈杜斯先生的殡葬仪式,那里是他家祖传的墓地,现在他的遗体就躺在他祖先的旁边,愿上帝有朝一日赐给他们以快乐和复活!

但是,参加葬礼的虽然有各种各样的人,有的来自城里,有的来自周围的庄园,然而属于亲族的几乎很少,而且这些人不过是远房的,由于吴尔夫公子是本家系的最后的苗裔,而盖哈杜斯先生的夫人又不是本地人氏;因此在短时间内包括这少数人也统统都回去了。

现在公子亲自敦促要我着手他托付给我的任务,为此我就在上面的画像陈列厅里、在一个朝北的窗子旁边挑了一个位子。尽管乌塞尔大姐由于筋骨疼痛,上不了台阶,她说最好是在她的居室或者在附近的房间里面,这样我们俩可以聊天。可我却乐于摆脱这样的干系,坚持把那边太阳西晒不好作画作为正当理由,无论她怎么说也无济于事。第二天我就去大厅把侧窗遮起来,支起高高的画架,它是这几天内在狄德里希的帮助下做成的。

当我刚把蒙有麻布的画框摆到架上的时候,盖哈杜斯的房门开了,卡塔琳娜走了进来。——出于什么原因,似乎很难说;但我感觉到,这一回我们俩几乎惊恐地面对面站着;她还没有脱掉孝服,那黑色的衣裳衬托着她年轻的面孔,她抬头凝望着我,眼神里充满着甜蜜与迷惘。

"卡塔琳娜,"我说,"您知道我得给您画像,您乐意吗?"

她褐色的眼珠子一下就潮湿了。她轻声地说:"您为什么要这样问呢?约翰内斯!"

像一滴幸福的甘露落进我的心里。"不,不,卡塔琳娜! 您说说看,有什么地方我能为您效劳呢?——坐下说吧! 免得这样闲着让人惊疑。或者莫不是我已经知道啦。您不用对我说什么了。"

但是她不坐下,而走到我的身旁:"你还记得吗,约翰内斯,你曾经用你的弓射下了那只妖怪? 这一回可不必那样做了,虽然它又蹲在窝巢上窥视着;因为我不是供它撕裂的小鸟。但是,约翰内斯,——我有一个近亲——你帮助我对付他吧!"

"您说的是令兄!"

"我没有别的近亲。——他要把我许给一个我所憎恨的男人做妻子!"在我们父亲长期卧病期间,我曾同他争吵得不可开交,直到在父亲的棺材旁边经过反抗才取得他的同意:让我安安静静地吊孝我的父亲,但我知道,他是不会维持这状况的。

我想到普里茨①修道院院长，她是盖哈杜斯先生唯一的妹妹，我说，是否躲到她那里去，请她保护。

卡塔琳娜点了点头。"你愿意当我的使者吗，约翰内斯？——我已经给她写过信，但回信落在吴尔夫手里，我也不晓得她是怎样回答，只晓得我哥哥发了一场大怒。"要是那弥留的人的耳朵还能听得见世间的声响的话，他一定会听得清清楚楚的；但仁慈的上帝已经给这位心爱的家长安排了最后一觉，让他溘然长逝了。

现在卡塔琳娜根据我的请求终于在我的对面坐下了，我开始在画布上描轮廓。于是我们进行从容的商量；由于我一旦工作有了进展，就得去汉堡向木刻师定做一副框架，因而我们确定，届时绕道去一趟普里茨，以执行我的使命，不过首先还是把工作抓紧。

人的心中往往有一种奇怪的反常现象。公子明明已经知道我站在他的妹妹一边；虽然，他的骄傲令他轻视我，或者他以为开始的一个下马威就足以把我吓住了；但我所担心的事情并没有发生；卡塔琳娜和我无论是第一天，还是以后的日子里，都没有受到他的干扰。尽管有一次他进来了，训斥卡塔琳娜还穿孝衣，但骂完把门用力一甩就走了。不久就听到他在庭院里用口哨吹一支骑兵小调。另一次他来时还带着封·得尔·里希。这时卡塔琳娜异常激动，于是我请她在原位上坐好，继续从容地画下去。出殡那天，我跟库尔特公子冷冷地寒暄了一下，此后他就没有在庭院里露过面；现在他走到跟前，看着画像，说了几句好听的话，但他又说小姐为什么要这样穿戴，而不让她那有着自然发鬈的丝一般轻柔的头发披在脑后，恰如一位英国诗人这样绝妙地描写的"在脑后对着风儿轻轻地相吻"呢？但是一直没有吭声的卡塔琳娜却指着盖哈杜斯的像说："莫非您不知道这是我的父亲了！"

库尔特公子是怎么回答的，我已记不起来了，但他眼前很像完全不存在我这个人，或者说我仅仅像一部机器，通过它可以把像画到画布上。说到画像，他还开始对我的头说长道短；但因为卡塔琳娜不再搭理，不久他就告辞，说祝愿女士舒心适意云云。

---

① 普里茨(Preetz)，德国北部的小城，在基尔以南。

他说这句话的时候，我还看到一道急速的目光从他的眼睛里向我直射过来。

现在我们无须再受别的干扰了。工作也随着时令在进展。外边林间田地里的黑麦正在吐穗，呈现一片银灰色的景象，下面花园里的玫瑰花已经开放；但我们俩——今天我也许可以这样写——现在宁愿静悄悄地度着时光；至于我的出使之行，无论是她或我，哪怕一个字也不敢提。我们所说的话，我几乎都记不起来了；只记得我向她谈了我在异乡的生活，以及我如何经常思念家乡；还谈到在我生病的时候，她的钱如何解决了我的急需，正像她童年时心里所考虑的那样；后来我如何努力，担忧，直到挣了足够的钱把珠宝从当铺里赎回来为止。她听了幸福地微笑着，她那妩媚的面容浮现于画像幽暗的背景上，像绽开的花朵，显得越发甜美，我仿佛觉得这不是我自己的作品。——有时候好像她眼睛里有什么东西在盯着我，于是我很想把它抓住，它却羞涩地飞回去了，然而，通过画笔悄悄地流到画布上，在我不知不觉间产生了一幅具有销魂的魅力的画，无论先前和以后都没从我手中产生过这样的画。——然而终于到时间了，并且确定第二天我动身去出差。卡塔琳娜把她给姑母的信递给我的时候，又在我对面坐了一会。今天不开玩笑了，我们俩说话都很严肃，充满忧愁，这期间我还用画笔东涂一下，西抹一下，我的目光时不时向墙上那些默默无语的上流社会的人们投以一瞥，平时在卡塔琳娜面前我几乎想都没有想到他们。

画着画着，我的目光也落到了那幅旧的女人画像上，它就挂在我的旁边，那两只逼人的灰色眼睛透过白色的面纱直盯着我。我打了个寒噤，差点儿没把椅子给移动了。

但卡塔琳娜那甜蜜的声音冲进我的耳朵："你脸色近乎发白了呢；你想到什么心事了？约翰内斯！"

我用画笔指着那幅画："您认识这个人吗？卡塔琳娜！这双眼睛这些天来都在睥睨着我们呢。"

"这个人吗？——小时候我就怕看见她了，就是大白天我常常也要闭起眼睛从这里跑过去。她是上几代的盖哈杜斯的夫人，一百多年以前她就住在这里了。"

"她可不像您美丽的母亲，"我回答说，"这副脸孔只有对一个人的任何请求都予以拒绝时才会有的。"

卡塔琳娜严肃地朝我看着，说："大家都这么说呢。听说她把自己唯一的孩子诅咒了一番，第二天早晨人家把那苍白的小姐从花园的池子里拽上来，那池子后来给填平了。事情发生在灌木篱后面，朝树林的地方。"

"我知道，卡塔琳娜，今天那块地里还长着木贼和灯心草。"

"约翰内斯，难道你也知道，一有祸患快要降临全家的时候，总有一个我们祖先的女魂要出现？人家先是看见她从窗边走过，接着就在花园的池子里不见了。"

我的目光不由得又转到那幅画像一动不动的眼睛上。我问道："那她为了什么要咒骂她的孩子呢？"

"为了什么？"——卡塔琳娜犹豫了一会儿，千娇百媚地，几乎难为情地瞅着我。"我想，她不愿意嫁给她母亲的表弟吧。"

"难道他是一个这样坏的人吗？"

一道恳求的目光向我飞了过来，她满脸泛起了绯红的玫瑰色。"我不知道，"她压抑地说；接着补充道，"说是她爱上了另一个人，而那人的门第跟她不相当。"她说话的声音轻得我几乎听不到。

我放下画笔，因为她低垂着眼睛坐在我的面前；若不是那只小手轻轻地从怀里放到胸口，那么她自己就像一幅没有生命的画。

模样多姣好啊，但我终于说了："这样我就不好画了；您不愿看我了吗，卡塔琳娜？"

此刻，当她的睫毛从褐色的双眸抬起来的时候，就不再有任何隐藏了；目光热烈而坦率地走进我的心坎。"卡塔琳娜！"我跳了起来，"莫非那个女人也诅咒过您？"

她长长地舒了口气。"也咒过我，约翰内斯！"——这时她的头偎在我的胸口，我们紧紧地拥抱着站在这位曾祖母的画像前，她怀着敌意冷冰冰地俯视着我们。

但是卡塔琳娜轻轻地把我拉走。"我们别跟她作对吧，我的约翰内斯！"她说。——此刻，我听到楼梯间有响声，好像有三条腿的什么东西艰难地上楼梯来。当卡塔琳娜和我因此又重新坐到我们的原位上,我又拿起画笔和画板的时候,门开了,乌塞尔大姐拄着拐杖、咳嗽着走来了,我们本来估计她最后也许会来的。她说:"听说你要去汉堡置办画框,所以我得赶紧来好好看看你的画。"

众所周知,老姑娘在恋爱事情上有极精细的观察力,每每使青年人窘迫难堪。当乌塞尔大姐刚刚瞥见迄今她还未曾见过的卡塔琳娜的画像时,她好不得意地耸动着她那布满皱纹的面孔,立即问我道:"小姐也像这画上那样看过您啦?"

我回答说,那正是一种高级的绘画艺术呢,不仅仅描下一副面容而已。但是她必定在我们的眼睛和面颊上发现了她觉得特别的东西,因为她的目光搜索似的瞅来瞅去。然后她以最尖的嗓门说:"这工作兴许快完了吧?卡塔琳娜,你的眼睛有病光啦;长期坐着对你的健康是不利的。"

我答道,这画像不久便可完工,只是服装上有些地方还要加加工。

"哦,那您就用不着小姐在眼前了吧!——来,卡塔琳娜,你的臂膀比这笨拐杖好哩!"

于是我不得不眼睁睁地瞧着这干瘪的老处女把我刚刚以为得到的心爱的宝贝给带走了;那双褐色的眼睛几乎连送我一个默默的告别都不能。

第二天,即夏至前的星期一早晨我踏上旅途。我骑着狄德里希为我张罗的一匹马,大清早就出了大门。当我骑马通过枞树林时,公子的一只狗冲了上来,直扑马腿,虽然这马是从马圈里出来的,但因为马鞍上坐着人,仿佛都受到它们嫌疑。尽管如此,我和马都没有受伤,而且晚上天未黑就到达汉堡。

第二天上午我又起程,并且不久就找着一位雕刻匠,画框的边条许多都已做好,只需要把它们拼起来,角上加上装饰品就可以了。师傅答应,交易一经商定以后,一切都负责包装好给我寄来。

虽然对于一个好奇的人在这座名城有许多东西可观看,例如在海盗船员协会有海盗施托尔特贝克尔的银杯子,它被称为该城第二个象征。正如一本书中所说,没有见过这只杯子,就没有资格说他到过汉堡。再如那条有鹰爪子和翅膀的怪鱼,是刚刚在易北河里捕获的。我听人说,汉堡市民把它当作反抗土耳其海贼的预兆，虽然一个真正的施行者是不会放弃观看这种怪物的，但因为我的心情被忧虑和渴望困扰得不堪，就没有去看。因此，当我在一个老板那里换了一张支票，并在我住宿的旅店结清了账目之后，我便在中午又跨上我的马儿，不久就把大汉堡的一切喧嚣都抛在后头了。

当天下午我即到达普里茨，在修道院向一位十分可敬的女士陈述了来意，很快就被接见。凭她那庄严的仪表，我立刻就认出这是我尊贵的已故盖哈杜斯先生的妹妹；只是，像那些没有结过婚的妇女常有的那样，她的面部表情比她哥哥要严峻一些。我在这里经受了一场长时间的严格拷问，甚至在我转交了卡塔琳娜的信以后，也在所不免；但过后她便答应帮忙了，并让我坐到她的写字台旁，这时一位侍女奉命把我领到另一间房间，在那里把我很好地款待了一番。

我继续上路时，已经快傍晚了；虽然我的马儿已经跑了许多路程，但我还想在子夜时分去敲老狄德里希的门呢。我把老女士交我带给卡塔琳娜的信，装在一个小皮夹子里，妥善地藏在胸口短褂里。于是我又跃马前行，眼看黄昏渐渐接近，直到夜幕降临，不久我就想到她了，一个唯一值得想念的人，同时想到一些新的如意的打算，我的心一再收紧。

但这是个炎热的六月之夜；黑暗笼罩的田野散发着野花的气味，绿篱丛中冒出金银花的芳馨；空中和树叶间飞舞着看不见的夜游虫，间或也嗡嗡营营地飞到我那喘着气的马的鼻孔旁边，可是在我头顶上面那宏大的蓝黑色苍穹的东南方，天鹅宫星座放射着纯洁美丽的光芒。

我终于又到了盖哈杜斯先生的田庄上了，于是又立刻决定，再骑马到位于树林后面大马路旁的村庄去一趟，那里的酒店掌柜汉斯·奥特森有一辆手推车，要他明天差个人进城，为我取回汉堡的箱子；但我只须敲一下他的房间的窗户，就可以把这件事说定。

于是我骑着马沿林边走去，萤火虫围着我穿梭飞舞，我几乎被那绿色的萤光弄得眼花缭乱。教堂的巨大暗影已经在我面前突兀而起，它的围墙里盖哈杜斯先生就安息在他的家人旁边；我听见钟塔里的钟锤刚刚举起，夜半的钟声响进村子里。"但他们全都在睡眠，"我自言自语说，"死者安睡在教堂里，或者星空下这旁边的墓地上，生者躺卧在这些低矮的屋顶下，它们在那边黑暗中默默无语地排列在你的眼前。"我就这样向前骑行,但当我走到可以望见汉斯·奥特森的酒店的池塘边时,见那边有一种灯光,冲破蒙蒙雾气照到路上,土提琴和木笛的吹奏声清晰可闻。

尽管如此,我还是要同店主说话,就骑马到酒店,把马拴进马圈。然后来到打谷场,只见场上男男女女,人山人海,叫喊、喧哗、乱作一团,这样的场面,我在以往,哪怕在舞会上,都没见过。一盏烛灯悬吊在一根屋梁下的十字木上,灯光从黑暗中照出了某些人脸的胡子和疤痕,这是一种人们在森林中不愿独自遇见的面孔。——但不单是浪荡子和农家小伙子们在这里自得其乐;在那些奏乐的人们旁边还站着封·得尔·里希公子,乐手们都坐在大房子前面他们家用的木桶上;公子一只胳膊上搭着他的外套,另一只胳膊上则勾着一个粗俗的女人。但他好像不喜欢他们奏的那支曲子;因为他从拉提琴的人手上夺下琴来,掷了一把钱在他的桶上,要他们给他演奏新时髦的两步舞曲。乐手们很快照办,奏起音调疯狂的新乐曲来,这时他喊叫着要大家让开,就在密集的人群中跳了起来;农家小伙子目瞪口呆地看着那女人倒在他的怀里,就像兀鹰跟前的一只鸽子一样。

我转身走进后面的小屋子里,去同店主谈话。吴尔夫公子正坐在里面喝酒,身边是年迈的奥特森。他用各种玩笑,使老人窘迫不堪——他威胁老人说,要提他的利息;而当那诚惶诚恐的老人叫穷叫苦地请求他开恩、宽容时,他又摇头大笑。——他看见我后,仍不罢休,直到我作为第三个和他们同坐在桌旁时为止;他问起我的外出情形,问我在汉堡是否很快乐;但我仅仅回答说,我刚从那里回来,画框不几天就可运到城里,我要叫汉斯·奥特森用他的小推车再从那里取回来,不费事的。

在我正同奥特森商谈这件事的时候,封·得尔·里希也闯进来了,他大声喊着,要店主给他来一杯清凉的饮料。可是舌头已经拨弄不动的吴尔夫公子却一把抓住他的胳膊,把他按在一张空椅子上。

"好啊,库尔特!"他喊道,"你还没有跟你的女人玩饱啊!这叫卡塔琳娜该说什么好呢? 来,让我们一起按照时髦打一场规矩的幸福牌吧。"说着,他从短裤里掏出一副牌来。"开始! 十加女人! ——女人加农夫!"

我还是站着看他们打牌,这在当时已成为一种时髦;我只盼望着夜晚消逝,早晨到来。——但那个醉汉这回却像个智慧过人的超人;封·得尔·里希打的牌一张接一张地都打错了。

"你放心好了,库尔特!"吴尔夫公子说着,同时将硬币聚集成一堆,嬉皮笑脸地说:

"情场得意,

赌场得利,

二者独享岂非过甚,

可得考虑考虑!

让画师在这里跟你讲讲你那漂亮的未婚妻吧,他知道得清清楚楚;你可以了解个透彻了。"

但是,正如我所熟知的那样,那另一个人并没有体会到爱情的幸福;因为他破口大骂拍桌子,向我投来愤怒的目光。

"咳,你嫉妒了,库尔特!"吴尔夫公子愉快地说,仿佛每句话他都要在他那笨重的舌头上尝一番似的,"可是你放心好了,挂像的框子已经办妥了;你的朋友——这位画家刚从汉堡来呢。"

我看到封·得尔·里希一听这位立刻就像嗅觉灵敏的猎犬嗅到气味一样,身子抽搐了一下。"从汉堡来?——那他必定是穿上了浮士德的外套①了吧;因为我的马夫今天中午还看见他在普里茨呢! 在修道院里,他拜访你的姑妈去了。"

我的手下意识地摸了摸藏着那封信的小皮夹子的胸口;因为吴尔夫公子的醉眼在盯着我;我感觉到他那神情流露的意思,无非是他看到我的全部秘密都暴露在眼前了。这情状没有持续多久,牌就"啪"的一声被摞在桌上。"嘀嘀!"他喊道,"在修道院,在我姑妈那里! 小子,你干的好一手双重手艺啊! 谁派你去干这个差使的。"

"您没有叫我去,吴尔夫公子!"我回答说,"这跟您不相干!"——我想抓我的剑,但它不在,这时我想起它挂在马鞍上,因为我事先把马拴进了马厩。

公子又向他年轻的同伙喊了起来:"扯开他的短褂,库尔特! 以这一堆

---

① 浮士德的外套,一种传说中的魔衣,穿上它能腾云驾雾,很快就能从甲地到达乙地。

现钱作赌注;你找出一封你不愿意看到的信件来!"

他话音未落,我就感觉到封·得尔·里希的手已碰到了我身上,于是我们俩开始了猛烈的搏斗,我深知自己的文弱,像孩提时代一样,是打不过他的。但事有凑巧,我恰好抓住了他两只手的手腕,于是他就像被绑着站在我的面前,我们俩没有一个吭声;现在彼此眼睛瞪着眼睛,每一方都明白,站在他面前的是他的死敌。

吴尔夫公子似乎也是这个看法;他好容易地从椅子上站起来,像是要来帮封·得尔·里希一手,但他喝的酒太多了,又跟跟跄跄地回到他的座位上。于是他凭他那僵滞的舌头声嘶力竭地大叫:"喂,鞑靼! 突厥! 你们藏在哪里! 鞑靼! 突厥!"这时我知道他要叫那两只恶狗扑到我赤裸的喉咙上,我刚才就看见它们懒洋洋地躺在场上的小酒店旁边。我已经听到它们喘着气穿过乱哄哄跳舞的人群,向这边奔来,于是我猛地一推,把我的敌人摞倒在地,然后经由一扇侧门跃出了房间,把门用力关上,这才脱了身。

周围突然间又是宁静的夜;明月当空,星光闪烁,我先不敢到马厩去牵我的马,而是敏捷地跳过篱笆,越野向森林跑去。不久我便到达森林,我又寻找去府邸的方向,因为森林一直伸展到围墙。诚然,天空的亮光被这里的树叶遮蔽了;但我的眼睛不久便适应了黑暗,我精神抖擞地向前摸索;我还想利用这残夜在我的房间里再休息一回,然后同老狄德里希商量应付即将发生的事情;因为我很清楚,以后我不能待在这里了。

有时我也站住细听一会,但是我离开的时候,也许用力过猛,结果把门给锁上了。我一跳就跳得这么远,以致关于狗的声音一点也没有听到。我刚从树林里的暗处走到有月光的林间空地上,听到不很远的地方有夜莺在鸣啭,我便朝着它们发出声音的地方举步走去,因为我很清楚,在这一带地方,只有府邸花园的绿篱中有它们的窠巢。现在我也知道了,我在什么地方:离庭院已经不很远了。

于是,我就朝着那美妙的声音走去,那声音从我前面的暗处冲出来,越来越清晰、响亮。突然,一种别的什么东西响了一下,声音迅速地向我趋近,我顿觉毛骨悚然。我不能再怀疑,那两只狗从矮林间窜来了;它们紧跟着我的踪迹冲来了,我已经清楚地听到我身后它们的喘气声和踏在林间枯叶上有力的脚步声。但是天无绝人之路；我从树荫中朝花园的围墙奔去，攀着一根接骨木的树枝翻墙而过。——在这花园里，夜莺们一直还在歌唱；山毛榉绿墙投下浓重的阴影。以前我跟盖哈杜斯先生外出旅游，出发前也曾在这样的月夜来过这里散步。当时他曾说过这样的话："再看一看这里的景致吧，约翰内斯！将来有可能在你回来的时候，在家里找不着我了呢。以后，大门上也不会再写着欢迎你的字样——但我不愿意你忘记这个地方。"

现在，这番话掠过我的脑海，我只有苦笑；因为我现在在这里是一头被追捕的野兽；外面，吴尔夫公子的两只狗恶狠狠地沿着园墙奔跑，我都听到了。但是我白天还看到，这座围墙并非处处都很高，有些地方猖獗的野兽都能跳过的，而花园里面除了密密丛丛的绿篱和那边房屋对面已故先生的花坛以外，周围什么树都没有。当狗的吠叫声在园内响起的时候，我在急迫中发现那棵老常青藤，它粗大的藤干一直攀缘到教堂的塔上；当两只狗穿过绿篱跑到有月光的场地时，我已经爬到相当的高度，狗怎么跳也咬不到我了；只是它们用牙齿扯下了从我肩头向下滑的外套。

但我担心越往上爬越细的枝条不能持久地承受得住我，于是我紧攀着枝条，向周围环视着，看是否在什么地方有个更好的落脚点；但四周一片黑暗，除了笼罩着我的常青藤叶以外，什么也看不见。——在这紧急关头，上面一扇窗打开了，一个声音向我传来——上帝啊，你就是不久就让人把我从这尘世召唤了去，我也愿意再听一听这声音！——"约翰内斯！"她喊道，声音很轻，但我听得清我的名字，我顺着越来越细弱的枝条继续往上攀缘。这时，我周围还在睡眠的鸟儿突然惊飞起来。下面的狗仰头向我吼叫。——"卡塔琳娜，真的是您吗？卡塔琳娜！"

一只颤抖着的小手儿向我伸了下来，把我往敞开着的窗口里拉，我看见她的双眸充满惊惧，呆呆地向深处张望。

"来！"她说，"它们会撕掉你的。"这时我一跃跳进她的房间。——可当我进了房间，她的小手松开了我，坐到一张紧挨着窗口的圈手椅上，两眼紧闭。她那粗粗的发辫顺着白色的睡衣，一直下垂到腰间。外面的月亮已上了花园的绿篱，正好全照进房间里来，让我一切都看得清清楚楚。我像深深着魔似的站在她的眼前；这样可爱而陌生，但又觉得她完全是属于我的。我的眼睛尽情地享受着这一切美丽,直到她隆起胸脯发出一声叹息时,我才对她说:"卡塔琳娜,亲爱的卡塔琳娜,您在做着梦吧?"

她脸上掠过一抹痛苦的微笑:"我想大概是的吧,约翰内斯! ——生活是这样严酷,梦可是甜蜜着呢!"

但是当下面花园里的狗重新朝上面吠叫的时候,她大惊失色,猛地站了起来。"约翰内斯,狗!"她喊道,"这两只狗是怎么一回事?"

"卡塔琳娜,"我说,"要是您要我替您做事的话,那么我想不久就该办了;因为再叫我从大门进这座房子恐怕不可能了。"同时我从小皮夹子里取出了那封信,并且向她讲了我在下面酒店里跟两位公子打架的经过。

她把信拿到明亮的月亮底下去看;然后瞪大眼睛凝视着我,我们商量着,明天如何去枞树林里会面,因为卡塔琳娜还要事先打听一下,吴尔夫公子确定在哪一天起程到基尔的夏至市场去。

"嗯,卡塔琳娜,"我说,"您有没有件把类似武器的家伙,一把铁尺,或诸如此类的东西,我好用它防卫下面那两头畜生?"

她像突然从梦中惊起:"你说什么,约翰内斯!"她喊道,她那双迄今一直放在怀里的手抓住我的手。"不,不要走,不要走! 到下面就会死;你一走,我在这里也是死!"

于是,我跪到她的跟前,倚偎在她年轻的胸口,我们俩拥抱在一起,内心怀着巨大的伤痛。"唉,凯苔[1],"我说,"有了这可怜的恋爱又能怎么样呢! 即使您的哥哥吴尔夫不是那样的人又如何;我不是贵族,不准向您求婚的啊。"

她非常甜蜜而忧虑地凝视着我;但接着她像耍赖似的说出一些语无伦次的话:"你不是贵族,约翰内斯? ——我想,你也是贵族嘛! 但是——唉,不是! 你父亲仅仅是我父亲的朋友——在这个世界,这是不行的!"

"是的,凯苔,这是行不通的,在这里肯定行不通。"我一边回答说,一边把她那少女的身体搂得更紧。"但是在荷兰是行的,那里一个能干的画家顶得上一个德国的贵族;头号贵族跨进阿姆斯特丹凡·戴克[2]府邸的门槛也是

---

① 凯苔是卡塔琳娜的爱称。

② 凡·戴克(Anton van Dyck,1599—1641),荷兰著名画家,为鲁本斯的高徒,1632年以后被聘为英国宫廷画家。

很荣耀的事。人家本来要我留在那边,我的师父凡·得尔·赫尔斯特和其他人都有这个意思。如果我回到那里,一年或者两年;然后,我们就可以从这里走了;您留下来就替我坚决对付你们那蛮横的公子好了!"

卡塔琳娜那白皙的双手抚摸着我的鬈发;她搂着我轻轻地说:"既然我已经留过你在我房间里了,因此,我也一定要做你的妻子。"

——她也许没有意识到,这句话在我的血管里注进了一种什么样的火流,本来我的血管里已经是热血奔腾了。——我是个被愤怒、死的恐惧和爱情这三个妖魔所追赶的男人,现在我的头埋在我深深爱着的女人的怀里。

这时,响起了一声响亮的哨声,下面的狗吠声戛然而止,接着又是一声,我听到它们发疯似的狂奔开去。

从庭院方向响起了脚步声,我们屏住呼吸,悉心谛听。但不久那边的一道门打开又关上,然后上了门闩。"这是吴尔夫,"卡塔琳娜轻轻地说,"他把两只狗关进狗窝里去了。"——不久我们也听到了楼下前厅的门开了;有人转动钥匙,此后,脚步声消失在吴尔夫公子房门口的过道里。而后万籁俱寂。

现在终于安全了,完全安全了;但是我们的聊天也突然停止。卡塔琳娜将头往后靠,我只听到我们俩的心在欢跳。

"现在我该走了吗,卡塔琳娜?"我终于说道。

但是两只柔嫩的手臂默默地把我拉到她的唇边——我不走了。

花园深处夜莺在鸣唱,后面的小河绕着绿篱潺潺流淌,除此以外,再没有别的声音了——

如果说,那美丽的异端女人维纳斯①真像歌谣里所说的那样,有时在夜间还要复活,到处游荡,以迷乱那可怜的人们的心的话,那么,此刻就是这样的一个夜晚。月亮在天边消失了,一阵闷热的花香向窗子里面袭来,那边森林上方,夜在默默的星光闪烁中嬉戏着。——啊,守夜人,守夜人,难道你的呼唤那么遥远吗?

——我还分明知道,庭院那边雄鸡突然发出尖锐的啼叫,知道我的怀里

---

① 维纳斯(Venus),罗马神话中的爱神。

还有一个脸色苍白、正在哭泣的女人，她不愿放我走，虽然花园上空晨曦朦胧，霞光已射进我们的房间，但后来她意识到了，像受了死的恐怖的惊吓，她赶我走了。

再接一个吻，再接一百个吻；还匆匆说了一句：什么时候听到打钟叫仆人吃午饭，我们就什么时候在枞树林里碰头，而后——我自己几乎都不知道是怎么发生的——我站在花园里，下面有一种清晨的凉意。

当我捡起我那被狗撕破的外套时，我又向楼上看了一回，我见到一只苍白的小手儿向我挥别。当我的眼睛在回顾园中小路偶然扫了一眼塔旁下面的那排窗子时，我几乎吓了一跳；因为我觉得仿佛在一个类似的窗子后头看到同样的一只手。但是它伸出一个指头威胁我，我觉得它毫无血色，瘦骨嶙峋，犹如一只死人的手。然而这样的景象在我眼前一刹那就过去了。诚然，我首先想到远祖显灵的童话；但我心里想，这也许只是我自己心绪紊乱所造成的幻景吧。

于是，我不再去注意它，连忙穿过花园，但不久便发觉我由于匆忙走到长灯草的池沼上，陷进一只脚，没了踝骨，仿佛有什么东西在把它往下拖似的。"唉，"我想，"家鬼到底在捉拿你了！"但我拔出脚来，翻墙跳进树林里去了。

密林的黑暗宽慰着我的心绪；这里是我的情感不能摆脱的幸福的夜。——一直到我许久以后，从林边走到空旷的田野上时，我才完全清醒过来。不远处有一小群牝鹿站在那里，它们的周围是一片银灰色的露水。我头顶的上空云雀在唱恋人破晓离别歌。于是，我的一切无用的梦一扫而光；但在同一瞬间，这一问题像恼人的急事浮上我的脑际："下一步怎么办呢，约翰内斯？你已经获得了一条宝贵的生命；要知道，你的生命和她的生命是休戚相关的！"

我确实在反复考虑，觉得最为上策的办法是：卡塔琳娜在修道院找个安全的藏身之处，然后我回荷兰，在那里取得朋友的帮助，再立即回头来接她。也许她能博得老姑母的同情，万一不成——那也要不顾一切地去干！

我已经看见我们坐在一只欢乐的小船里，在绿色的翠得湖的波浪上航行，我已听到了阿姆斯特丹的市府大厦钟楼上钟声的旋律，我看见码头上我的朋友们从拥挤的人群中挤出来,高声呼喊着欢迎我和我漂亮的太太,在恭喜、祝贺声中领我们去窄小而称心的家中。我的心里充满了勇气和希望,我矫健而迅速地大步走去,好像马上我就可以得到这幸福似的。

——但事实并非如此。

我心里思忖着,慢慢往下走去,到达村里,走进汉斯·奥特森的酒店,就是我夜间不得不从那里逃跑的地方。——"哎,约翰内斯画师。"老人在打谷场上向我喊道,"昨天您同我们的公子先生发生什么事了?当时我正在外屋站柜台,但等我回到里屋时,他们正在骂你,骂得很凶,那两只狗也在您走时用力关死的门边狂吠。"

我从这几句话里听出,老人还不大明白我们吵架的事情,所以我只回答说:"封·得尔·里希和我您是认识的,我们从小动不动就打架;昨天的事还是那样一种余味吧。"

"晓得,晓得!"老人说,"但公子今天就在他父亲的庄上,您要当心,约翰内斯先生;跟这号先生可不是容易相处的。"

我没有找理由去反驳他的话,而让他给我拿面包和饮料来,然后去马厩取我的剑,又从背囊里取出铅笔和小本写生簿。

离中午打钟的时间还很早。我就请汉斯·奥特森叫他儿子把我的马送到府邸去;他答应了,我就出了酒店,又向森林走去。我一直走到那个荒丘上,从那里可以见到府邸的两面山墙高高突出在园篱之上。我已经选择了这一景致作为卡塔琳娜画像的背景。这时我想,她一旦意外到了异乡,不能再进父亲的家屋,可也不能完全忘记房子的模样;于是我拿出铅笔,开始画起来,凡是她的目光曾经有可能留驻过的每一个小角,我都十分仔细地画上,然后到了阿姆斯特丹进行着色、加工,以便我在那里把她领进我房间的时候,它马上就迎面欢迎她。我还画了一只叽叽喳喳的小鸟在上面飞,像在祝贺;然后我就去找我们约定会面的林间空地,在附近一棵叶子茂密的山毛榉树荫下,我伸展一下四肢,渴望着见面时刻的到来。

我虽然有点儿眯盹了,远处一种响声却把我唤醒,我知道那是庄上在敲午餐钟。太阳已经热得发烫,照射在覆盖着林间空地的覆盆子上,使它的气味弥漫开来。我想起以前卡塔琳娜和我在这儿散步时采摘甜果子的情景,于是我进入一种奇异的幻想境界：一会儿见她那纤弱的孩子形体出现在那边灌木丛中，一会儿站在我的面前，以一种幸福的女性眼睛睇视着我，我是怎样到了最后才看见她。现在，再过片刻我马上就要把她搂在我跳动着的心口。

这时，一种恐怖的情绪突然向我袭来。她在哪儿呢？钟声已经过去好久了。我一跃而起，急得团团转。透过树木向四面八方窥视，恐惧爬到我的心头，但卡塔琳娜没有来，树林中没有脚步声，只有上面，夏风吹拂着山毛榉树梢，沙沙作响。

我怀着不祥的预感终于离开了，绕道向府邸走去。到了离大门不远的橡树中间，我遇到了狄德里希。"约翰内斯先生，"他说着，匆匆向我走来，"您夜里到汉斯·奥特森酒店去过了吧；他的男孩把您的马给我送回来了；您跟我们那两位公子发生什么事了？"

"你为什么要问？狄德里希！"

"为什么，约翰内斯？——因为我要防止你们闯祸。"

"这话是什么意思？狄德里希！"我又问道，但我感到压抑得很，仿佛这句话把我的喉咙堵住了。

"您自己就知道嘛，约翰内斯先生！"老人答道，"约莫一个钟头以前，风给我吹来了这么一种声音，我想去园中篱笆旁喊那在打扫的小伙子，当我走到我们小姐房间所在的那幢塔楼旁边时，我看见那边老乌塞尔大姐和我们的公子紧挨着站在一起。他双臂交搭着，一声不吭；可老大姐一个劲地讲了那么一大堆，提着她那又尖又细的嗓门直唉声叹气。她忽儿向下指指地面，忽而朝上指指长在塔楼墙上的常青藤。——约翰内斯先生，这一切情形我啥也不明白；但接着——您留点神吧——她用她皮包骨头的手拿着东西举到公子眼前，像是在威吓他，于是我近前一看，那是一块灰布片，跟您现在拿着的外套的布一模一样。"

"往下说吧，狄德里希！"我说，因为这时老人的眼睛看着我胳膊上提着的那件扯破了的外套。

"没有更多的可说的了，"他回答说，"因为公子突然转过身来问我：什么地方可以碰到您。您请相信吧,他要是真的是只狼①,眼睛也不会比他更冒血光。"

于是我问:"公子在家里吗?狄德里希?"

——"在家里吗?我想八成是的。但您在想什么呀?约翰内斯先生!"

"狄德里希,我想我得马上跟他谈谈去。"

可是狄德里希抓住我的两只手,急切地说:"别去,约翰内斯,您至少得跟我谈谈发生了什么事;我老汉平时不也给您出过好主意的嘛!"

"以后再说吧,狄德里希,以后再说吧!"我回答说。说着,我把我的手从他手里挣脱出来。

老人摇了摇头,说:"约翰内斯,以后的事,这只有我们的老天爷晓得了!"

我越过庭院向府邸走去。——一个侍女说,公子正在他房间里,于是我就在过道上停留下来。

楼下的这间房间从前我只进去过一次。这里代替他父亲年代的书籍和地图的是各种各样的武器:手枪和抬枪等,墙上还挂着五花八门的猎具;此外没有任何装饰。这本身让人看出,谁也没有有心有意在这里久留过。

当我听得公子一声"进来"而把门打开的时候,我差点儿没从门槛上退回来;因为当他从窗门向我转过身来的时候,我看见他手里拿着一支马枪,他正在扣着扳机。他瞪大眼睛瞅着我,好像我刚发过疯似的。他慢慢开口道:"真的是你?约翰内斯先生!但愿不会是你的幽灵吧!"

"吴尔夫公子,"我一边回答,一边向他走过去,"您以为除了到您这间房间里来,难道我还有别的路子可走吗?"

"我确是这样想的,约翰内斯先生!你多能猜呀!但你来得正好,我已叫人找你去了!"

他声音里颤动着一种东西,好像一只虎视眈眈的猛兽正要起跳的样子,以至于我不由自主地摸了摸我的剑。然后我说:"听着,公子先生,让我不慌不忙地讲一句话吧。"

---

① 德文里的狼"沃尔夫"(Wolf)跟公子的名字吴尔夫(Wulf)是谐音。

但他打断我的话:"你还是先把我的话听完再说吧!"他那起初说得很慢的话,这时变得像一种咆哮。——"几个钟头以前,当我带着沉重的头醒过来的时候,我想起自己,感到很后悔,当时像个傻瓜,在醉醺醺中竟唆使那猛狗去追你——但是,自从乌塞尔大姐把她从你的外套上撕下的布片给我看以来——真是活见鬼!我只是懊悔,两只狗没有把你撕成一块块,而把这工作留给了我!"

我又想说话;因为公子不吭声了,所以我想,他也许会听听的。"吴尔夫公子,"我说,"我不是贵族,这是确实的,但在艺术中我却不是卑微的人,而且希望跟大画家们再比比高低;因此我请求您把您的妹妹给我做夫人——"

话到口边却停住了。从他苍白的脸上,那幅旧画像的眼睛凝视着我;一种响亮的笑声直入我的耳朵,一声枪响——我应声倒下。还只听得,我在无意中几乎抽出了宝剑,它又怎样咣啷一声从手上掉落在地上。

几个星期之后,我在业已变得惨淡的日光中,坐在村子最后一幢房子前的小凳子上,用疲乏的目光望着森林,森林的那一边边缘便是府邸。我那双呆滞的眼睛一再重新寻找那块我所想象的地方,即卡塔琳娜的小房间对过那已经秋黄的树梢;因为关于她本人我没有得到任何消息。

我受伤后,人家把我送到公子家的守林人住的房子里,除了守林人和他的妻子以及一个我不认识的外科医生外,在我长期卧床期间,没有一个人来过我这里。——我的胸口是什么时候中了子弹的,关于这件事没有人问过我,我也不曾告诉过任何人。上诉公爵法庭来审判盖哈杜斯先生的儿子和卡塔琳娜的哥哥,这样的念头我从来都没有产生过。兴许他也知道我不会去告他;再说,就是告他,他也会对这一切事情置之不理的。

只有一次,我的好狄德里希来过;他受公子的指派给我带来两卷匈牙利金币作为给卡塔琳娜画像的工钱,我收下了钱,心想,这也许是她那份遗产的一部分,往后她作为我的妻子大概是不会得到很多的。我想跟狄德里希推心置腹地谈一谈,但没有成。因为我主人那发黄的狐狸脸随时都在朝我房间里看,但我总算获悉:公子没有去基尔。卡塔琳娜打那以后,谁也没有见她在庭院或花园里露过面。我勉强地请求老人,如果见到小姐的话,替我向她问候,并告诉她我不久便去荷兰,但很快就回来。他答应我一定把这一切原原本本转告给她。

可是这以后我心急如焚,以致违背了外科医生的意志,在那边森林里树叶还没有落尽时,我就上路了;很短时期内,就平安抵达荷兰首都。我的朋友们十分亲热地迎接我。此外还有一个可喜的预兆,即我留在那里的两幅画,由于我尊贵的师父凡·得尔·赫尔斯特的帮忙推荐,卖了很高的价钱。还不止这一件呢,一个从前就跟我很熟的老板让人告诉我,他一直在等着我,要我给他嫁到海牙的小女儿画张像,并且答应立即给我一笔优厚的酬金。我想,要是我完成这一幅画,那我手中就有了足够用的钱钞,无须再想别的办法,就可以把卡塔琳娜接到一幢装饰得很像样的家屋里了。

由于我那友好的资助者也是这个意思,所以我赶紧就干了起来,于是不久我就高高兴兴地看到起程的日子临近了,而且越来越近了,哪怕那边还需要同什么恶劣的障碍进行战斗,全不去管他。

但是人的眼睛是看不到他眼前的黑暗的。——画是完成了,备受称赞,得钱甚多,这时我却走不了了。我在工作中没有顾及我虚弱的身体,那没有痊愈的伤口又把我撂倒了。正值圣诞节前夕,各街头的薄脆饼小铺开张了,病魔却开始上了我的身子,而且比第一次缠得更久。虽然医术十分高明,朋友的亲切照料无微不至,但是惶惶然眼看着一天一天过去,没有消息从她那边来,也没有消息到她那边去。

当寒冷的冬天终于过去,翠得海又泛绿波的时候,朋友们陪我去码头;但我带上船去的不是欢乐的勇气,而是沉重的心事。不过旅行事项倒进行得又快又妥善。

从汉堡出发时,我乘的是皇家的邮车;而后像将近一年前一样,我徒步走过那刚刚吐绿的森林。虽然莺鸟和颊白鸟都在练唱它们的阳春歌,但是今天它们跟我有什么相干呢!——我没有朝盖哈杜斯的邸宅的方向走,尽管我的心跳得这样厉害;我拐了个弯,沿着林边向村子走去。于是不久就到了汉斯·奥特森酒店,而且遇到他本人。

老人家奇怪地凝视着我,紧接着就说我精神很好。"不过,"他接着说,"往后您不可再玩步枪了,它造成了斑斑点点,比画笔弄的还要令人恼火。"

我发觉这种看法在这里很普遍,就随它去,而首先询问关于老狄德里希的消息。

这时我听说,还在入冬的第一场雪时,他就猝然而平静地死去了(像有些强壮的人也可能发生的那样)。汉斯·奥特森说:"他高兴到上边他的老主人那里去,这对他也更好些。"

"阿门①!"我说,"我心爱的老狄德里希!"

但我一心只想打听卡塔琳娜的消息,我叹着气,心里越来越紧张,我可怕的舌头绕了一个圈,窘迫地说:"您的街坊封·得尔·里希在做什么?"

"噢嗬,"老人家笑道,"他娶了一个老婆,一个会教他走正道的女人。"

只是在最初的一瞬间我吃了一惊,因为我对自己说,他可别讲到卡塔琳娜,后来他说出了姓名,原来是邻里的一位年岁大但很富有的小姐;于是我壮胆继续探听,那边盖哈杜斯家的情况怎样,小姐和公子俩的情况怎样。

老人家又用奇怪的目光打量我,说:"您大概以为,高楼大院是关得住风声的吧!"

"这话是什么意思!"我喊道;但它使我心情沉重。

"哦,约翰内斯,"老人家十分信任地看着我的眼睛,"小姐上哪儿去了,这您最清楚嘛!去年秋天您并不是最后一次来这里。只是我很奇怪:您又来了,因为我想,吴尔夫公子对于坏事情是不给好脸色看的。"

我凝视着这位老人,仿佛自己懂了似的,但接着我突然清醒了。"您这个报凶道祸的人,"我喊道,"难道您以为卡塔琳娜小姐已经成了我的妻子了吗?"

"哦,放开我吧!"老人家答道——因为我摇着他的双肩——"这跟我有什么相干,大家都这么说呗!新年以来小姐在府邸就不见了。"

我向他发誓说,当时我正卧病在荷兰,这一切我一无所知。

他是否相信,我说不准;他只是告诉我,说那天夜间有一个不认识的牧师十分神秘地来到府邸;尽管乌塞尔大姐当时把用人们都赶进她的房间里去了;但一个侍女从门缝里窥见,说我通过过道向楼梯走去;后来他们清楚

_____

① 阿门,宗教仪式中祈祷结束时的用语。

听到一辆车子从门房开出去。从这一夜以来,就只有乌塞尔大姐和公子还在府邸中了。

——打这时候起,为了找到卡塔琳娜或者哪怕一点蛛丝马迹,我什么都干了,但总是徒劳一场,这个我就不在这里一一描述了。村子里尽是些胡扯的闲话,汉斯·奥特森讲了一些给我听了;因此我就动身去盖哈杜斯先生妹妹的修道院,但那位女士不让我见她。此外也有人告诉我,没有见到任何年轻的女人到那里去过。于是我又回来,忍气吞声地向封·得尔·里希的家走去,以一个请求者的身份走到这个老对头跟前。他讥讽地说:“妖怪把小鸟带走了,我没有目送。”他同盖哈杜斯先生府上的人也不再有什么来往了。

吴尔夫公子听说我来了,就差人到汉斯·奥特森酒店去说:如果我再胆敢到他那儿去的话,他还要嗾使两只狗来咬我。——于是我走进森林,像个灌木丛中的小偷,在路旁窥视着他。双方的剑都出了鞘;我们厮打起来,直到我砍伤了他的手,他的剑飞进了灌木丛为止。但他以他那凶恶的眼睛直瞪着我;他没有说话。——最后我在汉堡逗留更长的时间,我打算在那里毫不犹豫地、更加周密地进行我的调查。

然而一切都是徒劳。

可是,我现在首先要搁一搁笔了。因为我面前摆着你——我亲爱的约西亚斯——的信,要我认姐姐的小孙女为我的干女儿。——我在旅行中将从盖哈杜斯先生府邸后面的森林旁边经过。但是一切都属于过去的了。

手迹的第一册到此结束。——我们希望作者过一个愉快的干女儿洗礼节,希望他通过目前的新友谊让自己的心田清爽一下。

我的眼睛停留在面前那张旧画像上,毋庸置疑,这位美丽严肃的男子是盖哈杜斯先生。但是那个这样温柔地躺在约翰内斯怀里的死男孩是谁呢?——我一边这样想着,一边拿起第二册,也是最后一册,它的字迹有点儿不稳。写的是:

人生在世,
过路云烟。

刻有这两句话的石碑竖立在一所旧房子的门楣上。当我从这所房子旁边走过时,我总要看看它,后来在我每次孤独的邀游中,这两句格言经常是我长久的伴侣。去年秋天他们把那幢房子拆了,我就从瓦砾中把这块石碑买了下来,今天它同样嵌在我的房子的门框上面,在我死后,它还可能使某些路过这里的人想到尘世的虚妄。但在我的生命的指针停止走动以前,它仍是我的训诫,继续记录着我的生活。因为你,我亲爱的姐姐的儿子,如今你不久便要成为我的继承人了,那时你可以把我少量的人世的财产以及我的人世的痛苦一起带了去,在我一生中,我没有把我的这种痛苦告诉过任何人,也没有告诉过最亲爱的你。

此外:公元一六六六年,我第一次来到这座靠近北海的城市,一个酿造烧酒的寡妇委托我画一幅拉撒路①复活图,她想用这张图作为对她亡夫的情意的纪念,并捐给这里的教堂作为装饰用。由于这个缘故,所以这张图今天仍然挂着刻有四个使徒的洗礼盆的上面,供人观赏。同时,当年在汉堡认识的前汉堡僧会会员、现任市长蒂图斯·阿克孙先生希望我给他画张像,所以我在这里要做的这些事情得花很长的时间。我住在我唯一的哥哥家里,他长期以来就在市秘书厅工作;他是单身汉,住的房子又高又宽敞,旁边有两棵菩提树,挨近市场和杂货街的一角。在我的亲兄长过世以后,我继承了这所房子,现在我也老了,仍住在里面,老老实实地等着和已故的亲人们一起到阴间去。

我在寡妇的大厅里为自己辟了一个工场,那里有个便于画画的天窗,凡是我需要的一切应有尽有。只是这位好太太喜欢亲临现场;她手里拿着铁皮量酒器,随时从外面的酒柜旁跑到我跟前;她胖胖的身体把我挤到画架上,对着我的画东闻闻,西嗅嗅。一天上午,我刚刚在拉撒路的头部涂上了底色,她说了许多多余的话,要我把这个复活的人面貌画成她那亡夫的模样,可我一次也没有见过那个死者的面,只听我哥哥说过,此人跟普通酿造烧酒的人一样,有个职业的记号,就是脸上那个青红色的鼻子。于是,不出人们之所料,我不得不用力来抵拒这个不明智的女人。后来外屋又有新顾客喊她,并用量酒器敲柜台,她这才不得不离开我。这时,我那握着画笔的手下垂到怀里,我不由得突然想到我用铅笔描摹着完全是另一个已故者的

---

① 拉撒路(Lazaruk),典出《圣经》,耶稣曾使他从坟墓中复活。

面容的那一天，当时是谁在小教堂里这样静止地站在我的身边。——我一边这样回忆着，一边又拿起画笔，但这样思来想去过了好一会以后，我惊讶地发现：我把高尚的盖哈杜斯先生的面容画到拉撒路的脸上去了。从他的尸布里，死者的脸仿佛在默默地向我诉苦。我想：有朝一日他在来世是要这样向你走来的！

今天我画不下去了，便离开这里，悄悄地回到我那间位于上面的小屋，倚窗坐下，通过菩提树的间隙俯瞰市场。只见那里人山人海，拥挤不堪，直到市秤室旁，甚至直到教堂，到处车水马龙，人头攒动；原来这天是星期四，而且是个供外乡人互相买卖的日子，故市里的杂役和市场警察都闲散地坐在我邻舍的台阶上，因为眼前抓不到违法行为。东村的妇女穿着红短衫，岛上的姑娘裹着头巾，佩戴着精致的银饰；她们中间穿插着堆得高高的运粮车，上面坐着穿着黄皮裤的农人们——这一切若用一个画家的眼光来看，那真是一幅画，何况像我又是在荷兰人那里学过画；无奈我的心情沉重，这五颜六色的景象只有使我郁郁不乐。但我并不懊悔先前的所为；一种相思的痛苦有增无已，它用凶猛的利爪撕裂着我的心，又用妩媚眼睛凝视着我。下面人群密集的市场上是一片午间明亮的阳光，但在我的眼前却是在夜间银色朦胧的月辉中，几座锯齿形的山墙宛如阴影似的升起，一扇窗扉发出响声，旋即又仿佛从梦中听见远处的夜莺轻轻鸣啭。啊，我的上帝呀，我的大慈大悲的救世主，您请见怜：此时此刻她在何处呢，我的灵魂当在何处去寻找她呢？

这时我听见外面窗下一个生硬的声音唤我的名字，我往窗外一看，只见一个瘦高个儿，身穿牧师的日常服装，一头黑发，满脸横肉，脸色阴沉，鼻梁上有一道很深的伤痕，像是当兵出身。他用手杖向一个模样像农人、但和他穿一样的黑棉袜和扣鞋的矮胖子指指我们的大门口中，自己就穿过市场上的人群走开了。

接着我马上听到了门铃声，我下楼去把陌生人请进卧室，我让他坐在椅子上，于是他仔细地、聚精会神地打量着我。

原来他是城北一个村庄教堂的司事，不久我便得知，那里需要一位画师，因为人们想把牧师的像画下来捐献给教堂。我稍稍探问了一下：这位牧师为本教区做过什么样的贡献,使大家这么尊敬他,因为按他的年龄,他在职时间并不太长,可司事说,牧师曾因一块耕地同教区打过一场官司,此外是否有过什么特别的事,他就不知道了,不过教堂里已经挂着三位前任牧师的像,由于人们听说我很会画像,就想乘此机会把第四位牧师的像也挂进去,牧师本人当然对这类事情并不怎么在意。

我听着这一切;由于我很想把我的拉撒路像搁一搁,蒂图斯·阿克孙则因正在害病,他的像无法着手进行,所以我开始详细地打听委托的事。

他们向我提的这件工作的酬金是微乎其微的,所以起初我想:他们把你当作只值几分钱的画师呢,就好比那种随着军队迁徙,专为士兵画像,以供他们留在家里的情人留念的画师一样;但我突然开朗起来,因为我想到这样可以在一个时期内,每天清晨沐浴着秋日金色的阳光,在荒郊的路上徜徉,漫步到离城只有一小时路程的村庄。于是我答应了,只是有个条件:画像的事得在外边的村上进行,因为这儿是我哥哥的家,不具备画画的合适条件。

司事显得很高兴,说一切都已有安排;牧师也为此作了准备;并已选定司事用房里的课堂作为画室;说这是村子里第二幢好房子,离牧师的住所很近,只是后边隔着教士牧场,所以牧师也是容易过来的。孩子们夏天里反正学不了什么,叫他们回家就是了。

于是我们握手告别;由于司事做事心细,把画像的尺寸也带来了,所以我需要的一切画具在当天下午就用教士的车子运出去了。

我哥哥直到下午很晚才回家,因为正直人都不愿把一个恶棍的尸体抬去埋葬,弄得一位受人尊敬的某参事焦头烂额;哥哥说,我将要画的是一个穿教士服的人身上不常有的头,叫我不妨把黑色和赤褐色的颜料带上;他还说,此人是跟勃兰登堡人一起来到本地的随军牧师,据说他身为牧师,行为却几乎比军官们还粗暴,再说他现在是上帝的一个能言善辩的人,他是善于对付庄稼人的老手。我哥哥还说,据称这个人来到我们地区任职是靠了荷尔施坦方面的一个贵族的说项的结果;这件事是副主教在修道院查账时透露出来的。但详情我哥哥也不得而知。

于是,第二天早晨我就迎着朝阳精神抖擞地大步走在荒野上;遗憾的是,荒野已耗尽了最后的红装和芳香,因而这地带已经失去了它全部旧日的打扮;因为极目远眺,也不见绿树,唯有我向它迈进的村中尖顶教堂突入我的眼帘——已经可以看出,它是用方块的花岗石建造起来的——在十月的湛蓝晴空下,它在我面前越升越高。在教堂脚下的灰暗的茅屋之间,只有低矮的残枝败叶;因为从海里吹上这儿来的西北风要走空旷的路。

当我到达村庄并很快找到司事住宅时,全校学生立即爆发出欢呼,一齐向我涌来,但司事在家门口欢迎我。他说:"您看见了吧,他们离开识字课本奔跑得多欢! 其中一个叫本格尔的,从窗子里就看见您来了。"

紧接着马上进屋的那个牧师,我一见便认出是前一天就已经见到过的那个人,但在他那阴暗的外表上,今天仿佛安上了一盏灯,这便是他手上牵着的一个俊美而苍白的男孩;孩子约莫四岁,在这个大人的高大骨架的形体对照之下,显得小而又小。

因为我想看一看以前几个牧师的画像,所以我们一同进入教堂,教堂的基地很高,向东、南、北三个方向可以越过沼泽和荒野纵目远眺;向西则可以俯视不太远的海滩。此刻那里必定在涨潮;因为海边的淤泥泛滥着,大海像一片发亮的白银。我说,海面上陆地的尖端与那边海岛的尖端互相对伸出着,司事就指着中间的那片海面说:"那块从前是我父母的房子所在地,但公元三四年①涨大潮时,它和其他成百幢房子一样,被卷进狂澜里去了;我在屋顶的这一边被抛到这个海滩上,另一边我父亲和我兄弟就永远去阴间了。"

我想:"这样看来,教堂的地点倒也合适。这里不用牧师也一定能听到上帝的布道。"

被牧师抱在怀里的男孩用一双小手紧箍住自己的脖子,把他的小脸蛋紧贴在大人那胡子拉碴的脸上。仿佛他面对那使他害怕的、在我们面前无限展开的大海在寻找保护似的。

我们走进教堂的中殿时,我仔细看了看那些旧画像,见当中也有一个头像,不愧为出之一个能手的画笔,然而统统都属于"几分钱的画",据说凡·得尔·赫尔斯特的学生就是这样来到这里的特别绘画圈子中来的。

我出于虚荣心正这样想着的时候,身旁牧师用粗硬的声音说道:"如果

①从故事发生的时代推断,这里指的是 1634 年。

上帝的呼吸离开了现象,则尘世的现象就久留下去,这不是我的意思,但我也不想违拗公众的愿望,不过,画师,你就赶快画吧,我还有更要紧的事要办呢。"

虽然这个人相貌阴沉,但对我的艺术还是满有意思的;当我答应他尽最大的努力来把他画好以后,我就向他询问一幅我哥哥对我称赞过的玛丽亚雕像。

牧师脸上掠过一种几乎含有轻蔑意味的微笑,说:"您来晚了,我让人把它从教堂里搬出来时就弄坏了。"

我近于吃惊地盯着他:"难道您容不得救世主的母亲在您教堂里吗?"

他回答说:"救世主母亲的面容没有保留下来。"

——"但是您不愿意画家出于虔诚,画一个作为艺术品的圣母像吗?"

他阴沉地俯看了我一会——因为,虽然我不算是个矮个儿,但他毕竟比我高出半个头——然后他激烈地说:"国王不是把那里的荷兰天主教徒召到被冲坏的岛上,以便用人工的堤坝来抵抗上帝的惩罚吗? 不是最近还有那边城里的教堂长老让人在他们的座椅上刻了两个圣徒像吗? 祈祷吧! 警醒吧! 因为这里恶魔也是挨门串户的! 这些玛丽亚圣母像无非是感官之欲和天主教至上论的乳母;艺术在任何时代都是趋奉于世人的!"

他的眼睛里燃着一团暗火,但他的一只手在那俯伏在他膝盖上的苍白男孩的头上抚摸。

我忘记回答上述牧师的话了,但我提醒回司事住宅去,不久我就要在这位艺术敌视者身上试作我的崇高艺术。

于是我几乎每天早晨都步行经过荒郊去村庄,牧师每次都在那里等我。我们之间很少说话,但画像却因此进展得更快。司事坐在我们旁边,用橡木利索地雕刻着各种器具,这类家庭艺术的活计在本地随处可见;我从他这期间做成的盒子中买了一只,前些年我把这篇札记的前部分稿子装在里面,只要上帝允许我再活一些年,我也将把后部分一起放进去。

牧师没有请过我进他的住宅,我也不曾涉足其间;男孩时刻都跟着他在司事的屋子里;他傍着他的膝盖站着,要不,就在房间的犄角里玩着小石子。一次我问这孩子叫什么名字,他回答:"约翰内斯!""约翰内斯?"我说,"我也叫约翰内斯呀!"——他瞪大眼睛看着我,但一句话也不说了。

这对眼睛为什么这样触动我的心灵呢?——有一回牧师阴郁的目光使我好不惊奇,以致我画笔在画布上懒懒地停了下来。这孩子的面容上有一种不可能从他很短的生命中产生的东西,但那不是快乐的表情。于是我想,这样的孩子是在沉重的忧患中长大的。我常常恨不得张开双臂将他抱起来,但面前这硬汉子马上就显出像要保护一件宝贝似的,因此我不敢。不过我常想道:"这孩子的母亲该是怎样的一个妇女呢?"

我曾经向司事的老妈子问起牧师的妻子,但她回答得很简单:"大家都不知道她,农人家请吃洗礼酒和办婚事,她几乎都不来。"——牧师自己没有谈到过她。有一回,我从长着一片密密的紫丁香的司事花园里,看见她缓步经过教士牧场,向她的家走去,但是她背朝着我,这样我只能看到她苗条、年轻的身姿,此外有几绺通常只有贵妇人才有的发鬌,它们在她的太阳穴上被风吹拂着。我心里浮现起她那阴沉的丈夫的形象,觉得这一对很不谐调。

在我不外出的那些日子里,我又画起拉撒路的像来,所以过了若干时日,这两幅画像几乎同时竣工。

一天晚上,我忙完了一整天的工作之后,和我哥哥坐在楼下我们的起居室里。炉旁桌上的蜡烛快要燃尽了,荷兰的报时钟已经警告十一点;可我们坐在窗旁却忘记了现在,因为我们在回忆着双亲健在时一起度过的那些短暂的日子,也怀念着我们可爱的妹妹,她在第一胎分娩时就死了,而长期以来,她都同父母一心期待着愉快生活的复活。——我们没有关上窗门,因为透过外面笼罩在全市房屋上面的黑暗,仰望永恒苍穹的点点繁星,那是很惬意的。

最后,我们俩都沉默了,我的思绪就像在一条暗流上向她漂去,随时在她那里得到安慰与烦恼。——这时,像一颗星星从看不见的空高突然掉进我的心胸:那苍白而美丽的眼睛正是她的眼睛!当时我怎么竟没有想到这一点呢!——但如果是她,那我就已经看见她本人了!多么可怕的念头冲击着我的心头!

我哥哥一只手搁在我的肩头,另一只手指着外面黑暗的市场,那里眼下却有一道亮光正向我们摇摇晃晃而来。"您瞧!"他说,"我们用沙子和野草把石子路给填平了,多好!他们刚吃完铸钟匠的喜酒回来,但从他们提的灯可以看出,他们简直在跌跌撞撞地走路。"

我哥哥说得对。那些像跳舞似的灯光明显地证明了喜酒的出色;它们来到离我们这样近的地方,以至于灯笼上那两块描画的窗玻璃——最近我哥哥把它们作为一个玻璃匠的杰作买了来——由于色彩饱和,就像在火中燃烧一样。但是后来当这一群人大声说着话,经过我们家门口,拐进摊贩街的时候,我听到他们中的一个人说:"唉,我们活见鬼!我一生都想有朝一日听见一个真正的巫婆在火焰熊熊中说唱!"

灯光和欢乐的人们走远了,外面,城市又处于宁静和黑暗之中。

"呵,真可悲!"我哥哥说,"我为之宽慰的事,却使他扫兴。"

这时候,我才重又想起明天上午本市有一件骇人听闻的事件。一位年轻的女子,由于自称和恶魔结盟,要被烧成灰烬。今天早晨,看守发现她已经死在狱中,但尽管如此,她的尸首仍必须受到应得的折磨。

此事对于许多人好比面对一碗刚端上来的冷汤,大为败兴。中午我去书籍推销人利卜尼克寡妇(她在教堂钟楼下有绿色书柜)那里取报纸,她怨气满腹,说她事先为这事作好了歌曲并交付印刷,可现在就像拳头放在眼上,八成不适用了。但是我和我那异常亲爱的哥哥一样,对于巫女的事有自己的看法,我很高兴:我们的上帝——想必一定是它——多么仁慈地把这可怜的年轻人抱了去。

我哥哥毕竟是个软心肠的人,他开始抱怨起自己的职务来,因为一俟刽子手把死尸推到市府大楼前面时,他就必须在大楼台阶上宣读判决书,事后还要亲自帮助处决。"现在我已经是心如刀绞了,"他说,"当他们把运尸车推下街道时,还有那可怕的喊叫声;因为学校将把孩子们放出来,行会会长也放出他的徒弟们。——若处在你的地位,自由自在,我就去村上继续画黑牧师的像去啦!"

虽然我原定后天才继续出城,但我哥哥劝我早走,却不知道他如何在我心中搅起不耐烦的情绪。因此,凡是我忠实地写下的这些页东西,一切都应验了。

第二天早晨,当我房间前面那教堂塔顶的风信鸡刚刚在朝霞中闪光时,我就已经从我的床上一跃而起,不久,大步走过市场,那里面包师们在期待着许多顾客,已经打开了放置面包的柜台,我也看到市府近旁的警卫队长和士兵怎样在活动。其中有一个把一块黑地毯晾在大台阶的栏杆上;我则穿过市府大楼下的门洞赶紧出了城。

当我走到"御花园"后面的小路上时,看到那边他们用以安装新绞架的土坑附近堆放着偌大的一堆木头。有几个人还在那里忙活,大概是法院的差役及其手下人,他们正把易燃材料放进木头当中;但是头一批孩子已经出了城,越过田野向他们跑来。——我不管这些了,只顾一个劲地往前走。当我走出树林后面时,只见旭日染红了左边的大海,红日从东方冉冉升起,照耀着荒野。这时我不由得合掌祈祷:

主啊,我的上帝和基督,

你对我们一切遭罪的人

都施以怜悯,

你呀,你是爱的化身!

当我在城外上了通过荒野的宽阔大道时,遇到各种各样的庄稼人,他们手里牵着男男女女的小孩子,一同往前走。

"你们这样急急忙忙,到底上哪儿去呀?"我问其中的一堆人,"今天可不是城里赶集的日子呀。"

果然不出我所料,他们要观看烧巫女,那个年轻的恶魔同类人。

"可巫女已经死了!"

"自然,这是令人讨厌的,"他们说,"但她是我们的接生婆西本齐斯老妈妈妹妹的女儿;我们不能待在城外,得去看看尸体,这样就遂了心意啦。"

不断有新的人群走过来,现在大车也已从晨雾中出现,今天它们运的不是粮食,而是装满了人。——于是我离开大路,在荒地上走,尽管这时野草上还滴落着露水;因为我的心情要求孤单;我往远处一看,一路上全村的人都在向城里开拔。当我来到位于荒野腹地的巨人冈时,顿时产生一个念头,似乎我也得回城里去,或者从左边往下走,去海边,再不,去那边下面紧挨着海滩的小村。可是在我眼前的空中好像浮现出某种幸福、某种强烈的希望的东西,我的两腿发颤,我的牙齿紧磨。"要是我新近亲眼看见那个人真的是她，那么今天——"我的心就像一把锤子打击着我的肋骨；我绕了一个大圈子走过了荒郊，我不想再看牧师是否也驱车往城里奔。——但我终于还是向他的村子走去了。

一到村里，我便急忙向司事住宅的门走去。

门锁着。我犹豫了一会儿，然后用拳头敲门，里面毫无动静，但当我用力敲时，司事的一个半瞎的老妈子特利恩克从邻家出来了。

"司事在哪儿？"我问道。

"司事吗？和牧师坐车进城去了。"

我呆呆地凝望着老太太，仿佛被雷劈了一下。

"您有点儿不舒服吗？画师先生！"

我摇摇头，只说了一句："那么今天不上课了？特利恩克！"

"就是呗！今天不是烧巫女吗！"

我让老人家给我把门打开后，就去司事卧室把我的画具和那幅接近完工的画像拿出来，和平常一样，在空空的教室里支起我的画架。我在画像的服装上抹了几笔；我这样做不过是聊以排遣而已；我没有心事作画；我根本就不是为画画而到这里来的。

老太太跑着进来，对于这恶劣的时世唉声叹气，谈论着那些我不懂的庄稼人和村子里的事情；我自己感到急迫的，是想再向她询问一下关于牧师的妻子，她年龄是大是小；还想问一下她是从哪里来的，只是话说不出口。相反，老妈子却大谈特谈那巫女及其在村子里的亲戚关系，以及西本齐格老妈妈常常见到鬼魂的事情；她还说，就在西本齐格风湿性关节炎痛得不能入睡的那天夜间，她看见三条尸布飞过牧师的屋顶，可是这样的现象随时都会应验的，骄矜就要跌跟头，因为牧师太太尽管高贵，却是个脸色苍白、弱不禁风的人。

我实在不想听这样的闲扯了，就从屋里走了出去，到了牧师住宅正面对着村庄大道的那条路上去转悠，心里既害怕又渴望，我的眼睛还是转向那些白色的窗户，但是除了几盆花之外，那窗玻璃却一片模糊，里面什么也看不见，处处如此。——我真想往回走，但我还是继续往前走去。当我来到坟地上的时候，城里的钟声顺着风传到我耳边；我转过身去，朝西边往下看，那里仍是银光闪闪的大海,它滚滚涌向天际,那是个曾经发生过狂暴的灾祸的地方。一天夜间,老天爷一手把几千条人命抛进这儿的海里。当时我吓得像蛆虫似的蜷缩成一团,又有什么办法?——老天爷要干什么,我们是看不到的。

我再也不知道我的两只脚该向哪里迈,我只知道我在团团转;直到太阳快到中天了,我才重新回到司事的住宅。但我没有进教室到我的画架旁,而是经后面的小门又出去了。

这座小花园我是忘不了的,虽然从那天以来我就没有再见到它,它与另一边牧师家的小花园一样,像一根宽带子与教士牧场相接,但在两个花园之间,有一蓬密密的柳树,想必是用来围住一个水池子的。因为我曾经看见过一个侍女提着满满一桶水,好像是从低处上来的。

我没有多想什么,只是心绪难宁,无法控制。当我从司事那已经摘完了的豆畦旁边走过时,外头牧场那边传来一个女人的声音,非常动听,她在亲昵地对一个孩子说话。

我身不由己地朝那声音方向大步走去;就像往昔希腊的异教神用一根棒把死人往自己身边牵引。当我走到那边紫丁香(它在这里没有篱笆,一直长到牧场)的边缘时,只见小约翰内斯用一只小胳膊满抱着生长在这一带贫瘠的草地上的青苔,朝对面的柳树后头走去,他没准要用儿童的方式,用它在那里造一座小花园。那动人的声音又传到我的耳边:"现在你就开始造吧,你已经有了一大堆啦!是啰,是啰。我还要给你多多地找些儿来,那边紫丁香旁边长得多着呢!"

接着她自己从柳树后头走出来,我早就没有怀疑了。她一边眼睛朝地上搜寻,一边向我快步走来,于是我可以安安静静地打量着她;我觉得以前那个我为她从树上射下"妖怪"的孩子如今又奇怪地重现了;不过今天这个孩子的面容是苍白的,既看不出幸福,也看不出勇气。

她这样一步步向我接近,没有看见我,然后她在一片长在树丛下的青苔边跪了下去,但并没有用手去采,却让头垂在胸前,仿佛她要在痛苦中歇息,而又不让孩子看见。

这时我轻轻喊道:"卡塔琳娜!"

她抬起头来看我,我抓住了她的手,她像个没有意志的人,我把她牵到灌木树荫下,拉在我身边。现在我终于找到她了,默默地站在她的面前,但这时她的眼睛却避开了我,用一种几乎陌生的声音说:"事到如今,只能这样了,约翰内斯!我只知道你是外地的画师,却没有想到你今天会来。"

　　我听了她这几句话后说:"卡塔琳娜——那么您是牧师的妻子了?"

　　她没有点头,发呆而痛苦地凝视着我。她说:"他娶了我才得到这个职务,你的孩子也得到一个名正言顺的名字。"①

　　"我的孩子?卡塔琳娜!"

　　"你没有感觉到吗?他曾经在你怀里坐过;坐过一回,这是他自己对我说的。"

　　这样凄楚的事儿怎不叫人心碎!"那么您,您和我的孩子,你们怎能没有我呀!"

　　她看着我,没有哭,只是脸色完全像死人一样苍白。

　　"我不愿这样!"她喊道,"我要……"

　　一阵狂乱的思想斗争在我脑海里疾速而过。

　　但是她的小手放在我的额上,犹如一片清凉的叶子,她苍白的脸上那双褐色的眸子恳求地凝望着我:"你,约翰内斯,你不愿做那种要把我弄得更不亦乐乎的人吧。"

　　"难道您能这样生活下去吗?卡塔琳娜!"

　　"生活?——不过那倒是一件幸事;他爱这孩子——难道还应该要求更多的吗?"

　　"那么他知道我们,知道我们从前的事吗?"

　　"不,不!"她使劲地喊道,"他娶了个犯罪女人做老婆,其他都不知道。啊,上帝,我每天都归他所有,难道这还不够吗!"

　　在这一瞬间,一曲悠扬的歌声向我们传来。"孩子,"她说,"我得到孩子那边去,他会闯祸的!"

　　但我的心事仅仅放在一个我所渴慕过的女人身上。

---

①　当时欧洲人的习俗:凡婚生的孩子都要举行洗礼仪式,同时正式起名字,但私生子没有这个资格。

"别走，"我说，"他在那边高高兴兴地玩着青苔呢。"

她已经到了灌木丛的边缘，在向外谛听。秋天的太阳投下金色的阳光，温暖宜人，从海面吹上来的风儿很轻很轻。这时我们隔着柳树听到我们的孩子在那边歌唱的声音：

> 两个小天使替我盖被，
> 两个小天使帮我伸腿，
> 还有两个向我指示，
> 通向天堂的路碑。

卡塔琳娜走回来，她睁着大眼，幽灵似的看着我。"保重吧，约翰内斯，"她轻声地说，"在这个地球上永不再见了！"

我想把她拉向身边，向她伸出双臂，但她拒绝我，温柔地说："我是另一个男人的妻子了，别忘了这点。"

听了这话我几乎暴怒起来，我粗声粗气地说："卡塔琳娜，在成为他的妻子以前，您是谁的妻子呢？"

她痛楚地深深叹了一口气，用双手捂住脸，喊道："可悲呀！啊，我这个被污辱的可怜人真可悲啊！"

我完全不能控制自己了，我一下把她拉到我胸前，我的手像铁钳似的把她紧紧抱住。她终于，终于又是我的了！她的眼睛睨视着我的眼睛，她的红唇紧贴着我的嘴唇，我们热烈地拥抱在一起，我恨不得把她杀死，如果因此而能够一起死的话。她被我吻得几乎透不过气来，后来当我充满幸福感的目光欣赏着她的面容时，她说道："这是漫长而担惊受怕的幽会啊！哦，耶稣基督，你宽恕我这一时辰吧！"

——有人喊了，但那是那个男人严厉的声音，从他的口中我现在第一次听到她的名字。喊声是从牧师花园那边来的，又喊了一声，声音更加严厉："卡塔琳娜！"

于是幸福过去了；她以绝望的目光看着我，然后像影子似的悄悄离开了。

——当我走进司事住宅时，司事也已经回来了。他立刻开始向我讲解惩治那可怜巫女的事情。"您大概不把这当作一回事吧,"他说,"否则今天您就不会到村子来,牧师先生今天把全村的农人和妇女统统赶到城里去了。"

我没有来得及回答,一声刺耳的喊叫划破外面的空寂,这声音在我耳朵里一辈子都不会消失。

"什么事?司事!"我喊道。

他用力打开一扇窗门,朝外面听了听,但不再有任何动静。"苍天在上,"他说,"发出这喊叫的是一个女人;是从教士牧场那边传过来的。"

这时,老特利恩克也进门来了。"听到了吗?先生!"她冲着我喊道,"尸布落到牧师的屋顶上了!"

"这是什么意思?特利恩克!"

"这就是说,他们刚刚把牧师的小约翰内斯从水里捞上来。"

我冲出房间,穿过花园直奔教士牧场,但我只看到柳树下那幽暗的池水和附近草地上湿泥巴的痕迹。——我没有想到要进牧师的花园,却不知不觉地经过那道白色的小门进去了。我正要进屋,他自己却迎面走来了。

这个骨架高大的人看起来像个野人;他的两眼发红,一头黑发杂乱地披挂在前额。"您想干什么?"他说。

我两眼发呆地直看着他,因为我没有话可说。的确,我究竟要干什么呢?

"我认识您!"他接着说,"女人终于把一切都说出来了。"

他这一说使我的舌头自由了。"我的孩子在哪里?"我喊道。

他说:"他的双亲已经让他淹死了。"①

"那么让我到死的孩子那里去!"

然而,当我要从他的身边走进门廊的时候,他阻止我过去,说:"女人正躺在那尸首旁边,从她的罪孽中解脱出来,到上帝那里去。为了她那可怜的灵魂的幸福,您不应该去!"

我当时自己讲了些什么,如今已全忘了,但牧师的话却深深埋在我的记

---

① 指由于约翰内斯和卡塔琳娜幽会,使孩子一时失去看管,不幸落水淹死。

忆里。"听着!"他说,"我从心里憎恨您,这一点将来要受到上帝的宽大惩罚。您八成也恨我,——还剩下一件事是我们共同的。——现在回去准备一块木板或一幅画布!明天一早把它带来,将这死了的孩子的像画在上面。画好以后不是把像给我或我的家,您可以把它捐献给教堂,捐献给他在这里度过了短暂而无辜的一生的教堂。让这幅画在那里警告世人:在死亡的骨手面前,一切都是尘埃![①]"

我抬眼望着这位不久前曾把崇高的绘画艺术骂为世人情妇的男子,但我对他说:一切就这样办吧。

这期间家里有个消息正等着我,于是我一生中的罪与罚犹如一道闪电突然从黑暗中出现,以至于我看到了整个链条一环一环地在我眼前闪耀。

我哥哥由于不得不帮助那惨不忍睹的行刑示众,他那虚弱的身体受到沉重的打击,已经卧病在床。当我走到他面前时,他坐了起来,"我还得休息一阵子,"他一边说,一边把一张周报递到我手里,"但是你看一下这一条吧!你会知道,由于吴尔夫公子没有妻子儿女,被一条疯狗咬伤,很惨地死了,盖哈杜斯先生的府邸正落到外人的手里。"

我一把抓过我哥哥递来的报纸,但是我差点儿没晕过去。获悉这个可怕的消息,仿佛天堂的大门在我面前弹开了,可是我却看见天使手持火剑站在门口,我又打心眼里喊出:啊,守护者,守护者,你的呼声何其遥远!这个人的死本来是可以变成我们的新生的,现在却是恐怖又加上恐怖。

我坐在我楼上的斗室里。看着天近黄昏,看着夜幕降临,我们望着永恒的星空,最后我也找个床位睡觉了。但是我没分享到睡香甜觉的福分。在我激动的意念里,有一种十分奇怪的感觉,好像那边的教堂塔楼在向我的窗子推近。我感觉到钟声通过我床架的木头隆隆作响,我通宵就数着这钟点声。但终于黎明了。那天花板旁的梁木仍像阴影的地悬在我的上面。于是我一跃而起,在第一只云雀从刚割过的麦地里飞起之前,我就已经出了城了。

但尽管我出来得这样早,当我见到牧师时,他已经站在他的家门口了。他陪我到过道里,说木板已经准备停当,还有我的画架和其他画具也从司事

---

① 这句话源出一句宗教格言:一切由尘埃造成,一切又将化为尘埃。

住宅搬来了。然后他把他的一只手搁在斗室的门把上。

然而我阻拦他,对他说:"既然在这个房间里面,那就请允许我,让我一个人留在这里来完成我这一沉重的工作吧!"

"没有谁会打扰您的,"他说着,把手抽了回去,"如果您需要滋补一下身体的话,就到那一间房间里去拿好了。"他指着过道另一边的一道门,接着他离开了我。

现在放在门把上的不是牧师的手,而是我的手了,屋子里死一般寂静。在我开门之前,我必须把精神集中一会儿。

那是一个宽大、几乎空无一物的房间,大概是用来上行坚洗礼课的,光溜溜的墙壁粉刷成白垩色。窗外越过荒凉的田野,可以看到远方的海滩。房间的中间摆着一张白卧榻。枕头上枕着一张苍白的面庞,两眼紧闭;小牙齿像珍珠似的从没有血色的嘴唇中闪闪发亮。

我在我孩子的尸体旁跪下,讲了一番热烈祈祷的话。然后准备好绘画所需的一切,接着我就画了起来,像人们画死人那样迅速,因为死人在不同时间内是不会有同一面容的。有时候我仿佛被极度的寂静所惊起,但如果我停下来仔细谛听一下,那么很快就明白过来;什么事也没有。有一回好像有轻微的呼吸声直逼我的耳根。——我走到死者的床边,但当我朝那苍白的小嘴俯身下去的时候,我的脸颊所碰到的是死的冰冷。

我环顾了一下周围,房间里还有一道门,可能是通卧室的,说不定那声音就是从那儿来的吧!可是我竖起耳朵来听,却再也听不见什么了,大概是我自己的神志在捉弄我吧。

于是我又坐了下来,看着那小尸体继续画下去。当我看着这双放在布单上的小手,我就想:"你应该给你的孩子一件小礼物!"我在他的像上画了一朵洁白的睡莲,让他握在手里,仿佛他是玩着这朵花而睡觉的。这种花在这一带是很少见的,因此不妨把它作为一件他所希望的礼物。

饥饿终于把我从工作上赶起来,我疲惫不堪的身体要求食物补给。接着我放下画笔和调色板,经由过道,朝牧师指给我的那个房间走去。但当我正往里走的时候,我不觉惊讶万分,差点儿退了回来。因为卡塔琳娜迎面站着,虽然身穿黑色的丧服,却具有异常的魅力,一个女人的容貌里,竟能产生这样的幸福和爱情。

咳，我马上就知道了，我这里所看见的，原来是我自己从前给她画的那个像。在她父亲的家里，这张像也不再有立足之地。——但是她本人到底在哪里呢？是人家把她带走了，或是把她也禁闭在这里？——我久久地、久久地凝视着这张像；昔日的光景浮上我的脑海，折磨着我的心。无奈，我终于掰了一块面包，灌下几杯酒，然后回到我们的死孩子身边。

当我走进那边的房间，正要画画的时候，发现那小面庞上两只眼睛的眼睑有点儿张开了。于是我俯下身去，妄想着再得到我的孩子的一瞥，但当我看到那一动不动的冷冷的眼珠子的时候，不觉一阵战栗；我仿佛看到了那一代祖先的眼睛，好像他们还要在这里当着我孩子的尸体的面容宣告说："我的咒语到底把你们两个人抓住了。"但同时——无论如何我是不能放走它的——我用两只胳膊抱起这苍白的小尸体，把它贴在我的胸口，在辛酸的苦泪下，第一次亲我心爱的孩子。"不，不，我可怜的孩子，你的灵魂迫使那个阴沉的人去爱你，你的灵魂不是从这样的眼睛里表露出来的，这里所看到的只是死亡。你的死不是由于那可怕的昔日的深渊，而完全是由于你父亲的罪过；他的罪过把我们大家统统拉下黑暗的潮流中去了。"

接着，我小心翼翼地将我的孩子重新放回他的垫褥中，并轻柔地把他的双目闭上。然后我将画笔蘸满深红色的墨水，在画像下面的阴影处写上这几个字母：C.P.A.S，意思是：Culpa Patris Aquis Submersus，即"因父之过，落水溺殇"。

这两句话犹如锋利的剑刺穿我的灵魂；我的耳朵里回响着这样的话音，把像画完。

在我工作期间，屋子里又持续着宁静，只是在最后一刻，一种轻微的响声再次通过那道我曾猜想它后面是一间卧室的门挤了进来。——莫非那是卡塔琳娜，在我沉重的工作之时，悄悄来到我的近旁？我解不开这个谜。

已经傍晚了。我画完了像，想转身走开，但我感到好像还得告别一下，不然我就离不开这里似的。

就这样，我犹犹豫豫地站着，望着窗外荒凉的原野，那里天色已经昏暗下来。这时过道那边门开了，牧师朝我走了进来。

他默默地向我致意,然后合掌伫立着,看看画像上的面容,又看看面前小尸体的面容,好像在进行仔细的比较。但当他的目光落到画像上孩子手中的那朵睡莲时,他痛苦地举起双手,我看到,他的丰富的泪泉突然涌出他的两眼。

于是我也向死者伸出双臂,高声喊道:"再见吧,我的孩子!啊,我的约翰内斯,再见!"

但就在同一瞬间,我听到隔壁房间里轻微的脚步声,好像在用小手摸门似的;我清清楚楚听到喊我的名字——要不那是死孩子的名字?——接着仿佛是妇女的服装擦着门板,往下窸窣作响,身体倒下的声音清晰可闻。

"卡塔琳娜!"我喊道。说时迟,那时快,我已经跳了过去,摇动着那紧锁着的门上的把手。这时牧师的手搭在我的胳膊上:"这是我的事情!"他说:"现在走吧!但是和平地走;愿上帝降福我们大家!"

——后来我真的走了。在我自己弄明白这件事以前,我就已经到了荒郊,上了进城的路了。

我又一次回头看了看村子,它还只像个阴影矗立在昏暗的暮色之中。那里躺着我的死孩子——卡塔琳娜——我的一切的一切!——我的老伤口在我胸中灼痛;奇怪的是,我从来没在这里听到过什么,此刻我突然觉晓:我听到了遥远的海滩那边波涛汹涌,怒号不已。没有人遇到我,我没有听到任何鸟叫,但从大海呼啸的闷声中,始终有一种声音在我耳际盘旋,像一首悽恻的摇篮曲:溺殇——溺殇!

手稿写到这里结束。

它的主人曾经踌躇满志,希望有朝一日他也要在艺术上与那些更有名的大师并驾齐驱。但这不过是一句空话罢了。

他的名字不属于名人之列,好容易可以在一本艺术家词典中找得到,甚至在他故乡那个小地方也没有人知道有一个叫这个名字的画家。他画的那幅大拉撒路像虽然在本城的地方志中还被提到,但这幅画本身却在本世纪初,在我们的旧教堂拆毁之后,同这个教堂的其他艺术珍品一样被糟蹋而不知下落了。

毁　灭

[德]汉斯·埃里希·诺萨克
（Hans Erich Nossack）

　　我作为旁观者经历了汉堡的毁灭。命运免了我在这场毁灭中扮演一个角色。我不知道这是为什么，是不是应看作命运对我的优待，连这也不好断定。我跟几百个身临其境的男男女女谈过话，只要他们一说起此事，他们所讲的是如此难以想象地可怕，以致你想象不到他们是怎么经受过来的。但是他们有他们的角色和台词，并且必须照此行事；他们所讲的总是跟他们的台词有关的那一部分，尽管是作为单独的一件事讲的，却依然那么震撼人心。大多数的人，当他们从自己熊熊燃烧的家屋跑到室外的时候，压根儿就不知道全城都在燃烧。他们以为着火的仅仅是他们那条街，最多是他们那个区，也许他们这样就得救了。

　　在我看来，城市整个儿都在毁灭。我的危险在于，眼睁睁地、清醒地被总的命运的安排给制服了。

　　我感到我是受了委托来对这件事作详细报告的。该不会有人问，我为什么竟敢说受了委托，这我就无法回答他了。我有这样的感觉：假如我事先不把这件事办完，那我就始终闭着嘴巴。这也逼着我现在就去做这件事情；诚然，事情才过去三个月，但对于理智来说，它是决不可能把当时发生的事情当作现实去理解，并把它归入记忆的，我担心，事情会渐渐地像一场恶梦似的忘却掉。

一九四三年七月二十一日,那天是星期三,清晨我乘车去马盛村——一个供周末度假居住的荒芜的村庄,离汉堡城根正南面约莫十五公里——附近的寓所。密茜头一天就去了,并在当天晚上预先打电话给我,说她终于租到了一幢可住十四天的小屋;几个星期来,事先费过多少口舌去试探和请求啊!即便是现在,也是因为花了四分之一磅的咖啡作为酬报才成功的。这是我五年来第一次离开汉堡去休养。现在说不清楚为什么那一回我没有照旧说不去;因为存在着与那次假期相悖的一切因素,如果别的都不提的话,那么就是我的病态性的反感:我不愿意离开城市和我的房间,照我经常的说法,在我取得某种明显的成绩之前,我不去某个地方消磨时间。

密茜接我下公共汽车。她穿着一身麻料红外衫,戴着白头巾。我的到来叫她高兴同时感到惊奇。在去茅舍的路上,她想迅速把一切都向我描写一番,使我不致失望。我们还得走十分钟的路程。由于我们的膳宿必须自理,所以我的行李相当重,我特别大声地呻吟着。我们经常想到过这一点;要是我们已经说好只在这里待四天,那我会毫无怨言地乐意扛三倍重的行李。这一段宽阔而悦目的荒野道路布满了一条条沙土的车辙,两个月之久,我们白天要走好几回,并且来回搬运沉重的东西。有一次甚至在一辆小手推车上装载了三百五十公斤的煤球。

小屋坐落在道路右侧的一座小山梁上,隐蔽在桦树、松树林与一座完全荒废的菜园之间。只有尖尖的红星顶露在外面。向北望去是一片空旷的、没有一株树木的荒野谷地,它又被另一道坡度平缓的山梁隔断。那道山梁的后面,地势缓缓下降,直达易北河,并且向汉堡倾斜。在天气晴朗的时候,也许可以看到城里的高塔。

房主是一位泥水匠师傅,他亲手用砖瓦盖起了这幢小房子。径直由一间狭小的装玻璃窗的阳台进宅,这很不顺当,因为阳台上堆满了各种各样的工具。迎面第一间是厨房,离它不远是一间比它大一点点的卧室,紧挨着这间卧室是一间很小的"斗室",显然是后来添造的,它正好放得下一张我要睡的床。从厨房经过一道阶梯便到了阁楼,阁楼里摆着第二张即密茜睡的那张床。每个房间看起来比它实际拥有的空间要小,因为其中都摆满了不适用的普通家具。楼梯底下有一个木笼子,里面养着一只褐色的小田鼠。当我们坐在桌旁的时候,它有时将它的小脑袋从缝隙里伸出来,用它机灵的眼睛观察着情势。但最重要的是:厨房里有一扇带铁环的平启门。如果把它揭开,便可以沿着一条陡径往下挤进一个地窖里。那里头冷丝丝的,有一股泥土的潮味。平启门和地窖立刻使我们想到巴拉赫的《死亡的日子》[①]。

没有灯,我们带来了一根粗大的烧残的祭烛头。水必须到邻近的井里去提,得走老远的路。我们每天在树林里采集木柴和枞树球果。炉灶通风很差,因此耗费大量柴火,要花一个钟头才能把水烧开。当时这一切缺点都没有破坏我们的情绪,假期里的情况就是如此。我每次点着了柴火,就跑到室外,怀着极大的乐趣观看从烟囱里冒出来的炊烟。

一如往常,头几天过荒野生活让我感到头痛,接着我们就适应了。我们除了进村买东西外,几乎看不到一个人。相近的一处住宅倒并不太远,那是一幢完全被废弃了的小屋。住在那里的人名声很不好,听说那家男人对他的女儿犯了法,因此蹲牢房了。所有的孩子都因为淫乱和偷窃进了教养院。这场灾难过后,有一个女儿被准许回家几天。人们听见,当她嗅到近旁有一个男人时,她就像一头野兽似的在荒野里唱起歌来。母亲有时晚上去割草,在我们的花园门口站一会儿。然后她用疯子那样的刺耳声音向我们呼喊什么,我们似懂非懂。有一次她送给我们一根黄瓜,我们不知道为什么。她那条大黑狗套着一辆篷车在等着,聚精会神地打量着我们。夜间它大声嗥叫,经常把我们吵醒。在割草期间,女人让她那两头小山羊随便乱跑,其中一头老是误入我们的花园,像个孩子那样叫唤。有一回也出现一头公山羊,模样儿像是可怖的远古时代的巨兽。

我们做完了非做不可的家务便坐在室外,阅读我们在茅屋里发现的惊险小说;我们自己没有带书来,这也是假期中的惯常现象。我们穿的是最旧的衣裳,所有的好鞋更是留在家里了;野草很快就扎坏了皮鞋的鞋面。但这细心的考虑后来给我们造成了不幸。

我们观察山雀怎样攀附在凋谢了的罂粟花的茎上,啄开一个个荚子。

---

① 恩斯特·巴拉赫(1870—1938),德国剧作家和美术家。《死亡的日子》是他的剧作,写于 1912 年。

它把覆盆子和最后的樱桃果衔到花园门口的石子路上,啄开果核,我们使另一只鸟去跟它抢夺;石子路被果汁涂得像血迹斑斑。天空中苍鹰盘旋,樫鸟在低矮的橡树丛中啼叫。晚上一头母牛从很远的牧场发出哞哞的叫唤声,它抱怨着孤单单地没有人照管它。

这是那年的夏初天气,这种夏季的炎热也助长了遭受毁灭的汉堡城内的臭气弥漫,尽管它后来对那些上无片瓦的逃难者又是有利的。荒野上一片蓬勃的生意,路边生长着一簇簇山小菜。在我们察看着的谷地里,野草间还星星点点散播着另一种植物,我们叫不出它的名儿。它正开着玫瑰色的伞形花,此后结成一条白棉花似的马尾巴。由于它长到几乎一米高,它的繁花有如玫瑰色的云雾在谷地上面飘动。一切沉重的东西都掩盖在媚人的非现实的后面。

我们喜爱荒野,在某种程度上说我们是属于它的,说不定早先我们就是出生在那里。别的人在那里就感觉到自己有病,病得心情忧郁。他们生活不能没有时间,而荒野是没有时间的。它们并不想知道我们来自一个童话,又重新变成一个童话。

我们开始忘却战争……

我们之所以在深渊的彼岸对这首牧歌描绘得这样详细,是因为兴许有一天从这里认出一条通向遗忘的往昔的路来。

星期六的深夜,密茜把我唤醒。她从阁楼上向我喊道:"你一点也没听见吗? 你宁愿不起来吗?"拉警报的时候我还没醒。荒野里人们听到了汽笛声,它像远处村子里的什么地方许多猫儿在乱叫,不过在顺风时才听得见。此外,好几年之久我们已经习惯:不是一响警报就下床,而是只有当更强大的防空炮火让人猜测出真的有一场空袭才离开。这是一种习惯,一种使许多人付出了生命的习惯。

这一次我照样给了个不耐烦的回答,并且翻了个身。这时我听见了。我一跃而起,光着脚跑到室外,跑进了这一片轰响声里,它像一种窒人的重荷在明澈的星空与黑暗的大地之间浮动着,不是这里,不是那里,而是满天到处都是;不见一个人逃跑。

在西北方向,逝去的一天的余晖映照得易北河两岸的岗峦如画。所有的景物都默默地沉下地面好不让人发现。不远的地方有一座探照灯；听见口令声，大声的口令顿时又从地面上消失，在一片寂寥中飘散。探照灯神经质地在天空中搜索着，有时它遇到一些别的灯柱，它们马上向它大幅度地摆动几下；然后它们形成一些几何图和篷架的形状，转眼又惊恐地重新散开。仿佛这天地间的响声把它们的光亮吸收掉了，使得它们失去意义。但星星仍像在和平环境中一样闪烁，明察那看不见的灾祸。

人们生怕把那响声吸入似的，屏息着不敢呼吸。这是一千八百架飞机的响声，它们以无法想象的高度从南面向汉堡飞来。我们已经经历了两百次或者更多的袭击，其中也有十分严重的，可这一次有点儿不一样。但人们很快明白：这就是每个人都等待过的、几个月来它像影子一样笼罩着我们的行动，并使我们疲惫，这是事情的结束。这响声大概持续了一个半钟头，后来在下个星期有三个夜晚又重复了。这响声每次都经久不息，而且都是在防空炮火形成密集火力的更大响声之后才听到。只有几次例外，那是个别机群进行低空袭击，机翼掠过地面，响声震耳。然而这可怕的响声却又具有这样的可渗透性，以致任何别的声音也能听到；不仅仅是高射炮的射击声，榴弹爆炸声，所投炸弹的咆哮声，高射炮弹碎片的呼啸声，不，甚至一种很轻很轻的簌簌声——它不比一片从任何树枝上掉落的薄薄的树叶的声音更大——都可以听到，只是在黑暗中搞不清是什么声音。

这响声立刻把我赶了回去，我不再知道密茜是否问过我什么，我是怎么回答的。有可能我们从上到下互相呼喊，但是不会有很多话，因为响声使一切言辞都失实了，把所有的话语都冷不防地压了下去，你毫无办法。那是午夜后的半小时。小屋的窗子还透着些微光。我们在昏暗中穿上了衣服，由于对室内的环境还没有习惯，老是与家具碰撞。然后密茜提着两只箱子下了梯子。我把平启门完全掀开，从入口处顺着小道挤了下去，直到只剩下我的头还露在外面。密茜把箱子递给我，我不知道还有别的什么，我把一切都搬了下去。在地窖里我碰倒了一个壁架；一个不属于我们的玻璃碗掉在地上摔破了。在地窖里也听得见响声，甚至还要大；响声盖过大片荒野，使得墙壁颤动。我们把插在小花盘里的那根祭烛点燃。我想，密茜为了节省不久又会把它熄灭的。我没有听到密茜在问话里请求说："你不想在底下一块待着吗?"我把她一个人留在下面,让她裹着被子,坐在一张小踏凳上。我又回到上面,关上了她头顶上的平启门。或者也许是密茜自己关上的,她以为这样会更安全些。但是,面对什么更安全? 我们被平启门这薄薄的木板分隔得多么遥远! 这一切是毫无意义的。当我们想到这件事的时候,一种无限的、对生物同情的情绪控制了我们。我们彼此沉默着,因为泣不成声,就使话语含糊不清。我们今天还没法听音乐。我们不得不站起身来走开。当我说到音乐的时候,我指的是诸如巴赫的曲调或类似的东西。那里面有慰藉性的东西,但恰恰是这种慰藉让我们感觉到我们赤手空拳,孤立无助,正遭遇到一种要把我们毁灭的力量。那些夜里,我在菜园和那块地皮周围的铁丝网之间的狭长地带来回踱步。从那里向北眺望,视线可不受阻挡。有时候我高一脚低一脚地越过一个个鼹鼠垒起的土堆,有一次我跌倒了,因为我的脚被覆盆子灌木丛缠住了。

至于眼睛所能见到的东西很少,并且总是老样子,而且也不是最重要的东西。汉堡上空有无数的伞灯。民间称它为"枞树林"。有时候是十盏,有时候只有两盏或一盏。有一次一盏也见不到,人们就产生希望,以为情况过去了,直到又有新的扔下来。有许多一边下降一边就散开了,那景象就好比无数火红的金属熔滴从天空往城市倾泻。起初你可以追踪这些伞灯,直到它们在地面熄灭,后来它们消失在被下面城市的火光映得通红的烟云之中。那烟云一分钟一分钟地扩展,朝着东方爬行。像空袭初期那样,我没有注意探照灯的方向和防空火力的焦点。看见小高射炮弹道的火光纤弱得很,重炮的榴弹到处在爆炸。直到大火在我的头顶上面燃烧,弹片在近旁嗖嗖地呼叫,噼噼啪啪地打到地上,我才走到阳光顶下面。有少数几架飞机起了火,像流星似的坠落于黑暗之中,但不像以往那样唤起猎获般的兴趣。它们栽在哪里,那里的周围就发出几分钟的亮光。有一次,透过这种如同白昼的亮光看到远处有一架风车影子的轮廓,总也激不起对一架被击落的敌机的那种残酷的满足感。记得邻近的屋顶上有几个女人看到敌机被击落时就鼓起掌来,当时我怀着怎样的满腔怒火想到奥德修斯[①]禁止他的老保姆对自由

---

① 奥德修斯,荷马史诗《奥德修记》(一译《奥德赛》)中的主人公。

民的死亡发出欢呼时所说的那些话：

> 由衷地高兴吧,母亲;但你要抑制住,
>
> 　不要赞颂!

> 　对被杀害的人发出欢呼,那是
>
> 　　残酷和罪愆。

　　然而,现在再没工夫考虑像敌和友这样的细微区别了。突然间一切都陷入下界的柔和的灯光之中。我背后的一座探照灯在低空中搜索。我惊骇地转过身来,这时我看见,甚至大自然自身也已在仇恨中起来反对自己。两棵没有树干的松树已经突破它们存在的和平的魔力,变成两只黑狼,它们贪婪地向在它们前面升起的血淋淋的弯月扑去。它们的眼睛闪着白光,龇牙咧嘴,涎水直流。

　　我,陷于绝望、信步漫行的我,具有躯体、没有一种思想力量的我,对于这种仇恨不是熟悉的吗? 我不是监视了它几十年之久并且一直抵制它爆发的吗? 我不是意识到它有一天要爆发,不也渴望着这一天的到来,因为它将最终解脱我的看守任务吗? 是的,像我现在所知道的那样,我一直都意识到,这城市的命运和我的命运是生死攸关的。假如说,我已经把城市的命运召唤到跟前,来迫使我对自己的命运作出决断,那么我也要站起来,并承认对城市的毁灭负有罪责。

　　我们大家都为"大洪水"①的念头所纠缠,这是各种大事件所引起的。这岂不是抛弃历史吗? 但这方面还有多少机智幽默的闲扯,还有多少夸夸其谈;因为如果我们严肃地给自己提出问题:明天的大洪水到来之际我们要去拯救什么以便把它保留给那些幸存者,那么,我们觉得如此必要、直到有最后一口气都为之全力以赴的东西在哪里呢? 我们何以如此强烈相信,破坏力量为了不给他们所破坏的东西获得永恒的生命,所以害怕接触这种信念

---

　　① 指《圣经》中毁灭人类的大洪水。

呢？所有那些我们所需要又成为我们负担的东西中，究竟还有什么仍然是我们的？今天我敢于怀疑那些人的动机的纯洁性，他们曾经警告过将有灾难，如今却号召准备灾难。他们在混乱的日子里感到安居乐业的时候，难道不希冀最好有灾难来迫使别人下跪吗？难道不是欲望驱使他们以牺牲可靠的存在为代价，来进行自我试炼吗？

我在最初的每次空袭时都有过明确的愿望：但愿情况很糟糕！我是如此明确，几乎想说我已对着天空大声喊出了这个愿望。这不是出于勇气，而是出于好奇，即我的愿望是否会实现，因此之故我从未下地窖，而是着了魔似的坚持在住宅的阳台上。但我不提这件事，以便通过一些奇异的谈话让人觉得我很了不起。我想，我必须说出来的是那些我估计无数男子都有过的类似感觉的东西，只是他们对此没有意识到，更不会承认它。人家会走过来对你说：这个嘛总是这样的，可这是男性的特点：为了生殖，我们必须摧毁。但如果大地说：我生出了你们，因为我渴望比大地更多。这该怎么解释？现在你们的行动在哪里呢？……往后我们就不再具有愿望的力量了，就像那位印第安人那样，他的种族只剩下他最后一个，他坐在海边喊道：现在我该怎么办呢？我该成为俄利安①吗？

既然我们不再相信我们自己了，那么我们还算是什么呢？被罪恶的一夜掏空了。我们且不谈正直和生殖了吧！……

但是现在除我以外到处是仇恨，我是超脱于此的。我摇摇晃晃地在被摧毁的世界的岸边来回走着，一片呻吟声向我传来：哎呀，上帝？哎呀，上帝？喊得这样响亮，以致尽管有毁灭的轰鸣，密茜也听到了，并且在地下向我呼喊。于是我跑到她那儿去了一会儿，说：受不了啦。我们互相偎依着，只是很松，十分腼腆，我们的无能为力变得更明显了。像两匹套着同样挽具的马，一匹把头枕在同伴的颈项上，然后双方故作不满意，把那短暂的脉脉柔情从自己身上抖掉。我又跑了出去，留下了密茜一个人。假如不是情况有了好转，我就在地窖的黑暗中坐在她的身边了，由于些微共同的身体的温暖，我会梦想一个避风港来躲避暴风雨吗？假使我讲了一个童话，以便在那

---

① 俄利安，希腊传说中的猎人。

截断通向可恨的过去的道路的深渊上空架起一道长虹,那么童话是这样开始的:明天,假如一切都已过去,在那些夜间,人所干的或者忽略的事情,发生了的或者由于失去知觉中止的事情,那么……

一点半左右,审判结束了。从一个不知确切地点的远方传来了解除警报的信号声,那样战战兢兢,仿佛它不敢要求人们相信这个谎言似的。北边的天空一片绯红,有如夕阳西下后的景色。附近高速公路上从邻近城市赶来支援的消防队的警报器在吼叫。于是不分白天黑夜,周围所有的马路上过往车辆开始了无休止的繁忙,从汉堡逃亡出来,至于逃向哪里,就不知道了。那是一股潮流,没有河床让它宣泄;几乎没有声音,但是不可遏止地到处泛滥,这股祸水通过条条小溪一直渗透到最偏僻的村庄。有时候一个逃难者自以为可以抓住一根树枝并找到了河岸,但只能停留几天或几个小时,他又投入潮流,继续漂流。没有人知道,他的颠沛流离就像身上的疾病那样随处跟随着的,无法抵挡的。

在第二或第三个空袭之夜——我想把这说在头里——一列军火列车起了火,爆炸声响彻四方,连续不断,直到天明。在空袭的最后一夜,世界对自己的愤怒上升到极点,超出了一切人类所能想象的程度。在空袭前不久,易北河谷地上空浓云密布,在空袭警报拉响的当儿,雷电交作,大雨滂沱,仿佛它已经理解到这汽笛声乃是城市的最后一声狂号;跟我同归于尽吧。这次的空袭目标本该是汉堡的残余市区。但在暴风雨中空袭者找不到他们的目标,盲目地把炸弹扔在周围一带。再也分不清是雷电轰鸣还是炸弹爆炸,或是防空射击。四周的农舍大火冲天,荒野开始燃烧。大地在垂死挣扎中颤动。我们担心小屋会坍塌。密茜从地窖上来,走到我身边,我们一起投进荒草之中。然后我们跌跌撞撞地在黑暗中冲着,想向会有人的地方走去。

我们短暂地、散了架似的睡了一觉以后,于星期日早晨起来。太阳正好升起在那两棵松树的上头。山雀叽叽喳喳叫个不停,那只小田鼠也还活着。我们在灶里生了火,把桌椅搬到室外去吃早点。地平线上有三分之一从北到东像铺了一层黑棉花。我们不朝那边看。我们不谈夜间的事。我们不愿意把一个梦看得比它原来更重。我们是度假啊。然后看见一个骑自行车的人经过。我们叫住了他。他倚在园门上。我们向他提出一大堆问题。他从汉堡来;我不再知道他还说了些什么,那也无关紧要。在头几天是得不到详细消息的;所谈的绝不会是具体细节。当我后来到那里的时候,我自己觉得就是这样,在我刚回去的时候,人家问:某处某处的房子还在吗？那条街也遭到破坏了吗？这些我都不能回答;即使我到过那条街,曾经经过那家门口也回答不了。人家骑车回去,也许仅仅打算找个门牌号,以便取得一点有效的东西作凭证,这总该是必要的吧？也可能人家在途中忘记了原来的打算。正是通过各种说法,杂乱一团,才使灾难的面貌具有了确实性。由于惊吓,人们对具体的细节察觉不到了。

荒野上到处散落着狭长的、一面染黑的锡箔条片。它们在夜里发出簌簌的响声,但谁也不知道它们的用途是什么。有人警告说不要去接触它们,因为可能有毒。后来才知道,投下这些条片的目的是干扰防空队伍的定位装置进行测定。人们也发现了传单,捡起来看了几行,就厌倦地又把它扔掉了。传单里用数字证明德国人的战争为什么必定失败。数字还有何种意义呢？

每个钟头都有新的警报,但直到下午才再度遭到空袭。然而这跟夜间的恐怖有什么相干呢？这看上去简直是美妙的。只见一片清澄、蔚蓝的大海,似乎有人向里面抛掷了点什么,一朵朵小小的云彩从大海的背景上升起,画出一道痕迹,它从西北方向倾斜着擦过汉堡的边缘,继续慢慢移动。到了我们的正头顶上空它来了个直角形的转折,好像它突然想起了另一件事情,直朝汉堡赶回。接着人们从那道痕迹的顶端看到些小不丁点的水栖小动物,它们在太阳底下银光闪烁。它们方向明确地遵循着某种推动力穿行于蔚蓝之中。它们不是分散的个体,而像是互相紧密地联系着,并串连成许多个形体,由一些看不见的线向前牵引着。这样的队形约有八个或十个。我相信每一队能数出三十架。这些队形周围又有许多白色的、活泼的小东西,它们恰像那快活地围着一只船嬉游的海豚。这是给袭击者护航的歼击机。袭击进行的时间没有超过一刻钟。汉堡城内升起了浓黑的蘑菇云;在港口击中了油库,星期一,这番奇观又重复了一次。

为了打听消息,我们好几次去了村里。人们真是一筹莫展啊。早在夜间和黎明时就来了第一批难民。有些人光着脚,穿着衬衫,很像是刚从床上起来跑到了马路上。他们带来了可怕的寂静。当他们默默地坐在路旁的时候，谁也不敢询问他们；是的，只有想向他们提供帮助时，他们才好像要动一动。接着载重汽车到了。车上的人彼此陌生地蹲着，我们到哪儿去呢？我们为什么停下来？还是让我们再睡一会儿吧！他们的双手紧紧抱住那一捆家私什物，也不清楚是些什么东西，就像抱住那把他们固定在地上的最后的重量似的。哪里也听不到一声抱怨，也看不到一滴眼泪：他们一声不吭地下了车，让人把自己带走。只有一条样子难看的小狗从它女主人的怀抱里愉快地跳了开去，大声吠叫着跑向最近的一棵树木。

人们同样说话不多，声音很轻，想办法给他们安顿住宿。听人都这么说，居民们对有所求的人是乐于帮助的，是真心诚意的。不仅城市近郊如此，而且很远的地方也这样。一直到了南方，难民们才遇到了冷淡，至少普遍都这么说。但也可能只是另一种生活习惯被汉堡人误解了。这是我从归来的人们嘲讽那里的吃、住和陌生的信仰时所表现出的那种尖刻的挖苦中得出的结论。

但在我们这里，这种良好关系在一个星期的过程中也已改变了。我不是说有的难民妄自侵犯人家、恬不知耻地提出要这要那的情况。确实有许多人认为：我们一切都失去了，现在请交出你们的一半给我们吧！而且这些人游手好闲。而对方也有相当一批人这样想：我们对此并没有过错，这跟我们有什么相干呀？要是他们给了点东西，那也只是出于害怕，甚至可能还有这种可悲的事实：那些幸免于难的人一直都是感觉到受人羡慕的，直到在难民中萌发起嫉妒，并且逐渐增长起来。甚至还有这样的事情几乎叫人无法相信：有人竟然妒忌人家送给难民的少量东西，或国家发给他们用的新东西。或者——但直至今天我才提出来——莫非这还有更深刻的原因？难道人们为了这人人面临着的已失之物而妒忌那些已经不得不大胆跳到一无所有的境地之中的人？

不戴假面具的时代开始了；穿惯了的伪装自行掉落，就像夜间那两棵松树所发生的那样。贪欲和恐惧以赤裸裸的无耻表现出来，取代了任何较为温柔的情感。迄今为止我们用以称东西的砝码不准确了。最亲近的人或者我们称之为朋友的人，对于这不允许他们救助的沉重的战争时代不是完全保持沉默,就是说几句不能自圆其说的遁词来逃避他们的义务。亲戚的概念已完全不起作用。今天你若问上一百个人,不管属于哪个阶层,也不管是幸免者还是遭难者,九十九个都会以鄙夷的表情回答:与其说是亲戚,毋宁说是陌生人! 这是不带任何愤懑情绪对事实的确认,不是草率下的结论。最好还是让我们举那种令人愉快的事例吧:有些人不是亲戚,而是至今关系最疏远的人,有时仅仅是萍水相逢,或者只是有点儿工作关系,这些人倒急人之难,自愿助人,而他们做得又是这样理所当然,态度又是这样好,以致你不能不惭愧地扪心自问:要是在相反情况下,自己是否也能这样做呢?

但是最乐于“给”的手也是会疲倦的,而学会让人家“给”而伸手去拿,只顾去拿,而且不因此感到不自在,那还要困难得多。然而这一情况足以说明为什么关系这样快就会明显不和起来。不,我宁可相信:人们互相期待着的东西,与他们所能做成的事情完全是两码事。如果助人者不能不认识到,他们提供了吃的、穿的、住处的,在根本上并未使情况有什么改变,谁能责怪他们自己所感觉到的这种失望呢。接受馈赠者的脸上也许掠过点儿诸如愉快之类的神色,但它并未给人留下记忆。他们穿过陌生的房间,他们碰到一件东西,把它拿在手里看了又看。主人用眼睛盯着他,想着他这动作的意思大概是说:这类东西我们也曾经有过。然而他也许本来是要把这件东西送给人家的。但对方相反却把东西又留了下来,房间里响起了话外之音:还要这些东西究竟干什么呢? 抑止大声的诉苦也许是比较容易的事情。很可能人们是很想诉苦,至少打破这种被克制的镇静,让那被控制住的眼泪流出来。大家知道,这些人经历了难以想象的恐怖时刻,他们通过大火,身上着了火,跌跌绊绊地踏过被烧成炭的尸体,在这些尸体面前和怀中有些窒息死去的儿童;他们看到房子坍塌,而父亲或者丈夫刚刚折回房屋以便再抢救点什么。这些几个月如一日盼望着失踪者消息的人们,至少,他们在几分钟之内失去了他们的全部财产——他们为什么不诉苦和痛哭呢? 为什么当他们讲起那些发生过的事情时用的是这种无所谓的语调呢? ——他们冷静的讲话方式仿佛是在叙述一件发生在史前时代、今天不可能再有的可怕事件,这种事件的惊天动地的余音仅仅在我们的梦中还能听到。还有这种被刺目的日光穿透的、压低了的声音,以及当你夜间在野外说话而不知道什么地方还可能有人在悄悄偷听而产生的胆怯。

　　假如遭难者好像几乎仅仅为了取悦于施主而把人家给他们的一切东西都接受下来，那么他们会期待什么反应呢？助人者的本能对此是抵触的；不仅由于这样一来就贬低了他们捐赠的价值，同时也使他们失去一切信心，并唤起他们对自己财产的怀疑。

　　今天我敢对此作出回答。我们期待的是：有人会呼喊我们：醒醒吧！那仅仅是一场恶梦呀！但我们不能为此请求，噩梦捂住了我们的嘴巴，直至窒息。人家怎么能唤醒我们呢？

　　于是发生这样的现象：在同一座房子里一起生活、在同一张饭桌上共同进餐的人，呼吸的却是迥然不同的世界的空气。他们试图握手，却抓偏了。那么他们中谁是盲者呢？他们操着同一种语言，但他们的话所表达的却纯属是别的现实。那么他们中谁是聋子呢？即使在今天仍然不可能互相把这些话翻译出来。一部分人通过他们的行动说：你们看吧，生活在继续前进。仍然在前进！我们听了点点头说：不错，情况确是如此。这我们老早就晓得的。接着，也许我们当中有一个人从他的角度解释说：请您想象一下吧，假如您把眼睛闭上几秒钟，当您再张开时，先前这里存在的一切却什么都不复存在了。旁听者马上把这理解错了，以为我们在为失去的人和我们的行李都所缺少的东西而悲伤，或者以为我们谈论的是钱的价值或是资产者的舒适。根据这种想法，他试图安慰我们：这一切是可以重新获得的。但是问题根本不是这么一回事。然后，我们也许可以试谈一下失败的景象。但这也被误解。最后我们对旁听者变得不耐烦和不公正了。或者我们以多谈这问题为耻，因而摒弃不谈。如果人们在朦胧的暮色中把它作为童话来谈叙的话，是否会更好被人理解呢？从前有过一个人，他不是母亲所生。一个拳头把他赤身裸体地推进了世界，一个声音喊道：看吧，下一步你怎么着。这时他睁开眼睛，不知道对他周围的事情该怎么办，他不敢朝后头看，因为他背后一片火海。

　　我们不再有过去了。那些有过去的人从过去中取来了衡量明天的标尺；假如没有这些人，也许我们绝不会对此感到这样痛苦。而他们似乎比我们更有力量，我们好像都得向他们看齐。唉，把他们的目标变为我们的目标,那是一种多么徒劳无益的努力啊！世界就是这样被分成了两个部分,当中横着一条看不见的鸿沟,关于它,双方都想获知。这一边的人和那一边的人已经开始了非己所愿的互相仇恨,他们毫无罪责,虽然他们都想互相推诿罪责。今天,当我向一个遭难者询问我所知道的他一位朋友时,我常常听到这样的回答:他对我来说已经完结了。

　　我们在自己身上不止一次发现:我们已经在多么可怕的程度上与至今不言而喻的道理陌生了。当密茜和我通过市内遭破坏的区域时,在一幢未被毁坏的、孤零零地坐落在废墟上的房子里,有一个妇女在擦窗子。我俩互相碰了碰,便像着魔似的停了下来,我们以为看到了一个疯子。当我们看到孩子们在屋前小花园里打扫和耙地时,也发生了同样的情况。这事是如此不可思议,以致当我们向别人谈起它的时候,仿佛这是奇迹。一天下午,我们来到一个完整无损的郊区。只见人们坐在阳台上喝咖啡。这事就像电影,原是不能想象的。我不知道,我们要认识到我们只有以颠倒的眼睛去看别的行为,这需要经过什么样的思想弯路。而后我们又对自己大吃一惊。

　　星期二上午我们获悉,我们的一切都丧失了。由于期待从汉堡来的邮件到达不了,密茜到镇公所去要求生活资料卡。她在那里遇到一个在我们家附近居住的士兵,现在他正在马什恩镇寻找他逃出来的家人。他说我们住宅所在的那幢房子已经不在了。我没有跟密茜一块儿去,拿了一本书坐在花园里想读它。当密茜走进园门时,她说:没有错,事情果真落到那步田地。仅此而已,后来我们也没有说很多话。我们俩装作仿佛我们早就知道了。从镇长那里到我们的小屋子的路程需要走半个钟头。今天我问自己:在这半个钟头里密茜想了些什么,当时只有她一个人,我在事后感到十分害怕。

　　我们想立即在星期三乘车去汉堡。夜间来了新的空袭,我们把行期推延到星期四。从星期四又推到星期五,我不知道由于什么原因。星期四夜间又有空袭,所以我们把星期五的行期又错过了。直到星期六我们才急匆匆出发。顺便说一说,乘车去汉堡不是很容易的,铁路不通车。而且谣言四起,说汉堡正流行瘟疫,易北河大桥不许通行。也有相反的说法,说什么进去了就不能再出来,任何可利用的人力都要留在那里参加抢救工作。这种种说法都不符合事实,或者只说对一半。但宁愿把它看作是可能的好。少数从市内发出的官方通知充满了矛盾。可这一切对于我们不过是一种借口而已,说到底这是一种怯懦,不敢亲眼看见我们的遭遇,于是我们利用一切机会来拖延这一时刻。在这短暂的期间内,我们竭力装作什么都没发生似的。我们对自己说,即使每日每时都有一张彩票,命运绝不会再来光顾我们了。但维护这一假象是多么困难。只要我们叹起气来的话,每五分钟它都有被突破的可能。没有任何东西能够阻止我们去汉堡的念头。假如我们自问想到过什么,那总不外是极为次要的日用品,不是像人们所猜测的什么贵重的东西,无可替代的东西;首先它丝毫不起作用,甚至好像进不了人家的记忆似的。在这些次要的日用品中,又总是那些跟我们临出发时有过关系的东西,如阳台上用的一张普普通通的躺椅。这是先前我们在星期天亲手用遮阳布篷的料绷起来的。我不知道我们是如何经常地猛然想到这张躺椅并在这上面停下来的。我相信,当时它曾经是我们的最大危险。我们险些被它绊了一跤,冲进深渊。

得到消息后我们便立即成了难民。一种偶然性让我在灾难的前几天逃了出来,但结果却是一样。不管我们愿意还是不愿意,我们被拉进遭遇相同的人们当中,甚至在别人面前还有一种胆怯。此外,难民全是非常质朴的人,但是谁都不注意这些,共同的命运使得我们都一样了。也没有人说他比别人损失得更多,无论如何,在头几天内没有这样说。人们还没有权衡和估价我们的损失,那是无法弥补的。凡是可以用数字表达的一切是可以补偿的,可是一件无与伦比的艺术品,或者一帧褪了色的照片,或者童年时代的一个旧玩偶,这一切跟数字有什么相干? 这些东西从我们这里取得了它们的生命,因为我们曾经随时随刻向它们倾注了我的爱好;它们把我们的温暖吸收到自己的体内,并怀着感激之情保存着这种温暖,以便在我们贫乏的时刻使我们重新充实起来。我们对它们是负有责任的,它们只能跟我们同归于尽。现在它们在大火中站在深渊的另一边,在我们的背后请求般地喊道:别离开我们! 我们知道这件事,我们听到喊声,但不提它们的名字,因为一提名字,同情就会把我们置于死地。我们曾猜想,我们离开大火越远,它们的声音就会变得越小。没想到它们一周比一周更厉害地折磨我们,因而我

叶廷芳译文自选集

们说话不得不越来越轻，常常一句话未说完就得中断，因为那喊声把我们搞乱了，假如我们当时预料到这一层就好了，那我们就会把立即与他们同归于尽看作是一种幸运。唉，今天多么频繁地听到人们表达这一愿望啊！

最危险的是"本来"这一用语。不说"本来"需要一种痛苦的警觉性。有一次我从两个妇女身边走过，她们坐在马路旁的沟渠边沿，背朝着我。那是一个老祖母和她的已经长大成人的女儿；也许她们周围还有几个孩子在玩。我只听到老人的话：我一再对你说过了，你本来……这时女儿像一头受了致命伤的野兽似的吼叫起来。如果一个人在谈话中有误入"本来"这个领域的危险，则另一个人就马上用严厉口吻或者请求口吻的话提醒他立即停止；或者讲话的人自己发觉，突然把这句话收住：咳，这完全无所谓嘛。

我这样经常用"深渊"这个词，说不定有人会把这当作夸大呢。但这样他也就不能想象我们是处在什么样的危险之中。这危险比大火和炸弹的危险大上百倍，因为你无法逃跑。我们是知道这点的。深渊就在离我们很近的地方，甚至说不定就在我们中间，我们仅仅由于某一种怜悯，飘荡到那一边。我们唯一能够做的事情是不要大声说话，不要花很多力气。本来只需要我们中一个人喊叫，我们大家就都完蛋了。

因此难民们也有一些人小心翼翼地互相关照着，使一切维持常态。也有更多的人像动物似的蜷缩在一起。我们大家都很少穿衣服和十分偶然地穿衣服，有几个人穿着绸衫跑来跑去，其他人看起来很像流浪汉。不过没有人注意这个。但我们大家当时有一点是相同的，即都害怕冬天，虽然那时才七月末，天气还酷热。我们没有床位，没有铺盖，没有大衣，没有暖和的换洗衣服，尤其没有鞋穿。突然我们自以为认识到了：这些东西是唯一的生活必需品。我们在书信中以最紧迫的话语把这一新的实际情况告知我们的朋友们：别的一切都由它去吧！只要抢救冬天的衣服和耐穿的鞋就行。

我们大概还讲到，对那些答应给我们救济和补助的当局应该采取什么态度，但在头几天里并不热望，而且不相信有这种救助的可能。倘若我们中有谁提到诸如此类的事情，别人就像着魔似的战战兢兢听他讲下去。这又使得讲话的人不安起来，好像他已经讲得太多了。有几个人又劲头十足地埋头于某些必要的事务。他们洗晒衣服，四处奔忙买东西，掇拾蔬菜等等，缄默不语,勉强抑制住感情。但突然间,并没有人叫他们走,他们却放下了手头的一切,走到人们聚集的地方去谛听情况,完全忘了他们手上的活计。这在一个不明底细的第三者看来,一定会以为我们时间很多。然而我们是被追逐者。我们没有很多时间,我们根本不再有时间了,我们是被排除在时间之外的。我们所做的一切马上就变得对我们毫无意义。要是我们如饥似渴地遵循一种充满希望的思想,那我们立刻就陷入一种迷雾中,沮丧地又坐到马路边上去。

可是当时人的面容谁都忘不了。眼睛变得更大而且透明,就像圣像的眼睛那样。那眼睛就像已经破碎的、冷漠的、小气地分隔开的窗玻璃,人后面的无限性通过偌大的洞孔畅通无阻地吹进了他前面的无限之中,他的面容显出神圣的、通向永恒的道途的神情。在一切变成没有脸形的团块以前,让我们把这副面容作为星座抛向天空,以纪念我们最后所具有的能力吧。当然有过这么一天,那时人们把这种失去意志的状态看作疾病。因此要把难民强行运往德国南部,以摆脱他们汉堡周围的负担。许多人服从,照这样做了,但有几个人中途下了火车,靠自己的双手艰难谋生;其他人或者躲藏起来,或者想办法拖延遣送。密茜和我突然互相喊起来:可千万别当难民!我们这里说的难民,指的是那种完全听命于当局的人。被迫离开是多么痛苦,这简直是难以形容的。人们总是一再被潮流席卷而去,随时面临着被冲进一个死水潭的危险。当人们想逃跑的时候,那就像在梦境中,两脚不听意志的使唤。追踪者越来越近了,人们感到瘫软了。

我们突然对所住的小屋感到厌恶。拾柴、提水、不像样的床、通风不好的炉灶,所有那些不适合于逗留度假的缺点,现在都使我们感到不能忍受,因为我们不得不估计到要在那里蛰居整整一个冬天,或者天晓得待多久。一个偶然的机会,我们找到了不远处的另一个住处。一位女士无偿地在她的别墅里接纳了我们。八月中旬我们搬到那里去,从此不用再为我们的吃饭问题操心了。当我们踏进那现代化的、有人照料的一个个房间的时候,我们感到已经大大改善了我们的条件!但是没过几个钟头我们就发觉,我们不再是单独两个人了,我们已将小屋提供给我们的主要优点交出去了。假如我们事先知道去向就好了,那我们两天后就继续走了。可是我们这样没有目的性,以致给别人家带来了不安宁。

且说星期六我们乘车去汉堡。那是在最后一次空袭——它后来在星期一发生——以前。去汉堡的旅途费了这样一番周折:在公路上拦住了一辆估计有空地方的载重汽车,搭乘一段顺道的路程。然后又等另一辆车,这样换了三四趟车以后,我们相当快地到达了城里。那时整个帝国的汽车都投入了这类运输。后来当火车恢复行驶的时候,出门需要多得多的时间。这段短路往返一趟差不多需要四个小时。在马什恩火车站,当从绿涅堡来的列车好不容易到达的时候,人们不得不为一个座位战斗一番,然后在哈尔堡又进行一次。有些人从车窗钻进去,有些人在列车行驶中像葡萄串似的挂在踏板上。最后到达时已经完全筋疲力尽。

无数的人群每天就是这样在路上折腾。我有这样的印象:这些行程一般不是绝对必要的,除非还想再抢救点什么,或者盼望看看亲属,或者由于职业上的原因。不过我也不愿坚持说这件事是稀奇的。说到底人们没有了中心;根子已经掀动了,东摇西摆,寻找某种土壤,一切都充满恐惧,生怕耽误了什么。或者也可以说,那简直是强迫一个凶手回到他的行凶地点。

我和成千上万的人谈过话。谈话明显地始终围绕着一个主题:您在哪里住过?您全部家产也毁了吗?在哪天夜里?您现在有住处了吗?往下会怎么样呢?……我们都一致坚信战争在很短时间内就会结束,对此根本没有争辩,对我们来说这已经是成为定局的了。剩下的问题仅仅是,我们怎样并在什么避难地点能够度过这一段短暂的时间。当时谁也不去想下一步。我们必须争取战争的胜利,使我们的损失有得到赔偿的希望,这一口号直到后来才亮出去,也被群众部分接受了。如果我们在那些日子里偶尔得到一份报纸的话,我们首先根本不看军事报道,我们连它为什么还要出版都不理解。我们很快翻到刊登跟我们有关的布告的版面,在我们以外发生的事情根本就不去管。我们的命运是不可能改变任何别的世界的事件的。这一态度使我们犯了一些错误。未来一定会说明,我们从根本上说究竟是不是对的。这期间虽然已经挨过几个月了,别的城市也都被炸毁,但汉堡是被毁灭的第一个大城市。我们也许遭受了致命伤,还要发生的仅仅是一种牲口似的死亡。如果撇开战争不谈,不去管他是交战的这一方或那一方,能够赢得这场战争,如果我只想到我们的欧洲故乡,那么,我们感觉到了我们结局的命运那无疑是对的。

但如果认为当时已准备起义和骚动,那可能是报道错误。不仅敌人,连我们的当局在这方面都估计错了。一切都非常平静,并且完全希望有秩序地过下去,而国家就以这种情况中成长起来的秩序为准绳。如果国家自身有布置地过问事情,就只会激起人们的愤怒和谩骂。有一部分当权者和机关就像从地面上消失了似的,但他们仍在那里仿佛忍气吞声地过着一种苟且偷生的日子,只要有一个人大声怒斥,他们马上就让步。他们还有什么办法呢?在哈尔堡车站上我听到一个妇女——我不知道她干了什么事——喊道:"把我关进牢房吧,那我至少还有屋子蹲!"三个武装路警一筹莫展,只好狼狈不堪地挤出人群走开,任由群众去安慰这个妇女。我还见到过许多别的事情,包括这类更严重的敌对行动,但这个例子已足够了说明问题,它再清楚不过地描写了我们的态度和国家权力的丧失。假如国家有什么跟我们过不去的话,我们每个人都会像那个妇女一样呼喊的。

今天,国家把它的观望态度标榜为一种功绩。但这是可笑的。另一些人认为,当时我们对自己所能进行的反抗太冷淡了。这也是不对的。那时候每个人想到什么就说什么,没有任何人的思想情感会使别人感到他有什么恐惧。根据我所听到的情况,我得出这样的看法,即人们面对大家称之为政权或国家的东西所表现出来的轻蔑莫过于这种情况了,就是:人们对于像汉堡所遭受的命运既没有罪责,又没有能力去改变,而人们却把这样的事情当作无关紧要的事情来看待。有那么一瞬间,人不再表现为他的机构的奴隶。举例说吧,谁都知道,当有一批人首先逃跑,他们还滥施了他们的影响,肆无忌惮地为自己的张罗飞机,以便带走他们的财产,更有甚者,他们却让别的逃难者同他们的行李卷留在马路上,弃置不顾。这不是个别现象,并没有夸大,成千人看到这个情况。说实在的,当他们谈到这件事时,说话无不尖刻,但避免任何挑唆性的语气,给人更多的感觉,好像他们在揶揄自己,假如他们早先期待别的什么就好了。如果有朝一日掌权们对这样的轻蔑进行报复的话,我们可就糟了!不过我相信,他们对此甚至都没有理解。

还有些另外情况:我没有听到一个人骂过敌人,或是把毁灭的责任归于他们。要是报纸上登载诸如"空中强盗"或"纵火杀人犯"这样的字眼,那我们根本不听。一种对事物更为深刻的见解禁止我们想到敌人,想到据说引起了这一切后果的敌人;他对我们来说充其量也不过是那种要把我们毁灭的不可认识的力量的一个工具。因此我也没有遇到过一个人以复仇的想法自我安慰。相反,人们这样说,或者这样想:为什么还要别人毁灭呢?有人告诉我,一个饶舌鬼谈论报仇并用毒瓦斯消灭敌人,被人们揍得死去活来。我不赞成这样的做法,但是事情既然已经发生了,那么它的发生是为了使一种起亵渎作用的愚蠢行为沉默下来。

这一切是必须说一说的;因为这促使人认识自己的荣誉,即在世界末日那一天,他感到他的命运是如此伟大。尽管这仅仅是短暂的一瞬;因为这期间概念又混乱了。

在载我们驶向汉堡的第一辆车上,我本身经历了一些事情,还没有跟任何人说过,它充溢在我心头,它使我感到羞愧和惊奇,因为我不敢为此作公开的说明。我为密茜找到了一只蔬菜箱子当座位,并且还可背靠驾驶室的隔板,这样她多少可以防止摔倒。我和其他二三十个人站着,紧紧地挤在一起。我们紧紧抓住车篷的撑杆,不让自己甩出去。每当马路两旁蔽荫的果树枝不时向我们扑打过来时,我们就不得不猫下腰去。那是早上八点钟,空气新鲜而洁净。庄稼好收了。丰茂的海滨草原上,一些黑白花斑的母牛无精打采地在反刍。东一只西一只的小马驹探出栅栏,然后猛地跳了回去,以便向母马报告我们的来到。肥沃的平原上浮现起一个个熟悉的橡树丛的岛屿,掩映着幢幢旧农舍。有时候高高矗立着一座乡村教堂,或者一个牧师住所的巴洛克式屋顶。

车子穿越和平之乡向死亡之城驶去。这时不知从什么地方向我袭来一种真挚的、强制着的幸福感,我费了很大的劲才没有让它欢呼出来:现在终于开始了真正的生活。好像一扇牢门在我面前豁然洞开,那早已预料到的自由的清澈空气迎面扑来。这真可以说是如愿以偿。

密茜一定也有某种类似的感受。有几次,每当我想谈谈我们的未来时,她对我说,她感觉到现在正是我不能错过的最后的伟大时机。她这话的意思真的仅仅是指那折磨人的种种妥协吗?指那些我们出于舒适或者错误的考虑卷了进去,而现在由于一种更大的暴力把它们撕得粉碎,因而我们不必再奉行的妥协吗？难道她认为自己超越了这些束缚,这些如果你把它们当作这样的束缚来感受,它们的确就是束缚,而由于它们对于那等待如愿以偿的时刻的时间起迷惑作用,因而它们也许是有益的束缚……莫不是密茜的意思也可能是:现在已大步通过了准备阶段那可怕的荒漠？

然而这种感情与事实多么矛盾。不然就得承认一个刚死的人会有某种类似的感受,从而露出他最后的微笑。

这里涉及的真的仅仅是一种纯属个人的感情吗？那么它就不属于这篇报道范围中的事情了……

过了威廉斯堡不远开始看到破坏场面,在菲德尔镇就已经是一片废墟。唉,在我回忆起从这条马路再次驶进汉堡的时候,我不得不辍笔让它中断。为什么？我想:把这一切写下来干什么呢？让它永远忘记岂不更好？因为这里所发生的事情是用不着阅读的。为别的人、为后来人吗？难道他们阅读这些东西只是为了从这些凄惨事情中获得欢愉因而提高他们对生活的感情？难道为此而需要一场洪水？或是一条通往地狱之路？而我们这些到过那里的人连说一句警告性的预言都不敢。还没有说出来过呢！

要不,这样做是对别人的一种请求,请求别人宽恕我们,如果我们不再是人家所期待的那种人,不再是人家所期待的那种在场人,不再是人家所期待的那样易于让人了解的人？

我没有再现第一个印象的雄心。这可能是错误的。由于反复的访问,对人家看到的事情,或是毫无反应的态度,很不习惯,那才是怪事。每当人们从城市的氛围中再次摆脱出来,就好像从昏厥中苏醒。或者说,人们被折磨得不堪,像一个正同妖魔争辩的诗人,由于精疲力竭而变得淡漠。绝不像以前那样,当我们看到十幢房子中有一幢被摧毁,感到那么苦痛和惊骇。从生者中间硬被拉走的这一家人,我们可以对他们表示哀悼,同时为其他人的生存而战栗。但是现在,现在不是什么都没有了吗？没有城市的尸骸骨,没有一件死亡的熟悉的东西对我们说:咳,昨天,当我们还活着的时候,曾经是你的故乡……不,用不着去悲伤。我们周围的事物绝不会使人想到失去的东西。现在跟过去毫不相干。过去的事情是另一码事,那是陌生的东西,那本来就是不可能的事情。在芬兰的北部有许多因严寒而冻僵的森林。我曾经在住宅里挂过一幅这样的画。但此刻谁还想到森林？连森林的轮廓都想不到了。诚然，确实有一些东西，甚至更多的东西，似乎仅仅是轮廓，但是这些符号和古字迹意味着什么呢！也许是难以想象的森林这个概念的复原？

当我们沿着宽阔的塌陷的马路越过菲德尔镇驶向易北河大桥的时候，我看了看车上在我身边的那些人的脸。我们像一支旅游队伍，只是缺少一个话筒和一个在滔滔不绝讲解的向导。不过一切都很茫然，并且陌生的东西也不好讲解。昔日一眼看去满目是房屋的墙壁，而今是一片默默无语的平地，无边无垠。这是一座公墓吗？但是哪些人把他们的死者安葬在那里，并在一个个坟上竖起了烟囱？这些烟囱有如烈士纪念碑，有如史前墓的遗迹，或者像显示凶兆的手指①；它们是唯一从地里长出来的。躺在地下的人通过这些烟囱吸进那蓝色的灵气？而在那里，在这片奇异的灌木丛之间有一座空荡荡的大门犹如一座凯旋门悬在空中，也许是它的一个君主和英雄，或者，像在古罗马人那里一样，难道这是一条水道的残余？或者这一切仅仅是一出幻想性歌剧的一种背景结构？……可我们在小学里学过多少东西，读过多少书，为多少幅画惊叹过，但是还没有人报道过这件事。那么还有没有一些大陆来进行过探索？我在所有人的眼睛里看到这种聚精会神的、紧张的向外的探索和徒劳无益的向内的比较。指望什么地方有那种能解开谜底的东西显现，这样的期待我们无论如何是不可忽视的。

仅仅在通过易北河大桥的那一小段路上，那压在心头的魔力才松了一会儿，大家开始数起城市的尖塔来。哟，它们一个个被用什么样的爱称数点着！但它们中那最美的一个，那卡塔琳娜教堂的钟楼在哪里呢？为什么那市府大厦变成一座宝塔了呢？……但我们正这样想着想着，车就过了河，又驶入公墓地带。

车往左一拐，只见一堆巨大的焦炭在燃烧——烧了三个星期它才熄灭——有几秒钟之久，大家遭到通红的地狱热浪的袭击，好像为了使大家刀枪不入，这样才可以通过，随后进入内部。车子摇摇晃晃，探索着通过废墟

---

① 《圣经·旧约全书·但以理书》第五章："伯沙撒王为他的一千大臣，设摆盛筵，……赞美金银铜铁木石所造的神。当时忽有人的指头显示，在王宫与灯台相对的粉墙上写字，王看见写字的指头，就变了脸色……"

间勉强能通过的隘口,越过一座座楼房倒塌的瓦砾堆,经过一处处火山口,一次次在断塌的桥下穿过,一节节车厢像纸带似的一头挂在这些桥上,一头钻进泊船的水里,一只小船的船首从水中高高露出水面,对那些在旁边毫无生气地漂动着的高原人的小船的笨拙船身感到吃惊。在隘口的边上放着一捆捆长长的东西,听人说,那是尸体。一切是如此寂静,人们觉得那汽车的绝命喊叫响得震耳,这些车子被烤得发黄,在最后紧急关头可怜地竖了起来,给那走不通的逃跑的路做了记号。

没有一条叉路可以进入旁边的丛林;一切都是乱糟糟的。只在很少情况下,通过一扇黑色的拱形窗子,目光才不受阻拦。举目望去,看到的不是墓志铭,而是看不懂的广告牌。突然间大家把头缩了起来,因为一座七层楼的大厦正面对着大街呈倾斜状态,由于车子的震动,随时有倒塌的危险。我们过去后回头一看,只见一座阳台高高挂着,阳台上支着一顶撑开的遮阳布篷,甚至阳台凭栏上正开着天竺葵一类的红花。然而一切都寂然无声,没有动静和变化;一切都失去了时间性而变成了永恒。从现在起我们将不能再问:面对辽阔的国土和海岸,你的事业顶得住吗?我们将不得不这样问:面对这片公墓它顶得住吗?

我们多么为我们的鉴赏力而傲慢和自负!我们有什么不以我们具有才智的判断而自傲呢?我们怀着何种愤世嫉俗的厌恶情绪妄自拒绝无数人的生活习惯!我们不是说过吗:这是一个丑恶的市区,毫无人类尊严,是垃圾堆;街道狭窄,嘈杂不堪;庭院没有灯光,没有色彩,没有微风;房屋龌里龌龊,死气沉沉?几百万人是怎样在这儿生活,囿于一只樊笼里呼吸的?一处处台阶上有一股食物和卑微者的气味;我们对此皱起了鼻子。一座座住宅里煮脏衣服的雾气向我们扑面而来,一个个房间里那些未被使用过的家具令人感到一片冷漠。那张蒙着针织外套的丝绒沙发呢?所有那些婚礼和庆典的笨拙的照片呢?那幅挂在夫妻床上的、甜美动人的仙女的彩画呢?

有谁还敢嘲笑这些东西!如今,为什么台阶上闻不到味道了?为什么厨房窗子前面的平台上不再晾衣服了?以前星期天不是常常要烤点心的吗?那千家万户的住宅——现在只能从残垣断壁看出它们的轮廓——里,不是每户都有一个天天擦地板、抹家具、使邻居害怕又受邻居羡慕的家庭主

叶廷芳译文自选集

妇吗？

但为什么还矗立着烟囱，它们并不冒烟，不是毫无意义吗？但炉灶一个都不在了。我们煮过东西又有何用？床也没有了！我们过去为什么睡觉？我们保全了性命又有何用？为什么要储藏东西并且省吃俭用？

男人们对这方面谈的一切都是欺人之谈。只有女人们可以谈谈……

或是步行，或是乘车，我巡视了全城。只有很少几条大街看得出街道的模样来，但是成公里成公里的地段没有一幢幸存的房子。如果有人试图从侧里闯进去，立刻就会有晕头转向，失去时间的感觉。在那些我认为过去熟悉的地区，我完全迷了路。我寻找一条在我的梦中准会找到的街道。但我站在我所揣测的地方，不知所措。我已经把瓦砾堆中那些横沟搞得清清楚楚，但我没有再发现那条街道。而如果几个钟头后遇到一个人的话，那也不过是一个穿越永恒荒野的梦游者。人们以惊怯的目光彼此擦肩而过，说话比先前还要轻。阳光洒遍大地，但它没有力量驱散这一片暗淡景象。

一次，我在那里遇到一个人，在别的时候我对他不会有好感，巴不得避免跟他来往。但由于我们现在努力识别路径，由于我们尽量认清我们所看到的东西，并把它当作某种理所当然的东西来看待，关于这点不需要再费口舌，在这个时候我们成了完全相似的人了。是的，我相信，我们都感到，我们是突然闯入者。我们以警觉的、敌意的目光看着周围陌生的环境。尽量不发出响声，免得吵醒入睡者和狗，一块从沉默的阳台上飘出的破碎的窗帘把我们吓了一跳。谁在那里给了谁一个信号？这些看不见的生命，这些在这样陌生的地方不肯放弃他们家乡的人，他们默默地、阴险地埋伏在这里吗？要不，我们是聋子和盲人吗？我们看到了门上用粉笔写下的第一个也是最后一个问题："你在哪里，母亲！给我一个信呀！我现在住在某处。"这时候，为什么我们的瘫痪状态不像一声极度的叫喊那样揪心呢！

我们就像那些不再具有任何活人的忧愁感的死人似的穿过这个世界。人们试图用玩弄统计数目的手法来清除死人。在头几天马上就有人说：四万。但这委屈了那些不想把他们数进去的人，人们又试图用十二万五千这个数字。这里数目占了优势，它日益增长着，升至三十万。当一天早晨我们醒来时，那还只有三万。人们以一切逻辑的根据算给我们听，这数目不可能再多了。有人对死者们进行了斗争。同时我们从全国的四面八方听到:汉堡的情况根本没有这么糟糕;那完全是汉堡人装成这个样子的。我们对这种说法惊讶得无法给予回答;因为还没有一个人到自我怜悯,或者拿他的不幸来夸耀的地步。然而凭逻辑是战胜不了死者的。今天那数字又摇摆于五六万之间,人们不敢对此提出异议了。

为什么有人企图对死者说谎呢?为什么他们不说:死者的数目我们数都数不清!这本来是一句很简单的、就连死者都会明白的话。可能会有这样的情况:如果人们不给他们权利,有朝一日他们来了,麇集在那世界大战的阵亡将士纪念塔的周围,它宛如房子的烟囱,在城市的四分之三走向毁灭时依然屹立着。他们将问那些被写进如下铭语"四万名城市之子为你们献出了他们的生命! 一九一四至一九一八"的人,他们将问这四万人:"包括你们的父母、妻子和孩子们,许多人和无数的人——告诉我们,他们的儿子们,为了什么呢? 在五个半小时之内!"这时,在场的没有一个能够回答。苦难母亲的伟大的鲁纳文又将重新出现,以取代那只毫无用处的鹰,在一个大言不惭的时代,这只鹰曾经被任意乱画在界碑上。……一个礼拜以后,这些市区全被封锁了。人们在它们周围垒起一道高墙;有的是石头嘛。在它们的入口处有武装的士兵站岗。"您有什么事,"他们中的一个问我,"这不是玩儿的地方。"只见穿着条子服装的囚犯们在里面劳动。他们大概在处理死者。听人说,死者,或者像人们通常称呼的"先前的人的残余",都要立即火化,或者堆入地窖里用火焰喷射器焚毁。其实这样做更糟糕。他们被苍蝇叮过,还没到地窖就由于手指那么长的蛆虫的作用而在地上烂掉了,火焰不得不从他们身上清除出一条道路,通向那些因火焰而丧生的人当中。

耗子和苍蝇统治了城市。耗子又肥又大,在街上大胆地四处乱跑。但是更令人讨厌的是苍蝇。这种五颜六色的绿头大苍蝇从来都没有见到过。它们成群地在石子路上翻滚,蹲在残垣断壁上,互相趴在身上交尾,在玻璃窗的碎片上疲倦地、尽情地取暖。当它们已经飞不动了的时候,它们就钻过最小的缝隙尾随着我们爬行,而它们刷刷的爬动声和嗡嗡的鸣叫声是我们苏醒过来时所听到的最初的声音。这声音后来直到十月才消失。

接着,全城弥漫着一股烧成炭的家什和腐烂物的气味。这气味随着一种干燥、发红的灰浆粉末到处飘动。我们心中突然产生一种渴求香水的欲望。

在那第一天我们在商场附近离开了载重汽车。我们首先想去自由港看看营业所。我们对此还毫无消息,希望也许在那里还能抢救些什么。这一地区就像生灵被灭绝了的似的,但这里的破坏较别处要小些。房屋有一半还存在。仅仅是屋顶和较高的楼层被烧掉。人们东一个西一个地在瓦砾中拨来拨去,把一件件烧焦了的家具扛到大街上。

我们越过了海关运河。海关已不存在了。我们在圣阿内大街拐了个弯,就看到了一排营业所的红房子。但一直还说不清,莫非这些不一定仅仅是正面。猛然间我们遇到了第一个熟人,一个货栈的工程师。我相信我们谈的是废话,并且滔滔不绝,简直在话里打滚。仿佛二十年后我们重返故里,又碰到一个童年时代一块儿游玩的伙伴。

我们向他询问共同的熟人,但他对他们也一无所知。再说他好像没在场似的。我请求他讲点什么,他说:好呀,可在下一秒钟就忘掉了。他见到人的时候目光随便朝着那儿上空张望。他是一个非常有礼貌的人,这一特点即便现在也还没有失掉,但这种旧礼貌表现在他身上就好比穿了一件很不合身的外衫,晃来晃去,与他的新的外表不贴切了。这一切都是缺乏睡眠和灭火时的过度紧张造成的,也许还因为他为了支撑身体而喝了过多的酒所致。他马上从口袋里掏出一小盖瓶烧酒给我们喝。我们每个人都呷了一口,它在白天还为我们起过很好的作用。八天前谁想到过密茜和我会同一个并不怎么熟的人一起在大街上从同一个瓶子里喝酒?但是大街这个概念实际上已经不存在了。

他跟我们说,夜间人们已经放弃了汉堡。消防车晚上正在作业时被召回,停在通向市郊的马路上,整夜闲着。那时他也放弃了工作,第一次躺下来睡觉,虽然周围一切都在燃烧。——后来他的妻子也没有事干了。她在港口那里的官员宿舍还没有损坏,但她已经把她全部什物都弄出去了。

营业所大楼绝大部分都被烧毁,一直坍塌到第三层。我们在碎玻璃和瓦砾堆上绕来绕去到达了我们的营业所。一切都被消防水弄湿。房子的后墙被一颗炸弹炸开了,内部通道与市内小河直接相通。去我们营业所的大门前挂着一条毯子，犹如一幅帐幔似的一直下垂到地板上。今天它仍然这样挂着。里面一切都被扔得乱七八糟：家具、案卷、门板和窗框。各个房间之间的隔墙被扫荡殆尽，如果你握住点什么，那么手中都是玻璃渣子。——但是我们算是熟悉这番景象的。一九四一年五月，营业所曾经被毁坏成这副样子。

我打开我的写字台抽屉，高兴地发现几份手稿。打开钱柜我就没那么高兴。我们把一切对我们宝贵的东西统统塞进麻袋，裹进毛毯。突然间一切都是珍贵的了：一块旧手巾、一把指甲刷、两座铁铸的灯台，还有别的东西。我们把两台打字机藏在还可以上锁的地窖里，另一台我们想带走。这样做是妥当的，因为在而后的几天内，一切可搬走的东西，从最小的物件到地毯、家具全城被城市中那些盗尸者偷窃得精光了。虽然到处张贴着布告：抢劫者，枪毙。但是谁愿意把他们抓来枪毙呢？在我们的那些营业所里，歹徒们首先染指咖啡样品和别的船运货的样品；它们原先都装在小盒子里，干净、整齐地排列在有花纹的墙沿上。一点不假，后来在上百个营业所里都找不到豆子了。

突然我们顿住了，我们的目光透过后窗落在卡塔琳娜教堂上。我们吃惊地面面相觑。"是呀，当它倒塌的时候，我哭了。"站在我们旁边的工程师说，他告诉我们事情发生的具体时刻。我们自我欺骗，对我们并无好处：这仅仅是一座教堂，那十万幢住宅和人，情况还要糟糕，它也许只是一种象征。也许我们所有在那里进出过的人都以各自的方式爱这种楼胜过一切，却还不自知。我们现在才发觉这一点。十几年之久，它远远地矗立在我的写字台的前方。巴洛克风格的青绿色教堂屋顶与市内闪闪晃耀的小河交相辉映，产生迷人的魅力。尤其春天和秋天，它把人们诱入如梦的境界。记得教堂里有一架古老的管风琴，记得这是一座百年前汉堡大火中唯一幸存的教堂，这已完全没有必要。

现在那儿仅仅可怜地剩下一个钟楼的残体，它支离破碎，被烟熏黑，刚好断裂在时钟部位的上面，时针指着一点过后不久；但这是中午还是子夜？是哪一天？时钟上方还可看到那镏金的大字：格罗丽亚。那教堂屋顶上的铜皮像一块尸布向内笼罩在教堂的中进①上面。只有尽后头,在圣器室的一堵断垣上,那座手操舵轮的金色圣像依然站立着,并用手指指向远方。

当我看到两只海鸥似的大鸟无声地、翅膀几乎毫不振动地围绕着教堂盘旋时,此刻我想起,我在今年的五月精神极其恍惚。它们有时候黑,有时候白,它们的阴影令人不安地在屋宇和水面上滑过。数以百计比这小得多的海鸥也都悄没声儿地正在捕食,它们畏畏葸葸地歪着脑袋,打量着这两个外来者。此事仅仅发生在一天的下午。

但是人们总是对我们说,我们不应当迷信。

我们背着沉重的行李进城。我们不得不经常把行李放下歇息。我相信我们既不向左看,也不向右看,只一个劲地向前走。早先我天天走这条路,现在又走在这条路上。但还有多长? 这也不再是同一条路了。即使把鱼市场上那喷口——几条破裂的管道向市场里冒水——堵住,那位卖药的老太太已经不见了,那座约翰娜神殿也不会重新建造了。可是所有这一切人们直到今天才看到,显露出来的街道和大家要像那往日那样在大街上行走和生活的近乎嘲弄性的愿望,这显然给丧失意志的人以自信。因为当时没有街道,而只有碎玻璃和瓦砾堆上的一些小径。人们想不到道德和秩序,他们上哪儿去,怎样直捷就怎样走,每个人按照自己所喜欢的样子,并且看来是拣最好的衣物穿戴。决不会有人对于你像在原始森林里那样用砖头砌起小炉灶煮饭吃和泡衣服抱有片刻的惊奇。然而那总还是生活,而在其他市区连这样的生活都没有。

直到少女径那儿,我们才好容易搭上一个医生的车子,它把我们一直带到大学。顺便说一说,探访一个朋友只消几分钟的工夫,绕一下道就到。这也驱使我们去那样做,尽管我们错过了这次机会。不仅仅这第一天,而且还有三四回。也许他本来就需要我们帮助,所以不必道歉。事实上我们是担心不能再见到他的。当时人们都不喜欢打听熟人,多半是干脆给人来个出其不意。无论如何在初期是这样的。

在八天后,当我鼓起勇气终于到达那里时,我经过怎样的一番思想斗争

---

① 中进,教堂中设置座位的部分。

啊！在我登上草山时，我就差点儿重新折返，免得看到那真实的场面。以前那里很窄，小胡同纵横交错，拥挤不堪，如今举目一看，一片空旷。在漂白大楼的拐角的大街上有一座很大的街垒。我一直都还没有能够发现我朋友那座房子的周围环境。等我站到街垒上面——做这件事我也不得不思考良久，并且我相信我的心战栗着——，我才见到那座房子。真是无法相信，它作为街上第一幢也是最后一幢房子，依着另一堵房墙，宛如一块高高突起的岩石矗立在一片废墟海洋的凝固的海潮之中。这上面有一个人孤单单地在劳动。这个人就是他。我叫喊起来，他也喊着；我从街垒上一跃而下，向他扑去。我们脸上微露笑容，互相拥抱在一起，他一个星期没有刮的红胡子碴扎着我的脸。

他着手把入口打开。人们只能跨过一块板才能走进房子。街道另一侧的几座大楼坍倒在底层和地下室上，并且把它们给砸坏了。大火熏黑了房子，是从窗口烧进去的。他和妻子就两个人在一连几夜的奋战中一再把火扑灭。即使他们能够抵御大火，然而如此保存住这座房子也是一个不可思议的奇迹，它居然在一枚可以毁灭方圆一千米内一切东西的炸弹的威力范围内独一无二地没有倒下。

他的妻子在花园里蹲在露天的灶火前想把水烧开。一只猫偎依在她的身边，它胸部有一个很深的伤口，爪子已经烧焦了。谈一下城里的猫是值得的。它们在原先住宅的废墟中没有被人诱走，在被烧成炭和仍在无焰燃烧着的梁木之间东躲西藏，并且饿得喵喵叫。人们出于怜悯给它们点东西，它们尖叫着一拥而上，一边大嚼，一边摆开战斗的架势。但是它们不让人抓去，人们不得不对它们采用强力和诡计。然而尽管精心照料，它们中的大部分还是死了，或者由于思乡病，或者因为恐怖过度而后倒毙街头。

那位于市中心和高楼大厦间的小花园一度默默无闻，被人遗忘，积起了一层灰色的尘埃。我们穿过它向后头走去。我的朋友滔滔不绝，说个不停。这里躺着三十七具尸体，他们是在那里的地下室里被烧死的。"您看，这里还有一只带血的靴子呢。"那是一个防空地下室，但是几扇门都卡死了。由于旁边是煤堆，燃着了，他们被烤得难熬，全都从发烫的墙壁旁边逃到了地下室的中间。人们在这里发现他们紧紧挤成一堆。由于热的作用，他们的躯体都膨胀了开来。——"您上来吧!"他帮我登上了一座在那里形成的小丘。在我们下面的荒凉土地上只有修道院花园的大门突兀而起。四月份我们曾在那里听过勃兰登堡音乐会。一个盲人女歌手曾唱道:"严重的痛苦时代又开始了。"她质朴而自信地站立着,背倚大钢琴,她那死了的眼睛越过我们当时为之战栗的虚无的前方,也许朝着我们现在所在的地方。而现在我们周围唯一存在的仍是一片石海。

唯有园中那棵白杨犹如一把大马士革钢剑①,始终昂然屹立着,几只小鹦鹉从被破坏的笼子里逃出来,躲进了白杨树的叶丛里。树毕竟是树啊!它们以感人的急速,几天以后便在被烧焦了的叶子的地方发出了新芽,为自己创造了一个得以重新呼吸的春天。

哦,还有家里的三座英国货立钟也幸存下来了。当四壁晃晃荡荡时,它们被直着踉跄地移进房内。但是我们为什么要让自己糊涂呢,弟兄们!即使外边这样声震如山倒,我们却继续知道钟点。有一座钟度过危险的深渊,以温柔、孩子气的急促摆动演奏着它那短小的赞美歌……

在大学里我们让人开了一张身份证,然后把我们沉重的行李寄存在门房那里,并动身到应该是我们家的那个地方去。但那是一段弯路。也许有人以为站在那个你住过多年,而现在荡然无存的地方心情是沉重的,以为你接着会感觉到,那曾经被你称作自己的东西怎样重重地倒塌在一个人身上。于是你发出呻吟或者哭泣。可是我并没有感到心情沉重,只是觉得不可理解。而且是如此不可理解,以致思考都不可能。思考起来是多么可怕地沉重,沉重得使你屏住呼吸,并且只能非常小心翼翼地移动着,穿过人世间。这几乎是不言而喻的。

我们有三四次站在它的前面。第一天餐室的墙上还高高挂着暖气片。接着残垣也塌下来了,几天以后一切都毁了。只剩下一堆石头,一大堆小石头。我们只是不住地说:这是全然不可能的呀。那张菩提木桌面的很沉的旧桌子究竟到哪里去了呢?还有衣箱呢?那儿本来是有好几只的。哦,可不能忘了仔细看一看,也许那一小幅圣母像还偶然地照旧挂在那里。但我

---

① 大马士革钢剑,用极坚韧的钢制成,刃背镂有花纹,产于叙利亚。

们什么也没有保留下来,我们所心爱的以及属于我们的什物中,连一小片也见不到。如果见到的话,我们会把这种小物件抚摩一番;它身上具有其他一切物件的本质。如果我继续走下去的话,我们背后就留下一个真空。还有住房呢?自己的东西呢?但这是根本不可能的了。可蓦然间一切又都在那里了。在别人家里,他们有一个书架。哎呀,就是这个!我们有多少书啊。或者看到他们在唱机上放上一张唱片。你熟悉这个音乐会吗?对了,这是亨得尔①,我们自己有这张唱片,我们只要到柜子里去拿就是。不过您可知道,《哈利路亚》我们向来是只在圣诞节的头天晚上演奏的。这是我们家里的传统。先是演奏《哈利路亚》,然后,在分发礼物以后演奏帕莱斯特里纳②的乐曲。烛灯亮着,其他所有的灯也都亮着。哪盏灯是最美的呢?是祭坛上的那盏大祭灯,还是那盏锡制的小灯?不然是那盏随时令人想起大歌剧的某种东西的路易十六反光壁灯!可是你完全忘了那盏白底上釉的陶器灯。唉,上釉的陶器!它们是几百年前的东西,有的来自鲁昂③,有的来自德尔夫特④,有的来自南德意志。之后,战争频繁,而它们并没有被打碎。可现在呢?

或者只钉个纽扣,或者要一团丝线。一切都在雷卡米埃夫人画像⑤前的扑克牌桌上放着呢。顺带说一说,战后我们将重新弄一张。总会找到一张匹配的古色古香的东西。

这我们也是有过的,我们有过,我们有过。这不是吹牛,不,这是从嘴里逼迫出来的,是应该大写特写的,它是不愿死的。它不是处在废墟之中。

但是,反正这些不过是东西!想一想,假如您的孩子或者妻子遇难。我们说,不错,这是确实的,但这也无济于事。难道我们与这些东西一起朝夕相处过是错误的吗?谁能对这作出判断?我们到底从来没有使它们着魔。在线装书里我们一再读到妇女们想着魔、以为那样就会幸福的蠢事。我们周围的一切东西在我们这里只不过是客人。我们重视它们自身的生命,它

---

① 亨得尔(1685—1759),十八世纪德国大作曲家。
② 帕莱斯特里纳(1525—1594),意大利教会作曲家。
③ 鲁昂,法国城名。
④ 德尔夫特,荷兰城名。
⑤ 雷卡米埃夫人画像,是法国著名画家达维德(1748—1823 的作品,画巴黎上流社会一位才貌出众的交际花。

们比我们的生命年长日久。有时候，我们有一种坏心眼，因为我们不能够向它们提供它们所习惯的东西。一座宫殿或者一些华丽的房间。弥撒经不是应属教堂的吗？哦，我们还要操心；在我们死后，你们返回老家，只是在这期间——外边是这样不稳定——你们留在我家里，像在自己家里一样。我们让你们悉听尊便，我们感到对你们是负有责任的；我们将压低我们的声音，使我们与你们相适应。

要不，如果我们在它们那里做客呢？如果它们以爱护的态度对待我们，对我们较为粗鲁的习惯视而不见，和蔼地避免让我们感觉到等级的差别呢？

假如我们曾用我们的占有欲的强力挫钝了它们的个性，从而消除了对它们自身生命的威胁，那真的会是它们的幸运吗？不，只是……我们现在本来是应该轻松一些了。因为失去的财产可以补上；但是……一个客人，一个朋友呢？如若试一试，可就糟了。我们也许可以给自己买一面镜子。说不定有一个行家会说：这面镜子的价值比他们拥有的全部六面镜子的总值还要高。但那不过是一件买来的补充物。我们怎么能够忘掉我们所爱着的你们呢？我们让你们悉听尊便，包括随时离开我们的自由。如今你们走了。可我们还在。别忘了我们啊。

或者，这样生活是错误的？难道我们由于躲避严重后果的现实而藏身于它们的背后，因而对其滥加使用？可是它们一边保卫着我们，一边走向毁灭，而今我们赤条条地站着，而不假意逃跑了？不得不提出这个问题。人们要么承认，要么忘记，第三种态度是没有的。

忘记吧！有几个剩下来的人躺在人世间那光秃秃的土地上。他们围着一堆火躺着，男人们和妇女们。他们衣衫褴褛，但他们别无他法。这是深夜时分。天上还亮着星星，跟平时没有什么两样。只听得一个人在说梦话。没有人懂得他说什么。但所有的人都骚动起来了，他们站了起来，离开火堆，在寒冷的黑暗中战战兢兢地谛听着。他们用脚踢了踢那做梦的人。于是他醒了。"我做了个梦。我必须承认我梦见了什么。刚才我在我们后面的东西那里。"他唱起一支歌来。那堆火暗淡了。妇女们哭了起来："我承认：我们曾经是人！"于是男人们互相说道："假如事情像他做过的梦那样，我们都将被冻死。让我们把他打死吧！"他们就把他打死了。于是那堆火又使他们获得温暖,人人都心满意足……

我们还负有一个沉重的"本来"的心情。第一个做这种事的是半瘫痪的老面包师,当我拐进我们的街道时,他朝我们一跛一瘸地走来。"我老婆还有一只箱子要给你们呢!"他向我们喊道。我们高兴地跑进我们房子对面的面包店。箱子已经放在把它抢救出来的那个街坊女主人那里。里面是些换洗的衣服,我们对此高兴异常。我们还突入了另一家离我们不远的地下室,这幢房子也烧塌了。地下室的灼热是难以想象的,只能在里面忍受几分钟工夫。我打开一扇门,我担心地下室会在这个时候坍下来。我们原来还有一只箱子在这里,但它已经被人偷走了。

面包师老太太给我们喝烧开过的水,接着她讲道:你们的房子本来是可以得救的。只是人们没有注意。起初您的住宅里只烧着一点东西。还有人证实了这个说法。又有人说:不,火势很快就蔓延开来,波及了楼梯间。不论哪个说法,在那个大火之夜情况是不会叫人高兴的,尤其是那些在场的男人使人缺乏果断的力量,而一心想着抢救自己的财物。连我们住宅的门都没有给人打开。不管房子怎样坚固,从我们住宅的角度来看,它已经被毁灭了。在这一次空袭之夜的头几分钟里,它马上就陷入了火海。

这种"本来"的心情由于除了我们的房子外别的两幢房子依然存在而加重了。在对过街道的另一侧也还有四幢房子依然存在。但除此以外周围一切都毁灭了。现在也许是提出这个问题的时候了:这少数几幢房子是怎么会被保护下来的呢?这个姑且勿论,但我们要问:为什么偏偏我们的房子非得烧掉不可!要是我们当时在场的话,我们就把它救下来了。我们当然一直清楚,除了我们自己,谁也不会关心它的……因此,一连串的"本来"跟踪着我们。至少我们本来是可以把皮大衣、鞋以及换洗的衣服抢救出来的,说不定还可能救出这件或那件纪念品。为什么我们就不能像所有的人那样弄走我们的几件东西呢?连银器和首饰我们也没有弄进地下保险库里去。那本来是一件轻而易举的事情呀,但你从来就没有这种想法。哪怕至少把那些日记……

那些日记?对了,我现在突然想起,它们压根儿就不在这儿了。它们是我二十五年来所写下的。认真说来,"日记"并不是对它的恰当表达,因为其

　　　　　叶廷芳译文自选集

中几乎没有记载过什么大事件,而仅仅是某些事件所触发的一些思想而已。不,也不是思想,而是通向那些思想的路子。对,我所记载的是思想的过程。我再也不看见它才好呢,它使我厌恶。我到底为了什么要在日记中写那些东西,虽然有时中断,但总还写了二十五年之久!是呀,我写这些东西为了什么呢?诚然,它们已经离去了,这二十五年,这遗迹,这路子,它们是不好理解的,人们怎样能够关心抢救这样一些记载呢?这太不适当了嘛。如果人们不得不把某种事情交给命运来决定的话,那么情况就是如此。

我们找到了一个更为强大的"本来",而我们却把它加以相反的援引。我们心想:我们本来是多半遭到厄运了,或是我们两个当中有一个要倒霉。因为我们自然会跟过去一样待在住宅的楼上,⋯⋯当我心情烦躁的时候,你不是常常对我说,祸事是不会落到我们身上的吗?

不假,我们确是没有遭到横祸。

三年来我都说:我将不会遭到厄运,而且横祸也不会落到我身旁的人身上。让左右的房子都崩坍好了,你什么也用不着害怕。⋯⋯我并不经常说要遭遇祸患,尤其没有大声说过。因为一说出来,它就变得不真实而且没有意义了;人们只要知道就行。我唯有一次在夜里知道过,当外边又进行射击的时候,为什么我没有被击中,并且也对你说过:因为命运不愿如此轻易地对待我。

处在我们左边和右边的房子都还矗立着,但我们的房子已不在了。究竟是什么驱使着我们事先这样匆匆离开它,就像什么东西突然逼迫兽类离开它们的老洞穴?它们离开后不久即发生了地震,但它们不知道为什么。

我们不想问,而只忍受着更严酷的事情。谁知道现在这样是否就是更严酷的?我们离开那曾经是我们家屋的废墟之时,即是一条越过毁灭向前延伸的道路超始之日。

事情开始于我们也被卷进返回汉堡的巨大浪潮,这种返回故里的浪潮具有不可抗拒的威力。没有任何东西引诱人们这样做,也没有人号召。相反,人们还看到当局贴在墙上的布告,警告人们不得返回城里,甚至以惩罚相威胁。但是当局根本无力阻止这股浪潮,为了不让人觉察这一点,不久他们又在布告上说:谁不返回,咎由自取。

毁 灭

但是，是什么驱使人们回去呢？他们人人都说：宁愿在废墟下的地窖里过活，也不在别的地方熬日子。但这只是一种否定的论据。他们的意思是不是说，在这里，在以前有他们家屋的地方，他们有权利，可以有要求，而不需要向人乞求呢？这是否就是故乡这个概念所留给我们的残余呢？或者这仅仅是一种惯性？因坍塌而四处飞溅的水花又淌回去，填满水坑。

　　于是开始千辛万苦地寻找一个急需的住处。人们挤在行政机关里。为急忙找一个陶瓷碟子而煞费苦心。当一个人挎着一包东西往家搬运的时候，人们脸上露出那种令人感动的、孩子似的欢乐，仿佛他已向命运夺回了某种东西。于是看到这种情景的人们充满羡慕和好奇心问道：哪里有这些东西买？殊不知论质料和样子都是这样不起眼的东西，在以前人们只会因为它而感到坍台。不过这不再适合今天这里的行情。

　　这是严酷的事吗？人们尽量做得仿佛同先前的生活一样。手头是稍许紧一些了，人们不得不量入为出，但你们看：我们又在从事一项职业，我们越过马路，好像什么也没有发生过似的，妇女们在打扮着。但是……

　　他们知道，那只是一种表面现象。他们对此并不相信。缺乏布景，这是现实的幻觉。在一幢烧成灰烬的房子前面我看到一则这方面的寓言。在前花园的瓦砾上有一架烧灼过的大钢琴的弦座宛如竖琴。在灰烬的垃圾和崩断的琴弦里长出了一株玫瑰，正在盛开。那仿佛是一只旧茶杯上的面。他们早先本来没有料到过在底碟上有题字：盛开和凋谢。

　　是的，当东方破晓，所有的人都说：我们只想占有一点点东西，以便不受阻碍，能够比较容易地跑掉。听他们的说法，似乎人们时不时地逃避某种事情是理所当然的……那是不可避免的，虽然不好理解，但是你只得将就。

　　人们为了能够更好地度过困难，他们有没有做到使自己的情况有所好转呢？有时候也有个把人说：这一切仅仅是开始。我们往后会回想到这些情况。我们会遭到饥馑、流行病和别的什么。我们将只剩下四分之一的人。赞成也好，反对也好，谁都一筹莫展。人们必定是幸运的。……这一切十分可能。这期间其他城市都被毁灭了，有几座此刻还在燃烧，那些至今还幸免的也在惴惴不安地等着它们的时刻。汉堡的浩劫已不再数得上了。

　　它之所以不再数得上，不是因为我们这些已经遭过厄运的人值得怜悯，而是因为我们站在深渊的边缘上,并且怀疑自己能否战胜灭亡吗?是因为人们还不得不像隔岸的人那样思考问题;他们挤在昨天与明天之间,没有一秒钟的当前吗?我们已经赢得的和变成别的性质的东西,这乃是:我们已经具有当前了。我们已经跟时代脱节了。它仍然管束着我们,它命令我们工作,呼唤我们吃午饭,而我们听从着它。有时候我们没有听到它的呼唤,因为我们变得比一个素不相识的人富有了,于是它呵斥我们:你们在做梦怎么地?但是惩戒没有触及我们的实质。爱啊,穷困的时代,你为什么如此激动?只要能使你高兴,只要你不恼怒,我们很愿意照你的一切意愿去干。……“你们不要老是跟陌生人待在一起。”时代说,“我会把你们关起来的。”——“唉,母亲,为什么不呢?”——“他使你们堕落,你们将来不会走正道。”——“母亲,你不认识他。他懂得这样美妙的演奏,他住在那边不再有房子的地方。他每天下午经过旧城门来到这里。他是我们的朋友。我们一直请他把我们带到他居住的那个地方去。但他还不想那样做;他说:等等吧,孩子们。你连认识他一下也不愿意吗,母亲?”——“不!你们现在留在这里。把他当朋友是不合适的。”

母亲还忙得很,洗衣,做饭,间或下地窖取煤,当她再上来时,孩子们已经走了。她走到窗边,听他们唱道:

> 金龟子,飞呀飞,
> 我的爸爸在打仗,
> 我的妈妈在波美兰①,
> 波美兰,已被战火烧个光。

我们又跑到了街上,和死亡做游戏。这时时代悲哀地在一个角落里坐下,觉得自己毫无用处……

我们已度过了最严酷的时刻,比较严酷的生活已算不上什么了。它并不这样糟糕。这句话我是从一个不清楚自己说过这句话的人那里听到的。

————————

① 波美兰,德国北部的州名,一译波美拉尼亚州。

毁 灭　　　　　　　　　　　　　　　　　　　　213

这是无数人中的一个，任何别的人也都可能说这句话的。他向我谈到要毁掉他的那个夜晚。只要我们谈到这些的时候，他就模仿着我们大家的样子。这足有五种音调。理智说的时候，听起来像是悲哀的。但那不是悲哀，只不过如此容易理解。悲哀的仅仅是理智，因为他以为有翅膀，但一再坠落下来。

他对我说的时候，我不知道他以其无形的语言创造着一幅没有一个诗人能够创造的图像。他说：

后来一个人进地下室来对我们说：你们现在必须出来，整个房子都在燃烧，马上就会倒坍。大多数人都不愿意出去，他们认为，他们在那里是安全的。但他们全都丧了命。我们当中有几个人听从了他的劝告。但这是很费事的。我们不得不通过一个洞孔出去，而洞孔前火焰来回蹿跳。根本没有那么糟糕，他说，我不是也来到了你们跟前了嘛。于是我用一块湿布把头裹起来，爬了出去。接着我们一个个穿洞爬出去。有几个后来在大街上还是倒毙了，我们都顾不上他们。

莱茵行

[德]弗里德里希·封·施莱格尔[①]

(Friedrich von Schlegel)

　　莱茵河真正美的地区起始于友好的波恩附近;那是一条浓妆打扮的宽阔走廊,宛如一条穿行在群山和丘陵间的大峡谷,逆行一天的路程,即抵达考普伦茨附近的莫色尔河口;从这里至圣·瓜尔和平根,则山谷越来越狭窄,山崖越来越陡峭,地形越来越多变;这里是莱茵河最美的地带。处处都因两岸的忙碌景象而显得生气勃勃,更因那一座座险峻地突兀于陡坡上的古堡的残垣断壁而装点得壮丽非凡。这一地带与其说像一种偶然的产物,毋宁说更像一幅自成一体的绘画和一件造型之神的杰作。由这平坦地带溯流而上,哥德斯山做了开端,其中许多使莱茵河大放光彩的废墟;那是最美的地区之一,倒不是因为高度和险峻,但八成是由于应接不暇的景致和怡人的情调。在目历了各种环护河流上段两旁的荒野和罕见的崖堡之后,对面稍远一点出现的龙崖又使你的期待心情激动起来。——人们观看着这样一

[①] 弗里德里希·封·施莱格尔,德国文学理论家、作家、语言学家,与其兄奥古斯特均为德国浪漫主义运动的理论奠基者,曾共同创办《雅典娜神殿》和《欧罗巴》杂志。他倡导重主观的美学思想,对本世纪的现代文学颇有影响。著有长篇小说《路琴德》(断片)和美学理论《断片》以及史学著作《论现代史》与《古代与现代文学史》(二卷)等。此外他还著有《印度人的语言与智慧》,因而成为德国梵文研究的奠基人。德国浪漫派普遍不满工业的发展,缅怀中世纪宗法制社会。这篇《莱茵行》热情追溯并赞颂中世纪的古堡建筑及其与哥特建筑艺术的直接联系,跟作者的历史观不无关系。

些废墟，要么仅仅带着表面的审美激动，把它作为任何一种现代感情的、不可或缺的浪漫主义背景，要么从中仅仅看到强盗宫，它们在乡村秩序得到整顿后被摧毁了，并且不得不被摧毁；那许多——也许是大部分——现在人们依然看得见其瓦砾的废墟是无可争议的；不过人们不应该总是处处只把最后的坠落与事物本身混为一谈。同样，这些人把以往绝妙的纪念碑的意义搞模糊了。如果我们本着诚意只想问一问历史，那么我相信它会教导我们：在乡村贵族和商业化城市之间的大争斗爆发为一种国内战争（几百年之久）以前，还在固有的武力自卫权、乡村和平以及诸如此类的事情被考虑到以前，曾经有过某些这样的古堡存在了几百年；是的，德国人喜欢住在山上，喜欢搬到山坡上去住，此事是这样久远，以致人们可以不必用不正当手段使这种爱好成为固有的民族性。一种崇高和高贵的爱好！在山峰上极目远眺，在空旷的山上吸一口气，就会使我们犹如置身于另一个更轻松的世界，我们仿佛得到一种令人神清气爽的清凉饮料，它让我们忘记了表面的单调，在看着我们面前美丽的大地时吸进了生活的勇气。不过，老是住在那儿，待在同一个地方，像我们现在很难得有一天艰难地爬上去，以便也感受一下，一个生活在这里、在空旷中呼吸的人，怎样才能获得这种意趣；眼前总是身着盛装的大地，每日每年的任何时刻和时间，一切都显现得更清楚、更奇异，云朵的飘移，春天的明媚的月夜，哦，甚至暴风雨，冬天的白色田野。对我来说，只有这些地带是美的，人们习惯于称其为荒野和粗糙；因为只有这些地区是崇高的，只有崇高的地区才能是美的，只有它们才能激发自然的思想。要人们长期围于城市中，以适意的方式看看肥沃富饶的田野，可以唤起对生活欢乐的享受。大自然的这种春意盎然的魅力越是被享受得少，它对我们的心的掀动便越是有力。这里的一切仅仅是一种舒适的、可亲的当下的感情，没有任何事情使我们想到伟大的过去。可那些山崖，它们就像古代屹立在还很荒野的大自然王国中的一座座正在说话的古老战争的纪念碑，如此清楚地讲述着在它们的形成中，激烈争斗的大地的那些可怕的战斗，它们永远是美的，并且不断地制造着同样的、永不减弱的印象。当树林的呼呼作响，泉水的哗哗奔流引起我们感伤的时候，当野禽们的孤鸣痛苦地表达着欢乐的不安和对自由的渴望的时候，我们在凝视山崖时所感受到的总是大自然本身;因为只有在远古的自然时代所形成的纪念碑中,当记忆和历史大批大批地来到我们眼前时,我们才向这崇高概念的深处投以一瞥,而这概念在享受表面舒适时是不可能突现出来的。但除了那些留在自然废墟上的人类勇敢的痕迹,那些荒野山崖上的勇敢的古堡,没有任何东西能使这印象如此得以美化和加强——人类英雄时代的纪念碑与自然英雄时代那些更高的纪念碑是密切相关的;欢呼的源泉仿佛就在我们眼前喷涌,古老的祖国之河如今出现在我们面前就像一条自然宣示的创作艺术的大河——

> 别的源泉也多么勇敢地喷涌,哗哗作响,
> 那里本来是诗人们畅饮美好的庆功酒的地方。
> 毫不动摇地经常攀登艺术之山,
> 直至永远开朗的众神在那里留驻;
> 我选择你呀,哦,奔流不息的莱茵,
> 你波涌着通过狭窄的崖壁,高高的道口,
> 那里座座古堡高高地突兀于山坡上,
> 一种惩罚的悚惧抓住漫游人的心。
> 赶紧在淡绿色的亮波上快快地飞吧,
> 小船欢快地漂游在德意志的莱茵河上,
> 祝君安康! 小船不再回返。
> 勇气、欢乐斟满杯盏,
> 葡萄陈酒的金光水晶般透亮,
> 英雄之歌冲出胸膛。

　　沿莱茵河上溯,你还能看到许许多多古罗马碉堡、塔楼和城墙的瓦砾,它们吸引了不少人的视线。这里从前是罗马帝国战战兢兢警戒的边界;哪怕是最遥远的时代,情形多么相似而常见,大概是自从有人类以来就已经有的吧,如果这些罗马边界被保留下来的话,并不是一切都会沉沦到被贬的无底深渊,并且地球上最高贵的民族最终并没有突破它,给奴隶制一个终结,取代奴隶制,就会又有一部宪法被启用,它在忠实的基础上被制定出来,并

且尊重自由,尊重古老的风俗,尊重荣誉和正义,比起新旧时代任何其他的机构有过之而无不及。当然,一条这样为所欲为的边界是不能保留下来的。然而人们不能按照我们的观点和状况来判断罗马人的行为方式,以便使它获得合理的依据。对于我们来说,想要将一条河流作为一条天然的边界加以处理,绝对是行不通的。但它倒确实是相互频繁往来和加倍联合的一种媒介,因为除人与人之间的一种界线,即语言,其次是境内的高山(必要时还有大片森林可以取代其地位),没有别的天然的界线。但当时在南方的德国人种族不熟悉航行,又缺乏防卫工具的情况下,这条河对于罗马人来说,用来防御确是足够了。

在吕德斯海姆附近,在正对着平根的地方,那是峡谷最危险、最封闭之处:矗立于河流中间的德意志式古堡提供了如此独特的景观,是最重要的罗马废墟之一,在岸边显得格外醒目。

那一系列德意志古堡废墟,它们将莱茵河岸上上下下装点得如此富丽堂皇,除了我们直接的自然感情之外,它们还给了我们另一种观察的良机;我们在原本是德国人对最险峻的山崖建筑的习惯和爱好中,发现了一种日后如此美妙绝伦地发展成哥特式建筑艺术的因素。德国从最远古的时代,还在日耳曼森林中就已经拥有并建造了城堡,一如塔西图斯在赫尔曼和马尔博德的历史中所提及的那样;后来那些封闭性的城市主要是按照城堡的样式被围以城墙的,而在这类城市建筑以前很久,甚至还在那些乡村房屋和农舍组成的较大的联合体,即我们所说的村庄以前,城堡就已经是很常见的了。这些城堡曾是君主和英雄的所在地,它们矗立在那些零零星星的佃农房舍之间,是用来防范以形形色色武装形式出现的敌人的,也是以武装维护的和平年代的最坚固监狱。古日耳曼人没有真正的神舍,因为他们通常是在山上点燃篝火,在孤零零的湖边供奉牺牲品,或者在树林中的荒僻处,在神圣的栎树下。英雄的遗骨埋在高高砌起的石墓下,或者被沉入一条分导出来的深水里。这就是整个日耳曼人的建筑方式,不像其他民族那样从寺庙和坟墓出发,而仅仅是十分出色地从城堡出发,它们可以提供较轻防务的需要,且具有自由环视的优点,可以使你把许多部分集中建在山上;就像其他打仗的民族也经常把碉堡建在高处一样。这仅仅在所有的德意志民族和哥特民族那里如此普遍,在别的民族那里并不是随时都能见到的;同时有一种特别的倾向显而易见,即喜欢选择那些最险峻的地方,以一种令人难以置信的方式,把塔楼和围墙就像鹰巢那样紧挂在崖顶上,甚而嵌入其间。这种现象的造成,当归因于德国人对自然的感情,归因于他们把需求变成了爱好以及通过眼睛的观赏去享受当世间大自然的壮观的愿望;在我们还能动情地看到台奥特里奇大帝①在台拉西那②的城堡,高高紧靠着山巅,远远控制着眺望大海的视线。现在看到的这些古堡的建筑样式最初也是这样笨拙的,它们在绝大多数的情况下也是保持着这样粗糙的面貌的,而成千上万的古堡建了又毁,毁了又建,直到哪怕只有一座达到高耸的巴尔巴罗沙③皇宫的艺术水平及其光彩夺目的美观为止。存在于这些古德意志城堡及其建筑风格中的,并且在其中发展了的独特的精神内涵,对于哥特建筑艺术的造就确实起了巨大的影响。这种影响并不是存在于个别的相似性之中;因为这些相似性在几座带有古堡的教堂那里就可以见到,在尖顶上或其他结构中表现得很明显,要讲好几部分的相似仅见之于那种建筑风格粗糙的教堂,这个对它们来说是独一无二的。但在这座山堡的整个倾向和内在观念中存在着一种激发或接近那种勇敢的、建筑艺术幻想的诱因,这种幻想使哥特建筑艺术在一切时代出类拔萃,并且还在它首次出现和第一批诞生的时候,从台奥德里奇大帝时代起,就很快作为这种艺术最受注意的特点和特征被理解、被观赏。各种各样的目的,为战争的,为和平的,都必须在这样一座骑士古堡里得到结合;各种不同的地势、周围环境和特殊的地方状况必须同时得到兼顾,经常遇到困难和特殊的是建筑物赖以矗立而起的山崖基础的处理;那必定会有巨大的不规则情况发生,它很快又会在险峻和奇特方面激发起你的兴趣,使你称心如意,变成你的一种有意的选择,并奠定建筑样式中那种奇妙的想象,这种想象成了哥特建筑艺术中的一种因素,就像在古基督教教堂风格中及其永恒意义中找到另一种因素一样;这两种因素的综合,就包括了对于这种特殊艺术现象的全部谜语的完美解释。

---

① 台奥特里奇大帝(约453—536),东哥特国王。
② 台拉西那,意大利港口城市。
③ 巴尔巴罗沙(Barbarossa),意大利语"红胡子"的意思,系弗里德里希一世皇帝的别名。

德国人对自然的感情作为产生一切的根子和活生生的源泉，对我们来说必定总是当下的。地球的财富或者自然在艺术中，特别是在古德意志人的画幅中以双重方式被捕捉，作为花园或作为荒野。作为花园，就是说作为色彩装饰的春天的地毯，或者在更深层的意义上说，作为幸福新娘的婚礼花墙；或者作为荒野，就是说，在同一个真理譬喻中继续下去，在半扯碎的永恒的悲伤的面纱中和乏味的寡妇抱怨中。花园——在这种象征性的艺术意义上——已经是一个提高了的、变成美的和美化了的状态；在荒僻的地方，那是真正的自然本身；它的感情使我们感到那种深沉的悲伤，这悲伤同时又具有某种如此奇妙的吸引你的东西。上天之子孤独地站在大自然的荒僻之中并且带着寻找他失散了的父亲的心的感情迷乱地东奔西突，处于永不饱足的和十分轻微的、分离的痛苦之中，这是自然和美丽景色对于画幅中艺术的双重含义。就像一座为备战而四周加围的藏车堡和一座坚固的武器宫，那座古德意志的崖厦也屹立在那里，屹立在杂乱无章的自然的荒僻之中，它的感情恰好和那种奇妙的建筑样式结合在一起。不过在较高级的建筑艺术中，它就不再是那种被描摹或被描写的叫苦牢房里的荒野的自然了，而是被美化了的、并在美化中自由地、充分地繁荣了的自然，作为天上的上帝之城和整顿好的、被美化了的创造物的永恒之家；仿照的是古基督风格中完美教堂占统治地位的基本观念。

卡夫卡的世界

埃里希·海勒
（Erich Heller）

有时候我觉得，没有人比我更懂得原罪。
——弗兰茨·卡夫卡

一

卡夫卡的主人公们与其如此绝望地寻求的真理之间的关系，从柏拉图《理想国》中所描绘的一个图像中可以看得最清楚，柏拉图通过这个图像表达了人对于观念本质的可怜的无知：他被缚着蹲在他的洞穴的地上，背对着亮光，他看到真正的世界其实不过是映现在他的地牢墙上的一个影戏。不过对于卡夫卡来说，情况显然复杂得多：犯人完全意识到他的屈辱的监禁处境，同时又有一种着了魔似的求知欲，由于他倔强的行为和不停的赌咒发誓，使监狱当局表现出一副不怀好意的宽宏大量的样子。为了满足他的强烈的求知欲，狱方在牢墙上嵌上了几面镜子，由于地牢四壁凹凸不平，这些镜子成了一面巨大的哈哈镜。现在囚犯看到了一幅幅鲜明的图像，一个个轮廓分明的形体,一张张清晰可认的脸面:一幅细节无比丰富的画面。他的目光不再对着那虚空的影子,而是对着理想现实的完整的映像。他面对面地看到了通过歪曲的媒介而折射出来的现实的真实投影。他以无与伦比的书呆子神情观察着每一条线的弯曲,每一张脸不停变换的表情,他赶紧把他的镜子所造成的对现实的每个偏离现象速写下来,一会儿用这一角,一会儿又用那一角,作为他无穷的计算的出发点,他热切地希望这些计算最后将成为真理的几何学。

卡夫卡在 1911 年 12 月 16 日的一封信里说:"一个真空地带把我同所有的事物隔开,我连它的边界都达不到。"在 1913 年 11 月 19 日写的另一封信中他说:"出现在我眼前的一切都是结构……我在追求着一个个结构。我来到一个房间,在一个角落里找到了它们,那是些淡白色的东西,乱作一团。"至 1921 年他还写道:"一切都是虚幻,家庭、办公室、朋友、街道、女人,或远或近,一切都是虚幻;但最接近真实的仅仅是:他的头撞在无门又无窗的牢房的墙壁上。"他有一句格言说:"我们的艺术是一种被真理弄得眼花缭乱的存在:那照在畏缩的怪脸上的光是真的,别的则否。"

卡夫卡的几部长篇小说展现在无限大的空间里。然而它们的气氛却多么令人难受,好像它们如此多的场面都发生在那些狭窄的、空气窒闷的房间里。因为无限大的定义之缺陷仅仅表现在两条平行线相交于一点。它们还相交于另一个地方,即:凹凸不平的镜子。因此它们把无限分裂的痛苦带进了它们被强行扭曲后联结起来的牢房。

这是一种坦塔罗斯①的境遇。在卡夫卡的作品中,这古老的诅咒赢得了新生命。卡夫卡曾谈及自己说:"他口渴,而一丛灌木却把他与泉水隔开。但他自己却一分为二了:一部分俯视全景,看见他自己站在此地,而泉水就在旁边;第二部分则什么也没有看见,最多不过感觉到第一部分所见的一切。但因为他什么也没有见到,所以他不能喝。"这真是一个咒语,而不是一个"光"字创造了卡夫卡式长篇小说的无限宇宙。用以创造这宇宙的那块泥土,在创造者碰到它以前,就带有诅咒的特征了。这个诅咒按照一项美好的

---

① 坦塔罗斯,系古希腊神话中吕狄亚王,因把自己的儿子剁成碎块给神吃,而被主神宙斯罚站水中,水深至下巴,他想喝水时,水就减退;他头上有果树,但却吃不到,因而经受着无休止的饥渴的折磨。

计划进行建造,但像一根血管穿过每一块石头。卡夫卡的一则寓言启示说,他自己知道这一点:"一切东西都适合于他的建筑。外国工人运来的大理石,块块适得其所。这些石头依着他手指的测量动作竖立而起,又顺从地移动。从来没有过一座建筑完成得像这座庙宇那么容易,或者毋宁说,这座庙宇是按照真的庙宇风格盖成的,可惜每块石头上——不知它们是从哪个断层采来的?——都画了一些拙劣的字迹,显然是用极为锐利的工具刻上的,那是出于无知孩童之手,或主要是野蛮的山民之所为;为了泄愤,或为了渎神,或纯粹为了破坏,这些字迹将永远留在那里,比庙宇还长久。"

这个咒语使卡夫卡的作品具有无情的迫人逻辑,对于这个咒语无法做出任何合理解释,因为卡夫卡是现代作家中最少留下难题的一个,他从来不在有争议、可辩驳的抽象问题上思考。他的思维是他的存在的一种反射活动,使一切存在的事物具有一种无可辩驳性。他的思想与笛卡儿的"我思,故我在"大相径庭。有时候好像有个不熟悉的"它"在思考着一切他的思维之所及:好像他的思维的半径处处碰到了他的存在的圆周,引起他难以形容的痛苦,使他的生活成了疑问,只在唯一的条件下允许他得救:如果他成功地把他的存在加以扩展,直到它进入神奇的智力的引力场。这样,公式就成了:"它思,故我不在。"只有绝望的痛苦向他提供着强有力的证明:他活着。他说,他本身就是任务,"无须四处求师"。

除了这种痛苦之外,对于卡夫卡来说就没有实在的东西可言:没有任何可思考的东西,没有任何可言说的东西,有的只是他自己与那种智力分裂的诅咒。但是,居于这种痛苦之内的却是个完整的世界,是上帝创造世界的惟妙惟肖的重演,因为上帝看到了上次的创造是不好的。像《杜伊诺哀歌》①中第十首中的苦难和哀怨一样,卡夫卡作品中的绝望找到了它自治的故乡。它表现了日常生活的一切特征,然而,这生活由于受到诅咒气息的感染而活跃起来。这构成了作家卡夫卡的独特性。在他之前,没有一位作家如此明确清晰地描写过这完全的黑暗,如此从容不迫地、清醒地表现过绝望的疯狂。在他的作品中,一种无限的精神上的骄傲是用正当的、令人信服的谦卑

---

① 《杜伊诺哀歌》,作者里尔克,共 10 首,作于 1912 年。

姿态来表现的;解体的本身并不离其固有的完整性的制约;讳莫如深的复杂性是一种几乎是神圣的单纯。卡夫卡给一个无涯无际的欺骗世界找到了道德法律,在一个恶魔肆虐、全然不可计量的领域里完成了数学上最精确的测量。

批评界在评论卡夫卡的作品时感到束手无策,这是不足为奇的。但我读了评论《城堡》英译本的文章的某些章节,感到极为惊讶,英国出版社根据这些评论章节说该书是:"读此书如读一篇美丽的童话!"——"多么富有魅力、扣人心弦、永远难忘的一本书!"——"一本富有奇特和新颖之美的书!"这些据说是出于一些稍有名气的批评家的评论,当然是无稽之谈。噩梦绝不是美丽的童话。精神的监狱岂有充满奇特和新颖之美。但是,更严重的是那些无疑是真心诚意想努力弄懂卡夫卡的批评家对他的错误解释,如埃德温·缪尔在他和维拉·缪尔合译的英译本《城堡》的前言中称,这部小说的题材(与马克斯·勃罗德的解释基本一致)乃是"被各个教派所承认的力量,即神的法律和神的恩赐所触摸到的人类生活"。并且不无保留地想把它喻为《天路历程》,保留的一点是:"天路的进展使整个时代成了问题。"照埃德温·缪尔的解释,"《城堡》同《天路历程》一样是一则宗教寓言"。

从大量的想照亮卡夫卡的黑暗世界的尝试中,我选择了这些论点作为对这位作家的作品,尤其是他的长篇小说《城堡》重新展开讨论的出发点,因为我觉得它们最扼要地表达出一种误解,这一误解关涉到卡夫卡存在的核心问题,而这一误解是由那些在文学问题上并不缺乏严肃性的人们表现出来的,这就更为令人不安,如卡夫卡最亲密的朋友及其作品的编纂者马克斯·勃罗德和卡夫卡作品的英译者埃德温·缪尔,他们都阐述了关于他们的作者的宗教意义。他们对卡夫卡的误释反映了一种非常深刻的时代的宗教混乱,因此我要说:造成这一误解的责任与其归咎于个别批评家,不如归咎于时代。在精神饥渴之中,哪怕是一个精神的烂果,尝起来有如来自天上的面包,饮起毒井中的水有如生命之泉。假如一个批评家潜心于心理学和比较宗教学的探索(我们中有谁反对这样的探索?),那么很容易会发生这样的现象:他把被绑在岩石上的普罗米修斯和一个基督殉难者混为一谈;把一则古老的咒语跟创造一个新人的恩赐相提并论。

　　　　　　　叶廷芳译文自选集

把《城堡》视为宗教寓言之荒谬犹如把一张魔鬼的照片当作恶的寓言一样。任何寓言都有一个窗口，它向着稀薄的抽象空气敞开，并具有若干路标，指向直接现实彼岸的一个理想结构。但《城堡》是一个灵魂与精神的终点，是存在的最终点。在一则寓言里作者跟读者玩猜谜游戏（如果他不愿自己提供字典的话）；但是没有能打开《城堡》的钥匙。诚然，这部小说的真实很难符合我们这个实证主义时代的真实概念，这个时代只从两个方面来看真实：一方面从客观的感性知觉，另一方面从主观的感情。这是纯粹的两分法，它也符合我们最合法的、最"现实主义的"智力上的追求：自然科学和心理学；还有我们那些尚未忏悔的罪愆：贪得无厌的占有欲技巧的无情和温情脉脉的冷酷。但在卡夫卡的几部小说中，没有外在象限与内在状态之间的分野，因而也就没有这样的"真实性"可言。

卡夫卡的创作与浪漫主义时代诗人们的那种类型的作品形成鲜明的对照，那些浪漫主义诗人是功利主义时代的诗的真正代表，他们从一种精神上越来越贫瘠的外部现实中提炼出那些对情感还有几分用处的基本要素，或者从现实的荒原退入内心的玻璃温室里。小说《城堡》的作者选择题材既不从情感要求出发，也不把一种内心经验投射到经过精心修饰的、没有时限的背景上。他也不像我们所熟悉的詹姆斯·乔伊斯那样，在有旋律的、断断续续的、清晰的语言流动中，进行着自我与自我之间的秘密的卧室交谈。在卡夫卡的作品中没有隐晦的象征，像我们在象征主义者的作品中所看到的那样；没有那种充满神秘意义的内心经验的晶体迸射；也没有按照表现主义的方式去试验与现代生活更合拍的"新节奏"，即所谓灵魂的新姿态。在所有这些场合，读者所看到的是一个惊人的敏感的灵魂，它不能以理性的、或嘲弄的、或听天由命的、或反抗的态度越过那永远受罚的可能处境而获自救。这个灵魂所察觉一箭双雕的世界，也就是读者的那个世界；——这里有一个城堡，它跟所有的城堡都象征着权力与权威，除此以外不再象征别的；一个电话总局，与其说它在进行通信联络，不如说它在制造麻烦；一套官僚机器，它淹没在灾难性的文书档案的汪洋大海里；一个昏暗不明的等级制度，秘书很多，却无法找到有关的负责官员：有许多工作得疲劳不堪而毫无成效的公职人员；无数次的审讯，但毫无下文；旅店是为农民开设的，酒吧侍女却用来侍候官员。这是一个折磨人的、熟悉的世界，但是它是由一个有创造性的、富有智慧的人所塑造的，他明白，这是一个该受诅咒的世界。莎士比亚曾让他的一个角色说："有人说，奇迹已经过去了，于是我们的一批哲学家就来为我们把超自然和无根据的东西加以现代化，变成熟悉的东西。因此，我们就把恐怖当作平凡琐事，而当我们被一种无名的恐惧慑服的时候，我们就藏在表面知识的后面。"卡夫卡的作品意味着哲学家的退位。恐怖夺回了平凡琐事，无名的恐惧将一切表面知识冲刷一空——尤其是心理学上的这种知识。

　　一个对卡夫卡从宗教上进行人所共知的诠释（但这种诠释至少没有忽视他的作品的宗教观）的批评家最好能设法避免给人产生这样的印象：他暗中执着于另一个关于卡夫卡的同样根深蒂固的论点。其中有一个论点是属于心理学的，是那些被卡夫卡与其父亲的紧张关系所困惑的诠释者提出来的。但是有一种对卡夫卡小说的诠释是从"俄狄浦斯情结"出发的，这种诠释同那种认为卡夫卡如果有另一个父亲，他就不成其为卡夫卡（恐怕连作家也不是）的观点差不多是一样的，它们无助于我们对卡夫卡的理解，这样一个锐敏的观点，如果在一个心理学还不发达的时代，只要人们认为值得重视的话，他们显然也能想得出来。这种心理学对一部艺术作品所作的"解释"——如鸟类解剖学在对夜莺的歌唱进行探测。但是我们这个时代的大多数批评家都成了实证者，只要他们接触到作家所创造的象征性真实并被它所感动时，他们会很快恢复镇静，以便把象征还原为"真实的"意义；这指的是艺术家通过自己的创造而摆脱掉的那种无意义的经验。假如这位艺术家发觉（这点他的作品已经办到了）他的真正的任务是在神的权威下找到一个在真正的精神秩序之内的位置时，他就可以看出他与父亲之间那场无谓的、痛苦的斗争的意义来，那么我们的诠释者会连忙向我们开导说：作家与上帝的一切谈话的"真正"意思仅仅是与他父亲的争吵最好结束。

　　卡夫卡的精神是现代人的精神——自足的，聪慧的，怀疑的，讥诮的，善于开这么个大玩笑：把我们周围那个真真切切、触手可摸的现实当作真正的、最后的现实——然而这是一个生活在与亚伯拉罕的灵魂粗暴联姻中的精神。所以他同时知道两件事情，两件事情都有同样的明确性：没有上帝；必须有一个上帝。这是诅咒的外部特征：智力使他做着绝对自由的梦，而灵魂知道它那可怕的奴役。确信受罪是信念所剩留的一切,像一块岩石矗立在大地上,大地上那松软的土壤已被批判的智力搬掉。卡夫卡曾经说过:"我是欢迎永恒的,但发现永恒却使我悲伤。"

这只是对尼采看见永恒幻觉时发出绝望欢呼的疲倦的回响(从某些方面来说,尼采是卡夫卡的合法的精神祖先)。尼采在他的遗作《查拉图斯特拉》①中谈到过他的永恒循环论的思想:"我们创造了最艰深的思想,——现在让我们来创造能轻松愉快地理解这一思想的生物吧。"他把永恒循环的观念看作是一种精神化了的达尔文主义的试金石,它可以选择出精神上和生活上的最强者继续生存下去。他以高度精确的语言概括他的这一观点:"我在做伟大的试验:谁能忍受永恒循环的思想。"关于他的绝望的剖析,我们从他那些死后发表的格言和警句中可以得到更深刻的认识,这些遗作由他的遗物保管者收进了《强力意志论》二卷集,其中涉及永恒循环论的论述很多:"让我们以最可怕的方式来考虑一下这一思想吧:存在,像它表现的那样,不带意义和目的,但不可避免地循环,没有虚无的结局……"尼采的超人乃是强大的生物,强大得足以过永远受罪的生活,甚至能从这种诅咒中悲剧性地获得酒神式的狂欢。尼采认为,只有超人才能对付那无谓的、永恒的恐怖,只有超人才能完成那伟大的蜕变,把这种可怖的存在变成超人的欢乐。而卡夫卡呢? 在那些他在日记中很少谈及的有关幸福的场合,他认为幸福就是把痛苦成功地变作快乐。他在 1911 年 11 月 21 日的日记中写道:"今晨,很久以来我第一次又想象着一把刀子在我心中转动的欢乐。"1921 年在描写一个梦时他说:"惩罚到来之日,就是幸福产生之时,我是多么自由地、确信无疑的、愉快地欢迎惩罚啊。"如果说尼采的超人是对诅咒的重压的美学上的平衡,那么卡夫卡便是被它选中的牺牲品。他们晚期作品中被某些批评家解释为与宗教和解的迹象的东西,最多不过是普罗米修斯最后衰竭的一种写照。卡夫卡在《普罗米修斯传奇》的第四种传说②中遇到过这一点:"根据第四种传说,人们变得无法形容的疲倦。天神们疲倦了,老鹰疲倦了,伤

---

① 尼采的这本著作全名为《查拉图斯特拉如是说》。

② 这里所谓的《普罗米修斯传奇》原名为"普罗米修斯",全文不过十几行文字,主要叙述关于普罗米修斯这一神话故事的四种不同的传说。

口疲倦地合上了。"

同尼采的著作一样,卡夫卡的作品对于单纯从事分析的诠释者来说是有障碍的,在我们欧洲的启蒙运动气氛中,"诅咒"一词对于这样的诠释者只能唤起对古希腊悲剧微弱的回忆,或者把它作为一种表达感伤情绪的音响,一种平常的恶运与心理上的迷误的混合物。但是,卡夫卡小说的灰色世界却被诅咒的火光照亮了。也许我们真的不能指望一个同时代批评家在看见光时区别出是燃烧的硫黄还是上天的光华;所以当缪尔先生说到,卡夫卡的几部长篇小说讲的是一切宗教都承认的那种权力的暴政下的生活,虽然这样说是对的,但是这种权力并不是像他所认为的是"神的法律和神的仁慈",而是在攻击了前者又见弃于后者之后,一个在自己的领域内成功地抛弃了二者的力量。确实,《城堡》的主人公土地测量员 K.宗教上为他那深不可测的、可怖的官僚制度所困惑;但是,符合情况的又是尼采的话,而不是福音书上的话:"可怜的人啊,你的上帝已经跌落在地,粉身碎骨,群蛇围着他。现在,因为他的缘故,你自己也爱上了这些蛇。"

二

《城堡》不是寓言小说,而是一部象征小说。讨论这两者之间的区别容易流于学究气,更何况,在一般的和文学的使用上这两个术语的用法是非常自由的,往往是互相通用的。然而,如果我们根据明显不同的经验和表现方法来运用这两个词的话,我们就会更好地理解卡夫卡的作品。

象征就是它所代表的东西;寓言所代表的不是它自己。一则寓言牵涉的是抽象的事物,一个象征指的是某种特别的东西和具体的东西。一个手握天平的瞎眼女人的塑像是公平的寓言;而面包和酒对于基督徒来说则是基督的圣体和血的象征①。因此,寓言总是可以合理地破译,取决于社会对

---

① 请原谅,我在这里好像轻率地忽略了神学术语。读者接下去也许会理解,我的这种轻率性是有理由的,但我绝不想把这一点越出这一特殊的讨论之外。——原注

这一问题的看法是否能从根本上协调一致,即:何种经验(在人类经验无限性的可能范围之内)它认为是有意义的,因而能和象征的事物发生必然的联系。寓言产生的可能性只有在人类不再能抽象思考并不再能借用意象表达时才会消失。但是,象征意义的传导并非依赖理性的活动,而是靠一种细致复杂的经验,使思想和感觉统一于精神认识之中。例如,对于一个不再把基督的生、死和复活看作是精神上富有意义的事件的民族,则圣礼的象征对它便不能产生效应,寓言由于是通过幻想产生的一种抽象的表达,所以它是倍加不真实;而象征所代表的就是其本身,所以它具有双倍的真实性。

歌德在《浮士德》第二部结束时总结了他生活中的成熟的经验,他认为在这瞬息万变的世界上,一切有持久真实性的东西都因为它们有象征意义。他觉得凡是存在的东西都因其象征性而成为真实的。早年,他就为"真正的象征"做过这样的概括:"特殊代表着一般,不是作为梦和阴影,而是有生命力的深奥莫测的东西的瞬间显露。"

在我们这个时代,象征的困难(在文学上是象征主义的困难)是由"现实"及其意义之间的分裂造成的。普遍公认的象征性或先验性的事物的秩序不存在了。现代人认为,秩序是由事物与事物之间整齐的关系建立起来的。一言以蔽之:唯一可以思考的秩序是实证科学的秩序。如果对比较充实的象征的真实性仍然有一种需要——无疑变得越来越弱的话,那么必须由艺术的自然的天赋来难以满足。但是在艺术的范畴内,由于象征的实体脱离了对现实的牢固联系而化为一堆互不关联的因素,它们将随时附着于某个经验的片断上,然后它们又以不可抗拒的暴力突入这片断之中。于是一双靴子,或画家阁楼上的一把椅子,或山坡上的一棵孤树,或一座威尼斯教堂里的一行模糊不清的字会突然成为本来没有焦点的宇宙的中心(其稳定性很危险)。既然"事件发生时期的伟大言辞"对我们已不复存在(正如里尔克在一首为一青年诗人写的安魂曲中所说),那么"渺小的言辞"就必须担负象征意义的过重的负担。难怪它们在传达意义时十分吃力。那是些几乎不可传达的隐秘的象征,它们的象征性质由艺术经历的特质与强度得到证实;它们表达了这种经历。可是它们完全缺乏代表性的特质。问题在于人类意识的独特的经济原因,即一种意识范畴的实证主义的贫困造成另一意识范畴的混乱后果。最后变成两个范畴的原子的无规律状态。在这种情况下，艺术想象自然会比科学智慧更迅速地作出反应。象征主义走在相对论的前面，超现实主义先于原子分裂论，而卡夫卡出现在自然法则简化为概率之前。

任何一种文化的智力基础都是一种普遍付诸实施的现实的模式。人类存在最主要的智力困难之一，在我看来是：这种现实模式在单个情况下仅仅是对世界的诠释。然而，只要它被公认为有效的诠释，它就被当作存在的唯一真实的画面来接受。这一困难表现于更深层的怀疑之中，历代都有某些智力上敏感的人受其影响，一旦某种现实的模式开始动摇和崩溃，这种困难就很容易发展成一种精神上的流行病。看来我们长期以来就生活在这样一个时代里了。

这种困难的一个最主要的特征，是人在思想和感觉中对于此岸现实与彼岸现实之间的关系的不确定性日益增加：换句话说，即关于生与死的意义、灵魂的命运、道德法律的本质和有效性、知识和信仰的有关领域的不确定性在人的心目中日益加强。在中世纪，基督教是宗教，这时期人们对世界的解释基本上是以圣礼形式进行的。此岸与彼岸之间有着不可分割的关系。人的信仰不是作为"宗教经验"产生的，不是与一切知识绝对不同的特殊的认识方式；它是所有经验中的一个要素，也就是所有经验中的一个分类原则。只有在这种分类之内经验者才获得精神和意义，只有这种分类给了印象以知识的符号。经验和知识这两个范畴的关系十分密切，以致在人生的一切转折点都会相遇，并且成为圣礼中的一个部分。

在基督教教义发展的过程中，现实的圣礼上的模式一再受到怀疑并受到损害，到了宗教改革时期，更遭到了历史上有决定性影响的削弱。这时期基督教教义显得日益紧张，导致一场历史上影响极大的爆发，在教义纷争最危险的地方激化为明显的危机，然而这危机又不过是一种更不清楚、而范围更加广泛的活动的征兆：即路德与茨文利①之间的圣礼之争。在这场关于圣餐的意义的争论中，尽管路德对传统的教义做了不同的解释，他仍是属于中

① 茨文利(Ulrich Zwingli,1484—1534)，文艺复兴时期瑞士宗教改革家。

世纪的人,而人文主义者皮柯·德拉·米朗多拉的学生茨文利则记录了对于实证论精神的最初的激动和追求。路德认为圣餐的象征是基督(面包和酒是它们所代表的东西),而茨文利则把它变成一种寓言(他让圣餐仅仅代表不是它本身的东西)。这里"仅仅"这个词第一次以戏剧性的方式与"象征"一词联系起来,于是造成第一道裂痕,它又扩大成一条真正的鸿沟,两个范畴的统一就分裂了。最后的结果是产生了一个存在的崭新的秩序。在这个新秩序之中,先验的范畴获得了精神的最高荣誉,同时现实性也受到了某种程度的剥夺;另一方面,在新秩序中世俗的范畴为补偿精神品格上的损失,就利用机会把一切有用的现实性因素加以吸收,使自身变得比以前"更加现实"。

十七世纪物理学的突然繁荣是精神与世俗这一分裂所带来的积极结果。物理学的惊人成就在这方面的贡献。是它使得这"低级范畴"能够作为唯一的"真正"现实的范畴和作为互相关联的真理、秩序和规律性的唯一源泉而存在。从那时起,欧洲人的智力活动中就注意到一些尚未涉足的领域,对自然科学和实证科学的进取精神归功于欧洲人对于现实的新模式的有增无已的惊喜。

与这种情况伴随而来的必然现象是:宗教与艺术在"现实"的世界里失去了它们天然的户籍,变成来自较高的非现实的奇怪使者,偶尔被人邀去充当实证主义客宴上的启迪性或娱乐性的宾客,一度是生活中理所当然的事情,如今变成了"问题",尽管人们怀着几分智力的激动重视它的价值,但那不过是一种不起眼的现实的妆奁。令人深思的是,就艺术而言,十七世纪末以来欧洲完成的唯一特殊成就乃是与"现实"关系最少的音乐,而一切艺术中"最现实"的建筑几乎完全死亡,直到它当了技术的大大方方的"官能"侍女时才得以复活。

德国自中世纪以来没有经历缓慢的过渡,而在十八世纪突然达到欧洲启蒙精神的高峰,这里艺术家的困苦在新的现实模式之中也许最为明显。艺术家处在精神和灵魂的流亡中——从歌德的《塔索》到格里尔帕策的《萨福》①,再到托马斯·曼的《托尼奥·克勒格尔》都是这个主题,这是德语文学中最正统的主题。克莱斯特、荷尔德林②、尼采是那许多绝望冲突的牺牲者中最伟大的人物;那种绝望冲突是在一方面要求精神实体化和实体精神化,另一方面又要求对非精神的存在的顽强反抗之间发生的。荷尔德林是这些非自愿的精神亡命徒中最伟大的诗人。他的作品是对重新捕捉生活中的圣礼价值的一种不停的探索。而对于歌德来说,那是一种更为艰苦的拯救生命的战斗,因为它遭受着被驱逐的精神的报复性打击。为了躲避,他采取了何等棘手的妥协、讥讽、容忍的战略!他仅仅在他的科学著作中用讥讽的方式来对分析实证法的世界观以及通过对数学和新牛顿物理学所做的科学阐释表达他经常的、不可遏止的愤怒。他多么出色地打入了物理学的范围,决心在这一领域打击敌人。他多么坚信自己是对的!有一次他对爱克曼说:"我作为诗人所做的一切并不引以自豪,和我同时代的有的是杰出的诗人,在我以前还有更杰出的,在我以后也还会有。但是在我这个世纪中,我是唯一懂得在艰深的色彩学研究领域里什么是对的人,这是我有些引以为荣的地方,因而觉得是我优于许多人的地方。"③歌德自己的科学观建立在原始现象的基础上,就是说,他把象征作为最后的、不可引申的现实的真理。

歌德为了象征所进行的斗争失败了。自他逝世至卡夫卡发生影响的一个世纪间,实在性对任何先验论的入侵者的胜利日益获得强有力的巩固。但是在卡夫卡的作品里,象征的实体,在任何来自上面的攻击都被打退的情况下,带着地狱的雾气从下面突入现实之中。但是,这样的入侵几乎并不需要,因为卡夫卡写作的年代正值世界背负着精神空虚的重担,跌入未曾预料到的、妖魔群集的无信仰的深渊之中。由于遭受这一毁灭性事件袭击的世界连它自己的无信仰都不相信,这一毁灭性的灾难就更为深重,卡夫卡的主人公在这场毁灭事件中白白地为他们精神上的生存而挣扎。因此卡夫卡的作品都是一种否定性的超验的象征——不仅仅是寓言。卡夫卡懂得他的作品的象征性意义;他也明白我们时代距离象征的实体已经有多远——这是

---

① 格里尔帕策(1791—1872),奥地利剧作家,《萨福》是他的一出爱情悲剧。
② 荷尔德林(1770—1843),资产阶级革命时代的德国著名诗人。
③ 这是1892年2月19日歌德与爱克曼的谈话。

他最深刻的思考之一。

许多人抱怨说,智者的话翻来覆去总是象征,但在日常生活中无法应用。如果智者说,"过去吧",他的意思并不是要我们到另一边去,至于说走过去,只要值得,我们总还能够做到的;他指的是某个传说中的地方,是某个我们所不认识的地方,就是他自己也不能把它说得更准确,所以它对我们一点帮助也没有。原来,所有这些象征不过想说明:不可理喻的东西就是不可理喻的,这我们已经知道了。但是,我们每天都在为了此苦思苦索,那就是另外的事了。

对此,有个人说:"你们何必情绪抵触呢?只要他们遵循象征,你们自己就变成象征了,因而就免得每天费脑筋了。"

另一个人说:"我打赌,这也是个象征。"

甲说:"你赢了。"

乙说:"但可惜仅仅是象征性地赢了。"

甲说:"不,是事实上赢了,你是象征性地输了。"

三

但长篇小说《城堡》中无疑也有一些寓言的成分,例如书中一系列人物的姓名。主人公的姓简化到只用了姓氏第一个字母 K(这是自传的暗示——小说的初稿是用第一人称写的——同时也暗示这是个不完全的、几乎是匿名的人物),他本身是个土地测量员(Landvermesser)。卡夫卡为他的主人公选择这一职业绝不是偶然的。这个词可以唤起多重联想:首先是一个土地测量员的职业活动本身所产生的那一切联想。他的职业活动充分表现在 K.拼命地追求而从未实现的事业上;即在尘世生活的明确界限内寻找秩序,在占有欲的冲突中实现可接受的妥协。Vermesser("测量员")也暗指 Ver messenheit,即 Hybris("傲慢");也暗指形容词 Vermessen("胆大妄为");又指反身动词 sich vermessen,("犯有骄傲的过错"),但是也指:测量有误,用了错误的尺度。城堡中最有权力的官员(对 K 来说是权威的最高代表)叫克拉姆(Klamm),一个听起来有压抑感的名字,令人感到狭窄,有如铁钳,夹子,但又如令人窒息的沉默。城堡的使者(后来发现他是自命的,从未得到官方承认)名叫巴纳巴斯(Barnabas),与那位虽非十二门徒,但取得使徒地位的塞浦路斯人同姓;这个姓名在《圣经》上的词义是"安慰之子"或"劝诫之子",它启发人们,他的劝诫具有激发勇气、加强信念之效。而小说中的巴纳巴斯倒真的是一个"安慰之子",尽管仅仅是在绝望的、讥讽的意义上说的,即他的家庭受到城堡的惩罚,被推入低贱和灾难的深渊,徒然地把得救的希望寄托在他为权力当局的自愿效劳上。但对 K 来说,巴纳巴斯传递的每个讯息尽管含混不清,好像无关紧要,却是他与城堡之间联系的唯一的真正渠道,是一线希望的闪光,是信念的磷火。巴纳巴斯的对手叫摩麦斯(Momus),是克拉姆在村里的秘书,与希腊神话中那位令人沮丧的夜神之子同名,众神给他的任务是非难和指摘一切。在小说中似乎他仅仅是为了否定巴纳巴斯可以给 K 带来的任何希望而存在的。K 想通过她的爱达到他所追求的目的、求得灵魂的和平的那位姑娘叫弗丽达①;毕格尔②是那位保证 K 的得救而不为 K 所觉察的小官员的名字;K 指望他解决问题而徒然未得的那位秘书叫艾朗格③。

　　仅仅提一下这些名字,我们对《城堡》这部小说的内容就有一个几乎是完整的大概的了解。一个姓名以 K 起首的男人来到一个由一座城堡管辖的村子,他以为他已由当局任命为土地测量员了。关于他的其他情况我们一无所知,既不知道他从哪里来,也不知道他的履历如何。从 K 从城堡获得的不多的消息(一封信,他接到的一次电话,第二封信,而首先是给他派来两名助手这一事实)来看,好像他的被任命确有其事。但他自己却从来没有完全相信过,并一刻也不放松为确保对他的这一委任而努力。他一心要突入到权力当局的中心,使他的要求得到最后的、绝对的承认,同时,除了他的反抗情绪偶然发作一下以外,他一直处于极度的绝望之中,后来在村民含混不

---

①　弗丽达(Frieda)与"和平"(Friede)一词谐音。
②　毕格尔(Burgel)与"保证人"(Burge)一词谐音。
③　艾朗格(Erlanger)与"达到""获得"(erlangen)一词谐音。

明、但十分自信地向他表示拒绝承认他为他们的土地测量员时,他屈服了。村长对他说:"如您所说,您被认为是土地测量员,但是很遗憾,我们不需要土地测量员。他在这儿一点可做的事都没有。我们各个小农庄的边界都已划分清楚,一切都登记得好好的,……所以,我们还要土地测量员干什么呢?"

一开始,K好像就把他的信念建立在真实与幻想上。卡夫卡惊人的艺术力量就在于,他迫使读者无法推却地接受这种似是而非的说法,用无情的写实主义和不可抗拒的逻辑把它表现出来。在卡夫卡信念的中心位置上,真实和幻想交混在一起,交混的方式是:现实的一切秩序都被剥夺掉,真实随时准备拿掉它的面具,呈现为幻想,而幻想又随时有被证实为真实的危险。这是一个生活在精神财富丧失殆尽的世界里的人的困厄,他执迷于对超验的明确性的无限渴望。因此他被困在一个充满痛苦的"不能自圆其说的循环圈"内,因为不首先获得绝对的明确性,他就不能适应这个世界——村子,而不首先接受这个世界,他就找不到明确性。然而,与世界的每一次接触都成为对他的追求的嘲弄,而他的继续追求又给世界带来累赘和妨碍。K在接到城堡的第一封信时,就面临着这进退两难的考虑:"是做个乡村工人,与城堡始终保持着特殊的、但仅仅是表面上的联系,还是做个表面上的乡村工人,实际上他的工作却由巴纳巴斯传递的消息来决定。"在村民们看来,K与城堡的一切接触都不过是妄想,村长就试图使他明白这一点:"您与我们的当局一次都还没有真正接触过。您的那些接触都仅仅是虚幻的,只因为您对周围情况一无所知,才把这些接触都当作真的了。"另一方面,城堡似乎根本就没有注意到K在村子里的悲惨生活的真实情况。当他在敝陋的村校屈尊充当校工期间,收到克拉姆这样一封信:

> 迄今为止,我对您所进行的土地测量工作深感满意,……万万不可懈怠!希望继续坚持工作,以期达到完满的结果。工作如有中断,我将感到不悦……我决不会忘记您的。

由此看来,无视城堡的意志的是村里人,而不是K,村里人同时怀疑K误解了上级的意图。然而,上级好像对村民的不顺从给予恩赐,而对K坚决地照它的命令去做却给予惩罚。K 由于狂热的顺从成了真正的叛乱者,而村民们由于默默地沉着地拒绝成了生活安稳的守法者。

卡夫卡意味着德国理想主义的绝对倒转。如果黑格尔认为,真实和存在统一于"绝对"之中,那么在卡夫卡看来,二者恰恰由于"绝对"而永远分离。真实和存在是互相排斥的。从他早年起,艺术家的卡夫卡就怀着强烈的愿望,在艺术作品中表达这一思想:他这样写道,生活由于其种种欺蒙人的实在性,在"绝对"之前应把它看作梦和虚无。打个比方说吧:

> 一个人用超常规的手艺钉一张桌子,同时什么也不做,你就不应该说"钉桌子对他来说是一种虚无",而应该说:"对他来说,钉桌子是真的钉桌子,同时也是一种虚无。"这样一来,钉桌子的行为就变得更勇敢、更坚定、更真实,如果你愿意的话,也更癫狂。

卡夫卡就是这样描写他年轻时一天坐在布拉格劳伦茨山的山坡上眼前浮现的艺术成功的幻想的。这种"乌有"的艺术主张在他晚期的作品中达到了吗?恐怕没有完全达到:他原设想通过艺术克服诅咒,却变成了这诅咒在艺术上的完美形象,他原想做得轻易如梦的东西,却带着梦魇的重压从手中掉落。不是"乌有"艺术主张的实现,而是从他大师的手中产生了对一种极为狡狯的、一心复仇的非现实的描写。他要求将他所有的作品付之一炬是很有道理的。

很难理解可以把《城堡》称为宗教寓言,并将它与班扬的《天路历程》相提并论。是天路之行吗?相反,卡夫卡作品最迫人的特性是内在情势的不可动摇的静止性。它的场面是一个没有运动、没有更改、没有变化的世界。蛹从未变成蝴蝶,如果树叶颤动,那并不是因为风,而是因为缠绕在树枝上的蛇在蠕动。不,《城堡》中没有天路之行。主人公的前进不仅是始终"成问题",而且是不可能的,除非我们同意把卡夫卡在关于耗子的寓言中曾经描写的那种情形叫作前进:

> "唉,"耗子说,"世界一天比一天窄小。起初它宽大得使我害

怕,我继续往前跑呀,跑呀,我终于高兴地看到左右两方远处的围墙,但这两垛长长的围墙很快就互相交接在一起,于是我就处于最后一个房间里了,房角有个陷阱,我跌了进去。"——"那你只要改变跑的方向就行啦。"猫说,并且把它吃掉。

根据埃德温·缪尔的引言所说,卡夫卡和班扬有两点是相同的,即:"目的和道路无疑都是有的,最紧迫的任务是找到它们。"只有第二点是讲对了;对于卡夫卡来说任务是如此紧迫,不找到目的和道路,他似乎就不可能生活。但它们存在吗?道路有吗?"目的是有,道路却无;我们谓之路者,乃踌躇也。"这是卡夫卡自己的观点。那么,对他来说,目的真的是有吗?下面是他的回答:

> 被囚在这个地球上他觉得憋得慌,被监禁的忧伤、虚弱、疾病、狂想交集于一身,任何安慰都不能使他宽解,因为那仅仅是安慰,一种直面被囚现状之残酷事实的温柔的、令人头痛的安慰。但如果你问他:他究竟想要的是什么,他回答不出来,因为他——这是他最有力的证明之一——没有自由观念。

卡夫卡的主人公是信仰绝对自由的人,但是他不能获得自由的观念,因为他存在于一个绝对不自由的世界里。因此他希求的不是恩赐与解救,而是权利或者——与全能力量订立一项契约。K在同村长的一次谈话中说:"我想得到的不是来自城堡的恩惠,而是我的权利。"但由于他确信他的希望是徒劳的,他就把他切实的期望建立在他的未婚妻弗丽达身上,她曾经是克拉姆的情妇,而他显然准备送还给他——"为了最高的代价"。

K与弗丽达的关系是欧洲浪漫主义爱情故事的尾声。这里我们所接触到的是浪漫主义的气化了的香料所留下的渣滓,它揭示出其最黑暗的秘密。从中世纪末以来,浪漫主义爱情统治了欧洲感情生活和欧洲文学的很大的一部分,从真正精神化的社会秩序中兴起的个人主义在其中找到了最有效的超验的代用品。精神上越来越自主,因此也越来越孤独的个人把爱神推崇为最高的神(她的浪漫主义幻想中的孪生神是死神塔纳托斯),因为好像只有它能够冲破那使个人主义孤立的框架。因此爱情变成悲剧:因为有过多的无止境的精神上的要求,它必须超越任何人与人之间的关系。浪漫主义爱情在其最纯洁的形式中是灵魂的一种庄严的灾难,紧跟着是拒绝与一切鬼魂的来往和辛酸的徒劳。原来,浪漫主义恋人所寻求的不是真正的情人。他所寻求的是模糊不清,捉摸不定的爱情,混杂着对于性爱的渴望,但最后占上风的还是要求精神上的解脱。甚至"皆大欢喜"的结局也要引起对浪漫主义期待的深深的失望。也许是斯特林堡写了浪漫主义历史的最后一章,而写它的后记的则肯定是卡夫卡。

　　因为 K 爱上弗丽达——如果他爱她的话——仅仅是因为克拉姆的缘故。这不仅清楚地表现在 K 与弗丽达之间的故事中,在书中多处看来删掉的地方卡夫卡也详细地说到过这点。此事记载在摩麦斯起草的关于 K 在村中的生活的调查报告之中。在这份报告里,K 被指责为"完全出于最肮脏的用意而去讨好弗丽达的……他以为她是部长先生的情妇,占有了她就是占有了一件抵押品,想赎回它,就得付出很大的代价"。在这份调查报告的边上还有"一幅幼稚的、用虚线勾勒的画:一个男人搂着一位姑娘,那姑娘的脸贴在男人的胸口,那个个儿大得多的男人两眼从姑娘的肩头盯住自己手中的一张纸,他乐滋滋地在纸上记下了几笔款项。"但是比起摩麦斯关于 K 的行为的敌意和暗示,也许更能说明问题的是小说中另一处删掉的地方,这是 K 自己关于他与弗丽达的爱情的复述:"……不久以来——连考虑都来不及——弗丽达进入了他的生活,她给他带来今天仍不能放弃的信念,觉得由她的中介,他与克拉姆之间会建立起一种亲近到几乎可以推心置腹、交头接耳的关系,起初也许只有 K 一个人知道这种关系,但它只需要一个手势、一句话、一道目光,就可首先向克拉姆,然后向所有的人表明,它这事虽然有点儿不可相信,但通过生活的迫压,恋人拥抱的迫压就是不言而喻的了。没有弗丽达他究竟会是什么呢? 一个虚无,在闪闪发光的磷火后面踉踉而行……"

　　浪漫主义的爱所剩下的仅有的东西是对于精神之确定性的绝望追求。

K希冀他对弗丽达的爱,是因为他希冀他的解救。他是佩雷杰①式的人物,相信"只要应该,他就能做到"的信条,但生活在一个无情而命定的世界之中。这种情况使按照诺斯提教②和摩尼教③模式建立起来的神学得以产生。因此,由于厌恶"命定"的实质,使得投胎隆世的思想显得荒诞不经,全能的力量长久地被怀疑为与魔鬼默契,因为创造这样一个可诅咒的世界是得到它的赞同的。上天与地界至少隔了七层,存在于与此岸不可能有毗邻关系的地方。连神性的气息都"放射"不到地面上,神与人之间没有接触点。现实是被妖物统治的领地,同人一样邪恶,又对人怀着敌意,灵魂的艰巨而疲乏的任务,是将它的使命加以保密,然后以多种智慧并经常以狡猾的外交绕开妖魔大军和邪恶的堡垒,最后进入遥远的光的王国。

卡夫卡小说中的城堡可以说是一批诺斯提教魔鬼们防备森严的要塞,他们成功地守卫在前沿阵地,阻击着一个不耐烦的灵魂的进攻策略。我想象不出有任何神学观点能够说明那些把城堡作为神的法律和恩宠的所在地的解释是合理的。城堡的官员们,即使不是明显地可恶,但是都对善恶全然漠不关心。无论他们的动机还是行动都看不出有丝毫的爱、仁慈、怜悯心或者伟大来。他们那种冷若冰霜的态度决不会引起人们的敬畏,相反它倒让人感到恐惧和憎恶。他们的仆役对于村子是一种祸害,他们是"一群粗野的、无法无天、一任贪得无厌的本能所驱使的人,他们的无耻到了登峰造极的程度……",所以,与其说他们是一群神职机关的奴仆,毋宁说是一伙欧洲独裁者的狗腿子。

一开始,在城堡那神秘莫测的统治周围就弥漫着一种不健康的、甚至是猥亵的气氛。K来到村子不久遇到一群村校学生和教员,他问教员认识不认识伯爵,他对教员否定的回答感到很惊讶:"'怎么,您不认识伯爵?''干吗我一定要认识伯爵呢?'教员轻声地说,紧接着又用法语高声说道:'请注意您

---

① 佩雷杰(Pelagius,384—418 或者 422),英国僧侣和宗教作家。否认基督教的"原罪"说,相信"人性善"。曾逃往迦太基(今突尼斯附近)和巴勒斯坦,在那里又因他的学说被判刑,最后被放逐。

② 诺斯提教(Gnostizismus),古希腊的一个教派,相信与物质世界平行的,有一个真实存在的精神世界,主张肉体禁欲清修,后为基督教击败。

③ 摩尼教(Manicháertum),伊朗古代宗教之一,公元三世纪由摩尼创立,吸收祆教、基督教、佛教、诺斯替教的思想资料而形成自己的教义。

眼前是天真无邪的儿童.'"这又是一种什么样丑恶和可怖的统治! 女人们似乎得把她们的肉体作为一种通行证献给官员们,她们的灵魂才准许进入次一级的较高领域。然后她们被迫嫁给村中一些可怜的男人,过着凄苦的生活,只有当她们有时回忆起自己在献身的罪愆中的欢乐情景时,她们的愁苦才得到片刻的冲淡。假如她们拒绝献身,其命运就会永劫不复,巴纳巴斯的姐姐阿玛亚就是前车之鉴,由于她拒绝官员索尔蒂尼的邀约,给自己及全家带来了最不幸的灾难。

从自己错误的前提出发进行解释,会陷入难以自拔的荒唐的深渊,马克斯·勃罗德关于巴纳巴斯一家的故事这段重要的插曲的评论就是一例。他在《城堡》的后记中写道:

> 倘若人们觉得 K 所体验、所猜想的妇女和"城堡"之间的那种联系,即上天的安排难以捉摸,尤其觉得那个关于索尔蒂尼这位官员(上天)明目张胆地要那个姑娘去干一种不道德的、龌龊的勾当的插曲不可思议的话,那么大家还是去读一读克尔恺郭尔的《恐惧与颤抖》吧……索尔蒂尼插曲非常类似克尔恺郭尔的书,这本书的出发点是,上帝甚至要亚伯拉罕去犯罪,拿他的孩子去祭供。书中的这种荒谬性有助于我们作出明确的论断,使我们发觉,我们决不能把道德的范畴想象成是相互一致的。

这段话对于一个信教者来说是渎神,对于一个能够自行阅读《圣经》、克尔恺郭尔和卡夫卡的读者的批判能力来说是一种污辱。将克尔恺郭尔和卡夫卡加以比较确实是值得的,它也许会帮助现代读者分清炼狱与地狱之间的区别。因为克尔恺郭尔的《恐怖与颤抖》和卡夫卡的《城堡》之间的关系恰好是这样。以撒的牺牲与索尔蒂尼对阿玛丽亚的企图难道是相似的吗? 但是,亚伯拉罕的上帝对男孩有一种个人的兴趣(这样说并没有争论性的夸张),这兴趣表现在一个半神上则更为合适。再说,上帝在考验了亚伯拉罕的绝对顺从后,就没有接受这种牺牲。可是索尔蒂尼呢? 在马克斯·勃罗德看来,他代表神的意志和上天本身,根据他的同事们的事例来判断,完全可以相信：他把阿玛丽亚叫到卧室，绝不只是为了告诉她不要做这样的事。

现在从卡夫卡评论中的可笑观点回到正题上来吧。城堡既不代表神的意志，也不代表上天，对卡夫卡来说，它是他必须战胜的过于强大的敌对势力，因为它阻碍他进入更纯洁的境界。从书的第一页，K与城堡的敌对地位就清楚了。当他亲自听到村子与上面的当权者在电话中关于他的职位的谈话时，他的反应是：

> 这么说，城堡已经任命他为土地测量员了。这一方面对他是不利的，因为这表明城堡已经掌握了他的一切有关情况，在权衡了各种利害关系以后，决定含笑接受挑战。但另一方面这也是有利的，因为这正如他所预料的，证明人家低估了他，这就使他将比历来所奢望的有更多的自由。若他们以为，通过承认他是土地测量员的这种精神上盛气凌人的做法能把他吓跑，那他们就打错了主意；此事只不过使他微微一怔，仅此而已。

卡夫卡《城堡》的精神结构与诺斯提教和摩尼教体系之间的相似性是最明显不过的。无须考虑卡夫卡是否受到过它们的影响；提这样的问题是没有用处的。很难说卡夫卡对那些古老的异教有什么较深的知识。在其彻底的二元论中，它们只是一种深植于人的精神之中的、一再重新贯彻于个别人以至整个运动中的意向的样板体系。诺斯提教和摩尼教尤其在面对物质的现实时表现出一副"充满厌恶和仇恨的面孔"。卡夫卡对任何处理自然界的事情都持克制态度。《城堡》中除了提到过星空、雪和风没有任何自然的描写。在人的范围内，一切有关肉体的地方都以一种反感和厌恶的感情来处理；有时写得比较隐蔽，但经常则是公开表现出来的。所有人住的地方都是阴暗、肮脏、空气污浊的。K和弗丽达的新婚第一夜是在酒吧间地板上的啤酒瓶堆里度过的，房间里仍然弥漫着晚上营业时的气味，而大批卖淫活动是在旅店的马厩里进行的。

但是卡夫卡也懂得使用巧妙的手段来描写他对"真实"事物的反感。一天晚上，K乘克拉姆即将从他的乡村房间里出来上雪橇的机会，在客栈黑暗

的院子里冒寒等候,赶雪橇的马夫鼓励他干脆到雪橇里去等,并让他在那里拿出一瓶酒,喝上几口暖暖身体。K打开瓶子闻了闻:

> 他不禁流露出微笑,味道多么香,多么馋人,好比听到某位自己所喜爱的人的赞美和好话,却一点不知道、也不想知道那是什么意思,只是很高兴知道那是他讲的话。"这该是白兰地吧?"K疑惑地自己问自己,同时好奇地尝了尝。不错,是白兰地,而且火辣辣的,身子也暖和起来了。这种喝起来香气馥郁的白兰地,竟然成了马车夫也配喝的饮料,真是多么奇妙!

这种通过"实体化"对一种精神香气进行亵渎,乃是摩尼教世界观的一种奇特而微妙的象征。有一次卡夫卡在写完他的一个短篇小说后,找到了这种摩尼教精神的最富有表现力的公式:

> 从《乡村医生》这样的作品中我还可以得到暂时的满足,……但幸福只有在我把世界升华到纯洁、真实和不可改变的境界时才能达到。①

他的城堡处于那种境界了吗?无疑它是 K 所能看到的最高境界,这导致他的批评家而不是卡夫卡本人陷入迷误,把它与上帝相提并论。然而,这确实不是没有意义的。只是卡夫卡在他的自述中从未表达过这样的信念:他的精神不停的追求是向着上帝或者是受爱神的启迪的。他的灵魂几乎时刻都在同恶势力进行周旋,这种势力非常强大,上帝在它面前都要退避三舍,躲进纯超验的领域,永远处于生活的广阔领域之外。生活本身就是恶的化身:"关于邪恶的知识可能是有的,但对它的信仰却没有,因为没有什么比存在的东西更邪恶的了。"于是,那仍一再与恶相提并论的生活的任何真实性都被剥夺了:"除了精神世界什么都没有;我们称之为感性世界的东西,乃

---

① 见卡夫卡 1917 年 9 月 25 日日记。

是精神世界中的恶而已……"因此,最高权威的观念仅仅由于它在城堡中具有物质的实体而崩溃了,即使作者仍想阻止它进入恶的权力领域而不能。那是超验极端主义的违反常理的观点:最微小的一点具体性都会毒化最纯粹的精神实质,一缕黑暗会熄灭全世界的亮光。因为不存在投股转世,降生便叫作恶。

然而,卡夫卡并非诺斯提教和摩尼教的学说的教条式追随者。他是艺术家,虽然城堡的黑暗统治是他的警觉所能达到的世界最远点,但在这个世界最外面的边缘上仍有一线亮光,它来自克拉姆权力范围的以外地区,他时而充满预感地觉察到,时而顽固地否认它。K 只懂得一项任务:取得与克拉姆的接触;但同时他知道:恰恰是这个断不了的念头使他失去了他以为只有克拉姆才能给他的东西。他感觉到,谦卑和幽默会给他带来由于自己狂热的追求而失去的东西。佩披临时在客栈当酒吧侍女。有机会侍候克拉姆喝啤酒,现在她经常害怕这一地位重新失去,在她身上,K 看到自己在孜孜以求中徒劳一场的可笑形象。他对她的劝告出自他对自己的毛病有着十分清楚的认识:

> 那个职位跟它职位一样,但对你来说却好比是天堂,因此你干什么都过分地热心……你生怕丢了这个差使,自以为经常受欺,想用异乎寻常的殷勤来拉拢所有你认为能支持你的人,但这样一来却反而使他们心烦,使他们厌恶,因为他们在旅馆里原想图个清静,他们本来就很烦恼,谁还愿再听女招待的烦恼。

稍后又说:

> ……要是拿我自己跟你比较,我就隐约感到,我们劲使得太足,太声张、太幼稚、太缺乏经验,要是能像弗丽达那样沉着、那样讲求实际,那么所追求的东西不用煞费苦心就能轻易地获得。而我们想达到目的,就哭啊,抓啊,拖啊——就像孩子拖桌布,但什么也到不了手,只会把所有好东西通通拉到地上,自己反而永也得不着。

这一看法在 K 与城堡官员毕格尔的接触中找到最恰当的比喻。K 深更半夜被叫去接受官员艾朗格的审问，他由于追逐克拉姆弄得精疲力竭，竟忘记了房间号码而走进另一个房间（多半是想找个不属于官员的空床位睡一下觉）。这儿他遇上躺在床上的毕格尔。这时两人的谈话——毋宁说是毕格尔的独白——是卡夫卡艺术最伟大的成就之一：把一种怪诞现实的坚固肉体溶化，揭示其后面的奇迹的解剖学的结构。毕格尔答应 K 彻底解决他要在城堡办的事情。K 丝毫没有为他这一表示所感动。他把这作为吹牛把戏加以拒绝：

> 他一点不知道 K 被任命的各种情况，不知道他在村里，在城堡里所遇到的种种困难，不知道 K 在这里逗留期间已经出了些什么纠纷，还有些什么纠纷已经露出了苗头，他对这一切一无所知，连一个做秘书的对他所应该知道的事情至少已经略有所闻的表示都没有，就表示可以凭他那个小笔记本一蹴而就，把上述事情妥善处理好。

这是迷宫般复杂的精神对于简单质朴事物所表现的无能；它竟不相信后者存在的可能性。当 K 变得越来越疲倦时，毕格尔声嘶力竭地宣布奇迹的讯息：如果某人使一个城堡的秘书受惊，如果一个上访者深更半夜来到，并不知道他干什么，就像一粒小谷子从一面挡在所有通向权力机关的通道的完好筛子中漏掉，那么城堡必须通过这一位秘书向这位闯入者投降，对了，必须直截了当地强迫当局同意他的请求："您以为事情压根儿不会发生？您说对了，它全然不可能发生。但是一天夜间谁能担保一切？有天夜里竟确实发生了这种事。"当然，这是一件极为罕见的事情，好像是谣言一样，而即使它发生了，我们可以"轻而易举地证明，这个世界上根本没有这样的事，就此把大事化小，小事化了"。毕格尔有板有眼地继续形容他那销魂摄魄的喜悦，这位如此这般地变成奇迹的中心人物的秘书就是以这种心情来感受他的地位的。但当他说完时，发觉 K 已经睡熟了，这时，奇迹的可能性就像他在清醒的痛苦中追求奇迹时那样，已经不存在了。

在这个没有仁慈的世界上是找不到安慰的,然而,不仅能知晓、而且能诗意地创造这世界的力量必须从这世界的外部取得营养的来源。只有一种在隐蔽处保持着对更好的灵魂之故乡的记忆的精神,才能以如此大的创作热情来描述一个在敌对国家失败了的灵魂的那些挣扎。只有无助的善良人才会被一切可能存在的世界的最坏幻觉所战胜。所以我们末了不仅被这部书的绝望吓一跳,而且也为那从善良落在邪恶上的悲哀所震惊,被精神失灵时的感伤所感动,然而在感伤中存在着畏惧的希望之因素。

在一段最具摩尼教精神的言论中,卡夫卡说到一只乌鸦所具有的摧毁天空的力量。但他补充说,这"丝毫证明不了对上天有任何影响,因为上空恰恰意味着:乌鸦们无可奈何"。尽管这些飞鸟不停地围着城堡飞行,但城堡建造成这样就是要证明它们的无可奈何。有人会问,在这部小说中让一个孩子,一个单纯的女孩子和不幸的一家怀着充满神秘的救世的希望去向 K 求助,这是不是在一个被欺骗的世界里的许多希望的幻影之一? 还有,在未完成手稿的删掉的一页上,让一个母亲把房子让给这位无家可归的人居住,她说:"总不该让这个人毁灭吧。"用意是不是一样的? 或者那也许是一种信念的反照,它在永劫之罚的紧箍咒中仍然保持着活力,用尼采的话说,即:"任何人只有在自己的地狱中才能发现建造一个新天堂的力量。"[①]

编者按 本文最初发表于 1948 年,选自作者所著《现代文学研究》,第9~52页,苏尔坎普出版社,法兰克福(美因河畔),1963。这篇文章是用目前西方学术界较为流行的实证论方法写成的,它着重批判了马克斯·勃罗德在卡夫卡研究中的神学观点,颇有见地。作者埃利希·海勒(Erich Heller),美国西北大学教授。1911 年生于捷克波希米亚德语区,先后在布拉格和英国剑桥大学攻读法律、哲学和德国文学。此后在德国、英国、美国许多大学任教,很多科研、文教机构的成员,屡获嘉奖。

[①] 这篇文章写完以后很久,我在卡夫卡的一封信里发现了这样一段话:"没有人能唱得像那些处于地狱最深处的人那样纯洁,凡是我们以为是天使的歌唱,那是他们的歌唱。"——原注